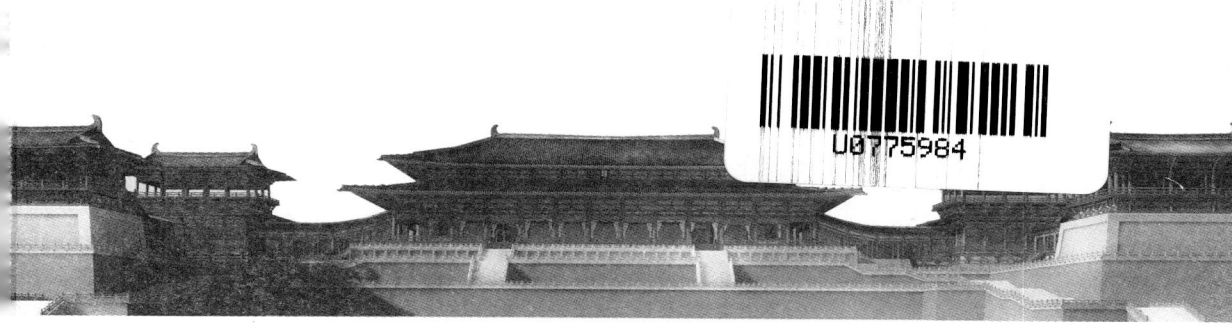

大明宫

DAMING 之 PALACE

君临天下

Rule of The Realm under Heaven

任磊 ◎ 著

当代世界出版社
THE CONTEMPORARY WORLD PRESS

图书在版编目（CIP）数据

大明宫之君临天下 / 任磊著. —北京：当代世界出版社，2017.7

ISBN 978-7-5090-1217-8

Ⅰ.①大… Ⅱ.①任… Ⅲ.①长篇历史小说—中国—当代 Ⅳ.①I247.5

中国版本图书馆CIP数据核字（2017）第143145号

书　　名：	大明宫之君临天下
出版发行：	当代世界出版社
地　　址：	北京市复兴路4号（100860）
网　　址：	http：//www.worldpress.org.cn
编务电话：	（010）83908456
发行电话：	（010）83908409
	（010）83908455
	（010）83908377
	（010）83908423（邮购）
	（010）83908410（传真）
经　　销：	全国新华书店
印　　刷：	北京天宇万达印刷有限公司
开　　本：	710毫米×1000毫米　1/16
印　　张：	24
字　　数：	379千字
版　　次：	2017年8月第1版
印　　次：	2017年8月第1次
书　　号：	ISBN 978-7-5090-1217-8
定　　价：	59.00元

如发现印装质量问题，请与承印厂联系调换。
版权所有，翻印必究；未经许可，不得转载！

大明宫之君临天下

目录

- 引　子　　　　　　　　　　　　　　001
- 壹　风雨中的李唐　　　　　　　　　009
- 贰　李隆基　　　　　　　　　　　　014
- 叁　李旦出走洛阳　　　　　　　　　017
- 肆　竹篮打水一场空　　　　　　　　019
- 伍　欲立皇太女　　　　　　　　　　022
- 陆　麟德殿之宴　　　　　　　　　　025
- 柒　牢狱之灾　　　　　　　　　　　029
- 捌　招揽万骑军　　　　　　　　　　033
- 玖　趁机安插党羽　　　　　　　　　036
- 拾　不破楼兰终不还　　　　　　　　042
- 拾壹　招降娑葛　　　　　　　　　　048
- 拾贰　钩心斗角，党争不断　　　　　052

- 拾叁 郭元振的忠告 055
- 拾肆 命途多舛,魂归西天 059
- 拾伍 阴阳两面刀 064
- 拾陆 上官婉儿反水 067
- 拾柒 龟速行军 071
- 拾捌 山雨欲来风满楼 074
- 拾玖 准备就绪 077
- 贰拾 刀光剑影大明宫 081
- 贰拾壹 韦氏集团覆灭 085
- 贰拾贰 最后的审判 088
- 贰拾叁 血雨腥风长安城 090
- 贰拾肆 拥立李旦登基 095
- 贰拾伍 太平公主崛起 100
- 贰拾陆 姑侄党争,蜜月结束 103

- 贰拾柒 母子争吵,难解难分 109
- 贰拾捌 威逼大明宫 116
- 贰拾玖 有人欢喜有人愁 122
- 叁拾 聪明反被聪明误 127
- 叁拾壹 府兵制的溃烂 133
- 叁拾贰 感情破裂 138
- 叁拾叁 倾诉心肠 143
- 叁拾肆 天麻粉中投毒 147
- 叁拾伍 王皇后受辱 150
- 叁拾陆 薛崇简的到来 153
- 叁拾柒 果断出手 156
- 叁拾捌 血浓亲情淡如水 163
- 叁拾玖 一夜踏进长安城 170
- 肆拾 君临天下 175

- 肆拾壹 北方大乱 … 183
- 肆拾贰 誓师北征,首战告捷 … 192
- 肆拾叁 战局僵持 … 196
- 肆拾肆 李失活的女儿 … 205
- 肆拾伍 抓住战机,大胜而归 … 211
- 肆拾陆 放掉李律男 … 218
- 肆拾柒 李唐的兵威 … 224
- 肆拾捌 安定北方,祭奠英烈 … 231
- 肆拾玖 胜利的喜悦 … 237
- 伍拾 清理斜封官 … 245
- 伍拾壹 为公主寻亲 … 251
- 伍拾贰 君臣狩猎 … 259
- 伍拾叁 君臣狩猎,公主爱慕 … 266
- 伍拾肆 崔日用说媒 … 276
- 伍拾伍 林妍儿 … 284
- 伍拾陆 大理寺审案 … 293
- 伍拾柒 公堂上的冲突 … 299
- 伍拾捌 一波未平一波又起 … 310
- 伍拾玖 对话自雨亭 … 318
- 陆拾 刘江玉 … 326
- 陆拾壹 失望中的希望 … 332
- 陆拾贰 陪同公主踏青 … 339
- 陆拾叁 八侍女劫狱 … 346
- 陆拾肆 最后的探视 … 353
- 陆拾伍 李 鉴 … 361
- 陆拾陆 英雄落幕 … 367
- 陆拾柒 开元盛世 … 373
- 后 记 … 376

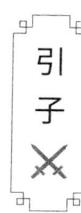

引子

天授元年（690），唐高宗李治的皇后武媚娘自立为皇帝，定都洛阳，改称神都，建立武周王朝。然而，武周王朝是在李唐王朝的基础上建立的。李唐开国之后，面对的是一个军阀割据、匪盗横行、民不聊生的社会局面。李唐王朝用了近十年的南征北战，才统一了中国。

通过玄武门之变，李唐帝国的开国皇帝李渊的二儿子秦王李世民登上皇位。李世民是一个具有雄才大略的君主，在他统治期间，在政治上励精图治，实行了一系列的开明政策和措施：鼓励群臣犯颜直谏，并留心选拔德才兼备的人当官；不计身份，不别亲疏，推行"任人唯贤"的政策；提拔和重用了一大批具有非凡政治和军事才华的文臣武将，诸如房玄龄、杜如晦、李靖、魏徵、尉迟恭等人。中央朝廷方面沿用并完善三省六部制，特设政事堂，以利合问政，并收三省互相牵制之效；地方上沿袭了隋代的郡县两级制，分全国为十个监区（道）。此外，行府兵制，寓兵于农；均田制、租庸调制、科举制等皆有所发展。历史上将李世民的统治时期称为"贞观之治"。

贞观之治下的李唐王朝，据史书记载：官吏多自清谨。制驭王公、妃主之家，大姓豪猾之伍，皆畏威屏迹，无敢侵欺细人。商旅野次，无复盗贼，囹圄常空，马牛布野，外户不闭。又频致丰稔，米斗三四钱，行旅自京师至于岭表，自山东至于沧海，皆不粮，取给于路。入山东村落，行客经过者，必厚加供待，或发时有赠遗。

李世民在治世兴国的同时积极收复故土，先后平定东突厥、薛延陀、回纥、高昌、龟兹、吐谷浑等部，让分裂了近四百年之久的中国终于再次实现了大一统（西晋、隋朝也曾实现了中原的统一，但是这两个王朝都很短命，昙花一现，也没能有效地收复或管理西域等地，因此不能算作是大一统）。由此李唐帝国声威远播，加上李世民能维护外族风俗，并设置都护府制度，终贞观之世，四方服悦，西北各族共尊李世民为"天可汗"。李世民的文治武功，极大地增强了民族的向心力，提高了民族的自豪感，从而也使得"唐"这个帝国称号深入人心。

李世民死后，他的嫡三子李治继承了皇位。李治继位以后，继续努力经营着他父亲李世民留下来的事业，创立了"永徽之治"。但是李治体弱多病，在他身心乏力的时候，皇后武媚娘就会帮助他处理政务，帝国的实权也渐渐流落到了武媚娘的手中。李治晚年病情加重，目不能视，无力处理朝政，武媚娘便完全地掌握了李唐帝国的朝政。

李治死后，武媚娘先后废掉了李唐帝国的两任皇帝（即她的三子中宗李显、四子睿宗李旦）之后，终于登上了帝国的皇位，建立武周王朝。

武则天登上帝位初期，为了稳固政权重用酷吏，大规模打击、清除李氏皇族和朝中针对她的异己势力。同时，她又不断地提高武氏家族的地位，想以武氏家族取代李氏皇族。武则天稳固政权以后，展示了自己出色的政治才华。在她统治期间，政策稳当、兵略妥善、文化复兴、百姓富裕，重用了狄仁杰、张柬之、桓彦范、敬晖、姚崇、宋璟等一大批中兴名臣，故有"贞观遗风"之美誉。

武则天虽然建立了武周王朝，并取得了一系列的政绩，但是并没有消除人们对李唐王朝的怀念，人们始终认为她的王朝不过是李唐王朝的一种延续，在她百年以后应该把政权归还给李氏皇族，而不是由武氏家族来继承。因为李唐王朝是在李氏皇族领导下，通过浴血奋战和出色的政治才干建立起来的。李唐王朝让原本支离破碎的国家重新团结起来，归于统一，并且走向强盛。李唐王朝在人们心中树立了无法超越的威望。而武氏家族的地位，是凭借武则天手中的权力赐予的，是坐享其成得来的。更为致命的是，武氏家族的这些政治暴发户们大多数都平庸无为，治国理政的才华没多少，巴结武则天身边的男宠、玩弄权术、谋求私利、贪图享乐的本事却不少，名声极差，不得人心。

在巩固政权的过程中，为了打击李氏皇族和异己势力，武则天重用酷吏周兴、来俊臣等人。这些鹰犬为了向武则天邀功，往往是网罗无辜，捏造罪状。凡罗织人罪，皆先进奏事状，敕令依奏，即籍没其家。每有赦令，则遣狱卒先杀重囚，然后宣示。每次审问囚犯，不论轻重，多以醋灌鼻；或将囚犯置于瓮中，用火环绕烧炙；或以铁圈束首而加楔，以至脑裂髓出。种种酷刑，备极苦毒，所用手段，无所不用其极。审问之前，又必先示以刑具，囚人畏惧，往往自诬。这些鹰犬们的恶行，在社会上造成了极为恶劣的影响。虽然后来武则天迫于朝臣的压力，先后处死了这些酷吏。但是好事不出门，恶事传千里。这就使得受到迫害的李氏皇族，得到了人们的普遍同情。

与此同时，辽东地区发生了"营州之乱"，在武周平息"营州之乱"的时候，武氏子弟基本上毫无功劳可言。本来武则天是想利用平叛的机会让武氏子弟建功立业，为日后立为嗣君打基础，但是武氏子弟无能的表现充分暴露了他们才智极为平庸，不足以托后事。

正是在这样的形势之下，武则天不得不把在外流放了十五年的三子李显召回洛阳，立为太子。

武则天在李治死后大肆包养男宠。在开始的时候只是把他们当作泄欲的工具，并没有给予多少实权。可是到了她执政后期，逐渐怠于政事，失去了进取的意志，沉迷享乐。再加上她时常有病缠身，为了加强对群臣的控制，她利用身边的男宠作为耳目，监理朝政。她身边的男宠张昌宗、张易之兄弟，利用武则天的这种心态，不断地向她索要权力，肆无忌惮地干涉朝政。

在李显被召回洛阳以后，武氏家族继承武周王朝的梦想眼看就要破灭了，这引起了他们的极大恐慌。若是武周重归李唐，对于他们来说无疑是一场灾难。因为在武则天称帝之后，他们没少迫害李氏皇族的人，若李唐复辟以后，李氏皇族的人能放过他们武氏家族吗？

因此武氏家族的代表人物武三思，为了阻止李唐复归，便和张氏兄弟狼狈为奸，垂死挣扎。他们不择手段地诬陷残害朝廷重臣，一时间朝政混乱，政治空气变得骤然紧张起来，使得武周回归李唐、传位太子李显的形势发生了逆转，导致政局复杂化。

神龙元年（705）正月，武则天病笃，卧床不起，张易之、张昌宗兄弟侍侧。宰相张柬之、崔玄暐与大臣敬晖、桓彦范、袁恕己，联合禁军统领李多祚，佯称张易之、张昌宗兄弟谋反，发动兵变。他们率禁军五百余人冲入宫中，杀死二张兄弟，并包围了武则天的寝宫，要求武则天退位，史称"神龙革命"。

武则天被迫禅让帝位于太子李显，李显上尊号其母亲为"则天大圣皇帝"，武周一朝结束。李唐复归，百官、旗帜、服色、文字等皆复旧制，恢复神都为东都。705年农历十一月，武则天在上阳宫里病逝，享年82岁，遗诏省去帝号，称"则天大圣皇后"。706年五月，与丈夫唐高宗李治合葬乾陵。

李显复位之后，武氏家族人人自危，内心充满恐惧。但是不久他们便平静下来，又恢复了往日不可一世的神色，继续在朝廷上呼风唤雨。原因是他们又找到一个强有力的靠山，那就是李显的皇后韦氏。

武周时期，武则天在打击李氏皇族的同时，又让武氏和李氏通婚，以此来弥合武氏和李氏之间的间隙。被武则天视为掌上明珠的太平公主，在其第一次婚姻结束后，武则天将她嫁给了自己的堂侄武攸暨；李显的第七女李仙蕙，嫁给了武承嗣的长子武延基，后来被封为永泰公主。李显被武则天废去帝号贬为庐陵王，押送到房州去监管软禁时，妻子韦氏在途中生下一女。因处境艰难，连包婴儿的布片都没有，李显只好将自身穿的衣服脱下来抱过孩子，由此起名裹儿。李显夫妇觉得孩子命苦，所以特别疼爱。到了李裹儿十六岁时，由武则天做主嫁给了武三思的儿子武崇训。李显复位后，李裹儿被封为安乐公主，武崇训就成了驸马。武三思与李显原来就是姑表亲兄弟，后来又成了儿女亲家。但是，这样的姻亲关系只是武则天一厢情愿的产物，并不能消除李氏皇族和武氏家族之间的隔阂。因为对于两个跟皇权政治牢牢捆绑在一起的家族而言，任何伦理道德都是苍白无力的。

张柬之、敬晖、崔玄暐、桓彦范、袁恕等人，在杀死张氏兄弟后，又逼迫武则天退位还政于李唐，可谓劳苦功高。李显重新登基为帝，也念及这些朝廷重臣的功绩，封这五人为郡王，其中敬晖被封为平阳郡王，桓彦范被封为扶阳郡王，张柬之封为汉阳郡王，袁恕己封为南阳郡王，崔玄暐封为海陵郡王，人称"五王"。武则天退位以后，五王心里明白要想真正匡扶李唐，下一步应该除掉的对象便是武氏家族。因为在武周时期，武氏家族把持朝政，残害忠良，坏事做尽，对李氏皇族尤甚。但是，他们想把这件事交给李显去做，以此来提升李显的威望，安定天下人心。

可是，李显在成长的过程中一直生活在母亲武则天的阴影之下。武则天强势的性格压制着他，让他几乎喘不过气来，因而他便养成了懦弱、怕事的性格。他第一次登上皇位，是由武则天扶持的，但不久就被武则天废掉，传位给了他的四弟李旦，他本人也被流放在外。在流放的过程中，他还受到当地官员的监视，终日惶恐不安。每当听说武则天派使臣前来看望他，李显就吓得想自杀。幸亏有他的妻子韦氏陪伴在其身边，不断地给予他鼓励、帮助、劝慰，才使得他活了下来。

李显和韦氏在流放期间受尽了世间磨难，尝尽了人情冷暖。因此，李显和韦氏作为患难夫妻，感情十分深厚。他曾经对韦氏发誓说："一朝见天日，誓不相禁忌。"意思是说：有朝一日我能重新登上皇位，一定满足你的任何愿望。李显对于妻子韦氏不仅是心存感激，而且已经形成了依赖。

在"神龙革命"时，当五王带领着士兵让李显和他们一同起事的时候，李显害怕得连门都不肯出。最后，在他的女婿王同皎的苦劝下才走出房门，然后又被王同皎抱上了马背。在杀死了张氏兄弟之后，众人簇拥着李显来到居住在长生殿的武则天面前。

武则天吃惊地坐起来，问道："是谁作乱？"

张柬之回答说："张易之、张昌宗阴谋造反，臣等已奉太子的命令将他们杀掉了，因为担心可能会走漏消息，所以没有向您禀告。在皇宫禁地举兵诛杀逆贼，惊动天子，臣等罪该万死！"武则天看见太子李显也在人群之中，便对他说："这件事是你让干的吗？这两个小子已经被诛杀了，你可以回到东宫里去了。"李显吓得浑身颤抖，话都说不出来。桓彦范上前说："太子哪还能回到东宫里去呢？当初天皇把心爱的太子托付给陛下，现在他年纪已大，却一直在东宫当太子，天意民心，早已思念李家。群臣不敢忘怀太宗、天皇的恩德，所以尊奉太子诛灭犯上作乱的逆臣，希望陛下将帝位传给太子，以顺从上天与下民的心愿！"就这样才迫使武则天退位，传位给了李显。

李显登上皇位以后，立韦氏为皇后。经受过苦难的韦氏，并没有因为当上了皇后就感到满足，也不认为过上安稳富足的生活就够了，更不认为她不会生活在恐惧之中，不用再为身家性命而担忧了。她想到自己儿子李重润被武则天杀死了，她和李显又被武则天流放在外，尝尽世态炎凉。在流放期间，每时每刻都面临杀身之祸。这其中的原因就是，武则天手里有着至高无上的权力，只有掌握了这种随时可以决定他人生死的权力，才能获得真正的安全，才能让天下人服从，得到世间想要的一切。武则天当年可以从皇后的位置上君临天下，难道自己就不可以吗？但她知道李氏皇族和朝中大臣是不会让她这么做的，虽然自己的丈夫李显对自己言听计从。可是，她要想从幕后走到前台，势必会遭到这些人的强烈反对。到时别说获取最高权力了，恐怕连皇后的位置都难保。因此，她要清除这些通往权力道路上的羁绊，而首当其冲的就是现在名声显赫的"五王"。可这些人位高权重，岂是那么容易对付的？她要找同盟，与自己联手才行。

在武周时期，上官婉儿是武则天身边的一个重要人物，朝廷所下发的很多制书、诏令都是出自她的手笔。不仅如此，武则天又让其处理百司奏章，参决政务，渐渐权势日盛，有着巾帼宰相之称。

武周倒台李唐复辟，上官婉儿虽然还专掌起草诏令，又深受李显的宠幸拜为昭容，但她认为这不过是为了稳定政局而出现的短暂局面。首先，李氏皇族及朝廷重臣是不会容忍武氏家族存在的，而她本人又和武氏家族的代表人物武三思有私情，这件事可以说是众所周知。他们要除掉武氏家族，难道会放过她吗？再者，武周取代李唐这个前车之鉴，让他们对后宫参政大为不满，可对她来说，不让参政就意味着失去权力，而失去权力就意味着死亡。

上官婉儿经过观察发现，如今的皇帝李显对皇后韦氏百依百顺，而韦氏与武则天一样，都有着强烈的权力欲望。要想保住手中的权势和地位，就必须依赖李显这个皇帝名号，而要想得到李显的绝对信任，就只能依附皇后韦氏。因此，当上官婉儿劝说韦氏行武则天的故事时，很符合韦氏的心意。两人一拍即合，韦氏把上官婉儿视为通往最高权力道路上的得力助手。在上官婉儿的建议下，韦氏逐步树立自己的政治威望。于是，在韦氏的授意下上官婉儿上表，请求规定全国百姓一律为被父亲休的母亲服丧三年；又请求规定天下百姓二十三岁才算成丁，到五十九就免除劳役。用改易制度来收买人心，这些都得到了李显的准许。

要说用寡廉耻、出卖人格、小人得志、阿谀奉承等等所有可以用来形容卑鄙的言语去骂一个人的话，武三思要说第二没人能排第一。武则天最早的男宠是薛怀义。薛怀义本姓冯，名小宝，在洛阳的集市上卖药。唐高祖李渊的女儿千金公主（始封千金公主，武则天时期改封安定公主）偶然发现了这位伟岸的猛男，马上派人把他召进宫，亲自为他沐浴更衣，留待数日，把他献给寡居多年正寂寞的武则天。武则天为了让他便于出入禁宫，遂将他剃度为僧，为了提高他的身份让他改姓薛，起名怀义，与太平公主的夫家薛绍同族。薛怀义仗着武则天的宠幸日益骄纵，常骑着马在街上横冲直撞，伤人无数，无人敢管。每当薛怀义骑马出宫时，武三思和武承嗣在旁边伺候，一人扶马鞍，一人握着马缰绳，口中还不断地叮嘱："薛师傅小心，薛师傅小心。"比奴仆还恭顺。

后来，武则天宠幸御医沈南璆，薛怀义醋意大发，在证圣元年（695）正月十六的夜里，烧毁了耗费巨资修建的明堂，从而引火烧身。武则天心生厌恶，下令让太平公主处死了薛怀义，辇车载尸送至白马寺。

薛怀义失宠被杀后不久，太平公主推荐张昌宗入宫给武则天侍寝，张昌宗又向武则天推荐了哥哥张易之，兄弟一起进入武则天的寝宫侍奉。武三思和武承嗣二人一如过去，又对张氏兄弟百般阿谀奉承。若二张骑马，就争着配鞍，尾随其后；若二张坐车就争着驾辕，执鞭吆喝，献媚地称张易之为五郎，张昌宗为六郎。

武三思献媚薛怀义和张氏兄弟，其目的还是为了讨好武则天，所以对武则天就更是万般奉承。武三思为了讨武则天的欢心，强迫来洛阳的使节、商人捐款百万亿，购买铜铁，铸造铜柱，名曰天枢，立于洛阳端门之外。柱基由铁铸成，其行如山，周长一百七十尺。柱为铜铸成，高一百〇五尺，直径十尺，刻蟠龙麒麟围绕，顶上为承露盘，直径三丈。由武三思撰文，极力称颂武则天的功德，镌刻于柱，并刻百官及四方国君的姓名于其上，由武则天自书"大周万国颂德天枢"，经过一年方铸造完成。因消耗的铜铁量十分巨大，所募集的钱不够花，遂在民间强行搜刮，农民的农具、器皿均无偿征调，害得无数农民家破人亡。此后，类似种种献媚之举数不胜数。

武三思是全靠武则天的权势而在政治上发家致富的，武则天丧失帝位后，武三思知道继承武周的皇位那是不可能了，保住性命才是当务之急。上官婉儿明白要是武三思被处死，自己也好不到哪里去。为了巩固自己的权势，上官婉儿便把武三思引荐给韦氏，使他们勾搭成奸。这三个人的结合，不仅仅是出于生理上的需要，更多的是政治上的结盟。

武三思与上官婉儿、韦氏之间的污秽行为，在宫中几乎无人不知、无人不晓，就只有李显一人眼昏耳聩，头上戴了两顶绿帽子而不自知，还把武三思引为知己，视为心腹。若武三思三天不入宫，李显就要陪着韦氏，去武三思的家中微服私访。韦氏与武三思调笑戏谑，对饮亲狎，李显不以为然，甚至陪着狎游。

武三思的再次得势，让朝廷内部一些投机分子也重新依附于他，以此来获得韦氏的青睐。这其中有兵部尚书宗楚客、将作大匠宗晋卿、太府卿纪处讷和鸿胪卿甘元柬，都是武三思的党羽。御史中丞周利用、侍御史冉祖雍、太仆丞李俊、光禄寺宋之逊、监察御史姚绍之五人都是武三思的耳目，当时人们称这五人为"五狗"。

韦氏、上官婉儿、武三思走到一起以后，便开始对"五王"痛下狠手。他们先是玩弄权术，先后剥夺了"五王"手中的实权，进而削去他们的爵位，然后流放。崔玄暐被流放到白川（今西博白县），在途中病逝；张柬之被流放到襄州（今湖北襄樊），气愤致死；桓彦范被流放到贵州（今广西贵县），遭杖杀而死；敬晖被流放到崖州（今海南海口东南），被谋害身亡；袁恕己流放到环州（今广西河池东北），被逼至发疯，后遭到击杀而死。

"五王"被除掉后，他们的下一个目标便是太子李重俊。李重俊是李显的三子，在李显继位的第二年李重俊被立为太子，但由于他不是韦氏所生，颇受猜忌。安乐公主李裹儿与她的丈夫、左卫将军武崇训经常欺凌侮辱太子，甚至有时称太子为奴才。武崇训还唆使安乐公主李裹儿向李显建议废掉太子，立她为皇太女。李重俊心中积愤难消，终于爆发了。

风雨中的李唐

景龙元年（707）农历七月的一天，长安城被盛夏炙热的阳光烤焯着，高温袭击着这座拥有百万人口规模的城市。

长安城呈长方形，按中轴线朱雀大街对称布局，由外郭城、宫城和皇城组成。城内街道纵横交错，划出十一里坊，形如棋盘。长安城开十二座城门：南面正中为明德门，东西分别为启厦门和安化门；东面正中为春名门，南北分别为延兴门和通化门；西面正中为金光门，南北分别为延平门和开远门；北面的中段和东段分别与宫城北墙和大明宫南墙重合，西段为景耀门，东西分别为芳林门和光化门。除正门明德门有五个门道外，其余各门均为三个门道。

宫城位于外郭城正中部，平面为长方形，宫城的四周有围墙，南面中正开承天门，东西分别是延喜门和安福门，北墙中部开玄武门。宫城分为三部分：正中为太极宫，称作"大内"；东侧是东宫，为太子居所；西侧是掖庭宫，为后宫人员的住处。西内苑在宫城正北，亦名北苑。南北一里，东西与宫城齐。北部为西苑，内有殿宇十余处，以及冰井台、樱桃园。

在西苑内东北部就是大明宫，大明宫位于太极宫东北方的龙首塬高地上，是一座相对独立的城堡，可俯瞰整座长安城。大明宫建造于贞观八年（624），从唐高宗开始，历代皇帝都在这里居住和处理朝政，称为"东内"。大明宫的宫殿为中轴对称格局，前部由丹凤门、含元殿、宣政殿、紫宸殿等组成前朝的南北中轴线，后部以太液池为中心组成内庭，分布着麟德殿、三清殿、大福殿、清思殿等数十座殿宇楼阁。

皇城亦为长方形，位于宫城以南，其东西与宫城等长。城北与宫城城墙之间有一条横街相隔，其余三面开有五门。南面三门，中为朱雀门，两侧为安上门和含光门；东西面各一门，分别为景风门和顺义门。南面正中的朱雀门是正门，向南经过朱雀大街与外郭城的明德门相通，向北与宫城的承天门相对，构成了全城的南北中轴线。城内有东西向街道七条，南北向五条，道路之间分布着中央官署和太庙、社稷等祭祀建筑。

外城郭内有南北向大街八条，东西向大街十四条。街道的两侧都设有排水沟，并种植榆、槐等行道树。在外城郭设有东、西二市，东市和西市是长安城的经济活动中心，也是当时全国工商业贸易中心，还是中外各国进行经济交流活动的重要场所。这里商贾云集，店铺林立，物品琳琅满目，贸易极为繁荣。

此时虽是盛夏时节，但是东、西二市的街道上仍然人声鼎沸，往来客商络绎不绝，叫卖之声此起彼伏。忽然间，榆树的枝叶动了一下，一股微风吹过，带来了丝丝凉意。但是人们似乎没有注意到这股凉风的到来，依旧忙着手头的工作。然而风越吹越大，转眼间狂风大作，街上的尘土被吹至半空中，让人几乎睁不开眼。

伴随着狂风的肆虐，街道上瞬间乱作一团，人们争先恐后地寻找自己的去处，因为这时大家才意识到，一场暴雨即将来临。果不其然，不久便电闪雷鸣，豆大的雨滴一滴、两滴、三滴……突然间"哗"的一声从天空倾泻而下。

直到夜幕降临后，长安城才渐渐平静下来。长安晚间实行宵禁，各个坊均采取封闭式管理，坊门有卫兵把守。此刻，北衙禁军的兵营却灯火通明、兵戈林立，充满了紧张的气息。太子李重俊面对着议事大堂，墙壁上那巨大的"忠"字让他心里五味杂陈。羽林军大将军李多祚、李思冲、李承况、独孤炜之、沙吒忠义等人围在他身边，等待着他的命令。李重俊一言不发，李多祚忍不住说："太子殿下，将士们已经准备妥当，您下令吧！"

李重俊低下头，长叹道："我们这样做算是犯上作乱吗？"

他身边的将军们吃了一惊，李思冲急切地说："太子殿下，韦氏、武三思、上官婉儿沆瀣一气，挟持天子，祸乱朝纲。这等奸佞之人不除，大唐的江山社稷将陷入小人之手。我们这样做是在替圣上分忧、为大唐除害，怎么算是犯上作乱呢？"李思冲刚一说完，其他人马上附和，劝李重俊不要多想。

李重俊仍然忧心忡忡："擅自起兵，即使除掉这些奸人，可圣上该怎么看我？庙堂上的列祖列宗又如何看待我呢？"

李承况犹如热锅上的蚂蚁，大叫道："太子殿下，我们今天聚到一起都是看在列位先皇的份儿上，为了大唐的前途着想才决定拼死一搏，箭在弦上怎能不发？"

独孤炜之紧接着说："太子殿下乃国之储君，深明大义，天下臣民敬仰您。今天这一步我们都是按照您的指示行事的，不能再犹豫了！"

李重俊听后眼泪流了下来，哽咽不断。沙吒忠义急得直跺脚："太子殿下，您可是太宗皇帝的后人啊！岂能有妇人之仁？"

当李重俊听到李世民的谥号时心头为之一震。他抬起头，用手擦掉泪水，转过身面对将军们说："将军们，本太子今晚起兵，不是为了谋求皇位，也不是为了荣华富贵，而是韦氏、武三思、上官婉儿等奸恶小人，淫乱宫闱，残害忠良，企图颠覆大唐，逼迫所致。今晚我们承接天命，就是要除暴安良，匡扶大唐，不杀这等恶贼誓不罢休！"

底下的将军们群情激昂，高呼道："誓死追随太子，诛杀恶贼！"

接下来，李重俊和将军们按照预定的计划，假传皇帝李显的命令，调集羽林千骑兵三百余人，将武三思、武崇训父子及其亲属十余人杀死在家中。与此同时，李重俊又让左金吾大将军成王李千里和他的儿子天水王李禧分头带兵把守宫城各门。紧接着，李重俊和李多祚带领兵马来到肃章门，砍断门闩冲入宫中，四处搜寻上官婉儿。

李重俊起兵的消息已经传到了上官婉儿的耳中，她对身边的一个宦官说："快去报告皇后就说太子反了，让她和圣上快去玄武门，我随后就到。"上官婉儿又派人给兵部尚书宗楚客、左卫将军纪处讷送去情报。此二人接到上官婉儿的情报后，拥兵二千余人聚集在太极殿前闭门坚守。韦氏接到上官婉儿的汇报后，带着李显和李裹儿爬上玄武门门楼躲避，同时派右羽林大将军刘景仁率领羽林飞骑一百多人聚集在门楼之下以保护自己。

不久，上官婉儿来到玄武门。在上门楼之前，上官婉儿故意把自己的头发和衣服弄乱，一见到李显和韦氏就显示出惊惶神情，大声说："太子起兵谋反，他们是想先抓住我上官婉儿，其次是抓住皇后，最后是抓住皇帝。陛下和皇后要救我啊！"说完，她便在李显和韦氏的怀中哭了起来。在李显和韦氏的不断安慰下，上官婉儿才止住哭声。

李多祚率先来到玄武门下，想要上去，但受到警卫士兵的拦阻。李重俊有些犹豫不决，没有立即攻打玄武门，而是希望李显能出来询问他们起兵的原因。李重俊在玄武门下大声呼喊："父皇，能出来见儿臣吗？我只求父皇出来见一见儿臣，问问儿臣为什么冒死起兵。儿臣不是想要谋反篡位，只是被一些小人逼迫所致。您出来见一见儿臣好吗？"李重俊边说边流泪。

李显听到儿子呼声，想要出去见李重俊。但是，韦氏拦住李显说："太子已经疯了，陛下这时候要是出去，会遭逆子毒手的。"

李裹儿也附和道："父皇您不能出去，太子图谋篡位很久了，今天就是要杀掉父皇自立为君。"

上官婉儿也顺势加了把火："陛下，现在叛军虽然表面看起来气势很盛，但其实是不堪一击，陛下只要下令派兵进剿，一定能清除叛逆。"

韦氏令石城县人杨思勖站在李显身旁，说："陛下，请让臣带兵出击吧！"

韦氏说："婉儿所言极是，陛下快下决定吧！"

李显说："好好，就按照皇后所言行事。"

李多祚的女婿羽林中郎将野呼利当时担任前锋总管，杨思勖拔剑将他斩首，李多祚手下军士当时就丧失了胆气。韦氏看到这样的情形心中大喜，对李显说："陛下，您只要对门楼下的千骑兵免除罪行并许以富贵，他们自然会瓦解的。"

于是，李显手扶栏杆，俯身对楼下李多祚所带领的千骑兵们说："你们这些人都是朕的卫士，为什么要跟着李多祚谋反呢？如果你们能杀掉谋反的人，朕将既往不咎，也不用担心没有富贵。"

千骑兵听到皇帝的口谕后才恍然大悟，原来起兵的命令并不是出自李显之口。当即就把李多祚、李承况、独孤祎之、沙吒忠义斩首，其他的人都四散溃逃。成王李千里、天水王李禧父子攻打太极宫右延明门，打算杀死宗楚客和纪处讷，但未能攻下反而战死。太子李重俊带着一百多亲随骑兵逃往终南山，在西山树林里歇息时被手下杀死。

李重俊死后，首级被献到太庙，不久又用来祭奠武三思和武崇训的灵柩，最后在朝堂悬首示众。他的同党都被处以死刑，成王李千里的姓也被改为蝮氏。

　　太子李重俊的政变虽然以失败告终，但是李唐王朝的政局并没有因此而稳定下来，反而完全暴露了朝廷内部所隐藏的种种矛盾，并且越演越烈，已经处于严重的激化状态。各种政治势力粉墨登场，一场血雨腥风的较量渐渐拉开了大幕。看似强大繁荣的李唐王朝，实际上陷于风雨飘摇之中。

贰

李隆基

临淄王李隆基走到太子李重俊的尸体跟前，想到武后掌权以来，李氏皇族的人被杀的杀、流放的流放。好不容易武周倾倒，大唐复归，却没想到韦氏弄权，小人当道。先是功臣"五王"被杀，接着作为国之储君的太子又被杀死，如此下去大唐还怎么取信于万民？大唐的基业难道就此毁于这些人的手中吗？想到此他不禁悲从中来，眼泪夺眶而出。站在他身边的宦官高力士，慌忙用衣服挡住他的脸，趴在李隆基的耳边紧张地说："王爷，千万别哭，要是被人看见会引来祸事的。"李隆基明白他的意思，擦掉泪水转身离开了。

李隆基回到家后陷入了深思。大唐不能这样发展下去了！自己身为李氏皇族的男儿，必须要站出来扭转局面，端正朝纲。此时韦氏已经除掉了"五王"和太子，下一个目标肯定是父亲李旦、姑姑太平公主以及自己的诸位兄弟李成器等。自己势单力薄根本不是韦氏的对手，必须要与这些人联合起来对付韦氏。父亲李旦清新寡欲、宽厚恭谨、无心朝政，是指望不上了；兄长李成器等人与自己的处境差不多，并且他们现在也是明哲保身，可用而不可为。那么剩下的只有姑姑太平公主了。太平公主是武后的爱女，一直备受推崇，其身份和地位无论是在皇族内部还是在朝廷上都很有影响力。大唐复归以来，太平公主被封为镇国公主，食邑万户。可见，在皇上的心目中，他这个亲妹妹也是一个相当有分量的人物。可是，他该如何得到姑姑太平公主的信任及全力支持呢？

李隆基突然想到一个人，瞬间脸上流露出了喜悦的神色。事不宜迟，应该马上行动，他便急着奔向太平公主府。

李隆基来到府邸门口，让仆人前去通报。过了不久，府里的仆人将李隆基引进府里，领到太平公主跟前。

李隆基上前行礼："侄儿李隆基拜见姑姑！"

太平公主："都是自家人，免礼吧！坐。"

李隆基在太平公主的对面坐下，一脸忧郁地说："姑姑，李氏皇族披荆斩棘，历经无数坎坷才一统天下，受万世敬仰。现如今好不容易大唐复归，但是却又面临被倾覆的危险。太子起兵，手持利刃面谏圣上，虽有违人臣之道，可这完全是被奸佞之人所逼，不得已而为之。如今太子惨死，难道我李氏皇族就应该任人宰割吗？身为皇室中人，隆基深感羞愧，无颜面对先祖啊！"李隆基说到动情之处还哭了出来。太平公主被李隆基的话语所打动，长叹道："难得现在我们李家还有你这样血性的男儿！"

李隆基站起来激愤地说："姑姑，韦氏弄权祸乱朝纲，一群小人随之附和。薛姑父一身正气，疾恶如仇，一心侍奉姑姑，忠于大唐，令侄儿不胜钦佩。若是薛姑父在世，一定不会眼看小人得志而袖手旁观的。"

太平公主听李隆基提到薛绍时，内心泛起阵阵酸楚，因为已经好多年没人在她面前提起薛绍，她都快忘了薛绍的模样了。但是，有些东西她始终没有忘，那就是她对薛绍的感情。她想起当年和薛绍成婚时的壮丽场景以及他们相守在一起时的快乐时光，心里涌起一股暖意。随即她又想起薛绍被母亲饿死时的样子，不禁眼泛泪光，心痛地说："可惜他生不逢时，跟错了人，惹上了杀身之祸。"

李隆基急切地说："薛姑父是被冤枉的，他根本没想过要谋反。他深爱着姑姑，怎么会做让姑姑伤心的事！他一定是被人诬陷而获罪的！"

太平公主听到这话很是惊异，进而大受感动，抱着李隆基痛哭起来。李隆基借机说："姑姑，为了大唐，侄儿即使粉身碎骨也在所不辞，希望姑姑助我！"

太平公主郑重地对李隆基说："姑姑会助你铲除韦氏。"

李隆基起身拜别。

李隆基走后，太平公主也打起了自己的盘算。韦氏在清除"五王"的时候自己之所以保持沉默，因为她知道"五王"是绝不允许女人再次涉足朝政的。

而她的前任丈夫薛绍之所以能被母亲轻易处死,最根本的原因在于她母亲手里握有至高无上的权力,这种权力使得她的母亲能够得到她想要的东西。对她而言,只有得到这种权力才能保住自己的身份和地位,才能获得绝对的安全。太子李重俊起兵被杀是她没有料到的,但这对她也没什么影响,反而使自己夺权的道路更加顺畅。因为李重俊是不会受自己控制的,更不会让她登上朝堂。

韦氏的倒行逆施已经天怒人怨,这是她所想看到的结果,而且韦氏接下来要除掉的对象肯定会是自己,当然不能坐以待毙。要除掉韦氏,她不便直接出面,要找一个宗室中的男人去做这件事,而这个男人必须是听话、有能力、肯卖力的。值得庆幸的是,这个人已经主动送上门来了,那就是李隆基。想到这里,太平公主满意地笑了。

政变过后,李显念及千骑兵临阵倒戈,铲除带头谋反的将领有功,下令将千骑兵扩展至万骑,号称万骑军。韦氏为了控制万骑军为她所用,说服李显任命韦温、韦睿、韦播等人掌管万骑军。滑稽的是,这场政变之后,韦氏的势力不仅没有削弱,反而急剧膨胀。

太子李重俊及其同党被杀,韦氏依然不肯善罢甘休,想趁此机会除掉李旦和太平公主。她让女儿李裹儿会同上官婉儿诬陷相王李旦与李重俊合谋造反,李旦的命运由此改变。

李旦出走洛阳

李显派吏部侍郎兼御史中丞萧至忠负责审理李旦合谋造反案。萧至忠含泪进言:"陛下富贵已极,拥有整个天下,却不能容纳一弟一妹,难道还要让人罗织罪名把他们陷害至死吗?相王当初做皇太子时,曾坚决请求则天皇后允许他把天下让给陛下,为此多日吃不下饭,这是人所共知的事情。陛下现在为什么仅凭冉祖雍的一句话就怀疑相王呢?"李显对相王及太平公主一向友爱,听了萧至忠的话以后也就把这件事放下了。

但是这次政变却让李显陷入了深深的忧虑之中。他在五十岁之前一直活在母亲的威势之中,惶惶不可终日,现在终于不用再为身家性命而担忧了,可是家族内部的纷争却又让他心力交瘁。这时接到通报:"陛下,安国相王求见。"

李显听后喜形于色:"快传!"

李旦进来还没来得及行君臣之礼,李显就上前拉着李旦的手说:"四弟,你来了!"

李显的举动让李旦感到局促不安,李显愉悦地说:"今天只有兄弟,没有君臣。"

两人坐下来以后李显问道:"四弟,近来一切可好?"

李旦说:"托陛下隆恩,微臣一切都好。"

李显又问道:"那孩子们都好吗?"

李旦说:"孩子们也都好。"

李显笑着说:"孩子们可以随时到宫里来玩,你不要劝阻。三郎的马球打得最好了,朕很喜欢。"

李旦被李显无微不至的关怀感动了,但他还是下定决心,要把自己今天来想要说的话说出来:"微臣今日有一事有求于陛下,还望陛下成全。"

李显笑着说:"说吧,什么事儿?"

李旦低声说:"微臣求陛下让微臣去东都洛阳居住。"

李显十分惊讶地问道:"为什么要去东都?你要离开朕吗?"

李旦说:"微臣不敢。微臣只是想东都了,想去看看。"

其实李旦并不想离开,但是在皇族内斗、朝廷纷争此起彼伏的矛盾之下,让他实在不堪忍受。李旦走后,韦氏集中精力对付太平公主。

李旦离开长安以后,李显一直在想怎样能让家族的人和睦相处,经过一番思索之后,他决定在大明宫内宴请皇后韦氏、妹妹太平公主、昭容上官婉儿、大女儿长宁公主、小女儿安乐公主、侄子李隆基等。

李隆基带着妹妹李持盈和兄弟们先到大福殿,不久安乐公主、长宁公主也来了。不一会儿,太平公主到了。随后,李显、韦氏、上官婉儿也来了。

李显、韦氏、太平公主作为长辈坐在首席,上官婉儿因为受宠被李显恩准也坐在首席。长宁公主、安乐公主、李隆基的兄弟们及妹妹李持盈坐在末席。

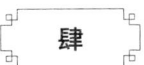

竹篮打水一场空

待人员坐定之后，李显高兴地说："今天我们一家人难得聚在一起，朕甚是欣慰。一家人之间有点误会正常，但是都不要往心里去，以后自家人之间有什么解决不了的，或者想要什么，都可以和朕说，朕一定想办法让你们满意。"

韦氏接着说："陛下说的你们都听见了？一家人本来就应该和睦相处，可一些人心存非分之想，让人失望。本宫对很多事情都不愿多说，关键在于自觉。"

韦氏刚一说完便对上官婉儿使了个眼色，上官婉儿接着说道："陛下仁慈宽厚，可惜某些人恐怕很难理解陛下的良苦用心，要不然也不会有那么多不自量力的人上蹿下跳，简直让人防不胜防。"

太平公主对着上官婉儿说："今天是李家人一起吃饭，你怎么也来了？你觉得你适合坐在这里吗？"

上官婉儿说："大公主，是陛下让我来的，难道不行？"

太平公主说："可皇兄刚才明明白白说是我们李家的人，你难道没听见？"

上官婉儿反问道："我一心一意侍奉陛下，难道大公主非要对我另眼相看？"

太平公主说："你可真够抬举自己的。"

上官婉儿站起来大声说："大公主为什么如此咄咄逼人？"

太平公主直言不讳地说："你也配讲一心一意！"

上官婉儿气不过，对李显说："陛下，臣妾身体有所不适，先行告退。"随后狠狠地瞪了太平公主一眼，扬长而去。

饭间，太平公主说："皇后，最近我听到不少宫内的流言蜚语，不知道皇后都在做什么呢？"韦氏明白，太平公主是暗指她在宫内圈养情人的事，心中怒气顿生："太平，你管的可真够宽的。什么时候连后宫的事儿都想管了？那你说本宫该做些什么呢？"

太平公主并不示弱："后宫的事儿我管不着，但是有谁要是对不起陛下，那可就是我李家的事。既然是我李家的事，我就要管。"

韦氏冷笑了一声，说："是吗？太平，你的府邸门前，每天车水马龙，高朋满座，夜夜笙歌。这也算对得起陛下？本宫还没找你好好谈谈，你倒先质问起本宫来了。"

这时，坐在另一桌的安乐公主扬声说："姑姑啊，我听人说当年张昌宗、张易之兄弟可是出自你的门第，不知道这是不是真的？"

李裹儿这句话击中了太平公主的软肋，但是她强压怒火，说："裹儿，你到姑姑身边来，姑姑告诉你是怎么回事儿。"

安乐公主说："哦，那我可要听听姑姑怎么说。"说完便起身向太平公主身边走去。韦氏觉得李裹儿的话说过头儿了，连连使眼色示意她坐下。但是安乐公主已经忘乎所以，全然不顾韦氏的劝阻。

李裹儿刚走到太平公主身旁还未稳，太平公主扬起手连打了安乐公主几个巴掌，打得安乐公主险些栽倒在地。李裹儿被打后捂着脸哭了起来，呆呆地望着太平公主吓得直往后退，在场的人也都吃了一惊。

太平公主站起来，怒斥李裹儿："你好大的胆子！长辈们在一起说话哪有你插话的份儿？长幼次序全然不顾，何谈孝义廉耻。你母亲就是这样教你的吗？"

韦氏赶忙走过来护住女儿，气愤地和太平公主吵闹起来。其他人在饭桌旁如坐针毡，都期待着这顿饭赶紧结束，好逃离这个是非之地。李显夹在两个女人中间十分为难，便大喊道："好了，都各自回去吧，朕累了。"韦氏、太平公主这才停止了争吵，其他人也都纷纷离开。

在回去的路上，李隆基和妹妹李持盈坐在马车里，李持盈道："哥哥，我们去洛阳找父王吧，我不想再在长安待下去了。"

李隆基说："去洛阳又能怎么样呢！天下虽大，可是能容得下我们的地方可不多啊！"

李持盈说："可是只要我们在长安多待一天，皇后和李裹儿就还会找我们的麻烦，这种日子什么时候是个头儿啊！"

李隆基说："没事的，只要哥哥在你身边，没人敢欺负你。哥哥向你保证，总有一天，我会让这些欺负我们的人付出代价，而这一天不会太久的。"

伍

欲立皇太女

　　李显的懦弱和纵容，导致韦氏和李裹儿权力欲望不断膨胀。她们效法武则天，打击朝廷重臣，培养亲己势力，组建自己的官僚集团。例如：任命礼部尚书韦温为太子少保、同中书门下三品；任命太常卿郑愔为吏部尚书、同平章事；任命宗楚客为中书令兼兵部尚书；任命太府卿韦嗣立为中书侍郎、同中书门下三品。

　　武则天为了谋夺李唐的社稷，树立自己的威望，也培养自己的官僚势力。但是，她对用人制度进行了改革和创新。改革科举，提高进士科的地位；举行殿试，开创武举、自举、试官等多种制度，让一大批出身寒门的子弟有了一展才华的机会。武则天在洛城殿对贡士亲发策问，遣"存抚使"十人巡抚诸道，推举人才，一年后共举一百余人。武则天用人不问出身，良才任用，或为凤阁（中书省）舍人、给事中，或为试员外郎、侍御史、补阙、拾遗、校书郎，试官制度自此始。

　　所以，武则天在用人上打破了先前以门阀出身授官封爵的制度，提拔和重用了许多优秀的寒门子弟。与武则天比起来，韦氏在这方面做得可就省事儿多了。她大肆封赏斜封官，即由皇帝亲笔敕书任命的官位。不管是屠夫酒肆之徒，还是为他人当奴婢的人，只要行贿三十万钱就可以得到这种官位。如果行贿三万钱，就可以发给祠部牒被剃度为僧尼（在当时僧尼是一种特权阶层，有田产却不用交赋税和服徭役）。此风一开，安乐公主、长宁公主、韦氏的妹妹成国夫人、上官婉儿、上官婉儿的母亲沛国夫人等人，全都仗势大肆收受贿赂，为行贿者请托授官。她们受贿之后所任命的员外官、员外同正官、试官、摄官、检校官、判某官事、知某官事共计数千人之多。在长安和东都两地分别设置两员吏部侍郎，每年四次选授官职，选任官员达数万人。这样没有节制地选任官员，以至于宰相、御史和员外官总数大增，官厅也无处可坐，被当时人称为"三无坐处"。官僚机构冗员臃肿，卖官鬻爵现象泛滥成灾。

安乐公主李裹儿倚仗着李显的宠爱骄横放纵，卖官鬻爵，贪赃枉法，权势大过朝廷内外的人。甚至自己起草制书敕令，将内容覆盖后让李显在下面签名。李裹儿给自己挖定昆池，耗资巨大，想方设法捞钱。而大肆任命斜封官是李裹儿捞钱的重要手段。李裹儿拿着新拟的斜封官名单找到李显，让李显给她盖章。

李显问道："这次你举荐的都是什么官员？"

李裹儿笑着说："回父皇，都是贤能之人。"

李显拿起李裹儿拟定的斜封官诏书来看。

李裹儿在一旁说道："父皇，儿臣觉得用人为官不应问出身，也不要依门第，而应该五湖四海、四面八方，这样才能广纳天下豪杰，为大唐效力。"

李显赞叹说："裹儿真是越来越懂事了。"

李裹儿说："谢谢父皇夸奖，所谓'周公吐哺，天下归心'，女儿觉得很有道理。"

李显说："对，有道理。礼贤下士才能聚集英豪。"

李裹儿故意做出诚惶诚恐的样子，双膝跪下，扣头高呼："儿臣遵命！吾皇万岁万岁万万岁！"李显连敕文的内容都没看一眼便盖了章。李裹儿看李显心情不错，顺势说道："儿臣还有一件事情想麻烦父皇，希望父皇能够答应。"

李显说："朕就知道你想法最多，说吧，什么事儿？父皇一定给你办。"李裹儿慢慢地将另一份诏书放在李显的面前，说："父皇，你把这个给批了吧！"

李显拿起玉玺打开诏书刚想盖上去，无意间看见了"皇太女"三个字。李显以为自己看错了，忙着放下玉玺，将诏书认真地读了一遍才明白，原来李裹儿的这份诏书是想将她立为国之储君。幸亏这个玉玺没盖下去，否则后果将不堪设想。李显不禁脊背发凉,对李裹儿说:"胡闹,这怎么能行?"

李裹儿反问道:"这怎么不行?"

李显回道:"这个绝对不行,从古至今都未有过立皇太女一说,传出去让人笑话。"

李裹儿还不死心:"能立皇太子为什么就不能立皇太女?我是父皇的女儿,对父皇和大唐忠心耿耿,怎么就不能成为国之储君?"

李显回道:"这事儿亘古未有,弄不好要天下大乱。"

李裹儿不依不饶:"为什么立皇太女就要天下大乱?历史上皇太子弑父杀君者比比皆是,为什么人们都相信儿子而不相信女儿?"

李裹儿根本不听劝阻,缠着李显非要立她为皇太女,但李显死活不同意。最后,这件事传到了朝堂上,在大臣们的反对下也就不了了之。

陆

麟德殿之宴

　　李显在与李隆基打过马球之后心情好了很多，在上官婉儿的主导下，李显在麟德殿设宴，与大臣学士以及皇室中人宴饮，品论诗词，行赏官爵。吟诗之余，每个人都出节目助兴。工部尚书张锡跳《谈容娘舞》，将作大匠宗晋卿跳《浑脱舞》，左卫将军张洽跳《黄舞》，左金吾将军杜元谈念诵《婆罗门咒》，中书舍人卢藏用则模仿道士替人给天神上表祈求消灾除难，兵部尚书宗楚客则组织了一个大型的合唱团演唱《桑韦歌》。

　　《桑韦哥》唱完之后，左卫中郎将武延秀跳起了胡舞，李裹儿不禁春心荡漾。早在她的丈夫武崇训活着的时候，李裹儿就和武延秀暧昧不断。武崇训被太子李重俊杀死之后，武延秀更加有恃无恐地与李裹儿来往。武延秀英俊潇洒又能歌善舞，让李裹儿魂不守舍，忍不住来到武延秀身边与之共舞。

　　节目表演完之后，中书侍郎崔湜紧接着吟诗作赋，取悦韦氏和李显。其他朝臣也是大受启发，绞尽脑汁展现自己的诗文才华，竭尽献媚之能。韦氏命上官婉儿对群臣的诗词进行品评，以名次进行封赏。

　　太平公主看到这样的场景，妒忌和愤恨溢于言表。想当年武后在世的时候，她可是受万人追捧的。每次在麟德殿举行宴会的时候，所有人的眼睛都不会离开她那美貌的脸庞，目光都停留在她的身上，用华丽的辞藻称颂她。可是现在，人们已经不会去注意她，因为她不是主角，主角是韦氏、李裹儿，甚至是上官婉儿，但终究不会是她。太平公主想到：权力！权力！唯有权力才能改变这一切，夺回昔日的荣光！

就当太平公主的心里燃起夺权的熊熊烈火时,李隆基则自斟自饮地坐在太平公主的旁边喝闷酒。他想,当今皇帝无能致使奸佞之人当道,祸乱朝纲。一群趋炎附势的小人投机取巧,谋取高官厚禄。如此下去,大唐社稷能够长治久安吗?想到这里他不禁心如刀割。

就在这时,国子司业河东人郭山恽说道:"臣没有什么特长可以为陛下助兴,请允许我唱古诗吧!"李显表示同意。郭山恽唱了《诗经·国风》里的《蟋蟀》。《蟋蟀》这首诗表达的意思是一方面要抓紧时光享受,另一方面又要告诫自己不要过分享受,这样才能长期保持享乐生活,有劝诫人勤勉之意。这引起了韦氏的不满,韦氏想到自己在武后时期吃了无数的苦,如今终于可以享受一下,还需要你一个小小的国子司业拐着弯儿来教训我吗?

当郭山恽唱到"好乐无荒,良士蹶蹶"时,韦氏说:"行了,郭爱卿的好意本宫心领了,你下去吧。"上官婉儿见状连忙打圆场说:"郭大人,回家以后养两只蟋蟀与之共勉吧!"此言一出,在场的人哄堂大笑,韦氏也被逗乐了。

这时,韦氏在人群中无意间看见了李隆基,说:"三郎,本宫听说你多才多艺,弹得一手好琵琶,今天何不给大家献上一曲?"

李显也跟着说:"好,好。三郎,你就弹一曲让朕开开眼界。"

李隆基有点微醉,站起来说:"微臣遵旨。"

李隆基从宫女手中接过琵琶,坐下来拨动琴弦。他遥想当年太宗皇帝,千辛万苦开疆扩土,莅中国而抚四夷时气吞万里如虎的壮丽场景,曲调悠扬,犹如万马奔腾,一泻千里,使人听了热血沸腾。忽然间,曲调一转,低沉哀鸣,如泣如诉,他想到武后篡权,谋取李唐社稷,李氏皇族惨遭横祸,被杀被流放的不计其数。在场的李显、韦氏、太平公主及一些大臣也都被打动,忆往事而黯然神伤,低头不语。紧接着,乐声微微上扬,恰似黑夜将去,黎明中流露出一丝曙光。他是在表达"神龙革命"之后李唐复归,万民欢欣鼓舞时的喜悦之情。但是,持续没多长时间曲调就变得混乱无序,就像是晴朗的天空忽然乌云密布,狂风大作,在暴风雨冲刷下天地似乎即将毁灭。他在控诉韦后弄权,使得小人得势朝纲混乱,国将不国,悲愤中夹杂着报国无门的失望和不满。

在琵琶声中,一些大臣听到这里不禁潸然泪下,上官婉儿首先听出了这其中的韵味,觉得这明摆着是在骂韦氏和她,她斜着眼睛望着李隆基,然后又把目光转向韦氏摇了摇头。韦氏也不是等闲之辈，怎么能听不出李隆基的弦外之音？她示意宗楚客出来阻止李隆基。正巧这时琵琶弦断了，宗楚客说："陛下和皇后顺应万民之期盼，心系天下之安危，勤于政事，使得我大唐国富民强，百姓安居乐业。今日陛下和皇后在此宴请朝臣，欢聚一堂，庆贺我大唐兴盛之荣耀，临淄王演奏这样的曲子恐怕不合时宜吧？"

李隆基站起来说："郭元振将军请求将阙啜忠节部落迁往凉州，避免与娑葛部落发生冲突，阙啜忠节在东迁的过程中听信周以悌的逸言向你行贿，你就改变郭将军的良策，让阙啜忠节留在西域联合吐蕃进攻娑葛，致使安西四镇被兵祸所困扰。我大唐国威受损，将士们疲于奔命。你身为兵部尚书，出卖大唐利益，让将士们白白流血牺牲，你觉得这样做合时宜吗？"宗楚客听了这话大为震惊，头上直冒冷汗。

司农卿赵履温说："今天陛下和皇后都很高兴，临淄王提这些不愉快的事情干什么？再说，宗大人的事情陛下也处理过了，西域的事情郭元振将军也正在想办法解决。临淄王这样揪着不放，难道是在怀疑陛下处理政事的能力吗？"

李隆基说："圣上仁慈，臣等唯有尽心效忠之分。可赵大人呢？你身为司农卿，乃朝廷重臣，不思索着治理农桑、疏通水利、救荒育民等国计民生之事，却只想着挖水池、建豪宅、修造佛寺，致使国库空虚，百姓流离失所。这就是你的能力所在吗？"李隆基这些话把矛头直指韦氏，赵履温被李隆基说得面红耳赤，不敢多言。

李隆基的慷慨陈词道出那些有志之士的心声，他们被李隆基的气魄所折服。韦氏此时早已怒不可遏，大声呵斥道："放肆！李隆基你想干什么？让你弹一首曲子你不好好弹，现在却又在这里胡言乱语，你想造反吗？"

太平公主说："皇后，年轻人性格急躁，多喝了几杯有点儿失态，批评几句就行了，何必大动肝火呢？三郎，还不快退下。"

韦氏说："有点儿失态就算了？这里是大明宫不是酒馆。"随后，她对身边的侍卫说："来人啊！给本宫把这个酒徒抓起来。"侍卫迅速扑向李隆基。

太平公主起来呵斥道："大胆！我看你们谁敢上前一步。"

这样的吵闹让李显很不高兴："本来高高兴兴的怎么又搞成这样，侍卫都退下。"

韦氏说:"陛下,一个臣子如此猖狂,这规矩还要不要了?"

李显说:"不过是口舌之语,莫要动手。三郎你也是,以后宴会上少喝点儿。今天就到这里,散了吧!"

韦氏强压怒火离席而去,其他人也都陆续离开了。李隆基曾经因七岁时呵斥武懿宗而受到祖母武则天的赏识,一时间成为美谈。而这次,李隆基在麟德殿的宴会上怒斥韦氏党羽宗楚客、赵履温的这一举动又让他在朝廷上名声大噪,同时也捞到了一笔不小的政治资本,甚至一些人把他视为大唐未来的希望。虽然说这次他是借着酒劲表现出来的,但是并不影响这件事情产生的影响。

李隆基在麟德殿上公然挑衅的举动令韦氏深感愤怒。第二天,韦氏命令侍御史冉祖雍将李隆基抓了起来,投入牢狱中。李隆基的妻子王氏和妹妹李持盈慌作一团,不知所措。服侍李隆基的宦官高力士说:"王妃赶快去找大公主,只有大公主才能救王爷。"

柒

牢狱之灾

王氏带着李持盈来到太平公主的府邸。一见到太平公主,王氏就跪在她脚下哭诉道:"姑姑,求求您救救三郎,救救三郎啊!"

李持盈也哭着说:"姑姑,求您救救哥哥。"

太平公主说:"别着急,起来说话。"

王氏抹着眼泪说:"刚才不知道因为何事,侍御史冉祖雍带着人把三郎给抓走了。"

太平公主听了以后说:"我知道了。三郎没事的,你放心,天黑之前就会回到家。"

送走王氏和李持盈以后,太平公主来到大明宫的太液亭。李显正在和韦氏下棋,太平公主说:"皇兄好雅兴啊!"

李显抬起头笑着说:"太平来了,过来这边坐。"

太平公主说:"三哥,妹妹找你有点事儿。"

李显说:"哦,什么事儿?"

太平公主说:"三郎被人抓了,你知道吗?"

李显吃惊地问道:"三郎被人抓了?谁抓的?这么胆大!"

韦氏直言不讳地说:"回陛下,是臣妾抓的。"

李显把头转向韦氏,发牢骚道:"皇后,你这是干吗?"

韦氏说:"一些人目无君臣,不知深浅,冒犯长辈。陛下日理万机,没时间管这些小事儿,臣妾就替陛下管教一下这些不懂规矩的人。否则长此以往那还得了。"

李显有些难为情地说："皇后说的没错，可是也不能抓人啊！"

韦氏说："不抓人，难不成让臣妾还用八抬大轿请来不成？"

李显语塞，太平公主说："既然人已经抓了，该教训的也都教训了，还不放人吗？"

韦氏说："人本宫自然会放，但前提是他必须要懂得一些道理。"

太平公主说："我不管你想让他明白些什么。总之，天黑之前我必须见到人。"说完，她跟李显道了别便转身离去。

韦氏立刻心生怒火，指着太平公主的背影对李显说："陛下，你看她什么态度！臣妾是大唐的皇后，是她的嫂嫂，可是她却从来不把臣妾放在眼里。正因为她这样，皇室中的那些小辈也开始跟着学，总是想方设法地反对臣妾。臣妾要是不出手整治整治，皇后颜面何存！陛下的威严又在哪里！"说到动情之处，眼泪也掉了下来。

李显安慰韦氏说："朕知道皇后一片苦心，可太平她打小就这样儿。母后在世的时候都拿她没办法，朕又能拿她怎么样？你不要太计较这些，大度一点。"

韦氏轻蔑地说："拿她没办法？毛病都是惯出来的。"

李显拉着韦氏的手轻声说："先不说这个，三郎的事就算了吧，传出去不好，把人放了。"

韦氏抹了一把眼泪说："陛下让放，臣妾自然遵从，臣妾现在就放人。"随后，韦氏对身边的侍女说："林妍儿，你去把李隆基带到本宫面前来。"

李隆基被侍御史冉祖雍抓起来后，遵照韦氏的指示，将其用绳子吊起来，不断地用冷水泼他。林妍儿来到玄武门前夹城的北衙大牢，让人把李隆基放了下来。李隆基被吊得手脚麻木，身上没一丝力气，刚一放下来像一摊烂泥一样瘫坐在地上。一个狱卒将他扶起放在椅子上，同时又给他舀了一碗热水喝。等李隆基缓过劲儿来，林妍儿对身边的人吩咐道："来人，给临淄王洗漱，换一身体面的衣服。"

李隆基见旁边站了一个女人，问道："你是谁？"

林妍儿说："我是皇后的贴身侍女林妍儿。"

李隆基说:"皇后,派你来杀我的吗?"

林妍儿说:"临淄王想多了。"

李隆基说:"那为何要给我整理衣衫?"

林妍儿说:"皇后要见你,自然要衣着体面,圣上也在。"李隆基一听李显也在,这才放下心来。

林妍儿领着李隆基来到李显和韦氏跟前,李隆基向李显行礼:"微臣叩见陛下,陛下万岁万岁万万岁!"

李显刚想扶李隆基起来,韦氏对李显递了一个眼色。李隆基又紧接着说:"微臣叩见皇后。"李显又想说"平身"两字时,韦氏说:"跪着,把头抬起来。"

李显说:"三郎,你跟皇后认个错儿,以后别那么冲动。"

韦氏问李隆基:"知道为什么吗?"

李隆基说:"微臣知道。"

韦氏说:"知道什么?"

李隆基说:"微臣酒后失言,有失皇家体统,故应受罚。"

韦氏站起来走到李隆基的身旁,说:"你还挺明白事儿啊!"随后,伸出手一巴掌打在李隆基的脸上,将李隆基扇倒在地。李隆基迅速重新跪好,韦氏接着说:"李隆基,本宫告诉你,论等级本宫是皇后,你不过是一个臣子;论辈分本宫是你的长辈,你是晚辈。你有什么资格在本宫面前大吼大叫?本宫在此提醒你,你以后规规矩矩的,本宫保你平安无事,荣华富贵。可你要是不守规矩,那本宫可就要清理门户了。你明白吗?"刚一说完,韦氏又向李隆基的脸上抡了一巴掌。

李隆基赶紧重新跪好,向韦氏服软说:"皇后训示的是,微臣明白。"

韦氏见状心里的气也就消了一大半,说:"起来吧!"

李隆基谢过韦氏之后慢慢地站了起来,李显上前安慰说:"三郎,以后好好的,把心绪放平和些,皇后也是为了你好。"

李隆基打躬作揖说:"微臣知道,让陛下、皇后费心了。微臣告退。"

李显说:"回去好好休息,以后没事多陪朕打马球。"

李隆基说:"是,陛下。微臣告辞。"

从大明宫出来以后，李隆基十分心痛。今天发生的事情对他来说已经不是羞辱的问题，因为他一直在想怎样才能改变这种局面，让李唐的政局走上正轨。

他来到了太平公主的府邸，见到太平公主后李隆基说：“谢姑姑救我。侄儿愧对大唐，愧对列祖列宗。”

“要斗争凭的是实力，没实力靠嘴皮子是没用的。”

“是，姑姑。侄儿明白了。”

“你要记住，不管什么情况下都要保持一颗坚强的心。成大事者，要能拿得起放得下，切记不要为一些琐碎小事而干扰你清醒的判断。”

“侄儿谨遵姑姑训示。”太平公主让薛崇简送李隆基回去。

在路上，薛崇简说道：“韦氏权势日盛，你和她争斗可要小心，别太冲动了。”

"我知道，可是想到大唐我心里着急。"

"表哥，我明白你的心思，就凭这一点我佩服你。不管发生什么事，只要表哥说一声，小弟虽九死而犹未悔。"

李隆基被薛崇简打动了："不愧是好兄弟，为了大唐，我们一起奋斗！"

薛崇简附和道："为了大唐而奋战！"

傍晚时分李隆基回到家中，问王氏："今天家里都好吧？"

王氏说："一切都好，刘江玉来过。"

李隆基神情激动，问道："刘江玉来了？什么时候？"

王氏说："下午的时候。"

李隆基说："你没问他现在住在哪里吗？"

王氏说："他说住在大明宫北衙兵营。"

李隆基说："这就好！他回来真是太好了。"

捌

招揽万骑军

李隆基在任潞州别驾时颇有政绩，粮食丰稔，百姓安居乐业，赢得了不错的口碑。他又多方延揽人才，收买人心，常与潞州名士、幕僚、挚友在一起赏景吟诗、评论国事，有识之士多归附其下，刘江玉就是其中之一。刘江玉是武周后期的武举，当时在潞州折冲府任别将，得到了李隆基的赏识，便向朝廷举荐刘江玉。刘江玉被朝廷调往京城羽林军中任职，后又被任命为北衙万骑军中郎将。在李隆基回到长安前，刘江玉因父亲去世一直在家守丧。

第二天一大早，李隆基便派人去给刘江玉送信。傍晚时分，刘江玉见到了李隆基。

李隆基问道："家里都还好吧？"

"家中一切都好。倒是王爷最近受苦了。韦氏弄权，残害忠良，任人唯亲，朝廷人人自危。王爷能够挺身而出与之斗争，令人不胜钦佩。"

"斗来斗去，韦氏的势力一天天壮大，而我却什么也做不了。"

"王爷不必太过自责，韦氏现在的壮大只是表象，实际上韦氏的倒行逆施已经惹得天怒人怨，人神共愤。她身边的也只不过是善于察言观色、趋炎附势的小人而已。"

"这个我知道，但是圣上宠着她，使得她现在权势日盛，谁也扳不动她。"

"王爷，你愿意为匡扶大唐而出力吗？"

"为了大唐的社稷，我万死不辞。"

"我今天在万骑军中听到许多将领和士兵都在谈论你,称赞你英明果敢,是皇室中不可多得的俊才。王爷何不在万骑军中发展势力,养精蓄锐,一旦时机成熟一举铲除韦逆。"

李隆基等的就是这句话,但是他又接着试探:"可万骑军被韦温、韦播等人把持,万骑军中的将士虽有报国之心,肯定会受到多方掣肘。"

"韦温、韦播等人都是一些毫无头脑的蠢人,韦氏用他们根本控制不住万骑军。他们这些人为了树立个人淫威,对万骑军将士动辄打骂体罚,万骑军里已经是怨声载道了。而万骑军将领葛顺福、陈玄礼等人爱憎分明,满腹报国之志,早就对韦氏党羽的胡作非为深恶痛绝了。王爷是李氏皇族中既年轻又有名望的人,只要你肯结交这些人,他们必定死心塌地地追随你。到铲除韦逆之时,你只需振臂高呼,他们必将云集在你的旗下。何愁大事不成?"

刘江玉把万骑军里的情况给李隆基做了精心的分析,李隆基顿时有了底:"难得在大唐面临颠覆的危险之时他们还能心存报国之志,实在是大唐之福。能与这些人并肩作战,我即便是身首异处也绝无怨言。刘兄,你可要帮我啊!"

刘江玉说:"王爷忠君爱国之心人尽皆知,我一定誓死追随王爷除掉那些奸佞之人。我会去联系万骑军中的将领,让他们与王爷共谋大事。"

李隆基听了这些话很是欣慰:"那就拜托刘兄了!"从此以后,李隆基开始通过刘江玉在万骑军中发展自己的势力。

在那次宴会之后,李裹儿与武延秀频繁交往,感情迅速升温,便将她喜欢武延秀、想招武延秀为驸马的事告诉了李显和韦氏,韦氏对此没有什么异议,李显也只能同意。两人很快举行了婚礼。

李裹儿和武延秀成婚后不久,突厥别部突骑施娑葛起兵二十万反叛,先后攻陷安西四镇中的龟兹、拨换、焉耆。安西大都护郭元振驻守疏勒,被叛军围困,上奏朝廷请求出兵平叛。消息传到长安,皇后韦氏想让女婿武延秀带兵平叛,以此来提升她的威望,扩大在朝廷中的势力和影响。

韦氏认为武延秀曾在突厥部落生活了六年,又熟悉突厥语,很了解突厥人的情况。因此她觉得让武延秀带兵出征一定会有很大胜算。可是,任凭韦氏磨破嘴皮子,武延秀死活就是不去。

韦氏想举荐武延秀的愿望落空后她仔细地思考着,既然自己派不出人来也不能让太平公主派出她的人,而太平公主想派的人在她看来肯定会是李隆基,这是她一定要阻止的。但是要想阻止,就要选出一个让大家都信服的人来担此大任,即使这个人不是自己的,哪怕是个中立的也好。

韦氏对身边的侍女说:"去请上官昭容来。"

上官婉儿来到韦氏的寝宫,韦氏把心中想法跟她讲了以后慨叹道:"身边就没一个能做事儿的。你想个办法,无论如何不能让太平抢了这个风头。"

上官婉儿早已经胸有成竹:"皇后,我倒是有一个人选,不知道皇后可否满意?"

"谁?你快说。"

"老将张仁愿。"

"他?他行吗?"

"张仁愿征战沙场多年,尤其和突厥人交锋从未失过手。皇后要是向圣上举荐此人,太平和群臣一定没话说。"

"只能这样了。要不我们再派一个人,让张仁愿做个副手辅佐一下,你看怎么样?"

"这不行,张仁愿那可是功勋卓著的老臣,武后在世时都对他毕恭毕敬,他怎么会给别人做副手?皇后要是认定选他,就让他全权负责,或许他对皇后的看法会有所改观,也会给群臣留下您识大体、为国着想的美名,岂不更好?当然,现在平定突厥叛乱才是头等大事,我们和太平之间的斗争可以先放一放,等平叛结束再收拾他们也不迟。"

韦氏听完上官婉儿的阐述觉得很有道理:"那就这样吧!你去告诉宗楚客、崔湜、纪处讷等人,咱们一起力挺张仁愿带兵出征。"

玖

趁机安插党羽

突厥叛乱打乱了李隆基原有的计划，他处于进退两难的境地。如果太平公主要选一个人带兵出征，李隆基觉得必定是他，可他现在的心思都放在拉拢万骑军上，一旦领兵出战，之前所做的努力都前功尽弃了。就算是打了胜仗回来，到时长安的局势发展成什么样子也是无法预料到的。最重要的是，这些出征平叛的士兵是从各地府兵集结起来的，打完仗这些士兵就会解散回原籍，并不常设。这样一来，除了捞得一些好名声外，实际上获得的东西不多。

但是他又一想，觉得如今国家有难，身为李唐宗室中的男儿如果不挺身而出，怎么能说得过去呢？朝廷上的那些大臣和天下的百姓又该如何去评论呢？

李隆基经过反复的思想斗争，终于下定决心以国家社稷为重，先带兵平叛，平定了西域的叛乱再来清算韦氏。理清了这个思绪之后他来到太平公主家，对太平公主表明心迹："姑姑，西域发生叛乱，侄儿愿意为国出征，还望姑姑支持。"

"你真愿意去？"

"为国尽忠，是我大唐男儿应尽的责任，即使死了也值得。"

"我知道了。这件事你就不用管了，我自有办法，你做好自己的事就行了。"

太平公主的话出乎李隆基的预料，也让李隆基陷入困惑当中，李隆基问道："姑姑，侄儿愿意出征，姑姑难道不支持侄儿？"

太平公主说："你的一片赤诚之心姑姑明白，不过你记住，边疆叛乱只不过是肌肤之痒，朝廷内忧才是心腹大患。明天我向圣上举荐人的时候，我说什么你就说什么，不要毛遂自荐，我另有人选。至于是谁，到时你就知道了。"

李隆基听了以后心里对太平公主暗自佩服，同时也觉得眼前的这个女人工于心计，做人做事滴水不漏，实在可怕。于是他点点头说："侄儿明白了，一定遵从姑姑的教诲。"

突厥人的叛乱让李唐上下的精力都放在了西域的战局上，李显在宣政殿上散朝后，召集主要大臣在延英殿重点讨论西北战事。李显说："突厥突骑施部首领娑葛起兵叛乱，诸位爱卿，你们认为谁可以带兵出征剿灭叛军？"

韦氏说："突厥人乃我大唐藩臣，不思报国恩反而兴兵作乱，此等恶贼，若不全部清除终成大患。臣妾认为，张仁愿老将军有勇有谋，深谙兵事，就请陛下派张老将军带兵出征、荡平逆贼吧！"

韦氏一说完，她的党羽立刻附和韦氏的言论。兵部尚书宗楚客说："陛下，张老将军战功显赫，屡次出征都大获全胜。臣认为给予张老将军十万大军，联合郭元振将军驻守西域的八万人，一定痛击突厥叛军，戡平叛乱。"

中书侍郎崔湜说："陛下，臣也认为张老将军是此次统军出征的最佳人选。"

太府卿纪处讷说："张老将军声望显著，能担此大任。"

李显把头转向太平公主问道："太平，你觉得怎么样？"

太平公主说："张老将军统军打仗之才华无可挑剔，但是他年事已高，身心乏累。况且张老将军为了大唐征战了大半辈子，现今到了暮年应该好好安度晚年，怎么能再劳烦他做这些辛苦的事情。难道我大唐就没人了吗？"

太平公主的党羽岑曦说："微臣认为大公主所言在理，张老将军为国事操劳了几十载，如今到了古稀之年还去劳烦他，恐怕会让天下士人寒心。"

李显听着底下人你一言我一语的争论，没有一个合自己心意的。其实，李显心目中的人选正是李隆基。可是，他发现李隆基今天有点怪，一不自荐，二又没人举荐。李显心里没了主意，更何况他也不是一个可以拿主意的人。

李显把最后的希望都寄托在了太平公主身上，希望他能举荐李隆基出任统帅，所以李显隐晦地问道："太平，那你有没有适合的人选啊？"

太平公主说："我有一人选。"

李显略显激动地说:"那你快说。"

太平公主说:"左晓卫中郎将李鉴。"

太平公主刚一说完,李显、韦氏、上官婉儿、李隆基等人都一脸茫然,都在心里念叨这个"李鉴"是谁。于是,都把目光不约而同地投向了兵部尚书宗楚客。

宗楚客此时也一头雾水,他在脑海里极力搜寻,这个李鉴到底是谁。这人姓"李",莫非是李氏皇族的人?可是他在兵部并没看到一个叫李鉴并且是出身皇族的武官。宗楚客头皮开始发麻,忽然间脑袋里闪出一个身影,宗楚客大叫道:"大公主,这个李鉴不过是一个二十出头的孩子,做得了统帅吗?"

太平公主说:"此人是李卫公李靖的曾孙,长于谋略,胆识过人,善于大兵团作战。他十六岁开始追随张仁愿老将军西征,屡立奇功,在我大唐边军中有'唐之霍去病'的威名。陛下,若重用此人,统领十万大军西征娑葛,一定能大获全胜,扬我国威。"

太平公主没有举荐李隆基,而是推出了一个名不见经传的孩子,还把他和西汉名将霍去病相提并论,这让皇后韦氏顿觉不安,因为这大大出乎了她的预料。她根本猜不透太平公主葫芦里卖的什么药,又有什么阴谋诡计。所以,她只好把头转向坐在身后的上官婉儿。上官婉儿静静地思考以后,在韦氏的耳边说了几句,韦氏才恍然大悟。她很快改口说:"既然这个李鉴有如此过人之才华,那就让李鉴带兵出征吧!"李显非常不解地问道:"皇后也认为这个李鉴合适?"

韦氏说:"年轻人总要给些机会历练一下。不过要是让李鉴出征,那就请陛下封武延秀为辅国大将军,统领南衙左右卫、左右金吾卫、左右领军卫六卫府兵,卫戍长安,以备不测。"

韦氏此言一出,延英殿里一片哗然。太平公主十分恼怒地瞪着韦氏和上官婉儿,恨得咬牙切齿。上官婉儿心中升起一丝窃喜,因为她终于逮着机会对上次宴会上太平公主的羞辱还以颜色。

李隆基看到这一幕感到十分心痛,他心里很清楚,现在根本不是争权夺势的时候。可是就他目前的处境而言,他需要支持,尤其是太平公主的支持。所以他是绝对不能走到太平公主的对立面上去的,但是他也不能公开拥护太平公主,而让群臣对他另眼相看。因此,他只能选择沉默,一言不发地坐在那里静观其变。韦氏和太平公主两派人马,你一言我一语吵作一团。

李显是一个没什么主见的人。监察御史崔琬曾经对着皇帝李显的仪仗上奏,弹劾宗楚客、纪处讷二人暗地里勾结戎狄阙啜忠节,接受对方的贿赂。依照惯例,大臣受到弹劾时应当弯腰低头快步走出,站在朝堂上听候治罪,可宗楚客受到弹劾后反而勃然大怒,向李显自述自己的忠诚耿直,声称受到了崔琬的诬陷。李显对此没有严加追究,而是让崔琬与宗楚客结为兄弟,以此来使两人和解,当时的人都笑称李显为"和事天子"。这次,李显又一次露出了"和事天子"的本色,他说:"诸位爱卿都安静一下,朕有话要说。"

等延英殿里安静下来,李显说:"朕知道诸位为了国事都是尽心尽责,既然大家都是为了国事,吵吵闹闹的成何体统?这样吧,朕封李鉴为冠军大将军,担任陇右道行军大总管,统领十万关中子弟征讨突厥。封武延秀为辅国大将军,掌管左右卫、左右金吾卫、左右领军卫六卫府兵,卫戍长安,以备不测。其他爱卿有什么好的良策和建议就跟这两位将军交代清楚,他们要是不听你们再跟朕说,朕一定严加处置,绝不姑息养奸。好了,就这样,散了。"然后,李显起身便离开了。

在李鉴被正式任命为陇右道行军大总管后,他来到太平公主的府邸,见到太平公主跪下说:"属下叩见大公主。"

太平公主说:"起来吧。"

"谢大公主。"李鉴站起来,但是仍然低着头,不敢正视太平公主。

太平公主说:"抬起头来。"

李鉴抬起头,太平公主对身边的李隆基说:"你看好了,他就是李鉴,以前是我府里的侍卫。"

李隆基立在太平公主的旁边看着李鉴,心想原来他就是李靖的曾孙李鉴,果然仪表不凡,有大将的气度。李隆基对太平公主说:"姑姑目光敏锐,慧眼识珠,令侄儿佩服。"

太平公主侧着头对李隆基说:"你要记住,不管什么事儿都是人去做的,要懂得物色人才,明白吗?"

李隆基抱拳说:"是,姑姑。侄儿谨遵姑姑教诲。"

太平公主把头转向李鉴说:"我这次举荐你可是费了很大的力气,希望你能尽忠职守,不要让我失望,明白吗?"

李鉴说:"属下明白,属下一定鞠躬尽瘁,平定乱臣,以保卫我大唐和平安宁,不负大公主的知遇之恩。"

太平公主说:"这就好。有什么需要尽管跟我说,我一定会全力支持你。当然,目的只有一个,那就是一定要打赢。要让世人知道,谁敢跟我大唐作对,那我们就要以血还血、以牙还牙,永除祸患。"

李鉴说:"大公主之训示属下已铭记在心。"

太平公主说:"不过我也把丑话说在前面,你要败了知道该怎么做吗?"

李鉴说:"属下明白,血洒疆场,以身殉国。"

太平公主说:"明白就好,下去吧!"

李鉴说:"属下告辞。"

当李鉴转身要走时,李隆基对太平公主说:"姑姑,我去送送大将军。"

太平公主说:"去吧!"

李隆基来到李鉴身边,说:"大将军这边请。"

李鉴说:"劳烦王爷。"

李隆基把李鉴送到门口,问道:"大将军是李卫公的曾孙?"

"是的,王爷。"

"李卫公一辈子南征北战,为我大唐立下赫赫功勋,乃我大唐之开国功臣,其肖像立于凌烟阁之上,令人不胜敬仰。大将军乃李卫公之后,一定能秉承先祖遗风,大破突厥,得胜归来。"

"王爷过奖了,在下惶恐至极。"

"等将军出征之日我便准备酒宴,等到将军凯旋为将军接风洗尘,与将军痛饮。"李隆基抱拳说。

李鉴被任命为大将军之后,各种质疑的声音接连不断,压力也是接踵而至。李隆基的鼓励话语让李鉴深受感动,李鉴重重地抱拳还礼:"在下一定会与王爷举杯痛饮,不醉不归。"

李隆基说:"君子一言……"

李鉴接道:"驷马难追!在下告辞。"

在出征前的一天黄昏，李鉴站在灞河边上的一个亭子里焦急地等待着。过了一会儿，只见林妍儿骑着马赶来了。李鉴欣喜万分，当林妍儿快来到他身边时，李鉴一个箭步上前勒住马头。等马站稳之后，李鉴扶林妍儿下马，顺势便抱住了林妍儿久久没有说话。过了好一会儿，林妍儿轻声问道："李鉴，你怎么了？"

李鉴放开林妍儿说："没事，就是太想你了。"

林妍儿心疼地说："你怎么看起来这么憔悴，眼睛也红红的。"

李鉴揉了一下眼睛叹气道："朝廷上下对我的质疑之声压得我喘不过气来，压力太大了。"

林妍儿说："我也听说了。你不要管这些，我相信你一定能凯旋。"

李鉴说："我知道，但这是我第一次统军打仗，我不能输，数十万兄弟都是拿性命在跟着我，我绝对不能输。"

林妍儿害怕地哭了出来，抱着李鉴说："不管怎么样你一定要回来，一定要回来！"

李鉴紧紧地抱着林妍儿说："我会回来的，我会带着胜利回来的，你放心。你在韦氏身边做内应，可一定要小心啊！"

林妍儿说："这么多年都熬过来了，我没事。在我身边有很多姐妹照顾我，我很好。"

李鉴说："总有我们一天会在一起的，我会等你。"

到了该分开的时候，李鉴将林妍儿扶上马背，他也骑马转身离去。

拾

不破楼兰终不还

到了出征那天,兵部尚书宗楚客前来给出征的将士送行。宗楚客把李鉴叫到身边,故意问道:"你就是霍去病?"

"回大人,属下是李鉴。"李鉴说。

"这么说你不是霍去病了?"宗楚客不依不饶地说。

"我不是。"李鉴显得很尴尬。

"可是有人说你是霍去病。"

"属下从未听说过。"

"我就说呢,霍去病都死了八百年了,怎么会突然间冒出来,吓我一跳。"宗楚客的嘲讽让李鉴及身后的将士们很是恼火。

"你打过仗吗?"

"打过。"

"知道打仗是干什么吗?"

"上阵杀敌,保家卫国。"

"你还挺明白。本官告诉你,此次出征非同小可,圣上和皇后都很重视,你们务必齐心协力,剿灭叛军。若是出现什么差池,本官拿你们是问!都听明白没有?"

"明白!"李鉴及将士们齐声高喊。

宗楚客命人拿出送行酒举起酒杯,李鉴也拿起酒杯,两人同时喝下送行酒。宗楚客走到李鉴的身边,声严色厉地说:"本官知道有人给你撑腰,但是你要是打不赢本官照样可以砍了你,你听明白没有?"

"属下明白。"

"出征吧。"宗楚客说完便转身离去。

宗楚客一走,定远将军高镇大骂道:"这条老狗,不就是凭借阿谀奉承和溜须拍马爬上去的吗!有什么资格来教训我们,我真想一刀砍了这老东西。"其他将军也是十分愤慨。

李鉴大声呵斥道:"说够了没有?等打败了突厥叛军有人自然会闭嘴,出征!"嘹亮的军号响起,李鉴统帅十万大军,浩浩荡荡向西开拔。

当李鉴率军进入西域的时候,娑葛大军正在围困疏勒,李鉴趁机连克拨换、焉耆、于阗三镇,然后又攻取龟兹,收复了安西都护府,紧接着兵锋直指娑葛大军。

到达疏勒后,李鉴率领主力军与娑葛交战,以吸引娑葛的注意,同时命令定远将军高镇率领两万士兵,强渡克孜勒河。李鉴军队的突然到来让娑葛猝不及防,随即命令大军围攻李鉴。李鉴不予恋战且战且退,高镇渡过克孜勒河之后,从北面突破突厥的防线,进入疏勒城内与郭元振汇合。援兵的到来让郭元振军队士气大振,也解了郭元振粮草枯竭的燃眉之急。随后李鉴与郭元振前后夹击娑葛,娑葛失利,向南退去,疏勒之围终于解除。

李鉴见到郭元振以后说:"郭老将军您辛苦了。"

郭元振说:"哪里,大将军一路上势如破竹连下拨换、焉耆、于阗三镇,令老夫佩服,不愧为将门之后。"

"老将军,过奖了。我看到守军将士们食不果腹,衣衫褴褛,仍然坚守作战,心里深感佩服和惭愧,我们来迟了。"

"大将军来得正是时候,都怪我没能处理好边疆事务,实在是愧对圣上、愧对三军将士。"

"老将军不必自责,这都是朝廷方面的失误。"

"唉,小人当道,误国不浅啊!"

"老将军,我们先不说这个。你对目前的战局有什么看法?"

"我想知道朝廷上是如何考虑的?"

"不惜一切代价歼灭叛军。"

"那打完之后呢？"

"这个朝廷倒是没怎么强调。以晚辈之见，我们先消灭掉娑葛的主力，使其失去反抗能力之后再做商议。"

"大将军所言在理。此次叛乱影响极大，如不及时处理，西域的局势将会变得更加复杂。"

郭元振拿出地图放在文案上，两个人对着地图着手制定作战方针。两人达成一致之后，李鉴把将军们叫进来说："明日我们将与娑葛叛军展开决战，刚才我与郭老将军就消灭叛军作了如下部署：王震宇率领一万骑兵，会同郭将军的八万守军与娑葛部展开正面交锋；高镇领两万骑兵沿着克孜勒河绕过娑葛大军在其后方进行攻击，具体怎样打视战局形势而定，我赋予你临时专断之权；余成千领两万骑兵向南挺近，牵制其左翼；我将率领五万兵马从北面对娑葛的右翼进行攻击；所有重骑兵归杨启贤统领，听候待命。诸位听明白没有？"

底下的将领们齐声高呼："明白。"

李鉴接着说："这次西征以来诸位都身怀报国之志，一路上克服千难险阻、栉风沐雨而无怨言，这是我大唐将士顽强的体现，能与诸位并肩作战我深感荣幸。明日我等将与娑葛进行决战，诸位务必拿出百倍的信心与勇气，誓与娑葛拼杀到底。只要有一个突厥士兵不放下兵刃，我等就要一直打下去，直到突厥人全部投降为止，诸位明白吗？"

将领们高呼："是，大将军！"

在各路大军按照预定的计划实施前，李鉴把高镇、王震宇、杨启贤、余成千叫到身边说："突厥人是我们的老对手了，该怎样做大家都心里很清楚。我想告诉诸位兄弟们的是，这次与突厥人作战非同往日，只有打赢了这一仗我们才算是真正的将军，才能让人无话可说。可机会对我们来说只有一次，不成功，便成仁。"高镇、杨启贤、王震宇、余成千被李鉴的话深深地触动了，因为在这次出征之前，朝廷中对他们的质疑声不绝于耳。他们也知道这场仗是输不起的，只有打赢这场战争才能得到朝廷方面的认可。于是，他们不约而同地向李鉴抱拳行礼，坚定地说："是，大将军！不成功，便成仁。"李鉴也抱拳回礼，然后各自奔向指定位置。

娑葛的大军在与唐军对峙过程中，发现他的正面对手是郭元振。娑葛心里清楚郭元振是一位能征善战的老将，他之所以能够将其围困凭借的是优势的兵力以及郭元振粮草的短缺。可是现在唐军的援兵已到，他就不得不重新重视这位老将了。

娑葛侦察后得知唐军的行动部署之后便率领大军继续向后退去，始终不与郭元振对阵。但是，他的左面却不断遭到余成千部的攻击。于是，娑葛派出三万骑兵去攻打余成千的部队。余成千则是只要突厥兵来攻他就往南退，而南边是吐蕃部落，娑葛不愿与吐蕃发生冲突。他怕进入到吐蕃部落之后，唐军借机发动吐蕃部对他进行反击，那样无形中给自己又增加了一个对手。娑葛派出的骑兵快追到吐蕃人的地界时便止步不前，向后退去。但是，他们一退，余成千则又会率军来攻，反复几次之后，娑葛的军队被余成千的军队搅得疲惫不堪。

李鉴掩护高镇的骑兵沿着克孜勒河向西挺进之后，发现战情并没有按照自己预想的方向发展。他站在克孜勒河边思考良久，然后命人组织渡河，到克孜勒河的北面去。

娑葛得知这一消息之后感到很奇怪，他不知道在他北面的这支军队到底想干什么。娑葛仔细地分析唐军的举动，他想到克孜勒河流域水草丰美，如果唐军渡过克孜勒河占领北面的地域，上奏朝廷将其赏赐给其他部族，这对突骑施部族将会造成不可估量的损失。因此，娑葛对于李鉴的渡河行为感到前景不妙，心里产生了担忧的情绪。

当他得知北面的军队统帅是李鉴——一个从未担任过主帅的孩子时，娑葛的内心充满了喜悦，他决定等到李鉴的军队在渡河一半的时候对李鉴发起冲击。作战的部署上，娑葛仍然派出三万骑兵去阻击余成千的部队，派出五万人马防守郭元振的大军。他自己亲率十二万重兵围攻李鉴，试图一举歼灭李鉴全军。

而实际上，李鉴根本就没组织渡河，而是为了迷惑娑葛故意在河边砍树，制作木筏以造成渡河的假象。为了搞得逼真一点，他让几千名士兵划着木筏，上面载着马在河上渡来渡去，并且把其他人马都分散开，顺着河流藏在茂盛的草丛里。与此同时，李鉴向各路兵马发出命令，等到他与娑葛对阵时全都向他靠拢，围歼娑葛主力。

李鉴明白这是一步险棋。他故意将娑葛的大军吸引到这边来，因为他知道娑葛不把他放在眼里,就像是当初朝廷任命他为统帅时群臣的态度一样。为了断绝退路,李鉴将他的军队背对克孜勒河,意图背水一战,以达到置之死地而后生的目的。而接下来战局如何发展,就要看他的骑兵作战能力和郭元振守军的突破能力了。李鉴想到这里,紧紧地握住腰刀,对胜利充满了信心。

但是,突厥军队迟迟不来让李鉴的心情变得异常复杂。他站在一个土丘上向南眺望,表情严峻,目光如炬,内心却是急躁不安。

这时,远处一个士兵骑着马向李鉴飞奔而来,李鉴发现那是自己派出的侦察兵,便急切地说:"快讲。"

侦察士兵说:"报告大将军,娑葛大军向我军奔袭而来。"

李鉴问道:"有多少人?"

侦察士兵说:"报告大将军,不下十万人马!"

李鉴顿时欣喜若狂,他知道决战的时刻来了,转过身大叫道:"快上马!传令下去,所有人上马,集合!"这个命令迅速被传达下去,士兵们纷纷跨上马背集结。李鉴勒着马头立在骑兵最前面,当他看见娑葛的大军向他冲来时,回头对身后的将士们大声说:"大唐的将士们,娑葛叛军就在眼前,他们人数众多、士气高昂,想一举消灭我们,而我们已经没有后路可退,我们的后面就是汹涌的河水。你们是想退到河里淹死,或者被突厥人俘虏,还是用我们的勇猛之心打出我们大唐男儿应有的气概?你们选择哪一个?"

李鉴身边的将领们齐声说:"为大唐而战,虽死犹荣。"后面的骑兵也都齐声高喊:"为大唐而战,虽死犹荣。"

李鉴慷慨激昂地说:"好!那就请握紧你们的战刀,挽起你们的弓箭。我们报答君王,报效国家,建功立业的时候到了!跟着本将军一起,杀呀!大唐万岁!"李鉴一马当先,挥舞着战刀冲了出去,紧跟着后面的骑兵也都争先恐后地向前冲。

娑葛军队被眼前的情景吓蒙了,他们原以为这次战斗会像赶鸭子一样将唐军赶到克孜勒河河里去,却没想到他们向自己发起了进攻。但是还没等他们想明白是怎么回事儿,李鉴的军队已经杀到了眼前,打了娑葛军队一个措手不及。娑葛作为指挥者,首先稳住了阵脚,进而对李鉴的军队也发起了攻击。

李鉴和娑葛展开厮杀开以后,余成千根本就不去直面娑葛派出的三万阻击部队，而是只派出了几千轻骑去缠住那三万骑兵，他则率领所属主力军，不顾一切向前冲，向李鉴的大军靠拢。于是，这只骑兵在娑葛大军内部迂回穿插，冲乱了娑葛的阵型。

高镇所属的两万轻骑兵也向李鉴的军队靠拢，向娑葛军队发起冲击。郭元振命令王震宇率领的一万铁骑也向李鉴方向靠拢，而他则领着八万守军直面突厥的五万人马。

一时间，双方的人马混在一起，厮杀声响彻云霄。娑葛顿时心神大乱，他搞不明白唐军到底有多少人马对他进行攻击，而且这些唐军的骑兵个个勇猛无比，让他心惊胆寒，无法再与之作战。

这次出征的将领，不仅仅是李鉴，高镇、余成千、杨启贤、王震宇等主要将领也都是太平公主的人，这些人都是第一次作为将军领军出征，他们渴望建功立业的心情可想而知，就像是饥饿的人看见了一只狼，就是死也要填饱肚子。因此，他们打起仗来心里只有杀敌再杀敌。将军们都这样拼命，底下的士兵还会退缩吗？这样一来，全军上下显示出了强大的战斗力。郭元振突破了突厥人的防线，向李鉴这边杀了过来。娑葛终于支撑不住了，率领六万人马向西突围。李鉴在战场上骑着马来回奔跑，指挥着军队。他看到这样的情形时立刻来到高镇的面前，让他退出战场，向西推进去追歼娑葛逃军。然后，他派杨启贤率领重骑兵在外围形成包围圈，围攻娑葛丢下的残军。

娑葛的溃逃让突厥军心大乱，李鉴与郭元振指挥士兵对突厥残军进行围歼。这次大战结束后，唐军歼敌七万余人，俘获五万人。

娑葛向西逃窜，高镇的骑兵在后面穷追不舍。无奈之下，娑葛又向高镇发起攻击。但是高镇的骑兵士气高昂，一看见突厥人回过头来，高镇便冲锋在前，领着军队挥刀向突厥人砍去。娑葛军队已经是草木皆兵，根本无心再战，没办法又只能掉头逃跑。高镇又紧随其后，穷追不舍，死咬着娑葛不放松。娑葛是想打，打不过；不打，又脱不了身。无奈之下，娑葛只能夺路而逃，领着残军逃进昆仑山。高镇此役又杀敌万余人，俘获敌军两万。

当李鉴率领大军前来支援高镇时，高镇已经派人押着战俘往回走了。李鉴赞叹道："你是我唐军第一猛将！"这让高镇万分激动，从此高镇这个"唐军第一猛将"的名号在军中传播开来。

拾壹

招降娑葛

李鉴得知娑葛的残军逃进了昆仑山,并且高镇已经封锁了进山的各个路口后,与郭元振开始商讨下一步的作战行动。郭元振说:"大将军打算下一步如何进军?"

李鉴说:"那当然是进山围剿残余叛军,生擒娑葛。"

"娑葛军队主力已经被我们消灭了,剩下的人马基本上也丧失了战斗力,大将军还准备大动干戈吗?"

"可是娑葛作为祸首还没抓到,他也没派人来说要投降。难道我们就这样放过娑葛?"

"大将军,要是娑葛肯投降,朝廷有没有说要大将军把娑葛带回长安?"

李鉴想了一下说:"这个倒是没有,但是按照往常的做法,娑葛是要带回长安让圣上处置的。"

郭元振说:"可是此一时彼一时。现在朝廷方面的情况你也是了解的。要是把娑葛带回去,宗楚客、纪处讷等人是不会放过娑葛的。这次娑葛起兵就是因为宗楚客和纪处讷受了阙啜忠节的贿赂,致使朝廷被这两个小人误导,支持阙啜忠节进攻娑葛部落。现在阙啜忠节已经被娑葛杀死,而娑葛又被我军击败失去了反抗能力,此时我觉得应该招降娑葛部落,先把娑葛留在安西都护府看押起来,请求陛下赦免娑葛。"

李鉴有些疑惑地问道:"赦免娑葛?这恐怕有些不妥吧?"

郭元振说:"大将军你听我把话说完。首先,这次娑葛叛乱朝廷是有责任的，现在亡羊补牢为时未晚。再者，要是把娑葛带回长安他必死无疑。要是娑葛死了，突厥十四姓群龙无首，朝廷就要派兵镇守、安定局面，这无疑会增加朝廷的负担。要是坐视不理，任其发展，日后有继任者统一各部，到时又极可能会以娑葛被朝廷处死为由而再次起兵。当然更重要的是吐蕃人垂涎安西四镇已久，如果他们乘虚而入，将势力扩展至克孜勒河流域，实力必然增强，到那时麻烦就大了。如果朝廷赦免娑葛，册封娑葛为突厥十四姓可汗，娑葛则会感恩戴德，臣服于朝廷，这样一来西域的形势便可安稳下来。大唐也就不用耗费太多的人力、物力，便可控制住西域。"

李鉴说："老将军所言在理，但若不把娑葛带回长安会引起非议的。"

"还请大将军以大唐安危为重，三思而后行。"

"这个我知道，那还请老将军把西域这边的情况都写成奏疏，我与郭将军联名上奏朝廷，让圣上决断。"

"好的，这个没问题。"

"那老将军认为娑葛怎样才会投降呢？"

"大将军，我去劝降娑葛。驻守西域期间，我一直诚心诚意待他们，他们对我是有一定敬意的。"

为了确保郭元振的安全，李鉴说："老将军，你执意要去我不再阻拦，我希望你能给娑葛带一句话。"

郭元振问道："大将军你说，我一定带到。"

李鉴说："如果娑葛想要杀你，你就跟他说，我李鉴会把俘获的突厥士兵全部坑杀，突骑施部落的成年男子全部斩杀，其余人员全部流放到天山以北去。"

郭元振一听这话眼睛瞪得跟鸡蛋一样大，连忙劝阻道："大将军你不能这样做，这样岂不是把突骑施给灭族了吗？"

李鉴说："你是我大唐的功臣，是征战多年的老将。我不能眼睁睁看着你死在残兵败将的手中而无动于衷。这要是传出去，我怎么向圣上交代，又怎么向天下人交代？"

郭元振说："大将军此言老夫万分感动，但你务必相信我，娑葛是不会杀我的，他知道自己现在的处境。不过话说回来，不管发生什么事大将军都不能那样做，否则大唐的名声可就毁了。"

李鉴说："那一切按老将军所言行事。"

第二天天一亮，郭元振就启程去见娑葛，他只带了一名侍从来到了娑葛的军中。娑葛知道他是来劝降的，他原本起兵的目的并不是要与大唐为敌，而是想为自己的部族讨一个公道，可现在被打得溃不成军，作为败军之将怎么和郭元振谈呢？谈的最终结果会是什么样呢？他的部族能够得到朝廷的赦免吗？朝廷又能够放过他吗？所以他很难面对郭元振，久久没有说话，而是不停地擦拭着他的战刀。娑葛不说话，郭元振也不说话，顺手拿起座位旁边的马奶酒，自斟自饮。

两人相持了一段时间之后，娑葛忍不住说："你可真不怕死啊。"

郭元振说："我要是怕死就不会来这儿了。"

"你别以为我不敢杀你。"

"在你杀我之前，我想先跟你谈谈。"

"你还有什么话说？"

"投降吧！"

娑葛内心感到十分伤感，低头不语。郭元振接着说："你已经犯了一个很大的错误，不要再继续错下去。为了你的部族，为了你自己，投降吧！你已经失败了。"

"我有什么错？我与大唐之间根本没有任何矛盾，并且我突骑施部一心臣服于大唐。阙啜忠节是我父亲的旧将，不服从我的命令，并且起兵与我交战。朝廷不但不处置阙啜忠节的叛逆之罪，兵部尚书宗楚客反而毫无道理地派兵攻破我的部落，我又岂能坐以待毙？面对这样天怒人怨的事情，你说让我怎么办？"

"我知道你的难处，事已至此多说无用。阙啜忠节已经被你擒住，你的气应该消了。如今投降是你唯一的出路，否则你和你的部族将会面临灭顶之灾。"

娑葛知道郭元振说的是事实，沉痛地说："我可以投降，可是你打算怎么处置我和我的部族？"

"你还会臣服于大唐吗？"郭元振问道。

"大唐还信任我吗？"娑葛反问道。

"你放心，我会用我的项上人头来担保，朝廷会信任你的。"

"我可以上书朝廷承认我的罪行，但我希望朝廷放过我的部族。"

"这个没问题。我来之前已经和大将军商量过了，我们决定……"

"押我回长安，听候圣上发落？"娑葛担心地问道。

"不会押你回长安。我们将联名上书圣上赦免你的罪行，册封你为突厥十四姓可汗，让你继续统领突骑施部，把克孜勒河流域划分给你的部落。"

"此话当真？若是如此，我和我的部族将永远臣服于大唐。"

"这就好。你还有什么顾虑？要是没有的话就和我一起去见大将军吧！"

"老将军既然肯为我突骑施部着想，我还有什么可顾虑的。"

娑葛简单对部下交代了一些事情，便随同郭元振去见李鉴。

见到李鉴以后娑葛说："我这次起兵犯下重罪，我愿意投降，任凭朝廷处置，还望大将军上奏朝廷宽恕我的部族。"然后，娑葛递上请罪的降书。

李鉴说："首领能够及时回头，本将军深感欣慰。至于投降的事宜一切听从郭将军的安排，首领不必忧虑。"

娑葛一颗悬着的心终于放了下来。

娑葛投降以后，李鉴和郭元振联名上书朝廷请求赦免娑葛，并且册封娑葛为突厥十四姓可汗，并且把娑葛写给朝廷的请罪书也一并呈了上去。

消息传到长安，李显召集群臣在延英殿讨论娑葛的投降事宜，群臣认为应该接受郭元振的意见；太平公主的目的在于打赢，至于怎么处理娑葛她并不关心；韦氏因为娑葛叛乱牵涉她的心腹宗楚客的，她想弥补这方面的过错以便袒护宗楚客，所以她也不敢站在群臣的对立面上，在娑葛的问题上也支持郭元振的建议。李显见大家意见比较一致，便让上官婉儿拟写诏书，赦免娑葛，册封娑葛为突厥十四姓可汗。但是，在由谁担任安西大都护镇守西域的问题上，韦氏和太平公主之间冲突又起。

拾贰

勾心斗角，党争不断

韦氏担心李鉴这些人得胜归来会提高太平公主的威望和势力，这是她最不愿意看到的，就向李显进言道："陛下，李鉴这次带兵出征，有勇有谋，大胜娑葛，功不可没。不如就封李鉴为镇军大将军，任安西大都护，为大唐守护西域。"此言一出，韦氏的党羽宗楚客、纪处讷、崔湜等人纷纷附和。

太平公主当然不会同意，自己一手培养起来的人应该留在身边，为她所用。她对李显说："陛下，谁能打仗、谁能镇守那是要经过深思熟虑的。打仗不过是一时之事，而镇守则是长期之功，稍有不慎则又会战乱再起。李鉴虽然善于打仗，但是毕竟年轻缺乏处理政事的能力和经验。西域地区部族众多，形势复杂，应该选用一个既会带兵又会处理政事的人去担任。"紧接着她将头转向宗楚客，问道："宗大人你说是不是这个道理？"

宗楚客被太平公主一番言辞说得答不上话，情急之下顺口说道："兵部没人，本官就觉得李鉴合适。"

这一下让太平公主抓住了话柄，趁机声严色厉地对宗楚客说："你说什么？兵部没人？那你这个兵部尚书是干什么吃的？拿着朝廷的俸禄整天不干事儿是吗？不知道平时为圣上、为朝廷物色一些人才，以备不时之需吗？"

宗楚客被太平公主问得脸红脖子粗的，慌忙解释道："现在我皇圣明，国泰民安，四方来贺。天下士人，多半以埋头苦学、考取功名为荣，兵部在选人……"

没等宗楚客把话说完，太平公主便盛气凌人地来到宗楚客的身边，抬起手指着宗楚客的鼻子大声说:"你一个兵部尚书成天就想着国泰民安吗?那要你这兵部尚书何用?再说国泰民安是你兵部要考虑的事情吗?难不成有人兴兵作乱,让礼部、户部或者国子监祭酒领着人去上前线?我看你是日子过得太舒服都忘记自己是干什么的了。长这个脑袋就知道吃饭,不知道做事啊?你这个狗奴才。"宗楚客被太平公主的骂得跟孙子似的,缩着脑袋,脸上不断地冒着冷汗。

宗楚客的出丑让韦氏顿感脸上无光,她说:"这是在讨论国事,不是来吵架耍嘴皮子的。诸位爱卿们有什么合适的人选没有?"说完,转头看着宗楚客。

宗楚客被太平公主一阵痛批之后脑袋直发懵,一时不知道该说什么好。姚崇马上说:"陛下,臣认为郭元振经营西域十几年,对西域的大小事务很是了解,在当地也有一定的威望,让郭元振担任安西都护甚为合适。"

宋璟也附和道:"陛下,姚大人所言甚好,郭元振戍边多年,无论是领兵还是处理政事,都是得力之人。就请陛下重用郭元振镇守西域。"

张说说:"陛下,如今西域局势初定,急需安定人心。臣也认为郭元振是不二人选。"

太平公主对此表示同意,李隆基等人也都附和太平公主。韦氏无计可施,也只能同意群臣的看法。

李显当即宣布封郭元振为镇军大将军、担任安西大都护镇守西域,着令冠军大将军李鉴接到诏令之日起班师回朝。

延英殿议事结束后,韦氏心里憋了一肚子的火,她把宗楚客、武延秀叫到寝宫一顿骂。

上官婉儿说:"皇后,今天虽然太平出了点儿风头,但是她也没得到什么便宜。我们现在应该考虑的是,李鉴回来以后怎么遣散那些集合起来的府兵。正所谓招兵容易遣兵难,太平到时可不会轻易退步。"

韦氏听了上官婉儿的话才意识到接下来所要面对的问题,就对宗楚客说:"昭容的话你听到了,赶快回去制定方案,免得到时候手忙脚乱。"

宗楚客说:"是,属下这就去办,微臣告退。"

朝廷的诏令传到西域之后,李鉴拿着诏令宣布赦免娑葛,并册封其为突厥十四姓可汗，将克孜勒河中上游地区划分给娑葛，突厥别部突骑施退出安西四镇。与此同时，李鉴将所俘获的突厥士兵全部释放。至此，西域娑葛的叛乱事件才算完全解决。唐军这次在平定叛乱中展现出强大的战斗力，极大地震慑了西域各部。在处理娑葛的问题上，宽宏政策使李唐王朝声名远播。由此，唐王朝对西域的控制也进一步加强，西域地区也暂时进入稳定状态。李鉴的"唐之霍去病"名号也由此传遍西域，得到了西域各部的普遍认同和称赞。

拾叁

郭元振的忠告

李鉴率大军回长安，郭元振将李鉴送到疏勒城外，在即将分别的时候他说："大将军，你这次领军出战大胜突厥，充分地展现了你卓越的指挥才能，你是我大唐难得的帅才，老夫佩服你。"

李鉴带着哀伤的神色说："老将军过奖了。伤亡这么大，何谈大胜。面对那些阵亡的士兵，我感到很不安。"

"可战争就是这样，在没发生之前谁都不知道付出的代价到底会有多大，只有在结束之后才会清楚地看到它的残酷性。对于大将军而言，你能看到这一点说明你在不断地成长，你是当之无愧的将帅之才。大将军要是一直能保持这样的谦和，你会成为李牧、王翦、卫青和你曾祖父李卫公那样的千古名将。"

"多谢老将军指点，晚辈谨记在心。"

"最后我想给大将军一点忠告，还望大将军铭记在心。"

"老将军但说无妨。"

"你这么年轻就能担任三军统帅，一方面由于你的领军才华，另一方面你肯定有贵人相助。但是你要记住，你所面对的是大唐士兵，他们的鲜血只能为大唐而流。你无论何时何地都应该从大局出发，站在大唐的角度去思考问题。因为你是我大唐的重臣，不是谁的家奴，你甚至都不属于你自己。"

李鉴听了之后觉得很有道理，但是有点不太理解："郭将军，能否给晚辈讲明白一点。"

"老夫的话就讲到这里，大将军慢慢会明白的。送君千里终有一别，上路吧！"

"老将军后会有期。"

唐军回到长安以后，长安城里一片欢腾，以庆祝唐军将士凯旋。太平公主借此机会对李鉴进行了声势浩大的宣传，让李鉴瞬间名声大震，"唐之霍去病"的名号也响彻整个李唐。皇帝李显封李鉴为镇军大将军，任兵部主事。

李鉴归来后不久，太平公主和韦氏两派围绕着解散府兵回原籍的问题又一次展开了激烈的斗争。太平公主提出让李鉴的府兵与武延秀一起宿卫京师，韦氏以府兵战时集合、平时务农并不常设的原则，坚决要解散李鉴的府兵。本来这个原则是李唐的军制惯例，仗一打完府兵解散回原籍，以防有人拥兵自重，威胁朝廷。可是韦氏的野心已经人尽皆知，她想做第二个武则天，因此支持她的人并不是很多。

这让韦氏很是恼火，上官婉儿给她的建议是，既然遣散不了那就削弱。可以暂且同意李鉴拥有军队，但是李鉴的府兵数量必须控制在三万人以下，不能进驻长安城，而是驻军灞上。等到这批府兵的宿卫时间一到再全部遣散，调李鉴等人在朝堂中任职，虚以高位，不再赋予兵权。韦氏觉得这是一个好主意，就向李显提出了这一主张。

最终，皇后韦氏提出的让李鉴带领三万府兵驻守灞上的方案得到了群臣的赞同。因为他们对韦氏和太平公主都没有好印象，不想看见其中的某一派做大而把持朝政，重蹈武则天当年的覆辙。为今之计，首先是要让两派之间的实力均衡，谁都不敢轻举妄动。

太平公主见这一主张得到了朝廷的普遍认可，虽然心有不甘但也只能接受。最终，李显下诏让李鉴保留长安附近各个折冲府的三万名府兵，驻守灞上，剩下的府兵遣散回原籍。

唐军在西域打败突厥突骑施部，使得原本垂涎安西四镇的吐蕃感到不安。吐蕃派使臣前往长安朝贡，以加强与大唐王朝的友好关系。在一些朝政事务商讨完以后，吐蕃提出要与大唐举行一场马球赛。李显对此极为重视，他命令兵部尚书宗楚客负责这件事情。比赛当天，李唐的朝廷重臣和王公贵族都来观看，现场气氛十分隆重。可是比赛开始没多久，李显的脸色就变得十分难看，因为皇家马球队在吐蕃马球队面前根本占不了上风，吐蕃马球队越战越勇，连续攻进皇家马球队好几球，打得皇家马球队毫无还手之力。

吐蕃人知道在战场上打不过李唐，就想着在马球场上挽回点颜面。因此，他们对于这次比赛的准备相当充分，更何况这项运动本来就起源于吐蕃。

李显紧紧地握住双拳，恨不得自己跨上马去和吐蕃队较量。这时，皇家马球队有四名队员不慎从马上摔了下来，皇帝李显再也忍不住了，要求换人。

在麟德殿内，李显愤怒了，痛骂宗楚客："丢不丢人？这就是你挑选出来的精兵强将？连这点事情都做不好，你说你能干什么？"

宗楚客从未见李显发这么大的火，吓得跪在地上浑身颤抖，说："微臣有负皇命，罪该万死，望陛下恕罪。"

李显又训斥万骑军的将领韦温、韦播、高嵩等人，说："连个马球都打不好，还怎么做朕的禁军侍卫？你们平时是怎么训练士兵的？"韦温、韦播、高嵩等人慌忙跪下来，趴在地上请求宽恕。

韦氏站在旁边看着自己的亲信被皇帝训斥心有不满。她满不在乎地扬声劝李显说："陛下，宗大人和将军们都尽力了，以后让他们加强这方面的训练即可。再说了，不就是一场马球赛，用得着这么大动肝火吗？也不怕伤了身子。"

李显拉着脸对韦氏大声说："妇人之见！这是关乎国威的大事，岂能小觑。"

李显对着皇家子弟和朝臣们说："你们有谁愿意跟吐蕃人在马球场上较量？"说完看着李隆基。

李隆基站出来说："回陛下，臣愿意。"

李鉴也站起来说："臣也愿意。"然后迈步站到了李隆基的身后。

长宁公主的丈夫杨慎交说："儿臣也愿意。"

李显说："还差一个呢？"

武延秀站出来说："陛下，儿臣也愿意上场。"

李显说："好，就你了。"

武延秀站到李隆基、李鉴、杨慎交的中间，李显又说："你们四个给朕听好了，赢了朕重重有赏，可要是输了，朕就削去你们的官职和爵位，发配到岭南种荔枝去，从此再也不准回长安。"

李隆基、李鉴、杨慎交、武延秀齐声说："臣等遵命。"

李隆基、李鉴、武延秀、杨慎交上场以后，渐渐地挽回颓势，扭转了局面。李隆基在场上扮演着领袖的角色，指挥着队员密切配合，策动攻势。双方打得异常激烈。最终，大唐的皇家马球队以一球小胜吐蕃队，而这记致胜进球正是李隆基打进的。

李唐获胜后，李显异常兴奋，亲自跑到场内和李隆基等人庆贺。李显在马球赛结束之后，决定给群臣放假七天。对于李隆基、李鉴、杨慎交、武延秀等人，李显赏赐他们黄金万两，锦缎一千匹，并且设宴招待。在宴会上，李显对李隆基等人大加赞扬，也同时对这四个年轻人寄予厚望，盼着他们日后能够精诚团结，互助互爱，在军政大事上为李唐效力。

不过，李显的这个愿望不过是镜中花、水中月，完全是他一厢情愿幻想的产物。因为就在这场马球赛后不久，一件事情的发生让李显的生命走到了尽头。一场血雨腥风即将在大明宫里上演，李唐王朝的命运也由此发生了巨大的变化。

拾肆

命途多舛，魂归西天

马球赛过后不久，许州司兵参军燕钦融向李显上书道："皇后淫乱，干预朝廷政事，并且其宗族势力强盛，安乐公主、武延秀、宗楚客阴谋危害大唐的宗庙社稷。"李显召见燕钦融当面追问他，燕钦融以头叩地高声而言，神色毫不屈服，李显默然不语。宗楚客伪造圣谕，派皇宫飞骑追杀燕钦融，将燕钦融摔在宫殿堂前石上，燕钦融脖子折断而死。

李显对此事没有深究，但是心里却结下了一个疙瘩，久久难以平复。对于皇后韦氏的事情他早都知道，只因他曾经答应过韦氏：有朝一日我能重登皇位，一定满足你的任何愿望。因此他对一些事也就睁一只眼闭一只眼了。可是他万万没想到，这些事竟然连一个地方小吏都知道了。照此一来，天下臣民中还有谁不知道呢？如果这件事人尽皆知的话，天下的臣民该用怎样的眼光来看待我？又该用什么样的言语来评价李氏皇族呢？想到这些，李显陷入了无穷无尽的忧虑之中，最终病倒了。

李显躺在床上头痛难耐，御医开了很多的方子，用了很多的药都不见起色。有一天，韦氏在给李显喂药，李显说："皇后，你坐朕近一点，朕有些话想对你说。"

韦氏说："陛下，你有什么话等吃完药再说吧！"

李显用手挡了一下，说："药先放着吧，听朕说些话。"

韦氏把药碗放下，李显拉着韦氏的手说："朕知道自己时日不多了。"

韦氏听到这话流着眼泪说："陛下乃真命天子，天下共主。上天会时刻保佑陛下，陛下会很快好起来的。"

　　李显深情地望着韦氏说："生老病死是人之常情，朕的身体什么样子朕清楚。朕有一句劝希望皇后一定要听从，不然朕会死不瞑目。"

　　韦氏看着李显消瘦的面容，抽泣着说："陛下说哪里的话，无论陛下对臣妾有什么吩咐，臣妾一定遵从。"

　　李显欣慰地点点头，说："这就好。来，扶朕坐起来。"

　　韦氏扶着李显坐好，李显说："朕想立下遗诏传位给四弟李旦，同时让李旦立李隆基为太子。"

　　韦氏听了李显的话犹如五雷轰顶。她大惊失措，紧紧地抓住李显的手大叫道："陛下，你不能这样做，你千万不能这样做啊！你这样做不是要臣妾去死吗？"

　　韦氏惊慌的神情和发出的叫声让李显的头又痛了起来，他忍着疼痛说："皇后别急，听朕把话说完。"

　　韦氏稍微冷静下来后，李显接着说："朕也会下诏禁止太平参政，你和裹儿也不要过问政事。然后朕再下诏把你和裹儿迁到东都去，让武延秀领支军队保护你们，同时赐你免死铁券。李旦宅心仁厚是不会为难你们的。"

　　韦氏的眼泪像决堤了的洪水，一边哭一边摇头说："陛下，没用的。他们是不会放过臣妾的。"

　　李显说："你不是说会听朕一句劝吗？怎么就不相信朕呢？"

　　韦氏恸哭着说："陛下，你这哪里是在劝臣妾，你分明是在逼臣妾去死。你把权力交给他们，他们就会毫不犹豫地杀掉臣妾，你让臣妾怎么听从你的劝告。"

　　李显用几乎哀求的语气说："你就听朕的吧！这对你来说是最好的一条路，也是唯一的一条路。"

　　韦氏将李显的手抱在胸前，趴在李显的面前急切地说："陛下，你要是爱臣妾、真心为臣妾着想的话，你就把权力交给臣妾，这才是臣妾唯一的出路，也是最好的出路。你相信臣妾，臣妾会把大唐治理好的，绝不会辜负你的期望。可是，你要是交给他人，臣妾就会没命的，陛下！"说完，韦氏趴在李显的怀中痛哭不止。

李显抱着韦氏，抚着韦氏的头发，流着泪说："朕不能这样做，朕要是这样做，无异于让你和天下人为敌，你会死得更快。"

韦氏说："但你也绝对不能交给他们。他们时刻想让臣妾去死，怎么能放过臣妾呢？"

李显咬紧牙关，用最后的力气边哭边劝韦氏："皇后啊，朕真的没办法了，你就听朕一句劝吧！"

韦氏仍然不肯接受李显的劝阻，说："臣妾会帮助陛下做任何事情，臣妾可以做到，臣妾一定会做到！"

李显急火攻心，头越来越痛，有气无力地喃喃自语道："快去传李旦，快去传太平，传三郎。"

韦氏此时已经失去了理智，使劲摇晃着李显的身体，口里不断地抱怨道："陛下，你是不是病糊涂了？臣妾与你同甘苦共患难，你怎么能这么对待臣妾？难道要眼睁睁看着臣妾去死啊？你知道自己在做什么吗？"李显被疼痛折磨得只有出气没有进气，眼睛瞪得几乎能凸出来，他紧紧地抓住被褥，身体开始抽搐，一口气没上来就断了气，心脏也停止了跳动，渐渐地闭上了眼睛。韦氏看见李显一动不动时，十分害怕地叫了几声"陛下"，见李显没反应才发现李显已经没了气。

韦氏哭了一阵子情绪逐渐平静下来，她知道哭是没有用的，并且现在也不是哭的时候。她站起来对着李显的尸体说："陛下，既然你无情，就休怪本宫无义。"

她一个人静静地想了一会儿决定秘不发丧，她以李显的名义调集长安周边除去李鉴的三万府兵之外的卫戍部队共五万人驻扎在长安城中，指派武延秀、韦捷、韦灌、韦温、韦播、高嵩分头统领这些兵马。韦播是韦温的侄子；高嵩是韦温的外甥。韦后任命刑部尚书裴谈、工部尚书张锡为同中书门下三品，让他们仍然担任东都留守，控制住东都洛阳。

在做完这些事之后，韦氏召集她的党羽上官婉儿、李裹儿夫妇、宗楚客、崔湜、崔日用、韦温等人，对他们说："你们是本宫的亲信，本宫一直以来就很信任你们。今天本宫要告诉你们一件事情，同时也想请你们为本宫做一些事情。"

宗楚客说："皇后只管吩咐。我等誓死追随皇后，愿意为皇后效犬马之劳。"其他人也都跟着附和。

韦氏很是满意，说："好，很好。本宫告诉你们，皇上因病驾崩了，你们说该怎么办？"

在韦氏调集军队进驻长安的时候，他们就已经猜得差不多了，所以当韦氏亲口说出这件事时，他们并没有显得很惊讶。宗楚客说："皇后，我们应该想出一个万全之策稳住局势，然后除掉太平等人，让您荣登大位。"

韦氏说："那你倒是说说这个万全之策是什么呢？"

宗楚客说："这个……微臣听从皇后的意见行事。"

韦氏失望地说："你这等于没说。"

韦温说："皇后，以臣愚见，我们拟一个遗诏，就说陛下将皇位传于你，你直接登上大位，用不着那么麻烦。反正我们手里有兵，谁敢不服。"

崔湜说："这不行，这样做定会招致很多人的反对，太平他们肯定不会答应。你别忘了，在灞上还有李鉴的三万府兵，李鉴可是太平的人。"

崔日用说："崔大人说得对，现在不能操之过急，否则会招致很多人的非议，到那时会很被动。"

韦氏开始有些厌烦了，她是请他们来出谋划策的，问上官婉儿道："婉儿，你倒是说说看。"

上官婉儿说："皇后，可以先立温王李重茂为太子，由你主持政事。李重茂是陛下的子嗣，可以登上大位。最重要的是他年幼，不懂朝政，皇后辅政理所应当。等到皇后大权在握、取信于天下以后，再让温王禅位于皇后。届时，皇后登上皇位可谓是易如反掌。当年武后就是这样做的。"

上官婉儿的话让韦氏有了拨开云雾见青天之感，韦氏赞叹道："到了关键时刻还是得看婉儿的。你看看你们，还都是些朝廷大臣呢！那就按照婉儿的意思办。婉儿，那可要再麻烦你拟一份遗诏，希望你不要推辞。"

上官婉儿说："是，皇后。不过这份遗诏我还需要仔细斟酌，以免让一些人抓住了把柄。"

韦氏说："这不妨事，本宫给你两天时间，你看怎么样？"

上官婉儿说："够了，谢谢皇后。"

韦氏说："婉儿客气了。"然后转而对其他人说："你们倒是想想看，李鉴那三万军队怎么处理？"

韦温说："这个简单，把李鉴召进大明宫直接杀掉，遣散他的军队不就行了。"

崔日用说："李鉴岂是那么好杀的？现在我们把大军调进长安城，太平他们一定会提高警惕，李鉴哪里那么容易离开军队。"

崔湜说："不如任命李鉴为范阳刺史，让他率军驻守范阳，防御契丹。这样做既可以把李鉴调开，又不至于让群臣和太平有话说。"

宗楚客说："这个方法不错，只要李鉴的军队一出潼关，就算李鉴有不臣之心，我们只要守住潼关天险，李鉴凭借手里的那点兵马也打不进来。我们控制了长安，便可以号令天下。太平等人不过是瓮中之鳖，除掉他们轻而易举。"

韦氏说："这个方法不错，婉儿，你觉得怎么样？"

上官婉儿说："不错，这是个好办法。"韦氏随即让人以李显的名义，起草给李鉴的调令。

韦氏站起来，扬起头给她的党羽动员道："诸位爱卿，现在摆在我们面前的是一个千载难逢的机遇，只要我们抓住了便可以坐拥大唐，俯视天下。虽然眼前所需要解决的事情还很多，但本宫坚信，只要我们齐心协力，没有人能够阻挡我们前进的步伐。我们一定能取得胜利，号令四方。待大事成功之日，便是本宫统领天下之时。诸位是本宫的功勋之臣，届时高官厚禄，荣华富贵，任尔等享用。"

韦氏的党羽听了以后纷纷跪下来，齐声高呼道："愿与皇后同生死，共进退，完成大业。"

拾伍

阴阳两面刀

　　李显驾崩后，太平公主第一时间就通过安插在韦氏身边的耳目知道了消息。她感到很悲伤，但是她更知道，这是一个树立威望、扩大权势的绝好时机。她立刻将这个消息告诉了她最重要的两个亲信：李隆基和李鉴。

　　李显作为李唐帝国的皇帝，他的生老病死是关乎国家命运的重大政治问题。然而李显驾崩这样一个非同寻常的政治事件，李唐朝廷上的大臣却始终被蒙在鼓里，任由韦氏和太平公主在背后兴风作浪。

　　上官婉儿回到寝宫以后，内心忐忑不安。她心里很明白，韦氏根本不是一个可以成事的人。韦氏能够取得权势，最根本的原因是她的丈夫是皇帝。想当初她之所以要依附于韦氏，是因为李显对她言听计从，凡事听她的。韦氏如今失去了李显这个最大的政治资本以后，还拿什么和李旦、太平公主这些人斗？况且以韦氏的所作所为，天下人早就对她恨之入骨了，这就意味着韦氏的日子也快到头了。以韦氏的能力根本无法控制住局势，即使她侥幸除掉了太平等人，她面对的仍是以李氏皇族为首的整个李唐王朝。韦氏想要步武则天的后尘，她的能力和威望能比得过武则天吗？韦氏能力威望不足，要是她身边有一群颇具声望的能臣武将进行辅佐也行，可是，现在韦氏所重用的那些人都是蠢材，每到关键时刻能依靠的还是她上官婉儿。可是，她毕竟是个女人，不能什么事都去做。覆巢之下，焉有完卵。想到这里，上官婉儿害怕了，胸口突然间感到很闷，就像是被人勒住了脖子。思之良久，上官婉儿想到了太平公主，她觉得太平公主的实力可不仅仅就是李鉴手下那三万兵马，隐藏在背后的势力或许是她无法想象的。

上官婉儿权衡再三，当机立断决定投靠太平公主，她拿起笔拟好一份诏书，藏进袖筒里。当天夜里出了大明宫，来到崔湜的家中。上官婉儿说："我们不能再跟韦氏走下去，再跟着她只有死路一条。"

崔湜说："韦氏要是登上大位我们可是功臣……"

上官婉儿表情严肃地说："你觉得韦氏能够成功吗？她比得了武后吗？为今之计只有依附太平才是出路。"

崔湜说："跟她？我们可没少跟她作对，她能够放过我们？"

上官婉儿说："我自有办法。我来就是跟你说一下，从现在起不能再帮韦氏做任何事，凡事要向太平看齐。"

崔湜说："好，我听你的。"

上官婉儿说完就走了。

当韦氏把李显驾崩的消息告诉她的党羽后，感到害怕的除了上官婉儿外还有一个人，这个人就是兵部左侍郎崔日用。崔日用最先依附武三思，通过武三思攀上韦氏。崔日用想，自武后时代结束，李唐上下对于女人参政普遍怀有恐惧感，即使太平公主除掉韦氏权倾朝野，那也是一时之盛。因为武后当政时期，为打压群臣所使用的手段都让人感到毛骨悚然。何况太平公主还是武后的女儿，谁又希望第二个武后出现呢？目前李氏皇族中，最有前途的首推李隆基，而且李隆基还是太平公主的人，因此投靠李隆基就等于间接投靠了太平公主。因此，崔日用下定决心脱离韦氏，去见李隆基。

高力士趴在李隆基的耳边小声说："禀王爷，崔日用求见。"

李隆基有些诧异地问道："你说谁？"

高力士说："崔日用正在门外，要见王爷。"

李隆基略微思索了一下说："把他带到书房来。"

崔日用被高力士带到李隆基的面前，李隆基对高力士说："你先出去吧！"

高力士走后，李隆基立刻拔出剑指向崔日用。崔日用吓得跪倒在李隆基的脚下，说："王爷饶命，你让在下把话说完，再杀在下也不迟。"

李隆基仍然用剑指着崔日用，说："你还有什么话要说？"

崔日用说:"陛下驾崩了,韦氏想让温王登上皇位由她摄政,等到大权在握以后就除掉你和大公主,图谋帝位。"

李隆基说:"你为什么要告诉我这些?是不是韦氏派你来的?"

崔日用说:"我虽然做过很多错事,但是对大唐之忠心可见天日。韦氏阴谋篡位,身为大唐臣子如何能坐视不管?我是冒死来投靠临淄王,共商大计、匡扶大唐。"

李隆基放下剑,说:"你起来说话。"

崔日用站起来,趴在李隆基的耳边把韦氏的计划一五一十地全都告诉了李隆基。李隆基听完,觉得崔日用不像是要骗自己的。但为了保险起见,李隆基说:"崔大人,要是真心为了大唐,你就把韦氏的计划全都写下来如何?"

崔日用说:"好的,一切听从王爷的吩咐。"

李隆基把纸笔推到崔日用的手边,崔日用拿起笔把韦氏的计划写完交给了李隆基。李隆基看了之后,说:"崔大人,你要是一心为大唐着想,那么这将是你忠于大唐的佐证。可你要是虚情假意,这也就是你勾结韦氏的证据,你明白吗?"

崔日用说:"明白。我今天来就是要告诉王爷,日后我将誓死追随王爷,为大唐效命,绝无二心。"

崔日用走后,李隆基立刻动身去找太平公主,将韦氏决定起事的消息报告给太平公主。

拾陆

上官婉儿反水

上官婉儿来到太平公主的府邸，见到太平公主后左右看了一下，太平公主说："你们都下去吧。"

仆人和丫鬟下去了以后，上官婉儿单膝跪下说："上官婉儿叩见大公主。"

太平公主说："你这样我可受不起。"

上官婉儿仍然跪着不起，说："人都说大公主有天后之像，却没想到我一个弱女子的跪拜大公主居然说受不起，看来人们的说法不过是讹传罢了。究竟那个像天后的大公主在哪儿呢？"

太平公主讥讽地说："韦氏把你调教得不错啊！"

上官婉儿说："天下间能够让我下跪的人，除了父母就只有两人，一个是天后，另一个就是大公主您。可你在我跪下之时却提到了韦氏，我心目中的大公主怎么还没出现呢？"

太平公主乐不可支，笑道："你不愧是个才女，连献媚都这么与众不同。好吧，起来说话。"

上官婉儿扣头后，说："谢大公主。"

太平公主说："说吧，韦氏派你来什么事儿？"

上官婉儿轻蔑一笑，说："韦氏？她能派得动我吗？我今晚是特地来见大公主的。"

太平公主满意地说："好，很好！那你找我有什么事儿？"

上官婉儿开门见山，说："陛下驾崩了。"

太平公主稍稍收起笑容，神情自若地问道："还有呢？"

上官婉儿看太平公主神态平静，心里暗自思忖：这个女人果然不简单。当然这也是她预料之中的。上官婉儿继续说："这对于大公主来说不是个机会吗？"

太平公主说："什么机会？"

上官婉儿说："承接天命，荣登帝位，君临天下。"

太平公主面露喜色："接着说。"

上官婉儿说："你身上流淌着李氏皇族的高贵血液，您是太宗皇帝的后人，又是天后的女儿。这世上除了您，还有谁有资格在含元殿上俯视天下？我虽不才，愿意为了大公主成就天后那样的伟业而鞠躬尽瘁。希望大公主给我一个机会，让我重温服侍天后那样的荣光。"

太平公主饮了一口茶，语气生硬地说："你就不怕我杀了你吗？"

上官婉儿说："大公主要是想杀我，可谓是易如反掌。我要是能死在天后的女儿、能够成就天后伟业的人的脚下，虽死犹荣。"

太平公主说："你很识时务。"

上官婉儿立刻双膝跪下说："天后万岁万岁万万岁！大公主万岁万岁万万岁！"

太平公主大笑一声，抬起手把上官婉儿招到身边。上官婉儿蹲坐在太平公主的脚下，太平公主把一只手放在上官婉儿的脸上，说："我就喜欢识时务的人，尤其是像你一样集智慧与美貌于一身的俊杰之才。你跟着我，有你享之不尽的荣华富贵，只管放心好了。"

上官婉儿紧紧抓着太平公主放在她脸上的那只手，说："婉儿余生将为大公主而活，为大公主效劳，誓死效忠大公主。大公主，韦氏让我拟一份遗诏，我想听听大公主的意思。"

太平公主问道："你打算怎么做？"

"我草拟了一份遗诏，请大公主过目。"

上官婉儿将遗诏呈递给太平公主，太平公主打开一看：立温王李重茂为太子，由韦皇后主持政事，相王李旦参谋政事。

太平公主看完后，说："就这样办吧！"

"这个遗诏韦氏恐怕不……"

"不答应更好，要的就是她不答应。"

"韦氏要是不答应，群臣一定会认为她想挟天子而把持朝政，阴谋篡位。这样只会陷她于孤立的境地。"

"你很聪明，不愧有当朝女宰相的风范。"

"多谢大公主夸奖，我一定按大公主的意思行事。"

"这就好，你去吧。"太平公主将诏书还给上官婉儿。

"是，大公主，婉儿告辞。"

上官婉儿走后，太平公主感到很愉悦。她了解上官婉儿的为人，但是她更了解上官婉儿的特点。上官婉儿八面玲珑，善于投机，她只会依附最有权势的人，一旦依附上便会很卖力地为其效命。可是，当她所依附的人一旦失去权势，她也会毫不留情地一脚将其踹开。如今李显一死，太平公主觉得自己就是那个最有权势的人，因此她并不怀疑上官婉儿的忠诚。她以后还要用这个人去打压反对她的朝臣，成就帝业。

上官婉儿从太平公主的厅堂出来，正好碰见李隆基。上官婉儿走到李隆基的面前，说道："临淄王，这么巧。"

李隆基收起惊愕的表情，说："是啊，昭容怎么会在这里？"

上官婉儿说："临淄王能在，我为什么不能在？"

李隆基说："昭容误会了。这是要回去吗？"

上官婉儿微微地点了一下头，说："临淄王，告辞。"

上官婉儿转身离开，在马车里她一直在思考，李隆基不是一个善类，她必须小心这个男人。不过细想之下，觉得李隆基现在只是太平公主手下的马前卒，还成不了什么气候，没有那个资本和能力去角逐大位。至于以后，李隆基是否有野心和太平公主一较高下这就要看时局的发展了。

在上官婉儿走后，李隆基倒吸一口凉气，他仍然大感不解：她怎么会在这里？难道她是姑姑的人？若真是如此，要是这两个女人联起手来，那么对于自己的威胁……李隆基都不敢想象这样的事情会真的发生，心里立刻变成了一团乱麻。

李隆基怀着复杂的心情去见太平公主，但是见到太平公主以后他并不打算询问上官婉儿的事。因为上官婉儿深夜出现在太平公主府邸，已经不言而喻地说明了很多问题。不管上官婉儿站在哪一方，终究是他要对付的一个人。上官婉儿自武后时期就一直混迹于权力核心，在天后那么强大的政治人物面前都能够做得游刃有余，历经多次政治风云变幻都能屹立不倒，实在是一个工于心计、长于谋划、玩弄权术的高手，非一般人可比。李隆基抒了抒思绪，他告诉自己，目前首先要解决的人是韦氏，这个以后再说。

李隆基来到太平公主面前，说：“侄儿拜见姑姑。"

"三郎，免礼。"

"姑姑，据可靠消息，韦氏想让温王登上皇位由她摄政。等到大权在握以后就除掉我父王和姑姑你，图谋帝位，他们不久就将行动。"

太平公主整了整衣服，镇定自若地说：“不妨事。万骑军怎么样了？"

李隆基自信满满地说：“万骑军已经归附我们了，只要姑姑一声令下即可行事。"

"好，做得不错。"

"姑姑，那我们什么时候动手？"

"不着急，静观其变。你先安抚好万骑军，时刻保持警惕，听我号令行事。"

"是，姑姑。"

"你去吧，有什么事情及时跟我汇报。"

"是。侄儿告退。"

李隆基走了以后，太平公主的心情非常舒畅。她突然间感觉上天似乎有意眷顾她。当她想要对抗韦氏的时候，李隆基来到了她的面前；当她想要除掉韦氏的时候，上官婉儿又来向她效忠。难道这不是天意吗？想到这些，太平公主开始想象她坐在含元殿的龙椅上，接受群臣朝拜的情形。当年她的母亲做到了，她觉得自己也能做到。因为她感觉自己比母亲更有优势，她的身上流淌着李氏皇族的高贵血液，是太宗皇帝的后人，这是她的母亲所比不了的。

李鉴在接到朝廷给他调往范阳的诏令后，立刻将这个消息报告给了太平公主。太平公主随即给李鉴发出一道手令：最远行军至华州，万不可出潼关。也给出了诛杀韦氏的具体时间和行动计划，同时附上大明宫布局图。李鉴拿到这道手令以后，便着手研究作战方案。

拾柒

龟速行军

在李鉴行军离开长安的前一天，林妍儿在灞河边上焦急地等待着。没过多久，李鉴骑着马赶来了。李鉴下马来到林妍儿的面前，林妍儿说："长安城现在到处都是韦氏的兵马，你千万多加小心。"

"我知道，这一天迟早是要来的。"

"李鉴，我想求你有一件事情。"

"什么事？"

"如果这次诛杀韦氏成功，我希望你能帮忙放掉韦氏身边的那八个侍女，给她们一条生路。我知道，韦氏利用我们控制后宫，我们没少干得罪人的事儿。很多人都恨我们，可这都是按照韦氏的指令行事，我们也是身不由己。"

"你不要把自己和她们放在一起，你是大公主安排在韦氏身边的内应，我们的最终目的是要除掉韦氏，匡扶大唐。你应该是身不由己才对，她们不同，她们是死心塌地效忠韦氏，是韦氏的党羽。她们要为自己的行为付出代价。"

"你能这样想我，我很高兴。可要是没有她们在宫中照应着，我根本不可能撑下去，更不会活到现在。我知道她们对韦氏很忠心，做过很多错事。要是韦氏被诛，她们失去了效忠的对象就不会再做傻事了，也会像平常人一样去生活。你就当是为了我，为了我放她们一马，好吗？"

"可是到时候兵荒马乱，她们也会拼死保护韦氏，只怕我有心无力。"

"能救一个是一个，我不想看见她们死。"

"好吧，我答应你。我会尽最大的努力去救她们。"

"谢谢你。"

林妍儿向李鉴道别，向大明宫走去。

李鉴率领着三万宿卫府兵出了长安以后，行军速度变得十分缓慢。韦氏为了让李鉴严格执行她的命令，派出了两名宦官做监军，去监视李鉴的行军动向。

但是这两个人不但是无能之辈，还贪财享乐，李鉴非常了解这两个人，他们一到军中，李鉴就给他们每人送上五百两黄金，告诉他们，想吃什么玩什么乐什么尽管开口，一定满足。关于行军的事情，这两个人要是问起来，李鉴就以下雨、刮风、天热、有雾、卦象不好等理由搪塞过去。这两个人只要吃得舒心、睡得放心、玩得开心，才不管行军的具体情况。

在这种情况下，李鉴的军队出长安十几天行军不到五十里。这样的龟速行军，让李鉴的手下将领高镇、杨启贤、王震宇、余成千都不可理解，所以他们打算向李鉴询问其中的缘由。

一大早，他们就来到李鉴的军帐，高镇说："大将军，我们这次行军是不是走得有点慢了？"

李鉴反问说："慢吗？我怎么不觉得呢？"

王震宇说："大将军，这还不慢？我们自从出了长安地界以后，都走了快半个月了才走三十里。"

杨启贤说："大将军，我们这平均一天走的路程才二里多一点，照这个走法，这要是传出去影响实在不好。"

李鉴不紧不慢地说："诸位兄弟有所不知，听我一一道来。来人，给将军们上茶。"

李鉴喝了一口茶，随口吟道："穿庐杂种乱金方，武将神兵下玉堂。天子旌旗过细柳，匈奴运数尽枯杨。关头落月横西岭。塞下凝云断北荒。漠漠边尘飞众鸟，昏昏朔气聚群羊。依稀蜀杖迷新竹，仿佛胡床识故桑。临海旧来闻骠骑，寻河本自有中郎。坐看战壁为平土，近待军营作破羌。大唐将士在国家有事之时，心怀匹夫有责之报国夙愿，征战四方，威震敌胆，令人可叹可敬。作为后世之人，应该永葆血性本色，才能无愧于先辈们的流血牺牲。好诗！好诗！"李鉴此时脸色变得凝重起来，因为他想到了诛杀韦氏一党的重任，觉得自己肩上责任重大，要是有半点闪失，国家将落入奸人之人，贻害无穷。

其实，缓慢行军的李鉴心里一直在计算时间，以便赶在政变那天及时回到长安。

拾捌

山雨欲来风满楼

李隆基按照太平公主的指示,召集他的亲信和万骑军将领刘江玉、葛顺福、陈玄礼、李仙凫、钟绍京、刘幽求、麻嗣宗等人到他跟前。

李隆基表情凝重地对他们说:"今天请诸位来是想告诉大家一件事情。"

众人看着李隆基悲痛的样子感到很奇怪,纷纷问他发生了什么事,李隆基说:"圣上驾崩了。"

众人一听感到万分惊讶,刘江玉问道:"临淄王是怎么知道的?"

李隆基说:"崔大人请出来吧!"

崔日用走了出来。在场的人看见崔日用都恨得咬牙切齿。李隆基说:"崔大人以前被私利所蒙蔽,但是现在已经及时悔过,想与诸位一起效忠大唐,就请崔大人把他所知道的告诉大家吧。"

崔日用说:"圣上驾崩这是韦氏亲口说的,我当时就在场。亲耳听见了这个消息,如有虚假,天打雷劈、不得好死。"众人听完悲痛欲绝,泪流满面。

李隆基拭去眼泪,说:"诸位想想,圣上不久前在马球场上还精神饱满、步伐矫健。怎么会突然驾崩?圣上驾崩之后为什么韦氏不发丧,反而调集重兵进驻长安?"

刘江玉说:"难道是韦氏毒害先帝,阴谋造反?"其他人听了之后齐声高呼诛杀韦氏,为李旦报仇。

李隆基说:"现在大唐到了危难的时刻,诸位能挺身而出实乃我大唐的忠勇义士,隆基能结交到诸位是我的荣幸。我愿与诸位同生共死,共赴国难,不诛杀韦氏誓不罢休。"

众人则围着李隆基说："誓死追随临淄王，效忠大唐，诛杀韦氏。"

李隆基说："好，现在就先请诸位回去做好准备，听我计划行事。"众人齐声应允后相继离开。

上官婉儿把她与太平公主一起商讨过的遗诏交给韦氏，韦氏看了以后疑惑地说："婉儿，你写的这是什么？怎么让李旦参谋政事？"

上官婉儿说："皇后，要是不让李旦监国而由皇后单独辅政，李氏皇族和天下人会起疑心的。"

宗楚客说："昭容这就不对了，由相王辅政不仅在道理上讲不通，而且相王与韦后乃是叔嫂关系，不应互相问候。两人在一起处理朝廷政务的时候，又如何执行礼的规定呢？"韦温等人也都附和。

上官婉儿说："宗大人，你说到底是礼节重要，还是稳定大局重要？"

韦温说："礼节不顾，大局怎能稳住？"

纪处讷说："不如这样，由皇后辅政，将相王李旦提升为太尉，改封章怀太子李贤的六子雍王李守礼为豳王，改封相王李旦的长子寿春王李成器为宋王，堵上那些反对之人的嘴。"

其他人一听都纷纷表示赞同，韦氏问上官婉儿："婉儿觉得怎么样？"

上官婉儿说："既然大家都同意，那就按照纪大人的意思办，遗诏也就让纪大人去写吧！"说完扬长而去。

在场的人面面相觑，不知如何是好。韦氏说："算了，由她去吧！这个遗诏就麻烦纪大人去写吧！"

纪处讷急切地说："皇后，这个诏书、敕令自天后时期起就一直是昭容写的。写遗诏这么大的事情怎么能换人？而且上官婉儿的笔迹朝中大臣无人不知，微臣怎么敢去写呢？"

韦氏心里清楚，遗诏对于李旦、太平等朝廷重臣来说其实起不到任何作用，它只是写出来以后给天下人公示一下。因此，由谁来写、写出来的内容是什么根本不重要，重要的是谁有实力登上皇位。所以，她就让宗楚客和纪处讷去想办法，宗楚客和纪处讷只好拿着上官婉儿以前写过的诏书，一点点模仿她的笔迹进行起草。

公元710年，农历六月初四，韦氏将李显的灵柩迁到太极殿，召集文武百官公布李显驾崩的消息，并宣布由她临朝摄政，大赦天下囚徒，改年号为唐隆。李旦被韦氏召回长安为李显治丧，同时，韦氏还将相王李旦提升为太尉，改封雍王李守礼为豳王，改封寿春王李成器为宋王，以便顺从人们的愿望。此外，韦氏又任命韦温总管朝廷内外守捉兵马事务。

初七，年仅十六岁的温王李重茂即位。李重茂将韦皇后尊为皇太后，将妃子陆氏立为皇后。

十二日，朝廷命令纪处讷携带符节巡视安抚关内道，岑羲巡视安抚河南道，张嘉福巡视安抚河北道。

做完这些事后，宗楚客伙同太常卿武延秀、司农卿赵履温、国子祭酒叶静能以及韦家诸人一同劝说韦氏沿用武则天的惯例登基称帝，当时守卫宫城的南北禁卫军以及地位重要的尚书省诸司都已经被韦氏子弟控制，他们大量网罗党羽，在朝廷内外互相勾结。宗楚客又秘密地上书韦氏，引用图谶来说明韦氏理当取代李唐王朝而君临天下。宗楚客还打算害死李重茂，只是十分担心相王李旦与太平公主会从中作梗，于是与韦温和李裹儿密谋除掉他们。

太平公主得到这个消息后决定动手除掉韦氏，并且把日期定在了六月二十日的亥时。李隆基把他的亲信召集在一起，制定好计划，按照预定的时间进行起事。

一时间，长安城内各种势力暗流涌动，蓄势待发。一场不可避免的政治风暴即将来袭，长安城内已是山雨欲来风满楼。

拾玖

准备就绪

六月二十日夜幕降临以后，太平公主把李隆基叫到家里，问道："准备得怎么样了？"

李隆基说："一切都准备妥当了，只等姑姑一声令下。"

太平公主说："好，那就放开手脚去干吧！"

李隆基有点犹豫地说："可是姑姑，现在长安城内到处都是韦氏的兵马，就在这几天，武延秀又在皇城、宫城、大明宫内增加了几万府兵。而我争取到的万骑军也就几千人，要是一时没得手……"

太平公主打断了李隆基的话，激昂地说："你不要想这么多。要知道，这是一场你死我活的斗争，不是他们死就是我们亡，没有第三条路可走。今晚就是韦氏的死期，是拯救大唐的时候。你应该以男人的方式去战斗，成就你的时刻也就在今晚，你明白吗？"

李隆基鼓起勇气，说："是，姑姑，我一定斩杀韦氏。"

太平公主对儿子薛崇简，说："崇简，你和你表哥一起去。"

薛崇简说："是，母亲。"他走到李隆基面前，说："表哥，我们一起为大唐尽忠，诛杀韦氏。"

李隆基说："好兄弟，我们一起匡扶社稷。"

李隆基回到家中，手握着刀静静地等候亥时的到来，妻子王氏来到她的身边说："你一定要小心。我相信你一定能诛除叛逆，匡扶大唐。"

李隆基说："成败就在今晚，我一定会成功的！等我的好消息吧！"

这时，高力士敲了敲门，道："王爷，已经临近亥时了。"

李隆基说："侍卫们都准备好了吗？"

高力士说："薛公子和侍卫们正在等候王爷。"

李隆基说："好，走吧。"

李隆基带着薛崇简和十几个贴身侍卫穿着便服来到钟绍京的家。钟绍京是李隆基从潞州回长安后认识的朋友，当时正担任禁苑总监。禁苑的位置相当重要，就在宫城的正北面，而禁苑的最南端就是宫城的玄武门。进了禁苑，就是大明宫中皇帝的后宫所在地了。李隆基想把钟绍京家设成一个临时参谋部，在这里就近策划政变。

可是，当李隆基带着人来到钟绍京家门前，敲了好几次门也没人来开门，急得李隆基团团转。

钟绍京之所以不开门是因为他害怕了。他在打自己的算盘，现在怎么说也是个五品官，官职不低，生活不错。这次要是诛杀韦氏成功，那么以后加官晋爵自然不在话下。可要是诛杀韦氏不成，丢了官职不说，性命肯定难保，甚至有灭九族的危险。正在他犹豫不决的时候，他的妻子说："夫君，一定是临淄王他们来了，你怎么还不去开门？"

钟绍京说："万一要是不成，这可是要掉脑袋的。"

妻子说："替国家出力上天都会保佑你的！再说了，临淄王等人要是出了事儿，你素日和他们同谋，就算现在反悔你以为韦氏会饶了你吗？"

钟绍京茅塞顿开，心一横说："夫人言之有理！为了大唐而死，死得其所。我去了。"

妻子说："你小心点。"

李隆基等人在钟绍京的家门口急得如同热锅上的蚂蚁，这时门"嘎吱"一下开了，钟绍京的脑袋从门里探了出来。李隆基一看是钟绍京，紧张的情绪顿时缓解了大半。他大步上前推开门走了进去，其他人也跟着鱼贯而入。

李隆基来到钟绍京家不久，刘江玉、葛顺福、陈玄礼、李仙凫、刘幽求、麻嗣宗等人也都来到了钟绍京的家里。李隆基问道："怎么样？一切都好吧？"

刘江玉说："一切都好，没问题。"

李隆基说:"开始行动。"

他们刚一出门,只见天上正降流星雨,一颗颗硕大的流星闪着白光划过夜空,就像雪花飘落。眼看这样的天象,刘幽求说:"这就是改换天命的象征,我们一定会成功!"

李隆基趁热打铁说:"诸位报效国家、博取功名、匡扶社稷的时候到了。"

底下的人群情激奋,葛顺福说:"临淄王,你就看我们的吧!"

葛顺福等人将韦氏安插在万骑军的亲信韦璿、韦播、高嵩等人斩首,提着他们首级对万骑军的士兵说:"韦皇后毒死先帝,想要篡权!今夜我们就要给先帝报仇,立相王当皇帝!谁要是三心二意,帮助逆党,我会诛其三族,决不轻饶!今天和我们一起起事的还有临淄王。"

当葛顺福说韦氏毒死先帝的时候,李隆基心里暗自佩服道:果然是个人才。李隆基也跟着说:"韦氏毒害先帝,把持朝政,此等大奸大恶之人,不杀之何以向天下人交代?将军们和本王今日与你们一起战斗,诛杀韦氏,匡扶大唐。"葛福顺是万骑军的老长官了,平时威望很高,再加上韦氏派来的几个将军滥用刑罚,早就失了人心。现在他们眼看着几个将军的首级都在葛福顺手里提着,并且直接领导他们的将领刘江玉、陈玄礼、李仙凫、麻嗣宗也都在,更重要的是这次行动是由他们素日所敬仰的临淄王领头,万骑军的士兵纷纷表态,坚决跟着临淄王李隆基起事。

葛福顺命人给李隆基换上已经准备好的铠甲后,李隆基带着人冲出了万骑军军营。李隆基本想以迅雷不及掩耳之势抓住韦氏和李裹儿,没想到被军中韦氏的一名亲信走漏了风声。亲信跑到李裹儿的寝宫说明了大概的情况,李裹儿问道:"领头儿的是谁?"

亲信说:"是临淄王李隆基。"

李裹儿说:"好个李隆基,简直活得不耐烦了。"她对武延秀说:"你快去南衙调集府兵,我去向母后报告,我们随后就到。"

武延秀穿上铠甲、提上战刀,飞快地向南衙跑去。李裹儿命人拿来铠甲,边穿边往韦氏的寝宫走去。

李裹儿来到韦氏的寝宫,来到韦氏面前说:"母后,李隆基领着万骑军造反了。"

韦氏大声说:"还不快去调集府兵,剿灭叛逆。"

李裹儿说:"延秀已经去调兵了。李隆基现在肯定带着叛军朝这里杀来了,我们也去南衙兵营和府兵汇合吧!"

韦氏一听觉得有道理,赶紧穿上衣服向南衙兵营走去。韦氏对身边的宦官说:"你去通知上官昭容,就说李隆基率领万骑军反了,让她也到南衙兵营来,免得遭逆贼毒手。"

贰拾

刀光剑影大明宫

宦官领命来到上官婉儿的寝宫,把韦氏的话告诉了上官婉儿。上官婉儿说:"知道了,你去告诉皇后,就说我谢谢她的关心,随后就到。"

韦氏的宦官走后,上官婉儿慨叹道:"该来的总是要来。"她并不打算去南衙兵营同韦氏汇合,而是坐到化妆台前,仔细地为自己化妆。她边化妆边思忖:李隆基起兵肯定受到太平公主的指使,现如今两虎相争必有一伤,但是鹿死谁手并不明朗。因此,她不能贸然去选择站到哪一方。可是,无论谁输谁赢对她来说都不重要,因为她们都需要她,都需要人去帮助她们成就帝业。而她则是做这件事情的不二人选。她现在要做的是,化好妆、做好迎接胜利者的准备。

此时,一个负责侦查的万骑军士兵向李隆基报告说,看见一群穿着铠甲的人正在向南衙兵营方向奔跑。

刘江玉说:"一定是韦氏。"

葛顺福说:"临淄王,我们现在杀过去,杀他们个措手不及,一定能歼灭韦逆贼首。"

李隆基说:"快追!"李隆基带着万骑军追着韦氏等人也向南衙兵营方向跑去。

韦氏等人到了南衙兵营,武延秀说:"母后,我去带人剿灭李隆基叛军。"

韦氏说:"先派五千人围攻太平的府邸,杀掉太平、活捉李旦。再命人严守大明宫的各个宫门，形成关门打狗之势，我们就在这里以逸待劳，等着李隆基，然后一举剿灭他们。"武延秀领命，很快按照韦氏的指示做了部署。

李隆基带着万骑军来到了南衙兵营，命人撞开南衙兵营的大门。走进去一看，密密麻麻全是府兵将士，数万名府兵手持利刃，严阵以待，做好了战斗的准备。李隆基见此情形，高声呼喊："大唐的将士们，我是临淄王李隆基。大唐的将士们，自大唐复归以来，朝政混乱，党争不断，天灾频发，民不聊生。这都是由于昔日之皇后，今日之太后韦氏任人唯亲，重用奸臣，残害忠良，淫乱宫闱，祸乱朝纲所致。先帝仁慈，圣明于天下，曾多次劝导韦氏摒弃恶念，改过自新。然而韦氏却视先帝之言如耳边之风，仍然一意孤行，不思悔改，并企图谋权篡位，颠覆大唐。其狼子野心，已昭然若揭。"李隆基说到这里声泪俱下，他紧接着用手指着李裹儿大声高呼道："韦氏无道，凶残异常，而先帝正是被韦氏和她的女儿李裹儿给毒死的。"

当李隆基说出"先帝是被韦氏和她的女儿李裹儿给毒死"的时候，所有人都用眼睛看着李裹儿。

李裹儿被士兵们的目光盯得心慌意乱，不知所措。李隆基泪流满面地放声喊道："此等恶性，天人共怒，人神共愤。身为大唐将士，今日就是要承接天命，铲除这些恶贼，以告慰先帝在天之灵。大唐的将士们，诛韦氏，正朝纲！"

李隆基这段声情并茂的战前演说，击碎了李裹儿手下将士们的抵抗意志。特别是那句"诛韦氏，正朝纲"这句简单易懂的口号，那可是真真切切地道出了他们平日里敢怒而不敢言的心声。先是万骑军的将士跟着李隆基高呼"诛韦氏，正朝纲"，后来南衙府兵中的一些士兵也跟着高呼"诛韦氏，正朝纲"，临阵哗变，加入到李隆基的阵营中。

李裹儿见此场景颇为惊骇，为了稳住军心她大声说："临淄王李隆基编造谎言，污蔑太后和我，实在是令人心痛难安。试问太后乃先帝结发之妻，我乃先帝亲生骨肉，怎么会做出这样穷凶极恶、摒弃人伦的事？李隆基说出此等恶言，煽动众人叛乱，完全是有违人臣之道，图谋不轨，罔顾长幼之序，以下犯上。他身为臣子不思报国恩，反而起兵造反，司马昭之心路人皆知，今天若不除此国贼，实在难以谢天下。本公主宣布，斩杀一名叛军者赏黄金十两，取李隆基首级者封其为万户侯。将士们，现在让我们一起为国除害，以儆效尤。"

重赏之下必有勇夫，李裹儿一声令下，府兵们如潮水般向李隆基的万骑军扑去，李隆基也挥刀亲率士兵向府兵发起冲击。

顷刻间大明宫内杀声震天，血流成河。喊杀声划破了原本寂静的夜空，鲜血染红了干净整洁的青石地板，溅在了汉白玉做的栏杆上。倒下的尸体成堆垒在一起，没人理会。活着的士兵踩着尸体继续和对手拼杀，直到自己也战死。

李裹儿原本在后面督战，但是她发现自己的府兵虽然人数众多却丝毫占不了上风，反而是万骑军越战越勇。李裹儿决定亲自上阵拼杀鼓舞士气，因为她知道自己绝不能输。李裹儿的上场让府兵的士气大为提升，万骑军毕竟人数太少，渐渐有所不支，被府兵合围起来。

六月二十日那天下午，太阳即将下山的时候，李鉴把高镇、王震宇、杨启贤、余成千悄悄地叫到军帐中。李鉴说："大家知道我们这次行军为什么如此缓慢吗？"

高镇问道："为什么？"

李鉴压低声音说："诛杀韦氏的时候到了。"

底下人瞪大眼睛看着李鉴，高镇说："大将军，真的要除掉韦氏吗？"

李鉴说："正是！韦氏一党祸国殃民，阴谋作乱，企图篡位，天下已苦于韦氏久矣。今夜大公主和临淄王将在长安动手，我们正好赶回去杀韦氏个措手不及，一举歼灭韦氏及其党羽，匡扶社稷，安定天下人心。"

底下的人摩拳擦掌，急不可耐地说："是，大将军。"

李鉴说："高镇你去把那两个太监抓起来。"

高镇说："是，大将军。"

李鉴说："其他人现在就去整顿兵马，在我大帐外面集合，现在就行动。"

底下人说："是，大将军。"

李鉴杀掉了那两个宦官监军，领着高镇等将领对士兵们说："韦氏作乱，挟持皇帝，意图谋反。我等身为大唐将士，怎能容许这样忤逆的事情发生！如今朝廷危在旦夕，宗庙社稷摇摇欲坠，若不及时除掉这些奸恶之人，大唐将陷于万劫不复的境地。将士们，在这事关大唐安危的时刻，我们应该挺身而出，回师长安，诛除韦逆，匡扶大唐。"

李鉴刚一说完身后的将领齐声高呼："诛除违逆，匡扶大唐！"士兵们也跟着高呼："诛除违逆，匡扶大唐！"

李鉴说："好，不愧是大唐的勇士。"然后，他派人给每个士兵发一块白布，缠在左臂上。

贰拾壹

韦氏集团覆灭

李鉴跨上马背，领着军队一路狂奔，用了不到两个时辰就抵达了通化门，而这个时间刚好是亥时。李鉴命人把一张纸条绑在一支箭上，射进了通化门的城楼。通化门的守将常元楷是太平公主的亲信，他打开纸条见上面写着：着火了。这是个暗语，意思是城外有剿灭韦氏的军队进城。常元楷立刻打开城门，李鉴率领军队冲进了长安城。进入长安后，李鉴派高镇带着五千人保护太平公主的府邸，他率领主力部队直扑大明宫。走到大明宫的延政门，他就已经听见了大明宫内的厮杀声。

李鉴命人撞开延政门，带兵冲进了大明宫，朝南衙兵营方向杀去。这时，李隆基的万骑军已经被李裹儿的士兵团团围住，李鉴大叫道："兄弟们，决定大唐安危就在此时，冲啊！"

刘江玉正在指挥手下保卫李隆基，乱军中忽然感受到有军队正在支援他们，抬头一看增援他们的部队虽然和府兵们穿一样的军服，但是他们的左臂都整齐划一地缠着白布，于是他大喊道："临淄王，我们的援兵来了！"

李鉴军队的突然到来，让几乎陷入绝境的李隆基和万骑军重新看到了希望，因而士气大振。李裹儿则大为恐惧，因为她手下的府兵在李鉴军队的猛攻下成了溃败之师，四散而逃。李裹儿骂道："李鉴你个混蛋，居然伙同李隆基造反。"李鉴二话没说，三下五除二就把李裹儿和武延秀绑了起来。李隆基对身后的万骑军说："把人带下去。"府兵看见李裹儿和武延秀被擒住了，纷纷扔掉武器投降。李鉴曾答应过林妍儿要保住韦氏身边的八个贴身侍女，他专门挑选了几十个武艺高强的士兵去负责这件事情。九侍女全部被擒，押到李鉴面前。李鉴看着林妍儿，对手下人说："带下去，严加看管，不得有误。"按照李鉴的交代，她们被押往李鉴的军营。

武延秀的南衙府兵被解决完，李隆基说："大将军，你快去保护大公主和处理长安城内其他追随韦氏的叛军。大明宫里的事情就让本王来处理吧！"

李鉴说："那就交给王爷了，在下告辞。"

李隆基说："大将军，保重。"

李隆基带着万骑军冲进南衙内堂，韦氏坐在正前方。韦氏见到李隆基，说："这里就本宫一个人，你用得着这么大张旗鼓吗？"

李隆基环视一圈，对身后的将士们说："你们在门外等候。"万骑军出去以后把门掩上，李隆基说："你还有什么话要说？"

"本宫告诉你，先帝不是我害死的。"

"先帝是不是你害死的这不重要，重要的是先帝的死跟你有关。"

"李隆基，你现在把先帝驾崩的责任全部推到本宫身上，难道说你们就没有一点责任？"

"不，我知道我有责任，我愧对先帝。为了弥补我对先帝的亏欠，我就要维护大唐完整统一，带领大唐威震四方，让大唐成为有史以来最强盛的王朝。"

"你今天起兵要杀我，还不是因为我曾经羞辱过你，你现在想要报仇。"

"我今天要杀你，并不是因为你曾经对我做过什么，而是因为你是一个障碍，是大唐前进的障碍，仅此而已。你看你是自行了断还是让本王亲自动手。"说完，李隆基亮出了刀。

"用不着你费心。"韦氏说完服毒自尽。李隆基确定韦氏已经死了以后大步走到门外，对万骑军将士说："韦氏已经伏法，诸位将士功不可没。但是韦氏的党羽仍然贼心不死，今天我们就要一举清除这些败类，让大唐的朝纲步入正轨。表弟，你去向姑姑报告，韦氏已经被诛；葛将军、李将军，你们去除掉宗楚客、纪处讷、崔湜等韦氏党徒；崔大人、麻将军，你们去除掉韦氏一族；陈将军、钟大人，你们把俘获的府兵编入万骑军。不愿收编者，格杀勿论；刘大人，你去除掉上官婉儿，不要多问就地斩杀，杀掉以后迅速向本王报告；高力士，你去告诉相王，就说韦氏已被诛杀，请他做好主持大局的准备。"

这些人走后，李隆基还是无法平静下来，他最怕的是上官婉儿溜出宫去投奔太平公主，这样一来他日后的麻烦可就大了。

上官婉儿在得知李隆基带兵除掉了韦氏后，马上命令宫女排列整齐，手执灯笼率领宫人准备迎接李隆基，这时，恰巧碰上了刘幽求。刘幽求不由分说举起刀向上官婉儿砍去，上官婉儿慌忙躲过，急忙把起草遗诏的底稿拿给刘幽求看，说："这是我按照大公主的意思起草的遗诏，我是大公主的人。"

刘幽求感到这事儿很棘手，心想李隆基是要他杀掉上官婉儿，可是上官婉儿却又说她是大公主的人，而且还有诏书为证。这要是杀掉的话，到时太平公主怪罪下来可是吃不了兜着走。想到这里，刘幽求说："来人啊，抓起来，带下去。"

刘幽求立刻拿着诏书去请示李隆基。李隆基见刘幽求回来了，便大步跨上前问道："杀了吗？"

刘幽求说："没有。"

李隆基瞪大眼睛，训斥刘幽求说："没有？怎么回事儿？"

刘幽求拿出诏书说："上官婉儿拿出一份遗诏，说是按大公主的意思拟定的，所以我就想，杀掉上官婉儿到时大公主怪罪下来可就不好办了。"

李隆基看了一下遗诏，说："此人八面玲珑，诡计多端，这份诏书一看就是临时伪造的。上官婉儿死心塌地效忠韦氏，怎么会写这样一份诏书？"说完，就将诏书烧了，问道："上官婉儿现在人在哪里？"

刘幽求说："在万骑军兵营牢房，和李裹儿、武延秀关在一起。"

李隆基说："快去做事儿。记住，格杀勿论。"

刘幽求说："是，我这就去。"当刘幽求刚要转身离开时，李隆基叫住他说："回来，上官婉儿的事你不用管了，你去带人配合葛将军清除韦氏党羽吧！"

刘幽求说："是，王爷。"

刘幽求走后，李隆基对刘江玉说："这件事你去办，顺便把李裹儿、武延秀一起解决掉。可以给他们个体面的死法，但是一定要做得干净。"

贰拾贰

最后的审判

刘江玉来到万骑军的牢房，先来到武延秀的关押处，让人把牢房门打开走了进去。

武延秀见有人来，对刘江玉说："将军放我出去。"

刘江玉说："放你出去？你倒是想得很美。来人，送武驸马上路。"

武延秀当即吓得面如土色，跪地求饶："将军，我是无辜的，你去跟临淄王说我真是无辜的。阴谋篡位、窥伺神器这些事都是韦氏和李裹儿搞出来的，我是被逼无奈。"

刘江玉说："不管是被逼的还是自愿的，你是驸马，事已至此已无可挽回。今天能赐你毒酒上路也是沾了李裹儿的光，要是别人可是要拉出去五马分尸的。"

武延秀不停地向刘江玉求饶，刘江玉不耐烦地说："来人，送驸马爷上路。"

几个士兵把武延秀按在地上，强行把毒酒灌进武延秀的嘴里，直到武延秀死去才放开他。

接下来，刘江玉来到李裹儿的牢房。刘江玉来到李裹儿的面前说："公主受惊了，请饮一杯御酒压压惊。"在此之前，李裹儿其实已经做好了赴死的心理准备，但是当死亡真正来临的时候她还是怕了。一个士兵把斟满酒的杯子递到李裹儿跟前时，她一手将酒打翻，跪倒在刘江玉的脚下说："麻烦将军通告一声，我要见姑姑，我要见三郎。"

刘江玉把李裹儿搀起来，让她坐在一条板凳上，说："公主，你知道这是不可能的，还是请满饮一杯吧。"

李裹儿还想做最后的挣扎，刘江玉慢慢地说："太晚了，实在是太晚了。"然后他手一挥，两个士兵跟解决武延秀一样，把毒酒强行灌进了李裹儿的嘴中，直到李裹儿断了气才放开了她。

最后刘江玉来到关押上官婉儿的牢房。上官婉儿看见刘江玉后仍然端坐在一张桌子旁边，等到刘江玉走进来，上官婉儿问道："你是带我去见大公主的吗？"

刘江玉说："你见不了了。"

上官婉儿冷冷地问道："为什么？"

刘江玉说："请昭容喝一杯酒。"话音刚落，他向两位士兵使了个眼色，刘江玉说："你们在门外等候。"

士兵们出去以后，上官婉儿说："这是李隆基的意思？还是太平的意思？"

刘江玉走到上官婉儿的面前说："这有区别吗？"

上官婉儿说："太平是不会杀我的，她需要我。"

刘江玉说："那答案不是很明显了吗？"

刘江玉看着上官婉儿，伫立良久。过了一会儿，刘江玉轻声说："昭容，请上路吧！"

上官婉儿拿起酒杯一饮而尽，吐血身亡，死时四十六岁。刘江玉看着上官婉儿的尸体，摇头叹息了一声，走出了牢房。

刘江玉解决掉武延秀、李裹儿、上官婉儿之后向李隆基做了汇报，李隆基紧张的心绪才算是平静下来。可是，如何向太平公主解释上官婉儿的死让李隆基感到很棘手。这时，他忽然想到了崔日用写的那纸文字，顿时释然了。

贰拾叁

血雨腥风长安城

李鉴迅速平定了长安城内韦氏掌握的府兵，稳定了城内的秩序，剩下的只有李隆基所领导的万骑军，在城内分头搜捕韦家的亲属及徒党。

中书侍郎崔湜正在睡梦中被惊醒，发现外面全是万骑军时慌忙躲到床底下，等到士兵们走了以后才从后门溜了出去，来到太平公主的府邸门前，高呼道："我要见大公主，我要见大公主。"

太平公主的府邸此时正被李鉴的府兵保护着，他们抓住崔湜问道："你是谁？"

崔湜说："我是大公主的一位故人，你快去禀报大公主，大公主一定会见我的。"

那位士兵将崔湜上下打量了一下，说："你等着。"那位士兵很快回来说："大公主有请，请跟我来。"士兵将崔湜领到太平公主面前，太平公主对士兵们说："你们出去吧。"

士兵们退出去之后，崔湜"扑通"一声跪在太平公主的脚下，抓着太平公主的脚说："大公主救救我，大公主救救我啊。"

太平公主用脚勾起崔湜的下巴，俯下身子看着崔湜的眼睛，笑着问道："怎么了？害怕了？怕什么呢？"

崔湜流着泪说："大公主，我不想死，我知道错了。"

太平公主放下脚，把一只手放在崔湜的脸上，说："告诉我，你哪里错了？"

崔湜说:"我不该离开大公主依附韦氏,更不应该背弃大公主跟上官婉儿在一起。"

太平公主随即一巴掌打在崔湜的脸上,打得崔湜眼冒金星,他不断地叩头,说:"大公主打得好!"

太平公主又将手放在崔湜的脸上,说:"那现在你该怎么做呢?"

崔湜紧紧地抓住太平公主的手,浑身颤抖着说:"我愿意一心一意侍奉大公主,誓死效忠大公主,绝不会再有二心,求大公主再给我一次机会。"

太公主放声大笑,说:"愿意做我的狗吗?"

崔湜急忙说:"我愿意,我愿意!我愿意做大公主的狗,让大公主牵着走。"

太平公主说:"那叫两声?"

崔湜赶紧"汪汪"地叫了两声。太平公主说:"你似乎不大高兴?"

崔湜又迅速擦干眼泪,脸上堆满笑容,模仿狗的神态,冲着太平公主献媚地乱叫,惹得太平公主欢笑不止,说:"好,你安全了,以后跟着我你可以得到你想要的一切,明白吗?"

崔湜边叩头边说:"谢谢大公主,谢谢大公主。"

太平公主随后吩咐丫鬟领着崔湜下去歇息,崔湜暗自庆幸保住了一条命。

这时李鉴走了进来,太平公主问:"韦氏的叛军处理完了吗?"

"禀报大公主,韦氏的叛军都处理完了,有一些已经主动投降了。"

"临淄王现在何处?"

"临淄王正带着万骑军清剿韦氏的党羽。"

"做得不错,你去分兵把守好长安城的各个城门,千万别让韦氏的党羽跑了。其余军士由你亲自率领进驻南衙兵营。"

"是,大公主,属下遵命。"

李鉴走后不久,李隆基来到太平公主面前,说:"姑姑,韦氏已经被诛,此乃大唐之幸,万民之福。姑姑你可真是神机妙算,料事如神,侄儿实在是佩服。"

"韦氏的事崇简已经告诉我了。韦氏一族及其党羽除掉了吗?"

"韦氏一族已经被灭,她的党羽李裹儿、武延秀、上官婉儿也已经被处死。"

"你把上官婉儿也给杀了？"太平公主惊讶地问道。

"姑姑，上官婉儿是韦氏的人，作恶多端。她曾和韦氏预谋杀死姑姑和我父亲，然后废掉少帝，拥立韦氏登上帝位。姑姑，你看这个。"李隆基拿出韦氏及其党徒为称帝而制定下的计划，这原本是崔日用为了取得他的信任而写下的。但是，他处死了上官婉儿，为了对太平公主有个交代，就将那纸文字给了太平公主。

在太平公主看这份计划书时，李隆基在旁边解释道："姑姑，这是韦氏原来的党徒崔日用写下的，而这上面的计划也全都是上官婉儿的主意。姑姑，韦氏向来信任上官婉儿，除了她谁能制订出如此缜密的计划？侄儿看见这份计划有谋害姑姑的意图都惊了一身冷汗。若不杀此人，实在难平心中之愤。"

太平公主看到这纸文字十分恼怒，再加上李隆基在旁边添油加醋，她更是怒火冲天，嘴里骂道："这个贱人居然敢出此下策，杀得好。"

"姑姑，还有一个韦氏的重要党羽跑了。"

"谁？"

"中书侍郎崔湜。"

"这个人你不必过问了，他已经归附我们。"

"是，姑姑。"李隆基心想，幸亏自己动手早，否则不知还有多少韦氏的党羽归附到太平公主的门下，尤其是上官婉儿。

"你父亲现在在哪儿？"

"我父亲现在和少帝在一起，住在太极殿。我已经派兵保护了。"

"做得好，明天一早来我府中议事。"

"是，姑姑，侄儿告退。"

第二天，高力士按照李隆基的指示，请相王李旦侍奉少帝李重茂来到安福门安抚百姓。李重茂下诏赦免全国罪囚，诏书上说："图谋叛逆的罪魁祸首均已伏诛，其余徒党概不追究。"改封临淄王李隆基为平王，并且让他主持内外闲厩事务和掌管左右两厢万骑兵，同时，将薛崇赐爵为立节王，任命钟绍京守中书侍郎，刘幽求守中书舍人，均参知机务。

太子少保、同中书门下三品韦温斩首于东市之北；中书令、兵部尚书宗楚客乔装外逃，在通化门被守门的兵士认出并斩首，同他一起被杀的还有他的弟弟宗晋卿；赵履温也被斩首；秘书监汴王李邕的妻子是韦氏的妹妹崇国夫人，御史大夫窦怀贞娶的是韦氏的乳母。李邕和窦怀贞分别砍下各自妻子的首级进献给相王李旦，投奔太平公主；左仆射、同中书门下三品韦巨源听到李隆基起事的消息后，家人劝他外逃，他回答说："我身为朝廷大臣怎能有难不赴？"说完便走出家门，在街上被乱兵所杀；韦氏的情人马秦客、杨均被枭首示众。

崔日用带兵到长安南边的杜曲，诛杀韦氏家族的其他成员，连尚在襁褓中的婴儿也没放过。一时间，长安城内血雨腥风，哀哭声响彻云霄。曾经风光一时的韦氏家族，如今却成了任人斩杀的刀下鬼。

李隆基来到太平公主的府邸时，太平公主还正睡着。他昨天也是一夜未合眼，于是就跟薛崇简说，给他找个房间小睡一会儿。薛崇简领着李隆基走向客房，薛崇简打开房门正想请李隆基进去时，李隆基看见了崔湜，他对薛崇简说："表弟，你去忙吧。姑姑要是起来记得叫我。"

薛崇简说："好的，那你休息吧。"

薛崇简走后，李隆基来到崔湜的面前，说道："崔大人，别来无恙。"

崔湜说："托平王的福，并无大恙。"

"这就好，上官婉儿死了你知道吗？"

"知道，早上听府里的人在议论，知道一点。"

"难道崔大人就不感到伤心吗？"

"我为什么要伤心？"

"这就奇怪了，崔大人能坐上宰相的位子可全是上官婉儿的功劳。据说上官婉儿可是很仰慕你的才华，经常品读你的诗文。这个大人会有所不知？"

"上官婉儿唯利是图，趋炎附势，最善于钩心斗角。她本人又恃才傲物，自视甚高。因此，只有在她面前阿谀奉承、低三下四才能满足她内心的荣耀感。"

"那她为什么对你青睐有加？而你又为什么屈从于她呢？"

"我其实不过是她所幻想的那个人，更多的是能满足她内心的欲望。我屈从于她，是为了取得地位和富贵，大家都是各取所需罢了。日后在下将侍奉大公主，与平王同堂谋事，还望平王多多关照。"

"崔大人见外,以后我们可就是自家人,一起为姑姑效命。"

"是,平王。承蒙平王看得起。"

"在下也仰慕崔大人的才华,愿听教诲。"

"随时听候平王差遣。"

这时,薛崇简走到李隆基的身边,说:"表哥,我刚才去房间找你发现你没在,你怎么在这里?"

"我和崔大人闲聊呢!姑姑醒了吗?"

"母亲让你们过去。"

李隆基和崔湜到时,太平公主的亲信窦怀贞、萧至忠、岑羲等人已经到了。太平公主说:"如今韦氏及其党羽已被诛,朝纲急需整顿。可是天子年幼,不懂政务,天下大局急需一个德高望重的人来主持,我们不如拥戴相王为帝,以便顺应民心。"

崔湜说:"大公主言之有理,相王宽厚待人,威名显赫,为天下人所敬仰。相王若是荣登大位,乃是士人之所向,百姓之所盼。"萧至忠、窦怀贞、岑羲等人也都附和太平公主,然后他们都看向李隆基。

贰拾肆

拥立李旦登基

　　李隆基预料到太平公主会拥护他的父亲登上皇位，因为她很清楚自己父亲的清新寡欲，不问世事，根本没能力处理当前的朝政。若是父亲登上帝位，必然由太平公主一手把持朝政。李隆基也明白，若是立父亲为帝对他是有利的，因为他的首要目标是当上太子，这需要太平公主的支持。可是，要立他的父亲为帝他不能立刻就表示同意，因为这很容易让人看出他的野心，尤其是不能让太平公主觉察到。于是，李隆基就替他的父亲推辞道："父王生性淡泊，从来不把世事放在心上，何况当今天子乃我父王亲哥哥的儿子，他又怎么肯取而代之！"

　　岑曦说："民心不可违背，相王虽想高居世外，独善其身，但大唐的宗庙社稷又怎么办呢？"

　　萧至忠说："相王在以前就曾当过皇帝，是万民所向往的。现在民心尚未安定，皇室国家之事至为重要，相王不能拘于小节，应早日登基称帝以安定天下人心！"

　　李隆基说："若是如此，一切按照姑姑的意见办吧！"

　　太平公主说："那好，今天就下去做好准备。明天我们进宫面见少帝，商讨禅让事宜。"

　　这时，韦氏的大女儿长宁公主和她的丈夫杨慎交跑进来，跪倒在太平公主脚下，哭诉说："姑姑，求求你放过我，我什么也没做。"

　　杨慎交说："大公主，我们虽有千错万错，但是我们从未参与朝堂之事，就请你给我们一条生路。"

太平公主对韦氏深恶痛绝，对韦氏的女儿自然也十分厌恶，更何况长宁公主生活上奢华无比，处处讲究排场，风头都盖过了太平公主，这是太平公主无法忍受的。太平公主面对长宁公主夫妇的哀求连正眼都不看一下，而是把李隆基叫到身边，在李隆基的耳边说："让他们把所有财产都交出来，人你看着办。"

李隆基一下愣住了，但是他很快就明白过来，点头说："侄儿明白，姑姑放心。"

太平公主说完便起身离开，长宁公主夫妇见太平公主连一句话也没对他们说，以为太平公主是向李隆基下达了处死他们的命令，吓得魂飞魄散，趴在地上拽着太平公主的裙脚不断求饶。太平公主并不理睬他们，在丫鬟的簇拥下向后堂走去。

李隆基和杨慎交有时在一起打马球，对杨慎交有一定的了解，虽然谈不上有什么交情但是并不厌恶他。但是，对于长宁公主他可就没什么好印象了。长宁公主留给李隆基的印象就是贪财和奢华，为了钱什么都肯干，也什么都敢干，封赏斜封官、卖官鬻爵、收人贿赂、强抢民宅，只要来钱快她就敢下手。

在长安，长宁公主把开国功臣高士廉的府邸和左金吾卫的军营合并起来作为宅邸，又兼并了住宅西边的空地作为球场。魏王李泰是李世民的四子，也就是长宁公主叔祖父，他的旧宅非常大，东西方向占满整整一坊，有池塘三百亩。李泰死后，长宁公主的祖父李治把那片地划给民间使用，长宁公主也想办法要了回来，做了自己的别苑。在洛阳，由于洛阳取消了永昌县的设置，她就把县衙作为自己的府邸。种种行为与她的妹妹安乐公主李裹儿不相上下。但是，她和李裹儿唯一的区别就在于她没有政治野心，也没想着要权倾天下。

虽然李隆基对长宁公主的印象很差，但是她终究是他们李氏皇族的人，长宁公主是他的亲堂姐，两个人的血缘关系是很近的，并且长宁公主也没有在韦氏当权之时害过他。因此，当李隆基看着长宁公主夫妇一把鼻涕一把泪哀求的样子时动了恻隐之心。李隆基扶起长宁公主，说："姐姐，别哭了，小心哭坏了身子。"

"三郎，你帮我跟姑姑求个情，求她放过我们好吗？要是能放过姐姐，你的大恩大德姐姐没齿难忘。"长宁公主看到李隆基在安慰她，又去跪求李隆基。

"姐姐，快起来说话。"李隆基在她还没有跪下时赶紧扶住她。

"三郎，我们夫妇可从来没有参与过朝政，更没什么非分之想，这个你可一定要相信姐姐。"长宁公主紧张不安地说。

"平王，我们有错。我们愿意承担责任。但是正如公主所说，我们从来没想过要爬多高的位置，我们更没参与谋反，图谋不轨。"杨慎交说。

"这个我知道。这样，你们只要交出所有的财产就能平安，然后杨兄就任绛州别驾，从此离开长安，好好地去过日子。"李隆基说。

"好好，我们答应。"没等长宁公主发话，杨慎交抢先说。

"我们愿意交出财产，从此安分守己，过普通人的日子。"长宁公主说。

"我为任一方，定当造福一方百姓。如有怠慢，我愿受任何处罚。"杨慎交说。

"是，我们一定会痛改前非，一心为百姓着想，为大唐尽自己的绵薄之力。"长宁公主说完后眼泪又掉了下来。

"做事就不必了，安安静静遵纪守法就行。可要是再闹出点事儿来，那可就没人能帮得了你们了，明白吗？"李隆基严肃地说。

"我们明白。"长宁公主夫妇明白李隆基的意思，赶紧改口。

李隆基说："你们去准备吧，尽早离开长安，这不是你们久留的地方。"

"多谢三郎提醒，告辞。"长宁公主说。

"你们一路保重，后会有期。"李隆基说。

"平王，保重。"杨慎交说。

长宁公主夫妇走了以后李隆基心里很失落，他知道太平公主所说的交出所有财产实际上是交给她。李隆基没想到，费了九牛二虎之力铲除了韦氏及其党羽，还没清除韦氏弄权时遗留下来的弊病却首先出现了敛财这样的事情。他原本还想组织人去调查韦氏、李裹儿、上官婉儿等人当权时贪赃枉法得来的巨额财产，向世人公布，但是现在太平公主连长宁公主的财产都不放过，那么这些人的财产她肯定也不会放弃。

斩杀韦氏后的第三天也就是六月二十三日，太平公主领着人来到李旦的面前,请求李旦荣登大位,安定民心。李旦坚决推辞不受。在太平公主、李隆基和其他大臣们的极力劝说下李旦才答应重登帝位。也就在这一天,少帝李重茂任命平王李隆基为殿中监、同中书门下三品,任命宋王李成器为左卫大将军,衡阳王李成义为右卫大将军,巴陵王李隆范为左羽林大将军,彭城王李隆业为右羽林大将军,光禄少卿嗣道王李微为检校右金吾卫大将军,太平公主之子薛崇训为右千牛将军,李鉴为辅国大将军任兵部右侍郎,统领关中府兵,卫戍长安。

六月二十四日,少帝李重茂在太极殿接见太平公主、李旦、李隆基以及朝廷大臣。太平公主说:"韦氏当道之时祸乱朝纲,天灾人患层出不穷。为了大唐社稷之长治久安,天下黎民急需我李氏皇族中德高望重之人出来安抚。安国相王深受百姓爱戴和士人期盼,皇帝把帝位让给你的叔父,可以吗?"

刘幽求等人跪在地上劝李重茂禅位:"陛下,在这国家多灾多难之际,皇帝仁爱孝顺,效法尧舜禅位贤人的传统实在是出于至公无私之心。相王代替皇帝挑起治理天下的重担,乃是叔父对侄儿慈爱备至的表现。"

少帝李重茂没见过这样的场面顿时不知所措,以至于忘了高力士事前教他的话。站在旁边的高力士急忙走到李重茂的身边,对他耳语了几句。李重茂这才说:"众爱卿所言也是朕之所想。朕尚且年幼,对于军政国事一窍不通,难以承担起抚慰万民之重托。相王叔父大爱于天下,受万民拥戴。朕愿意禅位于叔父,从此聆听叔父的教诲,修身养性。望叔父接受天下百姓的跪拜,为天下黎民之福祉、大唐之兴盛勇于担起这份重任。"

李重茂说完后,群臣高呼:"陛下圣明。"

李重茂从袖子里拿出一份已经拟好的诏书,说:"刘爱卿且上前来。"刘幽求走上前接过李重茂手中的诏书,向群臣宣读了李重茂禅位于李旦的诏书。

太平公主直接走到李重茂跟前对他说:"天下臣民之心已归附相王。"说完便将李重茂从宝座上拉了下来,然后对李旦招手说:"四哥,来,坐这儿。"李旦走上前坐上龙椅,群臣向李旦高呼"万岁",恭贺李旦荣登帝位。

李旦登上皇位的当天亲临承天门,下诏赦免天下罪囚,同时又恢复了少帝李重茂的温王爵位。

历史上把李隆基联合太平公主清除韦氏集团,废除少帝李重茂,拥立相王李旦为帝的这次事件称为"唐隆政变"。"唐隆政变"是中国历史上一次有名的政治事件，这次政变使得李唐王朝的权力结构发生了变化，但却没能从根本上改变李唐王朝的混乱政局。这次政变实际上最大的受益者是太平公主，但是最大的亮点却不在于她，而是造就了李隆基。正是在这次政变发生后，李隆基作为李唐帝国的一颗政治新星冉冉升起，自此踏上了通往帝国权力顶峰的曲折道路。

李旦登上皇位以后，任命许州刺史姚崇为兵部尚书、同中书门下三品；许州刺史萧至忠为刑部尚书；任命绛州刺史赵彦昭为中书侍郎，中书侍郎崔湜为吏部侍郎，二人均任同平章事；任命兵部侍郎崔日用为黄门侍郎、参知机务；任命宋王李成器为雍州牧、扬州大都督、太子太师。

李旦下诏恢复则天大圣皇后的旧号为天后，追谥雍王李贤为章怀太子；赦免天下罪囚，改年号为景云；削夺已经死去的武三思、武崇训父子的爵位和谥号，废掉武氏的崇恩庙及昊陵、顺陵，又将已故皇后韦氏追废为庶人，将李裹儿追废为悖逆庶人；追复已故太子李重俊的爵位和名号，为敬晖、桓彦范、崔玄、张柬之、袁恕己、成王李千里及左羽林大将军李多祚等人平反昭雪，并且恢复他们生前的职务和爵位。

在改年号的当天，太平公主以庆贺李旦登基的名义，请求李旦在麟德殿举行宴会，大宴群臣。这个请求得到了李旦的准许。在宴会上，李旦虽然是皇帝但是群臣心里明白，现在最有权势的人其实是太平公主。因而，朝中大臣像众星捧月一样围在太平公主身边，竞相称颂。无论是吟诗作赋还是表演节目，都是以太平公主为中心展开的，太平公主如痴如醉地享受着这一切。她曾经也得到过这份荣光，那是她的母亲武则天赐给她的。武则天死了以后，韦氏抢走了这些东西。但是现在，她诛杀掉了韦氏，手中大权在握，靠着自己的奋斗又重新夺回了本该属于自己的这份荣耀。

贰拾伍

太平公主崛起

太平公主举着酒杯,在宴会场上来回走动,同群臣们觥筹交错,豪放痛饮,尽情抒发内心的喜悦。她来到李隆基的身旁,李隆基这次没像上次宴会一样借着酒劲抒发心中的不满,此一时彼一时,他角逐太子的位置还需要太平公主的支持。所以李隆基站起来端起酒杯,说:"姑姑,今日我等称彼兕觥,祝姑姑万寿无疆。"

太平公主说:"好。"

姑侄俩饮完酒,太平公主说:"三郎,今日大家都如此高兴,你不妨献奏一曲为大家助助兴,如何?"

李隆基说:"侄儿正有此意。"

宫女将琵琶交给李隆基,李隆基弹奏了一曲《阳春白雪》。这首曲子将《阳春》《白雪》两首曲子糅合在一起,《阳春》取万物之春、和风淡荡之意,《白雪》取凛然清洁、雪竹琳琅之音,起、承、转、合衔接巧妙,表现冬去春来、大地复苏、万物欣欣向荣的初春美景,旋律清新流畅,节奏鲜明轻快。

李隆基演奏的时候,在场的人无不暗自佩服李隆基高超的演奏技艺及惊人的音乐才华。姚崇、宋璟、张说等人听到那柔情的乐声时就知道李隆基是在向太平公主献媚。但是,李隆基非凡的音乐才华让他们深深地折服,沉浸在美妙的音乐之中。李隆基演奏完毕得到了群臣的阵阵赞叹,太平公主拉着李隆基的手激动地说:"还是三郎懂我。"太平公主拉着李隆基一起接受群臣的称颂,与群臣对饮。

不久，李旦召集群臣想要立太子。宋王李成器是嫡长子，平王李隆基有大功，所以在太子的人选上犹豫不决。李成器知道自己没有实力去竞争太子，就推辞道："国泰民安则应当先立嫡长子，国家多难则应当首先将有功的人立为太子。如果在这个问题上违反时宜，就会让普天之下的人大失所望。臣宁可去死也不敢位居平王之上。"为此，他接连几天一直流着泪请求李旦将太子之位给李隆基。太平公主和大臣们也大多认为李隆基有大功于社稷，应当被立为太子。

刘幽求说："臣听说铲除天下祸患的人应当享有天下的福分。平王使大唐社稷免遭倾覆，拯救君亲于危难之中，讲功劳没有谁比他更大的，论德行又最为贤良，立他为太子是最合适不过的了。"

大臣们纷纷表示支持，也得到了太平公主的赞同。于是，李旦听从了他们的建议，把平王李隆基立为太子。李隆基象征性地上表谦恭地请求将太子之位给李成器，李旦自然没有同意。

太平公主遇事沉着机敏，富有权变的谋略，武则天认为她很像自己，因而在众多的子女中对她格外偏爱，经常让她参与军国机密要事的谋划，但她还是惧怕武则天的威严，没有敢揽权。张柬之等人诛杀张易之、张昌宗兄弟时，太平公主拥立李显上位，立下了功劳。因此，太平公主权势地位十分显赫，李旦经常同她商量朝廷的大政方针。

每次她入朝奏事，都要和李旦坐在一起谈上一段时间。有时她没去上朝，李旦会派宰相到她的家中征求她对某些问题的处理意见。每当宰相们奏事的时候，李旦就要询问："这件事与太平公主商量过吗？"接下来还要问道："与三郎商量过吗？"在得到宰相们肯定的答复之后，李旦才会表示同意。凡是太平公主想干的事李旦没有不同意的，朝中文武百官自宰相以下，或升迁或降免全在她一句话，其余经过她的举荐而平步青云担任要职的士人更是不可胜数。由于太平公主的权势完全超过了皇帝李旦，所以对她趋炎附势的人数不胜数。太平公主的儿子薛崇行、薛崇敏、薛崇简三人都受封为王。太平公主的田产园林遍布于长安城郊外各地，她家在收买或制造各种珍宝器物时，足迹远至岭南及巴蜀地区，为她运送这类物品的人不绝于路。韦氏集团覆灭后，留下的财产也被太平公主侵吞。太平公主在日常衣食住行的各个方面，也处处模仿宫廷的排场。

　　林妍儿作为太平公主安插在韦氏身边的耳目，立下汗马功劳，韦氏的一举一动都是林妍儿传递给太平公主的。太平公主召见林妍儿说："这次除掉韦氏你可是立了大功，想要什么赏赐尽管说。"

　　林妍儿说："奴婢本来就出自大公主府邸，为大公主效劳乃是奴婢的本分，怎敢有所奢望。"

　　"有功自然要赏。我看你聪明伶俐，又熟悉宫里的规矩，不如你继续留在宫里负责起草制书诏令，做以前上官婉儿的事情。"太平公主拉着林妍儿的手笑着说。

　　"启禀大公主，奴婢自十四岁进入大公主府里做事，到现在已经八年未回过家。奴婢请求大公主，让奴婢回家侍奉双亲，以尽孝道，望大公主成全。"

　　太平公主想了一下，说："那你就去洛阳吧！一来帮我在洛阳办点事情。二来也可以方便回家，怎么样？"

　　"谢大公主恩典。"林妍儿叩头谢恩。

　　"好了，你到我身边来。"林妍儿走到太平公主身边，太平公主在林妍儿的耳边交代了一些事情，林妍儿听完以后说："奴婢一定为大公主尽心尽力办好差事，绝不负大公主重托。"

　　"事不宜迟，马上动身，快回去准备吧！"

　　"谢谢大公主，奴婢告退。"

　　林妍儿随后就去了曲江池的芙蓉园，与李鉴见面。

　　"你要去洛阳？"李鉴问道。

　　"大公主要我去的。"

　　"什么时候走？"

　　"就这两天。"

　　"你在洛阳任职，还可以回家，离开这个是非之地。"

　　"你要不要去洛阳？"

　　"我现在走不开，但是我会去洛阳找你的。"

　　"好，我等你。"

贰拾陆

姑侄党争，蜜月结束

起初，太平公主认为太子李隆基还很年轻，对她表了忠心且言听计从，并且他们又有一个共同的对手——韦氏集团，因而太平公主并未把李隆基视作她的威胁。

李隆基做了太子以后开始施展他的政治抱负。他与姚崇、宋璟等人齐心协力革除各种弊政，提拔任用忠正贤良之士，贬黜斥退奸邪不肖之徒，行赏施罚完全依据公理，行贿说情的不良风气没有了市场，各项法度重新得到整饬，当时朝野上下一致认为国家又恢复了贞观、永徽时期的良好风尚。紧接着又开始着手清理斜封官，姚崇、宋璟及御史大夫毕构向李旦提出建议："先朝所任命的斜封官应当全部予以废黜。"李隆基支持，李旦也表示同意，免去了数千名斜封官的职务。

唐朝旧制规定，三品以上官员由皇帝当面用册书任命，称为册授；四品以下、五品以上官员由皇帝颁布制书任命，称为制授；六品以下官员由皇帝颁布敕书任命，称为敕授。官员的任命都委托尚书省拟定，而后上奏，文官由吏部拟定，武官由兵部拟定，两部的尚书称为中铨，侍郎二人称为东西铨。唐中宗李显时期，得到皇帝宠幸的奸佞小人执掌朝廷大权，所选任的官吏好坏混杂，不再有法度可言。其中，对吏治危害最大的是斜封官的任命。不管是屠夫酒肆之徒，还是为他人当奴婢的人，只要向选官的行贿三十万钱就能够得到由皇帝亲笔敕书任命的官位，由于这种敕书是斜封着交付中书省的，因而这类官员被当时的人称为"斜封官"。这些被任命的斜封官大都是富豪商贾，他们不但不会理政,而且品行低劣,在搜刮百姓时更是心狠手辣,无所不用其极。

李隆基在朝政上的英明举措赢得了很好的口碑,渐渐地很多正直的大臣开始向李隆基靠拢。太平公主感到自己的地位受到了威胁,多次提醒李隆基凡事不要做得太过火,但李隆基觉得自己已经坐上了太子之位,就是要树立威信为以后登上帝位打基础。所以,他根本就没把太平公主的提醒当回事,仍然按照自己的计划行事。这让太平公主大失所望,太平公主决定出手,以打压李隆基的发展势头。

为了给李隆基一个下马威,太平公主对李隆基的万骑军下手了。因为万骑兵倚仗着讨平韦氏集团的功劳大多横行不法,太平公主抓住了李隆基的这个把柄,在朝堂上鼓励群臣斥责万骑军的不法行为。在太平公主的压力下,李旦下诏将万骑兵部分人员发配到京外去做官,同时下令停止从官户奴隶中选拔万骑兵,并另外设置隶属于左、右羽林卫的飞骑军。飞骑军仍旧由李隆基掌管,但对飞骑军的活动做出了很多限制。

李隆基为了削弱太平公主的势力,也想对李鉴统帅的宿卫京师长安的府兵动手。可是李鉴军纪严明,手下将领和士兵也都遵纪守法,李隆基不得不感叹李鉴的治军才华,只好作罢。

李隆基等人要废除斜封官,自然引起那些因受封而得到官位的人的巨大恐慌。太平公主利用斜封官的怨恨情绪,掀起了一场"反对罢免斜封官"的浪潮,把矛头直指太子李隆基。同时,又以提拔寒门学士为名,向李旦建议任命新的斜封官。

李隆基和太平公主两派人马在围绕斜封官的问题上展开了激烈的斗争。在延英殿里,太平公主的亲信吏部侍郎崔湜首先说:"斜封官都是先帝任命的,制命早已颁布施行,现在却由于姚崇等人的建议而一下子全部削夺,这就彰明了先帝的过错,并且给陛下召来了很多怨言。眼下全国各地怨声载道,恐怕会引发非同寻常的变故。"

兵部尚书姚崇说:"斜封官是韦后及其党羽为了敛财弄出来的,怎么能说是先帝的本意。你这明显是在强词夺理,罔顾事实。"

太子中允薛昭素说:"斜封官数量庞大,很多人都是治理大唐的中间力量,如果全部免除会引起很大官愤的,到时大唐的稳定可就难保了。"

中书侍郎张说说:"引起什么官愤?你怎么就不怕引起民愤?这些斜封官都是素质低下、不学无术的贪婪之徒,怎么能治理国家?他们除了搜刮钱财、鱼肉百姓之外还能做什么?你却说他们是治理大唐的中坚力量,你究竟有没有分辨是非的能力?"

刑部尚书萧至忠说:"一些斜封官做出不法之事,但不能说明全部斜封官都有问题。这件事还应该长期观察,深思熟虑之后再做打算。若是一下子全部废除,恐怕会招致天下士人的非议。"

吏部尚书宋璟说:"斜封官就像是大唐吏治中的脓疮,亟待清除。否则,长此以往可就不是肌肤之痒而是病入膏肓了。"

左御史大夫窦怀贞说:"你这不是言过其实了吗?如今的事实是,要全部废除斜封官的消息一经放出已经是怨声载道了。你为何不想想,要是这些人全部废除,谁去为朝廷办事,谁又来治理大唐?"

右御史大夫毕构向说:"这些人都是通过不正当的途径取得官职的,现在清除是民心所向,万民期待,谁敢不服?清除这些人以后,自然要按照严格的考核制度选拔贤能之人来填补空缺。怎么会没人为朝廷效力,来治理大唐呢?"

礼部尚书薛稷说:"选人用人不是一天两天的事,为了天下安危,先帝所行之事还是不改变才好。不然,世人思绪混乱,不利于礼仪教化的实行。"

黄门侍郎、参知机务崔日用说:"是非忠奸,善恶美丑,百姓心中自有明辨。礼仪教化的目的不就是让人分清是非曲直吗?裁撤斜封官正是顺应民心之举,也正是传播礼仪教化之时,不是吗?"

崔湜说:"那些以斜封官提拔上来的官员,都是德才兼备之人。至于说是不是按照正常的途径又有什么关系呢?大将军李鉴年仅二十余岁,先帝慧眼识珠委以重任,不是照样能统领大军上阵杀敌、威震四方吗?"

双方人马吵得唾沫横飞,争得面红耳赤,互不相让。反观,太平公主和李隆基则静静地坐在一旁,不动声色。

李旦的眼睛看了好几次太平公主和李隆基,希望他们站出来出出主意,但是他们两人对李旦的求助都没反应。李旦无奈地高声说:"都别吵了。诸位都是朝廷重臣,吵吵闹闹成何体统。"

当延英殿里安静下来以后，李旦说："太平，你对于如何处置斜封官有什么看法？"

太平公主站起来，怒目圆瞪地对刚才提出罢免斜封官的大臣环视一周后，转身对李旦说："陛下，不管大事小事，说到底都是我们李家的事。既然大家说不到一起去，那就我们自己来处理，用不着这些外人来掺和。"姚崇等人听到这话气得鼻子都歪了。

李隆基心想，此时此刻他必须站出来和太平公主划清界限，因为在这个时候更能团结起支持他的人，是一个树立威望的大好时机。于是他站起来走到太平公主的面前，说："姑姑，国事面对的是天下人，可家事面对的只是我们皇室一家。斜封官致使吏治败坏、人怨沸腾，天下人早都已经愤愤难平了。因此，我们今天讨论的是国事，可并不是什么家事。"李隆基此言一出，姚崇等人立马来了精神。

姚崇说："大公主，如果想把国事当作家事来处理，那还要三省六部干什么？还要我们这些大臣干什么？大公主不如找来一群三岁小孩担任朝廷要职，每个人嘴里塞颗糖，他们岂不是更听话，更能顺应大公主的心思？"姚崇说完以后身后的人都笑了。

太平公主眼里闪烁着凶狠的目光，望着李隆基等人。崔湜说："大胆姚崇！你怎么能这么跟大公主说话？我们身为臣子，为圣上效劳是我等之本分，也是我等之荣幸。天下之事是国事，但更是圣上之家事。你怎么能口出狂言，不知分寸？"两派人又一次吵成一团。

李旦心烦意乱地抬高声音说："好了，这件事今天先到这里。诸位爱卿回去吧，朕要静一静，择日再议。"

群臣刚走，太平公主扬起手给了李隆基两个耳光，暴躁地说："臭小子，你给我跪下。"

李隆基跪下后，太平公主指着李隆基的鼻子，气势汹汹地说："臭小子，你没有我哪儿有今天？现在你居然当着那么多人的面给我难堪，是不是觉得自己是太子就不把我这个长辈放在眼里了？"

李旦急忙走过来说："太平你这是干什么，有话好好说！"

太平公主对李旦哭着说："四哥，我所做的一切还不都为了大唐，为了我们李家。要是一下子把那一万五千多名斜封官全部撤掉，到时大唐吏治不稳可是会出大乱子的。可是三郎不明事理，竟然当着群臣的面顶撞我，你让我怎么办？我这脸往哪里搁？您的威信又在哪里？"

李旦替太平公主擦拭着眼泪，拍着她的肩膀说："妹妹言重了，不必过虑。"

太平公主加大了哭声，说："四哥，你觉得妹妹是在危言耸听吗？如今朝廷政局刚刚稳定，这件事要是传到朝堂上，大臣们岂不是把我李氏皇族的威严视同儿戏，我们还拿什么臣服于天下人？"太平公主的话让李旦顿时心神不宁，安慰太平公主说："妹妹别哭了，这是三郎的不对。"李旦又对李隆基说："还不快向你姑姑道歉。"

李隆基明白，从长远着想必须废除斜封官的任命。太平公主反对废除斜封官的目的，是想争取那些被任命的斜封官支持，借机扩大政治势力。太平公主现在借助李旦的影响来压制自己，让他感到很气愤。但是他目前势单力薄，还不足以与之对抗。当然最重要的是，他今天通过与太平公主的公开对抗已经团结了一批能够敢于与太平公主较量的政治势力，并且也直接地告诉他的支持者，他与太平公主不是一路人，他李隆基有勇气和胆识，敢和太平公主一较高下。从这两点来说，今天他的目的已经达到了。因此，李隆基跪在太平公主跟前叩头，说："姑姑，侄儿年轻稚嫩，才智愚钝，适才一时失言冒犯了姑姑，还请姑姑原谅。"

李旦说："太平，你看三郎都向你道歉了，你就别哭了。"

太平公主这时反而是哭得更加伤心，说："我一心一意为了大唐，可到头来连自己的侄儿都反对我，我很心痛。"

太平公主在李旦的不断劝慰下才逐渐止住哭声，李旦说："三郎，起来吧！太平，让三郎送你回家，你们姑侄俩儿好好聊聊，不要再争吵，要一团和气才是。"

太平公主没说话，李旦说："三郎，送你姑姑回家。"

李隆基说："是，父皇。"

李隆基把太平公主送到建福门门口，跳下马车头也不回地跑进建福门门里，对看门的侍卫说："把门关了。"侍卫们接到李隆基的命令后便伸手去推宫门。太平公主坐在马车里，忽然间听到了宫门关闭的响声，心想她前脚从大明宫里出来，后脚宫门就给关了，这不是纯粹给她难堪吗？她气不过李隆基这样傲慢无礼的对待，掀开马车的窗帘向大明宫看去，发现李隆基正站在建福门的里边望着她。在他们四目相视的时候，姑侄俩儿心里都明白了，他们之间的蜜月期已经结束，一场新的权势斗争就将在他们之间全面展开。这是没任何妥协余地的，也不会产生任何同情之心的，更不会主动放弃的一场你死我活的较量。因为他们心里都清楚，自己在做什么，最终要获得的是什么。

李旦回到寝宫后立刻陷入烦恼之中。他虽然不像他的哥哥李显那样有一个盛气凌人的妻子和贪得无厌的女儿，但是他却面对着目空一切的妹妹和心高气傲的儿子，这同样让他困苦不堪。李旦在决定登上皇位的时候是想有一番作为的，可是当他面对军国大事的时候却发现，自己根本没能力去处理这些事，反而要依靠妹妹和儿子的帮助。

当然，他也很清楚他的这个皇位是怎么来的。他极力想在妹妹和儿子之间寻找一种平衡，好让他去为李唐的江山社稷做一些事情，但最终的结果却是差强人意。李旦现在终于明白，他的哥哥李显在世时所经历的痛苦了。因为在李显身上所发生的事情，现在正如情景重现般地在他身上上演着。

在太平公主的威势下，李旦重新颁布制命："凡是由于斜封别敕任命之故而被停任的官员，一律可以量才适用。"

贰拾柒

母子争吵，难解难分

在废存斜封官的斗争中太平公主大获全胜。由此一来，那些原来依靠韦氏的斜封官一窝蜂地归附到太平公主的门下。太平公主的势力瞬间膨胀，每天停靠在她府邸门前的马车堵了整整一条街。太平公主又借机封赏了三百多名斜封官狠狠地捞了一笔，李旦为此感到十分头疼。

太平公主又散播谣言说有起事发难的军队闯入宫中，过了不久这个谣言传到了李旦的耳朵里，李旦对身边的侍臣说："占卜的人说五天之内将会有起事发难的军队闯入宫中，你们要严加防范。"

张说说道："这一定又是奸邪小人用谗言离间陛下与太子的关系，希望陛下让太子代行处理政务，那么种种不实之词就会自然而然的销声匿迹。"

姚崇紧接着说："张说所提出的办法是使社稷宗庙长治久安的上上之策。"李旦听完之后十分高兴，就又颁布了一道诏书："让太子李隆基代行处理政务，凡是六品以下官员的任命以及对犯徒刑罪以下罪犯的审核等事均由太子全权处理。"李旦想以此来遏制太平公主日益膨胀的政治势力。

因为废除斜封官的问题姑侄两人彻底决裂，太平公主知道，李隆基她是控制不住了。但是势力的极具膨胀让她产生了一种错觉，以为自己可以为所欲为，不用再去看任何人的脸色行事。因此，她为了使自己能长期保住现有的权势地位，想要改立一位昏庸懦弱的人做太子。于是太平公主屡次散布流言，声称太子李隆基并非皇帝的嫡长子，而且性格暴戾，无视礼法，不应被立为太子。太平公主还常常派人监视太子李隆基的所作所为，即使一些细微之事也要报知李旦。此外,太平公主还在李隆基身边安插了很多耳目,李隆基心里感到十分不安。

但李隆基也不甘示弱,他命人向父亲李旦弹劾太平公主,指责她任人唯亲,把持朝政,穷奢极欲,欺压百姓。姑侄两人大打口水战,李旦为了维护皇室威严颁下制书晓谕警告天下臣民,以平息各种流言蜚语。

太平公主想加害太子李隆基,欲拉拢中书令韦安石,并派她的女婿唐晙去邀请韦安石到府来商议打压李隆基的策略,韦安石坚决推辞,没有前往。李旦曾经秘密地召见韦安石,对他说:"听说朝廷文武百官全都倾心归附太子,你应当对此多加留意。"

韦安石回答说:"陛下从哪里听到这种亡国之言?这一定是太平公主的主意。太子为宗庙社稷立下了大功,而且一向仁慈明智,孝顺父母,友爱兄弟,这是天下人都知道的事,希望陛下不要被谗言所迷惑。"

李旦听过这话之后十分惊异地说:"朕明白了,不要再提这件事了。"当时太平公主正在帘子后面偷听他们君臣之间的谈话,事后便散布各种流言蜚语对韦安石横加陷害,想把他逮捕下狱严加审讯,多亏了群臣的救助才得以幸免。

太平公主在和李隆基打口水战的同时,也加紧了废除李隆基太子之位的动作。太平公主在光范门内拦住宰相,直截了当地说:"宋王李成器为人忠厚老实,胸襟宽广,受人爱戴,又是陛下的嫡长子,理应立为太子,此乃天下百姓共同的期盼。"在场的宰相们全都大惊失色。

宋璟大声质问道:"当今太子为大唐社稷立下了莫大的功劳,将来会是宗庙社稷的主人,大公主为什么突然提出这样的建议呢?"

太平公主说:"立嫡长子作为国之储君乃从古至今的惯例,难道不是为大唐的前途着想吗?"

宋璟说:"本朝哪来这样的惯例?实在是荒谬。"

太平公主被宋璟反驳得哑口无言,她明白宋璟话里的深意。撇开李唐之前的事不说,就李唐王朝而言,自李唐开国以来,继任帝位的太子没有一个是嫡长子。李唐的开国皇帝是李渊,他的二儿子李世民继承了皇位。李世民死后,把皇位传给了他的嫡三子李治。李治死后,他的第七子、武则天的第三子李显继位。李显被武则天废除后，武则天又把她的四子李旦扶上皇位。李旦在母亲武则天的逼迫下，把皇位让给了他的母亲武则天。武则天晚年的时候，在朝臣的强烈建议下，把流放在外的三子李显召了回来立为太子。"神龙革命"之后武则天被迫下台，传位给李显，李唐复归。李显死后，韦氏拥立李显的第四子李重茂登上皇位。唐隆政变以后，李重茂被废，太平公主和李隆基又把李显的四弟李旦重新推上皇位。因此，太平公主被宋璟的话顶得浑身直哆嗦，只好转身快步离去。但是，这件事传出去之后，废除李隆基太子之位的言论又在朝廷中四面响起，在长安城的街头巷尾，也引发了百姓们的热议。

  太平公主要废掉太子李隆基的举动，让他的儿子薛崇简坐立不安。他觉得母亲在剿灭韦氏以后就不应该再参与朝政，因为自他的外祖母武则天以来，朝廷上下对女人涉足朝政存在着普遍的反感，再加上之前的韦后之乱更是让这种反感的气氛加重了很多。他本人深深地感受到了这一点。可是，他发现母亲不仅没有认识到这种危险，反而对朝政的参与越来越深，甚至闹到和太子针锋作对的地步。他认为李隆基是一个有志向、有能力、有才华的人，将来应该继承大统，领导大唐。朝廷中那些有能力、有名望的大臣大部分对李隆基的印象都不错。因而，薛崇简怀着担忧的心情来到太平公主身边，说："母亲，我有一件事想和你谈谈。"

  太平公主问道："什么事？"

  薛崇简说："母亲，你不要再参与朝政了。"

  太平公主脸色不悦，语气冰冷地说："你知道自己在说什么吗？"

  薛崇简急切地："我知道，我想请母亲不要再参与朝政了，为了我们这个家庭，为了大唐……"

  太平公主没等薛崇简说完便打断他："闭嘴！我这么做难道不是为了我们这个家，不是为了你们，不是为了大唐？你把我当成什么，祸国殃民的奸人吗？"

  薛崇简解释说："我不是这个意思，我是说你这样持续参与朝政是在和天下人作对，这样会很危险的。"

  太平公主恼怒地说："我怎么和天下人作对了？李隆基散播出来的谣言你就信了，我说的话你怎么一句也听不进去？我要是没有权势你能被封王吗？你哪来现在的风光？"

薛崇简急切地说："母亲，你冷静一下。"

太平公主随即一巴掌打在薛崇简的脸上，斥责道："好大的胆子，竟然敢这么跟我说话。"

薛崇简大声说："我说的是事实，有什么错？你认为我很想被封王吗？我是为了爵位而活的吗？我宁可一贫如洗地饿死，也不愿在享受荣华富贵中背上篡权误国的骂名。"

薛崇简的话极大地刺激了太平公主的神经，因为她的第一任丈夫，也就是薛崇简的父亲薛绍就是被武则天饿死在了监狱中，所以当薛崇简提到"饿死"的时候，太平公主气哭了。她无法忍受自己的儿子居然用这种言语跟她说话，又是一巴掌打在薛崇简的脸上，浑身颤抖地说："你怎么能这样跟我说话？你的命是我的，由不得你做主，你必须给我好好活着，你听明白没有？"

薛崇简被打得怒火中烧，大声冲太平公主叫嚷道："我不明白！我怎么活不要你管，我只劝你不要胡来。"

太平公主决定废除李隆基改立宋王李成器为太子，这让李成器的妻子元氏整天心慌意乱。她鼓起勇气来到丈夫李成器的身边问道："夫君，我最近心里总是七上八下的，我想和你说说话。"

李成器看着妻子焦虑的神色，关切地问道："夫人，怎么了？你脸色为何如此难看？"

元氏说："你会和李隆基争夺太子之位吗？"

李成器说："夫人，这话从何说起啊？"

元氏抓着李成器的手哭着说："夫君，你千万不要去争太子之位。李隆基和大公主一个比一个精于权术，一个比一个心狠手辣。我一看到他们两个人就坐立不安。我们斗不过他们的，我也不想当什么太子妃，更没想过做皇后。我只求和你平平安安地在一起，了此残生。哪怕是穿粗衣麻布、吃糠喝稀都无怨无悔。"

李成器抚慰妻子说："我明白，我知道我根本没那个实力去争太子之位。李隆基手里有万骑军，又有姚崇等人的支持。姑姑在朝中势力庞大，还有李鉴手下的军队效忠，而我什么也没有。姑姑想立我为太子，不过是想把我作为一个傀儡拿捏在手心罢了，所以我没想着要去争什么，你尽管放心好了。"

元氏说："你能这样想我就放心了。我们离开这个是非之地，去一个谁也不认识我们的地方好好过日子，好吗？"

李成器想了想说："好，我们去洛阳。"

元氏不解地问："我们就不能去一个远一点的地方吗？"

李成器说："我们要是离开长安，只能去洛阳。"

元氏说："为什么？去洛阳还不是一样要受他们监视，受他们摆布。"

李成器说："要的就是他们能够监视到我们。你想一想，我们要是去一个离长安很远的地方，他们一定会起疑心，猜测我们想在他们够不着的地方暗自发展势力。我们若是到洛阳，就可以向他们表明我无心朝政，只要安心过日子就行。你明白吗？"

元氏说："好的，我听你的。"

李成器说："我明天就向父皇请辞，请求他让我们离开长安去洛阳居住，父皇一批准我们立刻动身。"

不久，李成器来到大明宫见到李旦，说："儿臣叩见父皇。"

李旦说："平身吧！"

李成器说："儿臣今天有一件事想求父皇，还望父皇恩准。"

李旦说："什么事尽管说。"

李成器说："儿臣想离开长安去洛阳居住。"

李旦惊讶地问："你要走？"

李成器说："是。父皇在洛阳种的那些花草无人打理，儿臣想替父皇照料这些植物，以免因无人细心照料而荒废，让父皇伤心。"

李旦明白李成器的意思，李成器是有意提他离开长安到洛阳的事，现在李成器想以他当年的处境来诉说此时自己所面临的相似情形。

李成器看着父亲哀伤的面容，强忍着泪水说："父皇，你就让儿臣去吧！"

李旦回过神来说："好，你去吧。有什么需要及时跟父皇说。"

李成器跪下身来说："儿臣谢父皇恩典。"

李旦说："起来吧！"

李成器说:"谢父皇,儿臣告退。"

李成器回到家中收拾好行李,带着妻子元氏动身去洛阳,刚出长安通化门,后面便有人大喊:"宋王留步,宋王留步。"

赶车的车夫勒住马头对李成器,说:"王爷,后面有人在叫你。"

正说着,两个骑士挡在李成器的马车前跳下马,向李成器行礼,一个骑士说:"禀报宋王,太子殿下要来给您送行,还请宋王稍等片刻。"

李成器问:"太子殿下现在何处?"

另一个骑士指着身后的马车说:"宋王请看,那是太子殿下的马车。"

李成器和妻子元氏下了马车向后看去,只见一辆马车向他们这边疾驰而来,马车在他们跟前停下后,李隆基和妻子王氏走了下来。

李成器和元氏向李隆基行礼道:"拜见太子殿下,拜见太子妃。"

李隆基和王氏扶起李成器夫妇,李隆基问道:"大哥,怎么这么快就走?"

李成器说:"父皇在洛阳种的花草无人照料,我就想着赶紧去看看。"

李隆基说:"既然大哥执意要走,我也就不便强留。弟无以相送,只准备了一些细软,还望大哥笑纳。"

李成器说:"太子殿下一向古道热肠,为兄深为感动,怎么还敢拿财物,还是算了吧!"

王氏把准备好的衣服和钱财交到元氏的手,说:"嫂嫂收下吧!"李成器夫妇推辞不过只好收下。元氏说:"麻烦太子妃了。"

李隆基说:"这两个侍卫身强体壮,武艺高强,就让他们护送大哥和嫂嫂去洛阳吧!"

李成器猜到会有这么一出,所以就没有推辞:"多谢太子厚爱。"

李隆基握着李成器的手说:"大哥实在是客气,我们是兄弟。"

李成器借机向李隆基袒露心声说:"太子殿下,您英明神武,令天下人信服。我将永远臣服于您,指天誓日,誓死效忠,还望太子能够了解我的一片赤诚之心。"

李隆基说:"大哥言重了,兄弟之间谈这些岂不是伤了和气吗?"

李成器说:"太子殿下您务必相信我,请允许我拜倒在您的脚下,给我一个做本分之人的机会。"刚一说完，便给李隆基下跪，元氏也跟着丈夫一起跪下，李隆基夫妇慌忙把他们扶住。

李隆基说："别这样，我们是亲兄弟。"

李成器站起来说："谢谢太子的信任，告辞。"

李隆基说："大哥，一路保重。"

李隆基夫妇目送着他们离开后，王氏说："你还会再怀疑宋王吗？"

李隆基说："我从来就没怀疑过他，只是他的身份和地位不得不让人加以防范。"

王氏说："那你为何要监视他呢？"

李隆基说："他不想，不代表别人不想利用他，我这次派人是为了保护他。"

王氏说："我明白了。"

李隆基感叹道："他想逃避还有一个洛阳可去，可我却只能在长安不断地斗争下去，没有其他的路可走。要么登上大位、君临天下，要么一败涂地、横尸街头，从此身败名裂，受万人唾骂。"

王氏跟着李隆基登上马车，回到了东宫。

贰拾捌

威逼大明宫

　　李成器的离开，让太平公主废除太子的计划落空。太平公主感到恼火的同时想起了上官婉儿。她觉得，如果上官婉儿在她身边的话，除掉李隆基根本不在话下，何况是废他的太子之位。

　　忽然间，太平公主心中产生了一个疑问：上官婉儿到底是怎么死的？她努力回忆上官婉儿死去的经过，想起上官婉儿的死讯是李隆基告诉她的。李隆基告诉她上官婉儿的死讯时，给了她一张崔日用亲笔写过的纸张，上面阐述了韦氏打算杀死她以及想要称帝的各种计划，说这是上官婉儿给韦氏谋划的。

　　太平公主觉得有点蹊跷，她想起在延英殿里崔日用明明是站在李隆基的阵营里说话，这就是说，崔日用是李隆基的人。那么那张纸上的计划，很有可能是李隆基让崔日用拟定的。再者，就算那是上官婉儿给韦氏出的主意，上官婉儿是韦氏的人，做这样的事情也合情合理。她又想到，那天上官婉儿来拜访她，上官婉儿刚走李隆基就来了。这说明李隆基可能碰到了上官婉儿，猜到上官婉儿投奔了自己。

　　太平公主细细地把思绪梳理了一遍，终于理出了一些头绪。李隆基杀掉上官婉儿的原因很可能是怕上官婉儿归附自己给他造成巨大的威胁，因而故意杀了她。那个纸上的内容一方面是为了掩人耳目，一方面是想激怒自己，好让他撇清关系。想到这里，太平公主感到痛心疾首，也只怪当时她被纸上要杀她的内容给气糊涂了，没有仔细斟酌，才让李隆基的诡计得逞。早知如此，她就坚决不支持李隆基做太子，李隆基当不上太子哪会有今天的威风。

太平公主明白，事已至此多说无益，为了表示对上官婉儿的怀念，太平公主决定给上官婉儿修坟立碑。同时，她也想以此为契机，进一步打压一下李隆基。

太平公主把为上官婉儿修坟立碑这件事呈报给李旦，李旦不明其意，觉得是件小事就批准了。李旦同意后，太平公主立刻拿出绢五百匹作为资金，给上官婉儿修坟立碑。

太平公主给上官婉儿修坟立碑的事情让李隆基大为不满，因为上官婉儿是他以"此女妖淫，渎乱宫闱，贪赃枉法"的名义杀掉的。可是太平公主却给她修坟立碑，这不是明显在打他的脸吗？

李隆基问高力士："大公主给上官婉儿的碑文中都写了些什么？"

高力士说："回太子殿下，奴才已经将碑文抄了下来，请太子殿下过目。"

李隆基说："不用了，快念。"

"是，太子殿下。昭容姓上官，陇西上邦人也。其先高阳氏……"

"上官家族的事情略过，直接念写上官婉儿的。"

"是，太子殿下。昭容懿淑天资，贤明神助。诗书为苑囿，捃拾得菁华，翰墨为机杼，组织成其锦绣……"

"整天只知道贪图富贵，卖官敛财，争权夺势，诗文做得再好又有什么用。念她都做了些什么事。"

"是，太子殿下。以韦氏侮弄国权，动摇黄极。贼臣递构，欲立爱女为储，爱女潜谋，欲以贼臣为党。昭容泣血极谏，扣心竭诚，乞降纶言，将出蔓草……"

"简直是一派胡言！上官婉儿是韦氏的亲信，怎么会反对韦氏做的事情？大公主怎么不写上官婉儿勾结韦氏、武三思残害"五王"，欺凌重俊太子，祸乱朝纲的勾当。当年，重俊太子起兵戡乱，杀死武三思父子以后第一个想杀的人就是她。可见她的所作所为已经令人厌恶到了何种程度。现在却把她写成一个忠君爱国的贤达人士，纯粹是枉口嚼舌，荒唐至极。"

"回太子殿下，这后面写了有关于先太子的事情。"

李隆基从高力士手中夺过纸张撕得粉碎，扔在了地上。

李隆基觉得太平公主给上官婉儿的碑文尽为其歌功颂德，把上官婉儿写成一个忠君爱国之人而昭示天下，为其"平反"，世人必然会对他除掉上官婉儿的举动有所怀疑。因为上官婉儿生前确实文采斐然，诗文出众，结交了不少文人骚客。这些善于舞文弄墨的风雅文人，四体不勤，五谷不分，满脑子的风花雪月、儿女情长，总是以个人喜好来进行是非评判，根本不在乎天下苍生的疾苦。他们为了怀念上官婉儿，肯定会为其写诗造词，以彰显她的才思敏捷而忽略掉她所做的种种恶行，有甚者还可能会牵强附会地为她鸣不平。这要是散播到坊间，天下人会觉得他杀掉上官婉儿的目的只为争权夺势，指责他是个故意残害忠良的小人。如此一来，他的颜面何存？威信又何在？

果不其然，就在太平公主高调地为上官婉儿修坟立碑不久，大量悼念上官婉儿的诗文犹如雨后春笋般涌现出来。太平公主也有意通过各种途径，散播李隆基杀掉上官婉儿这一实情。自此，民间开始议论纷纷，揣测李隆基杀掉上官婉儿的背后意图，朝堂上也隐约出现了要为上官婉儿昭雪平反的声音。这让李隆基身上背负的压力陡然剧增。

李隆基觉得他必须找出相应的对策，对太平公主进行反击。否则，这样下去他将陷入很被动的境地。于是，他立刻找来姚崇和宋璟商议此事。

姚崇说："现在大公主把持朝政，威逼太子，实在让人感到气愤。若是长此下去太子的地位必然不保，不如奏请圣上将太平公主与武攸暨安置到东都洛阳。等到她一走我们再奏请圣上，将朝中依附她的奸佞小人一并逐出，到时她可就再也无法干涉朝政了。"

宋璟说："姚大人的主意不错。现在宋王已经去了洛阳，我觉得还应该免去岐王李隆范和薛王李隆业所担任的左、右羽林大将军职务，让他们侍奉太子，彻底断了大公主另立他人的念想。"

李隆基说："大公主是我的亲姑姑，岐王和薛王是我的亲兄弟，我要是这样做父皇肯定不会答应的。"

宋璟说："太子你要承接天命、想有一番作为，大公主是你必须要面对的坎儿，她是不会让你顺利登基的。"

姚崇说："当断则断，不断则乱，还请太子以江山社稷为重，切不可因私情而辜负了天下万民对您的期待。"

李隆基说:"二位大人所言让在下茅塞顿开,我支持二位大人的意见,不如你们先去跟父皇请示,然后我再在父皇面前耐心劝说,争取父皇的同意。"

姚崇说:"那我们就先秘密地跟圣上说这件事,先让圣上有个准备。"

李隆基说:"那就麻烦二位大人了。"

不久,姚崇和宋璟秘密地向皇帝李旦进言道:"太平公主在太子与诸皇子之间相互构陷,制造事端,将会使得东宫地位不稳。为了大唐的安危,请陛下免去岐王李隆范和薛王李隆业所担任的左、右羽林大将军职务,任命他们为太子左、右卫率以侍奉太子,将太平公主与武攸暨安置到东都洛阳。"

李旦说:"朕现在已没有兄弟了,只有太平公主这一个妹妹,怎么可以将她安置到东都去?至于诸王则任凭你们安排。"

于是先颁下制命说:"今后诸王、驸马一律不得统率禁军,现在任职的都必须改任其他官职。"

太平公主通过安插在宫里的耳目得知姚崇、宋璟的计谋后勃然大怒,立刻派人把李鉴叫到跟前,说:"你去调集兵马到玄武门集合待命。"

李鉴很惊讶地问道:"大公主,调集兵马到玄武门干什么?"

太平公主说:"你去就是了,一切听我指令行事。"

李鉴还是不放心地问道:"大公主,调集兵马这不是一件小事,是否有圣上或兵部的命令?您还是跟属下说清楚了为好。"

太平公主声严厉色地说:"我让你做什么你就去做什么,哪来那么多话,赶快去!"

李鉴迫于太平公主的威势只好说:"是,大公主。属下这就去办。"

李鉴调动兵马句玄武门集结的消息很快传到了李隆基的耳朵里,李隆基闻听后大惊失色,他马上让亲信刘江玉率领万骑军抵御李鉴的军队,他则迅速跑去找父亲李旦。李鉴的军队在玄武门集结完毕,刘江玉的万骑军也做好了在玄武门战斗的准备。两军在玄武门蓄势待发,呈对峙状态。

李隆基一见到李旦,就直接跪倒在李旦的脚下,神情慌乱地哭诉道:"父皇,大事不好了。"

李旦不明就里,俯下身边扶李隆基边问:"为何如此惊慌?发生了什么事情?"

李隆基失声地说："不知为何，李鉴率领宿卫府兵在玄武门集结了。"

李旦也是吃了一惊，大声问道："谁给他的命令调动宿卫军队的？"

李隆基毫不含糊地直接挑明说："不用问，肯定是姑姑。"

李旦跺着脚抱怨说："这个太平想干吗！她现在人呢？"

李隆基说："不知道，可能是在家里。"

李旦对身边的宦官说："快去请大公主，让她即刻进宫见朕。"宦官领命后急忙去请太平公主。

宦官见到太平公主后说："禀报大公主，圣上召您进宫。"

太平公主问："圣上身边还有谁？"

宦官说："太子也在。"

太平公主说："这就好。"然后，她来到大明宫。

在玄武门前，万骑军将领陈玄礼、李仙凫等人骑在马上，看见是李鉴带领着军队在玄武门前忍不住惊呼道："怎么是李鉴？"

刘江玉斥责道："慌什么？没见过李鉴？有什么可大惊小怪的，不是他会是谁？"

万骑军将领们遭到刘江玉的训斥后都默不作声，只好紧紧地握着佩刀，鼓起勇气做好战斗的准备。

刘江玉仔细看着李鉴，当他发现李鉴满脸愁容、心神不定时，低头想了想便从马上下来，摘掉头盔、解下佩刀交给身边的侍卫。万骑军将领们看见刘江玉的举动大为不解地说："刘将军，你这是干什么？"

刘江玉说："没有我的命令，谁也不准轻举妄动。"身边的将领齐声允诺后，刘江玉迈着大步向李鉴走去。

当李鉴看见刘江玉向他走来时，此刻他烦乱的思绪登时变得非常疑惑。李鉴为了探个究竟也从马上下来，摘掉头盔，正要解下佩刀时高镇说："大将军，你这是……"

李鉴说："没有我的命令，任何人不准向前一步。"

高镇不明其意，问道："大将军……"

李鉴喝令道："听到没有？"将领们虽然很不理解，但还是听从李鉴的命令。李鉴将头盔和佩剑交给身边的侍从，也向刘江玉走了过去。

两人走到一起后，刘江玉抱拳行礼，说："大将军，好久不见。"

李鉴也抱拳还礼，说："是，刘将军别来无恙？"

刘江玉说："一切都好。大将军可否安好？"

李鉴说："并无他事。"

两人寒暄完以后，刘江玉说："大将军，还记得我们曾经并肩战斗过的情形吗？"

李鉴说："怎么会忘记，那是在剿灭韦氏的时候。"

刘江玉说："想起那日的场景可真是惊心动魄，要不是大将军及时赶到，我们万骑军恐怕早都成了韦氏的刀下鬼了。"

李鉴说："哪里，你们能以几千兵马抵挡住武延秀的数万军队可真是勇气可嘉，战力非凡。不仅为我赢得了赶回长安的时间，也减轻了我军进入长安的阻力。否则面对着武延秀手下五万多名士兵，真不知该如何取胜。"

刘江玉说："大将军过奖了。大将军以十万关中子弟大破突厥二十万铁骑，在我大唐边军中素有'唐之霍去病'的威名。因此，论行军打仗、破敌取胜，大将军还是首屈一指。"

李鉴摆摆手苦笑着说："哪里，哪里。刘将军实在是言重了，在下愧不敢当。"

刘江玉看着李鉴，靠近李鉴一步，说："在下有一句话想问大将军，不知当讲不当讲？"

李鉴："刘将军有什么话请讲。"

刘江玉挺了挺胸脯，说："大将军，你觉得我们都是大唐的将领吗？"

李鉴直接回答说："我们当然都是大唐的将领了。"

刘江玉略微低了一下头，看着李鉴情绪低落地轻声说："可是，我怎么感觉我们好像是在各为其主呢？"

刘江玉的话问到了李鉴的痛处，李鉴紧紧地咬着嘴唇，他无奈地摇着头说："刘将军何出此言？现在又不是三国混战，怎么能说是各为其主呢？"

刘江玉说："大将军果然是一个明事理的人。"李鉴叹了口气，遥望着眼前的长安城。刘江玉慢慢地走到李鉴的身边，也向着李鉴看的方向看去。

贰拾玖

有人欢喜有人愁

太平公主来到大明宫见到李旦，李旦和李隆基急忙迎上去。李旦屏退左右后，问道："太平，玄武门外的府兵是不是你调来的？"

太平公主不慌不忙地说："对，是我调来的。"

李旦抱怨说："你把军队集结在大明宫门口干什么？"

太平公主以委屈的语气回答道："干什么？我想问四哥，你舍得妹妹离开长安吗？你要是舍得的话，妹妹现在就把兵给撤了。你想让妹妹到哪里去妹妹就到哪里去，绝无怨言。"

李旦摊开双手，不明其意地问："这叫什么话？朕怎么能舍得妹妹离开呢？"

太平公主说："那好，要是有人怂恿一些小人向四哥谏言，让四哥把妹妹赶走，你会答应吗？"

李旦想起姚崇、宋璟向他建议把太平公主和她的丈夫武攸暨安置到洛阳的事，他向太平公主解释说："这都是那些大臣的谗言，你怎么能当真呢！再说，为这事你也用不着调兵啊！"

太平公主说："可能不只是一些大臣那么简单吧？"说完她甩个脸色给李隆基。李旦问李隆基道："三郎，把你姑姑安置到洛阳这件事，是姚崇和宋璟的意思还是你策划的？"李隆基心慌意乱，不知道怎么回答。李旦继续追问道："朕问你，你是知道还是不知道？"

李隆基无奈地说："儿臣知道。"

太平公主说："三郎啊，姑姑到底哪里对不住你，你要这样对姑姑，为什么要对姑姑如此狠心呢？"

李旦大声问李隆基说："这么说这件事是你策划的？"

李隆基跪倒在李旦的膝下说："回父皇，不是。姚崇和宋璟跑来向儿臣提出要将姑姑迁到洛阳，希望得到儿臣的支持。可是儿臣一口回绝了，并要求他们不得再提出任何有损自己与姑姑及诸兄弟关系的事情。但是，儿臣怎么也没想到他们居然还是跟父皇说了，简直是目无尊卑，狂妄至极。儿臣请求对这二人严加惩处，以还儿臣之清白。"

李旦说："你说的都是真的吗？"

李隆基说："儿臣所言句句属实，望父皇明鉴。"

李旦说："太平，这回你明白了吧！这完全是姚崇和宋璟的主意，与三郎无关。朕就说三郎不会有这种大逆不道的想法。"

太平公主心里暗自庆幸，因为她的目的已经达到了，于是说："三郎起来吧，姑姑错怪你了。"

李隆基说完便站了起来："侄儿谢谢姑姑的信任。"

李旦说："现在事情都清楚了，太平你就把兵撤了吧！"

太平公主说："四哥，我可以下令退兵，但是在玄武门外可不止府兵啊！"

李旦又问李隆基道："怎么回事儿？你也调兵了？"

李隆基小声说："刚才有人向儿臣报告说有军队向大明宫逼近，儿臣不知何故，就派万骑军前去查看。"

李旦说："胡闹！现在你们都各自下令退兵吧！"

李隆基说："是，父皇，儿臣马上去办。"

太平公主和李隆基派出的人几乎同时到达玄武门，分别给李鉴和刘江玉传达了撤兵的命令。两人在接到命令后都答应了下来，等到传达命令的人走了以后，李鉴和刘江玉都松了一口气。李鉴走到刘江玉的身边，说："刘将军，告辞。"

刘江玉说："告辞，大将军。"随后，两人各自领着军队回到了驻地。

传达命令的人回到太平公主、李隆基身边复命后，便退了出去在门外等候。李隆基偷着瞄了一眼太平公主，对李旦说："父皇，请即刻下令惩处姚崇和宋璟。"

李旦说："对，必须要严加惩处，将姚崇贬为申州刺史，宋璟贬为楚州刺史。太平你看如何？"

太平公主说："妹妹遵从四哥的安排。"

李旦对身边的侍臣："拟旨，姚崇、宋璟身为朕之重臣不思报皇恩，反而挑拨离间，破坏皇室稳定。此等行为令朕深恶痛绝，若不惩处必会助长不正之风。现将姚崇贬为申州刺史，将宋璟贬为楚州刺史，以示惩戒。"

侍臣将这道旨意拟好，李旦看了以后盖上玉玺，交由中书省执行。

李旦说："好了，现将这两个人贬黜出长安了。大家的误会也就消除了，就别再多想了。"

李隆基脸上呈现出自责的表情，跪在地上说："父皇，姑姑，儿臣虽然不孝，但是在大是大非上还是有分辨能力的。今日之事虽是外人挑拨所致，但也跟儿臣懦弱无能有关，还请父皇、姑姑责罚。"

李旦拉着李隆基的手放在太平公主的手上，说："三郎，以后要多长个心眼儿，别被他人的言语所蒙蔽。"

李隆基的眼泪流了下来，紧紧地攥着太平公主的手，说："姑姑，侄儿愧对你的慈爱之心。"

太平公主说："三郎，只要你听话，姑姑还是爱你的。"

李隆基紧紧地抓着太平公主的手，说："侄儿一定认真听从姑姑的教诲，做一个贤孝之人。"

李旦笑着说："就应该这样，时候不早了，都回去歇着吧。"李隆基和太平公主向李旦行礼后，转身离开了。

太平公主利用给上官婉儿修坟立碑的事情挑动起李隆基反抗的情绪，然后派兵威逼大明宫，成功地将姚崇、宋璟贬黜出了长安，削弱了李隆基的势力。不仅如此，通过这件事，她向李旦、李隆基亮明了自己的实力，以此来表明她可以清除任何敢于和她作对的人。如果她想的话，自然也包括李旦和李隆基父子。从这件事情上，以李旦和李隆基的反应来看，太平公主觉得他们父子不敢得罪她，对她是有所忌惮的。这让太平公主感到非常满意，也就使得她对下一步的行动充满了十足的自信。姚崇和宋璟被贬黜以后，从此朝廷纲纪紊乱，又恢复到唐中宗李显景龙年间的老样子。

李隆基因为失去了这两个能辅佐他的人而内心悲痛万分，更让他不安的是，他不知道太平公主在大明宫内到底安插了多少耳目，使得他的一举一动太平公主都了如指掌。

在逼宫的这件事情上，李旦明明白白地看清了太平公主的真面目。他开始真切地认识到，他的这个妹妹是有野心的。她为了实现自己的野心，会以任何理由清除掉她不喜欢的人，即使是动用军队也在所不惜，并且她是能够调动军队的。她所调动的军队统帅是有着"唐之霍去病"之称的李鉴，除此以外，朝廷上大部分朝臣也都依附于她。这让李旦感到很害怕，转眼间陷入了无尽的忧伤之中。

李鉴率军回到军营，拖着疲惫的身躯回到房间里，开始分析太平公主让他领兵在玄武门外集结的原因。李鉴认为太平公主让自己率军在玄武门外集结，实际上是想以他的兵威来逼迫皇帝和太子，实现她不可告人的目的。可是他觉得自己是大唐的将领，他的职责就是上保君王、下安黎民，保卫大唐的疆土不受侵犯。况且现今的皇帝和太子是受人爱戴的，是受天下人支持的，根本没犯什么错，他怎么能带兵去威胁当今圣上和国之储君呢？这样做岂不是同天下人为敌吗？

反观太平公主，她任人唯亲，打压群臣，以权谋私，和韦氏一样大肆封赏斜封官，趁机中饱私囊，搞得朝廷乌烟瘴气，致使那些有志之士切齿痛恨。当然了，他也明白自己能坐上今天的位置，也是太平公主任人唯亲的结果。

李鉴心里感到十分痛苦，就像是被投入到了密不透风的牢笼里，任凭他怎么呼喊就是没人答应，只有自己去承受。等到心绪平静下来，他又静静地思考自己的人生轨迹。他想到，自己十四岁进入太平公主府邸做侍卫，十六岁参军征战沙场，再到统帅三军大胜突厥，在别人看来他的人生是很顺利的，他也觉得自己这么年轻就能够达到别人一辈子也无法达到的高度而感到幸运。但是他心里很清楚，自己能够得到这一切都跟太平公主有着千丝万缕的联系。要是没有太平公主的知遇之恩，他根本不可能坐上大将军的位置，虽然他已经用自身实力证明了自己完全有能力拥有这一切，可是他没想到自己有一天会卷入让人恐惧的权力斗争中去。

李鉴在少年之时进入太平公主府，领教过太平公主的威势，所以他从内心深处害怕这个女人。可是这个女人一手提拔了他，他又对这个女人有着强烈的感恩之情。因此，他对于太平公主是既害怕又感激。这两种情感交织在一起，就像是咒语一样施在他的身上。如果太平公主给他交代的事是对的，他的身上就会充满无穷的力量，就是死也要去完成，比如参军打仗、西征突厥、剿灭韦氏。但是如果她交代的事是错的并且强迫他去执行的话，就会让他感到痛不欲生。

在太平公主命令他调兵的时候，他虽然心里很不情愿但还是没勇气说出口，即使离开之后心里很后悔，但还是按照太平公主的话做了。

李鉴越想心里越烦乱，这时他突然想起西征结束后郭元振跟他说的一句话："你是我大唐的重臣，不是谁的家奴……"李鉴脑海里闪现的这句话让他陷入了沉思。他当时不明白郭元振说这句话的含义，但是现在他有点明白了。

叁拾

聪明反被聪明误

李鉴站在窗前发现天已经黑了,望着天上的月亮想起了林妍儿。他多么希望林妍儿能在他的身边,此时他突然迸发出一个念头,离开长安,躲开这些朝廷是非,去洛阳找林妍儿。

过了几天,李鉴来到太平公主府邸,见到太平公主说:"属下拜见大公主。"

"不必多礼,起来吧。"

"属下有一件事想告诉大公主,还望大公主恩准。"

"什么事儿?"

"属下想休息一阵子,请大公主恩准。"

"行啊!那你就休息半个月,军营里的事暂且交给高镇来处理,但是不准离开长安。"

"为什么?"李鉴惊讶地抬起头问道。

"现在朝廷上的事情这么多,你要是走远了一时半会儿回不来谁来领导军队?再说长安城里什么都有,没必要跑远。对了,你可以去你的祖籍三原县看看。"

李鉴一时不知道说什么好,原本想好的话突然一下子没了,脑袋里一片空白。太平公主看着李鉴心神不定的样子,问道:"还有什么事吗?"

"禀报大公主,没有了,属下告退。"

李鉴从太平公主府里出来,对自己极度失望。三原县在长安的北边,而洛阳在长安的东边，去洛阳必然要过潼关，而那个潼关守将李慈正是太平公主的人。如果他未经太平公主允许擅自去洛阳，潼关守将李慈一定会把这件事报告给太平公主，以太平公主的脾气不仅他没好果子吃，甚至会牵扯到林妍儿。李鉴忍不住抱怨道："为什么不让我离开长安，我又不是犯人。"

为了排解烦闷的情绪，李鉴带着几个侍卫跑到秦岭山里打猎去了，结果遇上了老虎，好不容易脱身以后又迷路了。在山里风餐露宿了十几天后才被上山打猎的猎人给救了下来。等到他回到长安，给他的半个月休息时间已经过了。李鉴心乱如麻地走进太平公主的府邸。

李鉴见到太平公主，说："属下叩见大公主。"抬起头瞅见太平公主一脸怒容，吓得不知所措。

太平公主说："我让你休息多长时间？"

"回大公主，十五天。"李鉴说。

"那你离开了多长时间？"

"回大公主，二十天。属下在路上遇到些事情，故而回来迟了，望大公主恕罪。"

"你出了什么事情？"

"去秦岭打猎不小心遇到老虎，迷了路。"

"我培养你这么多年，是为了让你有出息，为朝廷效力，去建功立业的，你明白吗？"

"属下知错了，属下一定痛定思痛，绝不辜负大公主的期望。"

"好了，回去吧。"

"是，大公主，属下告退。"

太平公主威逼李旦贬黜了姚崇、宋璟之后，便肆无忌惮地插手朝政。在她的主导下，李旦对李唐帝国的人事进行了大规模的调整。李旦驾临承天门，对应召而来的韦安石、郭元振、窦怀贞、李日知、张说等大臣宣布制命，责备他们说："当今朝廷的刑赏与教化存在着很多缺陷，各地水旱成灾，国库储备日趋枯竭，官吏日益增多，这些现象固然是朕德行浅薄所致，但也与诸位辅佐大臣不称职有关。从现在起韦安石担任尚书左仆射，李朝隐担任吏部尚书，窦怀贞担任左台御史大夫，李日知担任户部尚书，张说为尚书左丞同时担任东都留守，一律免去宰相职务。"同时，任命吏部尚书刘幽求为侍中，任命陆象先右散骑常侍，魏知古为左散骑常侍，太子詹事崔湜为中书侍郎。此外，任命中书侍郎陆象先为同平章事。对上述官员的任免都是根据太平公主的意志而做出的。

紧接着，太平公主又迫使李旦先后任命了七个宰相，他们分别是刘幽求、魏知古、崔湜、陆象先、窦怀贞、岑曦、萧至忠。其中，除了刘幽求和魏知古曾经是李旦相王的旧部之外，后面的五个人清一色全是太平公主的党羽。通过这次人事的调整，太平公主终于权倾天下。李旦明明知道不能让这个妹妹的势力再这么发展下去，可每当事到临头的时候他却总是不由自主地屈从和妥协。

对于这五个宰相，李旦对其中一个人的人品极度厌恶，一开始坚决不用，这个人就是崔湜。

李隆基对此感到很神伤，但他知道现在没有办法去改变这种局面。因此他告诉自己，全则必缺、物极必反，一定要沉住气不能再犯错。总有一天他会等到机会，他现在要做的就是瞅准时机，做好反扑的准备。

太平公主做完这些事就再次将矛头对准李隆基。她指使一个懂天文历法的人向李旦进言："彗星的出现标志着将要除旧布新，再说位于天市垣内的帝座以及心前星均有变化，所主之事乃是皇太子应当登基即位。"

李旦说："将帝位传给有德之人以避免灾祸，既然是上天的旨意那朕怎么能不服从呢？"

李旦的反应大大出乎太平公主的意料，她原本是想以这件事来诬陷李隆基有谋反的嫌疑，让李旦借机把李隆基抓起来。可是李旦看透了太平公主的把戏，因为他已经对太平公主的种种行为心存芥蒂，现在正好来个顺水推舟，急流勇退，让她的如意算盘落空。太平公主很是懊恼，和她的同伙们都极力谏阻，认为这样做不行。但是李旦说："中宗皇帝在位时，一群奸佞小人专擅朝政，上天屡次用灾异来表示警告。朕当时请求中宗选择贤明的儿子立为皇帝以避免灾祸，但中宗很不高兴，朕也因此而担忧恐惧以至于几天吃不下饭。朕怎么能够劝中宗禅位而自己却不能做到这一点呢？"

太子李隆基知道这个消息后感到万分惊讶，惊讶之余面露喜色，觉得机会来了。但是，他又不确定这个消息是否是真的。因此，李隆基赶忙入宫朝见李旦，跪在地上边叩头边说："儿臣因尺寸之功就被破格立为皇嗣，即使是做太子还担心无法胜任，父皇突然要将帝位传给儿臣，不清楚这究竟是为了什么？"

李旦对李隆基说："大唐的宗庙社稷之所以再次安然无恙，朕之所以能够君临天下，都是因为你立下大功。现在帝座星有灾异出现，所以朕将帝位禅让给你以便转祸为福，你还有什么可疑惑的！"

李隆基还是坚决推辞不受，说："父皇仁爱大德于天下，儿臣何德何能敢于承受天下人的重托呢？"

李旦说："你是一个孝子，为什么非要等到站在朕的灵柩前才能即皇帝之位呢？"李隆基只好流着眼泪走了出来。

太平公主见阻挠李旦退位给李隆基不成，便发动她的党羽劝说李旦，最好在禅让之后还要亲自执掌朝政大事。李隆基也知道，现在他还不能表现出对皇位特别渴望，以免过分刺激到太平公主。因为太平公主仍然把持着朝政，稍有不慎便会对他发难。因此，当李旦颁发制命决定将帝位传给李隆基时，李隆基上表坚决推辞。

李旦无奈之下对李隆基说："你是不是觉得国家事务十分繁重，要让朕帮你处理一些事务？"

李隆基哭着说："儿臣年纪尚轻，声望浅薄，若是离开了父皇的指导如何带领群臣、处理军政大事？若是决策失当出现差池，岂不是愧对天下黎民。父皇，为了天下百姓的福祉，恳请您收回成命。"

李旦感叹道："三郎言之有理。想当初唐尧将帝位禅让给虞舜后还要亲自到各地去巡视，现在朕虽然将帝位传给了你，哪里就能对家国之事漠不关心呢！此后凡有军国大事，朕还是会参与处理的。"

公元712年，李隆基在大明宫的含元殿即皇帝位，改年号为先天，李旦尊奉为太上皇。太上皇自称为"朕"，所发布的命令称为"诰"，每五天一次在太极殿接受群臣朝见。皇帝自称为"予"，所发布的命令称为"制""敕"，每天都在武德殿接受群臣朝见。这一年，李隆基二十七岁。

在太平公主的建议下，李旦决定凡涉及三品以上官员的任命以及重大的刑狱政务由太上皇决定，其余政务均由皇帝决断。不久，李隆基下诏将妻子王氏立为皇后，将皇后王氏之父王仁皎任命为太仆卿。

李隆基登上皇位以后，开始私下里积极接触那些反对太平公主的大臣们，谋划清除太平公主势力。他的心腹刘幽求与右羽林将军张暐密谋调集羽林兵将他们一网打尽，并让张暐秘密地对李隆基说："窦怀贞、崔湜、岑羲等人都是依仗太平公主才爬上宰相职位的，他们时时刻刻都在策划如何作乱。如果陛下不早点除掉他们，一旦事变突然发生，太上皇怎么能平安？请快些诛杀他们！臣已经与刘幽求定好了计策，就只等陛下下旨。"李隆基点头同意。但事后张暐将这一计谋泄露给了侍御史邓光宾，李隆基知道以后十分害怕，急忙将刘幽求等人的罪状开列出来上奏了太上皇李旦。刘幽求被逮捕下狱，负责审理此案的官员上奏道："刘幽求挑拨离间陛下骨肉，应当判处死刑。"李隆基又为刘幽求等人向太上皇李旦求情，说刘幽求为大唐朝廷立过大功，不能判处死刑。李旦将刘幽求流放到封州（今广东省新兴县东南），将张暐流放到峰州（今越南富寿省越池县东南），将邓光宾流放到绣州（广西桂平市南）。

这件事情的发生虽然没有对太平公主造成任何影响，但却让太平公主感到了前所未有的压力。她清楚李隆基的能力，李隆基在位时间越久皇位会越稳固，到时候可就不是她想不想除掉李隆基了，而是李隆基会想办法对付她，因此她必须在李隆基立足未稳之前进一步扩充自己的势力。在经过一番思考以后，太平公主上报李旦让常元楷统帅长安的军队，调李鉴去洛阳冬训府兵。

唐朝前期的军事制度是府兵制，该制度最重要的特点是兵农合一。府兵平时为耕种土地的农民，农闲训练，战时从军打仗，仗打完回归原籍。府兵参战的武器和马匹自备，全国都有负责选拔训练的折冲府。折冲府分为上、中、下三等，上府一千二百人（有时增至一千五百人），中府一千人，下府八百人，所属兵士统称卫士。每府设置折冲都尉一人，左右果毅都尉各一人，别将、长史、兵曹参军各一人，这是府一级的组织。府以下，三百人为一团，团有校尉及旅帅。五十人为一队，队有正、副各一人，十人为一火，设火长一人。

太上皇李旦认为农闲时训练府兵这个建议很合理，很快就批了。李隆基当时没发现这里边有什么问题，反而为太平公主手下的这名悍将离开长安而感到庆幸，但是当他知道潼关守将是太平公主的亲信李慈担任时觉得事有不妙。因为潼关是长安的东大门，素有"畿内首险，三秦镇钥，四镇咽喉，百二重关"

之誉，一旦潼关失陷关中地区将无险可守，从东边进攻的军队将长驱直入，直抵长安城下。如果太平公主让李鉴在洛阳以训练府兵的名义集结军队，拥立宋王李成器挥师西进，便可顺利通过潼关。届时，太平公主调动长安的卫戍部队作为内应，两地人马里应外合，就算他手下的万骑军各个有着万夫不当之勇也是招架不住的。

李隆基感觉就像是被人在脖子上套了一个笼头，只要太平公主一拉绳子他就毫无反抗之力。但是，他告诉自己一定要沉住气，只要他不动手、不犯错，太平公主也就没办法起事，因为他的身份已经和以前大不一样，他现在是皇帝，并且是一个有着影响力的皇帝，虽然在权势上比不上太平公主，但是皇帝这个名号就是他最好的护身符。

李隆基想起张说正在洛阳任东都留守，便想着给张说下一道密令，让他监视李鉴的动向，随时向他报告。李隆基其实明白这样做意义不大，张说即使把李鉴起兵西进的消息告诉他这也没什么用。因为除了万骑军之外他并无其他兵马可以调动，把守潼关的将领是太平公主的人，根本不会听他的命令。但是，为了能给自己一个心理安慰，李隆基还是给张说下了这道密令。然后，他又给安插在李成器身边的两个侍卫也下了一道密令，让他们严密监视李成器，如果发现李成器与李鉴之间有亲密接触，立刻向他汇报。

府兵制的溃烂

太平公主让李鉴冬训府兵的目的正是想给李隆基的头上套一个笼头，让李隆基失去反抗的能力，然后伺机而动，一举废除李隆基的帝位。李鉴在被委任去洛阳冬训府兵后十分兴奋，一来他早就想离开长安这个让他感到很压抑的地方，二来他在洛阳可以见到林妍儿。

在李鉴临行前的一天晚上，太平公主把李鉴叫到跟前说："你到了洛阳以后要尽快召集府兵，严加训练，绝不能有任何松懈。"

李鉴说："是，大公主。严格治军乃属下之则，属下不会让大公主失望的。"

太平公主说："很好。再者，多接触宋王，明白吗？"

李鉴感到不解地问道："大公主，接触宋王干什么？"

太平公主说："共谋大事，成就大业。"

李鉴被吓得脸色发白，脑袋嗡嗡作响，此刻更是心惊肉跳，不知所措。

太平公主手一挥说："回去吧。"

李鉴说："属下告退。"

李鉴在和太平公主的谈话正好被薛崇简听见了。薛崇简也是吓出了一身冷汗，当他们的谈话一结束，薛崇简立刻转身离开了。

李鉴从太平公主的府邸里出来，回到将军府突然有种欲哭无泪的感觉。这位战场上善打硬仗、长于谋略又治军严谨的人，被这些权力斗争烦扰得心力交瘁，苦不堪言。

正当李鉴感到无比烦乱的时候，一个仆人进来报告说："大将军，立节王薛崇简来了。"

李鉴一听是太平公主的儿子，随口说："不见，你就跟他说我睡了。"

仆人说："我刚就是跟他说你睡了，但是他说有要事，你今晚必须见他。"

李鉴只好说："让他进来。"

李鉴来到前厅，薛崇简也被仆人领了进来。李鉴说："立节王，这么晚找我有什么事？"

薛崇简抬起手里提着的食盒笑着说："大将军，明天要走了，我今晚备了一些酒菜，算是给大将军饯行。"

李鉴说："多谢立节王。来，这边请。"李鉴命仆人接过薛崇简手中的食盒，来到另一个房间。仆人摆上酒菜后李鉴说："你下去吧，没我有的盼咐任何人不得进来。"

仆人下去后，薛崇简给李鉴和自己倒上酒，举起酒杯说："在下敬大将军一杯。"

李鉴说："岂敢，敬立节王。"

两人一饮而尽后，李鉴问道："是大公主让你来的？"

薛崇简说："不是，是我想找大将军说一些事情。大将军，我想告诉你不要做错事，更不要做傻事。"

李鉴惊讶地看着薛崇简，一头雾水地问道："你什么意思？"

薛崇简说："我也不知道该说什么好。总之，你跟着我母亲会很危险。"

李鉴终于明白了，但还是有些不放心地说："那你岂不是更危险？"

薛崇简没说话，连喝几杯酒后说："我是她的儿子，我劝不住她，我也没办法。"

李鉴也连喝几杯酒，说："不管你是自己要来的还是大公主派你来的，今天既然我们话说到这了，我不妨把话给你讲明白。我是大唐的将领，我永远只为大唐而战。大公主想要我的命，随时都可以拿去。但是，想让我调动大唐的兵马为她而战，我死也不干。"然后他喝下一杯酒，忽然感到轻松了许多。

薛崇简举起酒杯，说："那你就把你的话记住了。来，干！"两人碰杯以后同饮而下。接着薛崇简站起来，说："大将军，祝你一路顺风，在下告辞。"

李鉴把薛崇简送到门外，薛崇简登上马车说："大将军保重！请回吧。"

李鉴走后，太平公主在长安一刻不停地谋划对付李隆基的策略，不断地制造事端，希望以此来激怒李隆基，好给她一个起兵造反的机会。但是李隆基始终不为所动，静静地观察着太平公主的动向。

李鉴到了洛阳，来到林妍儿的住处映蔚园。林妍儿看到李鉴，高兴地拉着李鉴坐下，说："你怎么现在才来，我都等你半年了。"

"其实我早就可以来了，但是大公主不准我离开长安。"

林妍儿说："长安发生什么事了？"

李鉴叹息一声，说："一言难尽！你在洛阳怎么样？"

林妍儿开心地说："我很好，你这次来洛阳有什么事？"

"朝廷命我冬训府兵。"

"那你还回去吗？"

李鉴静静地思索了一会儿，说："等到府兵冬训完毕我就上书朝廷留在洛阳，朝廷要是不允我就辞官不做了。"

"你真的能放下这一切吗？这可是你浴血奋战得来的。"

李鉴感到有些心痛地说："我不想再听大公主的命令做事，我不愿意被人说成是她的党羽。我不能对不起大唐，去和天下人为敌。"

林妍儿握着李鉴的手说："不管什么事情，总有解决的办法。"

按照太平公主的指示，李鉴骑着马来到宋王李成器府邸门前。李鉴从马上下来，在府邸门外来回走动，心里惴惴不安。好几次想上前叩门，但是手伸出去又缩了回来。不经意间，郭元振说过的话又在他的耳边响起。李鉴终于下定决心不进去见李成器。然后，他跨上马背来到洛阳衙门，时任尚书左丞东都留守的张说接待了他。张说见到李鉴说："大将军一路舟车劳顿，辛苦了。"

李鉴说："还好，多谢张大人关心。"

"大将军，对此次冬训府兵什么看法？"

"洛阳这边的情况我还不是很了解，我想听听张大人的意见。"

"府兵自我大唐开国之日起，东征西讨立下了赫赫功勋。但是，现在很多折冲府只有兵额,并无军士、马匹和武器。"

"中宗皇帝命我西征突厥,我在长安也遇到过这种情况。那么,这个问题到底出在哪里?"

"府兵制是建立在均田制基础上的。自我大唐开国之日起就规定,十八岁以上的中男和丁男,每人授口分田八十亩、永业田二十亩;老男、残疾授口分田四十亩,寡妻妾授口分田三十亩。这些人如果为户主,每人授田永业田二十亩,口分田三十亩;杂户授田如百姓、工商业者、官户授田百姓之半;道士、和尚给田三十亩,尼姑、女冠给田三十亩。自高祖皇帝以来我大唐国力大幅提高,人丁数量大为增加,原来规定的这种授田方法已经无法为继。一些豪强贵族,强迫百姓出售田产沦为奴婢,无力自备武器充任府兵。有的发家致富成为豪强,想方设法逃避兵役;有的出去经商或沦为流民,不在原地居住,无法征调。再者,我朝初期对府兵卫士比较尊重,但到武后时期,府兵卫士往往被贵族官僚借为私家差役使用,导致世人多以当府兵为耻。因而,府兵制度被破坏得不成样子。"

"府兵制度如此溃烂,大唐要是面临外来兵祸,谁去抵御贼寇?"

"冰冻三尺非一日之寒,恶果已经种下,想要挽回很难。"

"张大人,河南道可以征调到多少府兵?"

"不超过五万。"

"五万?河南道一共有七十三个折冲府,怎么才能征调到这么点兵马?至少应该有十万人马啊!"李鉴惊得目瞪口呆。

"五万还是乐观的数目,有可能连五万都达不到。"

"上次我在关内道征调府兵的时候,虽说遇到点儿问题,但总归没有影响大局。怎么河南道的问题会这么严重?"

"关内道毕竟是在天子脚下,况且关内道有二百八十九个折冲府,你当时西征时也只征调了十万人马。"

李鉴听了才明白过来,说:"张大人,你对河南道的情况比较了解。这次冬训府兵还希望你能多多帮助,在下感激不尽。"

"大将军客气了。我们同朝为官,为朝廷做事是我们的职责所在,我一定会竭尽全力配合大将军。"

"多谢张大人。"

"大将军此次冬训府兵要多长时间？"

"最长不超过三个月。"

"府兵训练的场地大将军选在哪里？"

"不出洛阳地界，我想最好放在洛阳东面，不知张大人意下如何？"

"这我来安排。府兵训练完毕大将军会怎么处理？"

"自然是遣散回原籍，也顺便为朝廷物色一些出类拔萃之人，上报朝廷，给予提升。"

"大将军时刻为大唐前途着想，不愧是三军统帅。"

"张大人过奖了。我还有一些事情，明天再来拜会，告辞。"

李鉴走了以后，张说立刻将今天他所了解到的情况上报给了李隆基。李隆基在接到张说的密报之后感到很困惑。按照张说的判断，李鉴似乎没有进兵长安的意图。但是，李鉴如果不进军长安那他要干什么？难道李鉴会不听太平公主的命令？但这在他看来根本是不可能的事情。

叁拾贰

感情破裂

　　李鉴在洛阳准备好训练府兵的场地、住宿、吃穿等问题以后，便给洛阳下辖的各折冲府下发军令，命令各地府兵向洛阳集结。与此同时，太平公主给李鉴发来密令，催促他尽快集结好兵马，做好向长安进发的准备。

　　张说派了一个熟知衙门事务的小吏帮助李鉴处理文书事务，他看到李鉴愁眉不展的样子问道："大将军好像有什么心事？"

　　李鉴随口而出，说："都是一些朝廷上烦人的琐事。"

　　小吏说："原来如此。大将军，有一个人能帮你处理这些事情。"

　　李鉴听了小吏的话后感到很有趣，便笑着问道："谁？说说看。"

　　小吏说："这个人姓林，听说此人人脉很广，背景极深。洛阳城里的达官显贵没有哪个不有求于此人，就连张大人都要忌此人三分。当然了，需要花点钱，求人办事都是这样。"

　　李鉴越听越觉得有意思，说："那需要花多少钱才能办成事？"

　　小吏说："这个就要看大将军的事是大还是小，但是大将军放心，听人说此人信誉是很好的。只要人家肯收钱，事就一定能帮大将军办成。"

　　李鉴说："那这个姓林之人是何许人也？"

　　小吏说："此人可是来头不小，通着天呢！听说还是个女的，人称林姑娘。"

　　李鉴一听是个女的瞬间脸色发白，心里的反应就像是站到了悬崖边上，即将要被人推下万丈深渊一样，脑袋直发懵。旁边的小吏看到李鉴的表情有点不对劲,说:"六将军,怎么了?"

李鉴急切地问道:"你说的那个姓林之人真是个女的?"

小吏说:"此人我也没见过,但人都说是个女的,而且是从长安来的。"

小吏刚说完,李鉴便骑上马去找林妍儿。他来到林妍儿的住处,对林妍儿说:"我有些话想问你。"林妍儿望着李鉴凝重的脸庞感到有点不大对劲,她对身后的侍女说:"你们下去吧。"

侍女们走后,李鉴说:"我听说林姑娘具有通天的本事,洛阳城里的达官显贵无不有求于林姑娘。我今天可是慕名前来,求林姑娘帮我办一件事情。"

林妍儿看着李鉴,心想他肯定知道了她在洛阳做的事情,急忙说:"你在胡说什么。"

李鉴说:"我求林姑娘能否让大公主以后别再给我发调动兵马的命令,要是非要发,就让她给我发一道勒令我自杀的手令,在下一定会坚决执行。不知道林姑娘能不能帮我把这件事给办了?另外,价钱好商量,我到时少征调一两万名府兵这钱不就来了吗?我会如数奉送给林姑娘,不知道林姑娘能不能帮我办成此事?"李鉴的嘲讽之言就像是一枚枚钢针刺向林妍儿,让林妍儿感到万分难受。

林妍儿说:"李鉴,你冷静一点听我说。"

李鉴说:"好,我想知道你来洛阳到底干什来了?不会就是回家看看那么简单吧?"

林妍儿说:"我在走之前大公主交代,让我在洛阳给她负责建造豪宅别苑,还有负责引荐洛阳的官员……"

李鉴感到无比心痛,说:"你也昧着良心趁机贪赃枉法,大发横财。你知道自己在做什么吗?"

李鉴的话让林妍儿感到十分生气,她冲着李鉴大声说:"我是昧着良心,但是韦氏、上官婉儿、李裹儿、长宁,她们干了多少伤天害理的事情,贪了多少钱财,你怎么不云教训她们?她们命好生在皇家,就应该锦衣玉食,我命贱就该贫贱一辈子?她们有的东西,我为什么不能有?她们能享受到的东西,我就不应该享有?你是不是觉得这样就很合理、很公平?"

李鉴愣了一下,说:"你为什么要和她们比?那你知道韦氏、李裹儿、上官婉儿现在在哪里吗？长宁现在又有多少钱财？长宁虽然活着，可是跟囚犯有什么区别？你怎么不想想这些？"

林妍儿说："那是因为她们败了。大公主现在不是很风光吗？"

李鉴气急败坏地说："你的脑袋里除了荣华富贵难道就没有别的吗？你简直无可救药！"

林妍儿没想到李鉴会这样骂她，悲愤至极，指着李鉴怒吼道："这是我的地方，你滚！"

李鉴怀着悲伤的心情回到了军营。不久，河南道各地的府兵陆续抵达洛阳。情况正如张说所料，前来的各个折冲府没有一个兵额满员的。有一个上等折冲府按照编制应到的军士数量是一千二百人，可是实到人数仅仅只有一百人。最终，集结起来的士兵总数勉强接近五万，而且这其中有不少老弱病残，根本不能打仗。李鉴为此大发雷霆，但是折冲都尉们也借机向李鉴说明了他们的苦衷。李鉴听了他们的解释也意识到府兵制确实积病已久，非一朝一夕所能解决的。

太平公主的逼迫、府兵制的溃烂、林妍儿的贪腐，这三件事情像是三颗巨石压在李鉴的心头，让李鉴的心情糟糕到了极点，他开始借酒消愁。当高镇、杨启贤、余成千、王震宇这几位将领来到李鉴的住所想汇报时，看见李鉴正在喝酒。李鉴抬头看着他们，说："你们怎么都来了？有什么军情要汇报吗？"

杨启贤说："我们今天来不是汇报军情的。"

李鉴说："不汇报军情那都坐下吧，陪我喝喝酒。"

高镇说："不用了，我们不是来喝酒的。"

李鉴说："这一不汇报军情，二不喝酒。那你们来干什么？"

王震宇说："我们今天来就是看看你，想问问最近大将军为什么如此消沉。府兵都集合起来好几天了，你怎么都不去看一眼？"

李鉴说："训练府兵这点小事，还用得着我吗？你们看着办就行了，反正他们都不想来。你们明天跟各个折冲都尉说一声，想训练的留下来，不想训练的放他们回家去。"

王震宇说："府兵现在确实不成样子，我们这次冬训府兵，不是正好可以处理一下这些问题吗？你现在这样消沉府兵就能好起来吗？"

杨启贤说:"你们别说这些了,大将军喝醉了,在那里说胡话呢"

李鉴说:"谁说我醉了?我没醉!酒后吐真言,我说的可都是实话,肺腑之言。"

高镇说:"你还没醉,就你这样子能打仗吗?"

李鉴站起来摇摇晃晃地说:"谁说我不能?我是谁?人们不都说我是'唐之霍去病'吗?霍去病是谁?霍去病是让匈奴人闻之丧胆的骠骑大将军!霍去病一人就能让匈奴人吓破胆,我也能!突厥人、吐蕃人、回纥人、鲜卑人我都交过手,我哪一次没赢?哪一次不是大破敌军而归?当然了,有几次没打好,但是不能怪我,我可是杀了很多敌人的,眼睛都被敌人的血给蒙住了,睁都睁不开。可是后援没跟上,敌人又不断增兵,我也只能撤了,这你们都是知道的。但是,后来我们还不是赢了。"

高镇说:"过去的事就不说了,我想知道你现在……"

李鉴打断高镇的话,继续说:"别急,听我把话说完。我告诉你们,你们听明白了。往后要是打仗了,你们再来找我,我一个人就可以杀遍所有敌军,其他的事就不要来烦我了。"

高镇再也忍不住了,说:"大将军,你一向严于律己,怎么现在却这般颓废?"

李鉴沉默不语,他一屁股坐在桌子旁边,说:"我告诉你们,以后一定要跟对人、看对人。一旦把人看错了、跟错了,比死还难受。听明白没有?"

高镇听着李鉴这些模棱两可的话语,不解地问道:"大将军是在训斥我们吗?是觉得看错我们了?"

李鉴摇摇头说:"不是,不是你们跟错人,都是我的责任。"

李鉴这番自我贬低的言语让在座的将领很是不满,高镇更是心痛难耐地说:"是我们看错人了。你这几天的行为确实让我们感到失望。"说完转过身大步离开。

余成千站起来说:"高镇你回来,怎么能这样和大将军说话?"

王震宇拉了拉余成千的衣服,杨启贤明白其意便坐了下来。王震宇说:"大将军,你早点休息,末将告辞。"

余成千也站起来向李鉴拜别，紧接着杨启贤也走了。

高镇等人离开后，李鉴积聚已久的郁闷情绪立即爆发了出来，他打碎了桌子上所有的酒坛，接着又掀翻了酒桌。发泄完毕，在侍卫的劝说下才站起来回房休息。

倾诉心肠

第二天早上,当高镇、杨启贤、王震宇、余成千来到训练府兵的军帐中时,李鉴早都在里边等候了。李鉴见他们都到齐了,说:"最近几日我因一些事情而意志消沉,没能来训练府兵,以至于让诸位担心了,对此我感到很愧疚。昨天晚上发生的事全是酒后之言,如果伤了兄弟们的心,我在此向兄弟们道歉,请你们原谅。"

高镇等人听了以后说:"大将军没事就好。"

李鉴说:"在此我强调一点,我们是大唐的将领,我们所率领的士兵只能为大唐而战!你们明白吗?"

高镇等人异口同声地说:"属下明白。"

李鉴说:"府兵的问题现在已经这样了,到时我会把这些问题上报朝廷,由朝廷来解决。对于已经征调来的府兵,你们下去查看一下,凡是不能打仗的人一律遣送回家。剩下的士兵严加训练,不得有误。"

底下的将领说:"是,大将军。"

李鉴把近一万名不能打仗的人遣送了回去,只对剩下的四万人进行训练,也就是说河南道七十三府一共可以征调、能用的府兵只有四万人。虽然在数量上远没有达到李鉴的预期,但李鉴明白,真正打仗的时候兵不在多而在精。他把这次所看到的关于府兵制的问题上报给了朝廷,然后就将全部精力放在训练府兵上,不再去纠结府兵制的问题。东都留守张说在视察李鉴训练府兵的情况时,看见李鉴手下的士兵军容严整、士气高昂、号令统一,他不得不佩服李鉴的治军才华，对李鉴说："大将军果真是将帅之才，此乃大唐之幸，圣上之福。"

李鉴说："大人过奖了。就是人数有点少，要是能给我二十万人马训练一年，我便可以横扫天下。从此大唐再无敌手，谁也不敢觊觎大唐一寸一毫之地。"

张说说："大将军豪气云天，看来世人所言大将军是'唐之霍去病'绝非虚言啊！"

李鉴把心思都放在府兵训练上以后，对于太平公主给他的密令他的回答是：府兵人员缺额很大，目前正在全力征调。至于他和林妍儿之间的事他尽量不去想，因为他不知道该怎样处理。

林妍儿明白，李鉴只是对她的行为感到愤怒，并不是真要离开她。因此，在李鉴离开后的第二天她就去找李鉴，而李鉴则以军务繁忙为由拒绝见她。接下来好几天，林妍儿每天去找李鉴都被拒之门外。正当林妍儿心绪烦乱的时候，她想到了一个方法来挽回她的感情。

她再次来到李鉴住处，叩开门以后一个侍卫出来看见她说："怎么又是你？"

林妍儿说："我来找大将军，请问他在吗？"

侍卫说："你还是走吧！大将军特意交代过，说他不会见你的。"

林妍儿说："你把这个玉佩交给他，顺便告诉他，如果他还记得这块玉佩的话，就请他把另外一只玉佩亲手交给我。我以后也就不会再来了。"

侍卫犹豫了一下说："好吧，我这就进去传话。"

侍卫把玉佩交给李鉴，同时传了林妍儿的话。李鉴拿着玉佩问道："她人在哪里？"

侍卫说："就在门外。"

李鉴说："我去看看，你不要跟着。"

李鉴打开门看到林妍儿，问道："你是来要玉佩的？"

林妍儿说："不是，我想跟你说一些事情。"

李鉴说："你刚才不是说要我把玉佩亲手还给你吗？这两只玉佩都在这，你拿去吧！"李鉴说完把两只玉佩递给林妍儿。

林妍儿后退一步，说："你跟我去一个地方。到了那里以后再说好吗？"

李鉴转身唤来侍卫，说："牵一匹马过来。"

林妍儿带着李鉴来到洛阳的大运河码头，下了马，说："这就是我要带你看的地方。今年秋天，河北道许多地方歉收，我已经把所得来的钱财买成粮食和布匹，委托洛阳衙门的船只运往河北道沧州、德州等地。希望我做的这些事情能对那些受灾的百姓有所帮助。"

这时，一个小吏来到林妍儿的面前，说："拜见林姑娘。"

林妍儿说："事情进行得怎么样了？"

小吏说："回林姑娘，粮食已经装完了，现在正在装布匹。"

林妍儿说："麻烦大人把物资都点清楚，这些都是给受灾百姓救命的，切不可马虎大意。"

小吏说："在下一定尽心办理。林姑娘宅心仁厚，菩萨心肠，河北道的百姓得到这些东西，一定会对林姑娘感恩戴德的。"

林妍儿说："你言重了，去忙吧！"

小吏说："林姑娘，在下告退。"

林妍儿小声对李鉴说："我可没你想象得那么坏。"

李鉴说："你做好事是好的，我也没想过会离开你。"李鉴扶着林妍儿上了马背，两人回了洛阳城。

他们傍晚时分来到林妍儿的住处一起吃饭，李鉴的心里忽然间升起了一股压抑的情绪，问道："你见过死人吗？我见过，我也杀过人，而且杀了很多人。什么样的死人我都见过……"

林妍儿说："你是将军，为国上阵杀敌，有些事情是在所难免的，不然怎么保卫大唐？"

李鉴喝了一杯酒后站起来说："是啊！我是将军。我做的事情其实很简单，那就是谁敢侵犯大唐我会挺身而出，可是我却被朝廷纷争搅得疲惫不堪。"

林妍儿看着李鉴，安慰道："事情总会有转机的。"

李鉴接着说："为了保卫大唐，为了消灭敌人，我和我的士兵必须全力以赴，直面死亡。上次西征突厥，近五万人战死沙场。父母失去了儿子，妻子失去了丈夫，孩子失去了父亲。谁能告诉我，什么能够换回来他们的生命？什么能让他们的家庭免受失去亲人的痛苦？每次想到这些，我都深知自己责任重大。因为我知道，我指挥失当会有更多的士兵死亡，会有更多的家庭经历失去亲人的痛苦。"

林妍儿说："你不要给自己太大的压力，你已经做得很好了。这一点也得到了天下人的认可。"

李鉴说："认可？但是那些认可我的人，不知道有没有跟着我打仗而失去亲人？对我而言，我是从死亡边上活过来的人，因此只要能取得胜利且活着就是莫大的荣幸，除此之外我根本不在乎什么封赏、加官晋爵。有什么比活着更好呢？可是我现在总感觉自己是苟活于世。"说完，李鉴趴在桌子上哭了起来。

林妍儿今天才算真正认识了眼前这个她一直深爱着的男人。她总以为李鉴就是那个在太平公主府里相遇时，意气风发、充满雄心壮志的男孩子。这么多年过去了，她也只知道李鉴是个能征善战的优秀将领，但是他到底经历过什么、他的内心在想些什么她一无所知。经过这次，她明白了。

叁拾肆

天麻粉中投毒

李隆基在两次密谋除掉太平公主行动失败后不敢再冒险行事,因为每一次失败都让他失去心腹之人,这样下去自身实力会被大大削弱,所以李隆基开始变得小心翼翼,以沉默应对太平公主。

李隆基的沉默让太平公主一时找不到机会动手,这让她有点焦躁不安。她觉得不能这样等下去,因为李隆基的皇位坐得越久对她越不利。太平公主对当前的局势进行了分析,现在朝中七位宰相有五位是出自她的门下,文臣武将之中也有一半以上的人依附她,并且她现在控制着长安和洛阳两地的军队,她完全握有主动权。于是,太平公主召集窦怀贞、岑羲、萧至忠、崔湜、陆象先、薛稷、李晋、常元楷、李钦、李猷、贾膺福等一起密谋废掉李隆基,窦怀贞、萧至忠、岑羲、崔湜等人都赞成此举,只有陆象先认为这样做不行。

太平公主说:"太上皇废长立少已经不合道理,再加上皇帝失德,为什么不能将他废掉?"

陆象先说:"既然皇帝当初是以立有大功而被立为太子的,那么就只能以获罪为由将其废黜。现在皇帝实际上没有罪,我不敢苟同。"

太平公主十分生气地离场,把崔湜叫到身边痛骂道:"这个陆象先是你推荐的,居然敢跟我唱对台戏,像这样的人要来有什么用?"

崔湜说:"大公主,您息怒。其实陆象先说得没错,师出无名怎么起事?师出有名才顺理成章啊!"

太平公主马上冷静下来,因为崔湜的话倒是提醒了她。要废除李隆基除了实力上的较量之外，还需要一个理由。

太平公主想既然李隆基不犯错，那么她就逼着李隆基失去理智，好给她制造一个起事的理由。思前想后她想出了一个计策，她让安插在大明宫内的宫女给李隆基进献的天麻粉中投毒。如果能毒死李隆基，那么事情将变得很简单，直接宣布李隆基暴病而亡，联合朝中大臣拥立宋王李成器为帝。李隆基若是没被毒死必然会进行报复，到时她就以乱杀朝臣为由昭告天下，调集长安、洛阳两地的军队，一举除掉李隆基，把李成器推上皇位，安定天下民心后再伺机登上大位。太平公主把这个计谋告诉了崔湜，崔湜便把一瓶毒药交给了宫女元氏。

李隆基和皇后在太液池边散步，李隆基说："昨天晚上做了一个梦，梦见一群乌鸦不停地在头顶盘旋，赶也赶不走。你说这个梦怎么解？"皇后的脸色变得有些苍白，支吾着说："这个可不是什么好梦。臣妾小时候听人说，已婚男子梦见乌鸦灾祸会降临。"皇后小心翼翼地说。

李隆基看着皇后说："最近总感觉有什么事情要发生，整个人都没什么精神。"

王氏说："天麻有助阳气，补五劳七伤，通血脉，还利于睡眠。臣妾去命人给陛下煮碗天麻汤。"

不久，一个宫女端着天麻汤走了进来，王氏站起来说："给本宫吧，你们都下去吧！"

王氏将天麻汤放在石桌上，看着天麻汤说："这汤的颜色不对啊！"

"有什么问题吗？"李隆基问道。

"臣妾上次喝的天麻汤不是这个颜色。"

她唤来宫女问道："这个汤和上次本宫喝的一样吗？"

宫女回答说："回皇后，是一样的。"

"那个汤的颜色怎么会跟上次不同？"

"尚食局送来就这样，奴婢还以为是皇后命尚食局特地调配的。"

"本宫跟你交代过什么新配方吗？"

"回皇后，没有。"

王氏觉得事有蹊跷，又联想到李隆基的梦后顿时神色慌乱，对旁边的宦官说:"去,给本宫抱一只小狗过来。"宦官很快找来一只狗,王氏将汤喂给小狗吃,结果狗吃了以后很快就口吐白沫死了。

"谁这么大胆竟然敢在圣上的碗里下毒?"王氏大怒,一脚踢翻了地上盛汤的碗。

"皇后恕罪,奴婢不敢。汤是尚食局交给奴婢的,奴婢并不知情,望皇后明鉴。"那个宫女吓得浑身颤抖着跪地求饶。

"除了大公主还能有谁?"李隆基强压怒火在皇后的耳边小声说。

"不管是谁,臣妾一定要一查到底,揪出意图行凶之人。"

李隆基此时也是心乱如麻,情急之下对皇后说:"那你看着办吧!"说完便转身走了。

皇后随即命人把尚食局和尚药局的人全都抓了起来挨个审问。自此以后,她每天亲自料理李隆基的膳食,并追查下毒的元凶。最后,王氏查到尚药局的天麻粉里有毒,而这个天麻粉是一个姓元的宫女送来的。于是对元氏宫女严加审讯,元氏宫女招架不住,把指使她的人崔湜给供了出来。

皇后想,崔湜是太平公主的面首,这件事肯定是太平公主授意的,否则就是借给崔湜一万个胆子他也不会干这种诛九族的事情。要是把崔湜抓起来,太平公主肯定会借机兴风作浪,到时如何收场是谁也把控不了的。

皇后明白她根本奈何不了太平公主,但是她也不肯善罢甘休,权衡再三,她终于下定决心,带着元氏去找太平公主进行理论,以打击她的嚣张气焰,同时也能以此来震慑追随她的党徒。

叁拾伍

王皇后受辱

皇后带人押着元氏宫女来到太平公主面前,命人放开元氏宫女。元氏宫女趴在太平公主脚下说:"大公主你要救我啊!求求你救救我。"

"来人!将这人拖出去。"太平公主神情自若地扬声唤道。府上的几个侍卫将宫女元氏拖了下去,接着便传来一声惨叫。太平公主又说:"其他人也都出去。"皇后带来的宦官、宫女、侍卫们听到太平公主的命令一时间神情慌乱,内心惴惴不安。他们心里清楚,这是李氏皇族的内部事务,唯恐避之不及。皇后对他们说:"你们在外面等候。"他们接到王氏的命令后争先恐后地跑了出去。

皇后这才说:"我想请问姑姑,刚才那个宫女元氏你认不认识?"

"你有什么资格问我?我认识你能怎么样?"

"姑姑,你为什么要派人毒害圣上?"

"是我让她做的。有人不听话,我教训一下不可以吗?"

皇后从一进门就被太平公主的傲慢举止给气着了,现在她竟然把下毒轻描淡写地说成是教训,这让皇后再也控制不住内心的怒气,高声斥责道:"你这也叫教训?简直是嗜血成性!"

太平公主扔掉茶杯,扬起手打了皇后一巴掌,愤怒地说:"放肆!你一个出身低贱的人竟然敢这么跟对说话。你们忘恩负义,数典忘祖。要是没有我,李隆基哪儿来的今天?可是他却反过来跟我作对,公然反对我。他无情别怪我无义!"

王氏被打后仍然不惧太平公主的威势,说:"你无视朝廷法纪,把持朝政，任人唯亲，卖官鬻爵。你叫我们怎么服你，又如何让天下人心服？"

太平公主又在皇后的脸上扇了一巴掌，说："你这个皇后是要做到头了。"

皇后冷笑着说："鹿死谁手还不一定。"

王皇后从太平公主的府里出来后感觉受到了巨大的羞辱。她贵为皇后，是母仪天下之人，太平公主今天竟然如此对她，越想越咽不下这口气。

这时她想起了一个人，那就是崔湜，也就是下毒这件事的直接谋划人。既然撼不动太平公主，但是对付太平公主的人她还是可以做到的。

于是她带着人来到了崔湜的府邸，崔湜府上的仆人慌忙去找崔湜。王氏对身后的几个宦官说："你们每人找根棒子来，一会儿本宫不让停手，你们只管打就是了。"

没一会儿，崔湜就来了，在皇后面前跪下行礼："微臣叩见皇后。"

王皇后说："崔大人，圣上最近很喜欢喝天麻汤，你可否多进献些也好让圣上解解馋。"

崔湜神色慌张地说："微臣愚钝，不知天麻为何物。"

王氏此刻怒火中烧，将刚才受的气全都撒在了崔湜身上，她甩掉茶杯，说："还敢狡辩，给本宫狠狠地打。"

皇后身边的人很惧怕太平公主，但是面对崔湜可就没什么胆怯的了。即使崔湜是太平公主的面首，但是终究不是太平公主本人，也不是李氏皇族的人，因此那几个宦官在接到皇后的命令后，棍棒像雨点一般落在崔湜的身上。崔湜被这突如其来的一顿乱棍打得嗷嗷直叫，大喊道："本官乃朝中重臣，又身居相位，你们如此对待本官，礼仪教化何在？成何体统？"

皇后走到崔湜的身边，说："你的相位是怎么来的本宫很清楚，你既然身为朝中大臣，既不替君分忧又不为国效命，只知道弄权害人要你何用？狠狠地打。"宦官们抡起棍棒又是一阵暴打。

崔湜被打得死去活来，不断地叩头求饶："皇后息怒，这都是大公主让微臣做的，微臣实在是没有办法，请皇后明鉴。"

王氏说："终于肯说实话了，刚才不是还嘴硬吗？再打。"宦官们又是乱棍齐发。

崔湜被打得实在受不了了，趴在皇后的脚下有气无力地说："皇后饶命，在下知错了，请皇后饶命。"

皇后说："告诉你的主子，多行不义必自毙！本宫跟她没完！"说完便带着人走了。崔湜带着满身伤痕慢慢爬了起来，命人送他去太平公主府。

崔湜连滚带爬地来到太平公主面前，哭着说："大公主，你要救我，我被人打了。"

太平公主将崔湜扶起来，惊奇地问道："谁把你打成这个样子？"

崔湜抹着眼泪说："不知道为什么，皇后突然间带着人打我，我快被皇后给打死了。"

太平公主说："我会处理她的，你放心。"

太平公主觉得自己的机会来了，在她看来，王氏今天的举动一定是得到了李隆基的支持，而她现在要的就是李隆基犯错。她立刻派人去召集她的党羽，准备商量如何除掉李隆基。最后他们制定的计划是，让李鉴带上宋王李成器，以入朝宿卫为名立刻率兵西进，潼关守将李慈做好迎接李鉴进军长安的准备。等到过了潼关，她就宣布以李隆基夫妇"性格暴烈，欺凌朝臣，顶撞长辈，不侍奉太上皇，为忤逆犯上之不肖子孙"的名义在长安起兵，与李鉴遥相呼应，一举废除李隆基，拥立李成器为帝。

薛崇简躲在屏风后面，听到了太平公主和她的党羽之间的全部对话，他心情沉重地回到房间，开始思考在大唐危难之时他到底能做些什么。

王皇后回到寝宫，宫内的侍女告诉她李隆基在思政殿等她。王氏来到思政殿，李隆基问道："你出宫干什么了？"

王氏说："臣妾带着凶手去找姑姑了。"

李隆基气愤地说："你糊涂！明知道是她下的毒还去找她，你又能把她怎么样？这样做反而会打草惊蛇，给她下手的机会。"

王氏委屈地哭诉道："难道我们就该这样忍气吞声，任人宰割吗？"

李隆基说："下毒这件事情你想怎么查就怎么查，查到的人该抓的抓、该杀的杀，可你不应该带人去找姑姑。现在的形势对我们而言是躲都躲不及，你还亲自送上门去了。她最后有没有跟你说什么？"

王氏说："她说我这个皇后要做到头了，她还说会让臣妾满意的。"

李隆基明白这是太平公主就要动手了。

薛崇简的到来

王氏走后，李隆基心里异常烦乱，他知道这是迟早都要面对的事情。于是把万骑军将领刘江玉叫到面前，说："大公主可能要动手了，我们该怎么办？"

刘江玉说："陛下，横竖都是死，不如放手一搏。"

李隆基说："这个予不是没想过，但是我们没有那个实力去拼。大公主在长安的军队已经够让人头疼的了，再加上李鉴在洛阳的四万人马，而且他们手里还有宋王。这该如何是好？"

刘江玉说："陛下，局势没有想象的那么悲观。李鉴是不会随大公主起兵造反的。我曾经和他交谈过，他说他是大唐的将领。我觉得他是不会为了大公主的私利而起兵的。"

李隆基心事重重地说："就凭这句话怎么能让人安心？你下去做好准备吧！她不动手我们就不动，她要是动手那也只能殊死一搏。"

刘江玉说："是，陛下。微臣告退。"

刘江玉走后不久，薛崇简来了。

薛崇简来到李隆基面前，说："微臣叩见陛下。"

李隆基说："有什么事吗？"

薛崇简开门见山地说："陛下，您坐皇位的目的是为大唐吗？"

李隆基心头一震，他没想到薛崇简竟然问他这样的问题。他略微想了想说："自我李唐复归以来，政局混乱不堪，致使百姓民不聊生，天下士人之才华难以展现。每想起这些事情都难以释怀。予为了大唐之兴盛统一，百姓之富足安康而任劳任怨，将以赤胆忠心对待大唐江山社稷，以鞠躬尽瘁之夙愿爱护天下万民，以此告慰列祖列宗在天之灵！为此即使粉身碎骨也绝无半句怨言！"

"陛下是心系天下之仁君，微臣有一事禀报。"

"但说无妨。"

"我母亲已经给李鉴发出密令，让他带上宋王向长安开拔，想拥立宋王为帝，然后由她来辅政，统领天下。"

李隆基大惊失色，来到薛崇简身边，拉着薛崇简的手问道："你是怎么知道的？"

薛崇简说："母亲在和她的亲信密谈时我听到的，望陛下速做打算，以安天下人心。"

"予不明白姑姑为何要这样做，姑姑要是真想为大唐江山社稷贡献她的一片赤诚之心，做一个万世明君，予可以把皇位让给她，她没必要让无辜的人去白白流血牺牲。"

"陛下，你是大唐的天子，万民的期待。你怎么能说出如此消极厌世的话？"

李隆基听了以后马上话锋一转："大将军李鉴才华横溢，神勇非凡，予怎么能与他相抗衡？"

"陛下不必担忧，大将军李鉴是不会跟陛下作对的。他去洛阳之前曾经亲口对我说他是大唐的将领，他永远只为大唐而战，绝不会为母亲调动一兵一卒。"

李隆基听到这里松了一口气。

薛崇简接着说："陛下保重，微臣告退。"

薛崇简走后，李隆基心里变得轻松许多。李鉴不会倒向太平公主那边，这对他来说可是个天大的喜讯。李鉴不派兵进入长安，自然也不会带李成器来长安，这样一来他就不用关注洛阳方面的动向了，只需一心一意处理长安的事情即可。

李隆基紧急召集刘江玉、崔日用等人进行商议。崔日用说："太平公主图谋叛逆由来已久，陛下还在东宫时名分上是臣子，那时想铲除太平公主需要施用计谋。现在陛下已为一国之主，只需颁下一道制书，有哪个敢抗命不从？如果犹豫不决导致奸邪之徒的阴谋得逞，那时候再后悔可就来不及了！"

李隆基说："你说得很对，只是怕惊动了太上皇。"

崔日用说："天子的大孝在于使四海安宁，倘若奸党得志，社稷宗庙将化为废墟，陛下的孝行又怎么体现出来？陛下已经控制住了左右羽林军和万骑军，可凭此力量将太平公主及其党羽一网打尽，这样就不会惊动太上皇了。"

刘江玉说："崔大人言之有理。万骑军已经准备好了，只等陛下一声令下便可行事。"李隆基清楚他现在已经无路可退，于是他当机立断，决定先下手为强。

就在此时，尚书左丞张说从东都洛阳派人给李隆基送来了一把佩刀，意思是请李隆基及早决断，铲除太平公主的势力，这更加坚定了李隆基动手的信心。

李鉴接到太平公主的密令后十分生气，将密令撕得粉碎烧掉了。林妍儿见状问道："是不是大公主让你带兵入长安？"

李鉴说："大公主把持朝政，任人唯亲，打压群臣，致使朝政混乱，法度礼仪破坏殆尽。她这样做无非是为了维护手中的权势和私欲，我不会为了她的私欲调动一兵一卒。"

叁拾柒

果断出手

　　在长安，李隆基已经制定好了诛除太平公主集团的计划。行动之前，在皇后的寝宫承香殿，李隆基对王氏说："皇后，准备好了吗？"

　　王氏坚定地说："陛下，大明宫内姑姑所安插的耳目臣妾已经查清楚了，只要陛下那里一动手，臣妾这边就会将他们一举拿下，一个都不会让他们跑掉。"

　　李隆基从承香殿出来后登上玄武门。玄武门修建在龙首原上，地势较高，可以清楚地俯视整座宫城。站在城楼之上，城内任何一处调兵遣将的动向都一览无余。此时，刘江玉、高力士等人早已经在此等候。

　　李隆基来到众人的面前说："诸位，自太上皇荣登大位以来，江山社稷被朝廷内部一些奸佞之人玩弄于股掌之中，予对此是一忍再忍，一让再让，可换来了什么？换来的是他们野心欲望的不断膨胀，换来的是他们置大唐命运于不顾的丑恶行径。他们为了一己之私，大肆受贿，穷奢极欲，罔顾天下人的死活。这些人名为朝臣，实为国贼。予每每想起这些都寝食难安，心痛异常，愧对列祖列宗之遗训，有负天下人之重托。这也让予清醒地认识到：今日误国之害不除，明日大唐之祸必起。诸位今日所行之事乃顺应天命、匡扶社稷之举。不管结果如何，予都会和诸位一起共同担当，以向天下人明示予报国之愿望。"

　　底下的人跪下来齐声高呼："臣等誓死效忠陛下，陛下万岁万岁万万岁！"

李隆基说:"开始行动。"

按照预先制定好的计划,刘江玉率领万骑军一千军士去抓捕太平公主。刘江玉带着人来到太平公主的府邸门前,府上的护卫看到这么多万骑军军士马上加强了戒备,并马上汇报给太平公主。刘江玉从马上下来刚想走上前去,太平公主府邸的一个护卫带着人已经逼到他面前,大声问道:"站住!来者何人?"

刘江玉站稳脚跟,高声答道:"万骑军统领刘江玉,奉太上皇口谕前来请大公主进宫。"

护卫说:"太上皇口谕既已传达,我马上禀报大公主,请刘将军回去吧!"随后,他对身边的人耳语了几句,那人飞快跑进府内。

刘江玉说:"我是奉命护送大公主进宫的,请大公主即刻与在下一同入宫。"

护卫说:"将军请回吧,我们自会护送大公主进宫。"

刘江玉说:"放肆!小小家奴竟然如此嚣张。我要面见大公主。"

护卫说:"大胆!此乃皇室府邸,胆敢擅自闯入可视为谋反。"

刘江玉说:"任何阻挠万骑军行动者与造反无异。"说完对身后的万骑军将士说:"兄弟们,眼前这伙反贼挟持大公主意图谋反,拿下这伙反贼解救大公主。"

刘江玉抽出腰刀,指挥万骑军杀向太平公主府邸。护卫大叫道:"兄弟们,万骑军反了,保护大公主!"

双方人马顷刻间厮杀在一起,此时长安城里的百姓都还在睡梦中,并没有人知道李唐皇室内部又一次上演了你死我活的权势斗争。

刘江玉命人包围了太平公主的府邸,他亲自率领士兵强攻府邸正门,可是遭遇了顽强的抵抗,久攻不下。他立刻派人找来梯子,从四周翻墙进入,前后夹击正门。从正门突进去以后,万骑军士兵蜂拥而入,制服了府里的护卫并到处寻找太平公主。但是,刘江玉派人把府里上上下下都翻了个遍也没找到太平公主的影子。有人报告说太平公主从后门溜走了,他才停止了搜寻。

其实,就在刘江玉带着士兵刚来的时候,太平公主就在一群护卫的保护下从后门跑了,想赶在封锁长安城之前逃出去。

刘江玉抓捕太平公主遇到了麻烦，但是其他各路抓捕太平公主党羽的人马却都进展顺利。李隆基原来的贴身侍卫王毛仲调用闲厩中的马匹以及万骑军三百余人，从武德殿进入虔化门，在内客省逮捕了贾膺福和李猷并将他们带走，又在朝堂上逮捕了萧至忠和岑羲，下令将上述四人一起斩首。窦怀贞逃入城壕之中自缢而死，死后李隆基又下令斩戮他的尸体，并将他的姓改为毒氏。

皇后将太平公主安插在大明宫里的耳目全部抓了起来，带到了拾翠殿。王氏对六尚局的各级女官和掌管宫廷事务的宦官们说："眼前这些被抓到的人勾结外臣，为非作歹，企图谋害圣上，倾覆大唐。此等大奸大恶之人若不除之，六唐的江山社稷必将被这些小人之恶性所挟持。来人，将这些人乱棍打死。"

王氏命令一发，手持大棒的宦官们抡起棒子便打，拾翠殿里顷刻间被阵阵的惨叫声所淹没。不一会儿，他们便被打得血肉模糊，脑浆崩裂。眼前惨不忍睹的景象吓得六尚局的女官和宦官们心惊肉跳，他们前赴后继地趴在王氏的脚下磕头求饶。王氏高声说："本宫告诉你们，在大明宫内，你们所要效忠的对象只有两个，那就是圣上和本宫。从现在起，什么话该说什么话不该说，什么事情该做什么事情不该做，你们要想清楚了，想不清楚吃亏的是你们自己。谁若是以后胆敢再做出这种勾结外臣、图谋不轨的勾当，这就是下场！"

王氏刚一说完，趴在王氏脚下的人高呼道："奴婢（奴才）们誓死效忠陛下、效忠皇后，望皇后明鉴。"

王氏说："这就好，你们好好地听话，本本分分地做事，本宫是不会亏待你们的，都起来吧。"

底下的人说："谢皇后。"

在处理太平公主所控制的长安府兵问题上，李隆基命令葛顺福等率领万骑军严密监视南衙府兵。陈玄礼按照李隆基的安排，假传太上皇李旦的诏令召见了长安府兵的统帅常元楷，以谋反的罪名杀掉了常元楷。

常元楷被杀后，万骑军迅速出动，包围了南衙兵营。府兵的其他将领在失去统帅的情况下陷入了群龙无首的状态，面对这突如其来的情况当时就没了胆气，纷纷向万骑军乞降。

在所有人马都派出去以后，李隆基站在城楼上等着各路人马的消息。过了一段时间，陈玄礼走了进来，李隆基急切地问道："情况如何？"

陈玄礼脸上洋溢着喜悦的神情,说:"回陛下,一切顺利,府兵投降了,府兵将领要面见陛下。"

李隆基听了陈玄礼的话后松了一口气,忙说:"他们在哪?"

陈玄礼说:"就在门外。"

李隆基说:"快传。"

陈玄礼:"是,陛下。"

府兵将领跪倒在李隆基的身后齐声高呼道:"臣等叩见陛下,陛下万岁万岁万万岁!"

但是李隆基不为所动,仍然背对着他们。府兵将领顿时感到害怕,再次高呼"万岁"。

这时李隆基才缓缓地转过身,开口问道:"予问诸位将军,你们身上肩负的使命是什么?"

府兵将领一时之间不知如何作答,只有一个将军大声回答道:"回陛下,保卫大唐江山社稷,戡乱叛贼忤逆。"接着,其他人也都跟着附和。

李隆基说:"说得没错,看来诸位都很明白。"

将领们说:"臣等时刻铭记在心,没齿难忘。"

李隆基痛心疾首地说:"大唐自开国之日起至今已近百年,历代先祖殚精竭虑,无数将士浴血奋战,方才建立今日国泰民安之兴盛,四夷臣服之伟业。诸位身为国之栋梁,肩负保家卫国、安抚黎民之重任,这些道理难道诸位都忘了吗?"

将领们战战兢兢地说:"陛下训示得极是。臣等誓死效忠陛下,效忠大唐,绝无二心,望陛下明鉴。"

李隆基接着说:"诸位的心境予明白,以前的事情可以既往不咎,但日后若是再犯决不轻饶。"

将领们长舒一口气,说:"是,陛下,谢陛下圣恩。"

李隆基又说:"诸位将军回去安抚好士兵,未得到予之命令任何人不得踏出军营半步。如有违抗定斩不赦。长安的一切防务暂且交由万骑军接管。"

将领们说:"臣等谨遵圣谕。"

李隆基说:"好了,都下去吧。"

府兵将领们走后，李隆基一颗悬着的心终于放下了。因为他事先并没有想到府兵会如此顺利地投降，所以当府兵将领们集体向他表示效忠的时候他深感意外，但同时也让他信心倍增。李隆基深深地意识到，权势斗争需要的不仅仅是实力，还有威望和人心。

刘江玉带着人四处寻找太平公主，在迟迟没有音信的情况下只好派一个贴身侍从把太平公主逃走的事情报告给了李隆基。李隆基闻听后震怒了："告诉刘江玉，不管用什么方法，就是把长安城掘地三尺也一定要找到大公主，如有私藏大公主者诛其九族。找到之后立刻向予汇报。"

侍从说："是，陛下。"

太平公主的出逃让李隆基慌了手脚，因为整个计划的核心就是除掉她。李隆基很怕太平公主逃到洛阳，促使李鉴带兵反扑过来。他立刻派人传令给王守一、陈玄礼，命令他们带兵封锁长安以及长安通往洛阳方向的驿道，严查从长安到洛阳的过往人员。然后，他又派葛顺福手持兵符带人到潼关，处死了潼关守将李慈，接管了驻扎在潼关的军队，守住关中地区的东大门。

太上皇李旦听到事变发生的消息后登上了承天门的门楼。不久，高力士带着人来到李旦的身边，对李旦说："皇帝只是奉太上皇诰命诛杀窦怀贞等奸臣逆党，并没有发生其他任何事情。"

李旦听了高力士的话后明白，这是李隆基发动了政变，而政变的对象正是自己的妹妹太平公主。李旦随即拉着高力士的手痛哭着说："告诉我儿，血浓于水。"

高力士一手扶着李旦，一手为李旦擦拭着眼泪说："太上皇切莫悲伤，皇帝文才武略，这个道理皇帝懂得，相信皇帝会处理好的，太上皇尽管放心。"

在高力士的安慰下李旦渐渐止住了哭声，但他仍然抑制不住内心的悲痛，流着泪说："也要劝劝我儿，不要滥杀无辜。"

高力士扶着李旦坐下，劝慰李旦说："皇帝宅心仁厚，爱民如子，怎么会伤及无辜呢！太上皇不要凭空增添烦扰，注意龙体才是。"

李旦点点头，情绪渐渐稳定下来。高力士随后派人把李旦的状况告知李隆基，李隆基在接到高力士的汇报后立刻来到承天门，见到李旦说："儿臣让父皇受惊了。"

李旦问道："发生了什么事？"

李隆基说："回父皇，忤逆贼人窦怀恩、萧至忠、岑曦、常元楷等人妄图谋反，倾覆大唐。儿臣当机立断，部署人马，一举粉碎了这伙逆臣的阴谋，还望父皇明察。"

李旦心里清楚李隆基所说的窦怀恩等人都是太平公主的心腹，但是事已至此他也无能为力。于是，李旦拉着李隆基的手说："我儿神勇，此乃大唐之幸、万民之福。"

李隆基说："儿臣惭愧。儿臣已经把这些反贼的罪状写好了，请父皇即刻昭告天下，宣布这伙人忤逆的罪行，以安民心。"说着，便把拟好的诏令呈递给李旦。

李旦把诏令接到手里，打开看了看后在诏令上盖上玉玺。李隆基从李旦手里接过诏令想转身走时，李旦拉着李隆基的胳膊，在李隆基的耳边小声问道："你姑姑呢？"

李隆基对李旦轻声说："父皇静心安歇即可，外事自有儿臣处理。"

太平公主逃出长安后，想去洛阳找李鉴挽回局面，但是通往洛阳的道路到处都是万骑军。她身边的侍卫和丫鬟看到这种情形，断定太平公主败局已定，感到十分害怕，纷纷离她而去。太平公主在外面逃亡了三天，内心充满恐惧的同时又饥又饿。当她身心疲惫地向前走时，迎面遇到一个老头儿带着自己的小孙子。太平公主上前问道："这位老哥，请问这里哪有落脚的地方？"

老头告诉她："往前走不远有个道观，那里可以歇脚。"

"多谢您的指点。"太平公主抬头向前看了一眼，一股悲凉的情绪涌上心头，她用手擦了擦脸上的汗珠，拖着疲惫的身躯向前方走去。

老头儿看着眼前太平公主步履蹒跚的样子说："你等一下。"

太平公主止住脚步，老头儿走上前，从衣兜里掏出一个饼子递给太平公主，说："饿了吧？这个给你。"

太平公主看着眼前的饼子眼泪流了下来，说："谢谢你，还是给孩子吃吧！"

孩子眨着眼睛说："我还有，我爷爷给你吃你就吃吧！"

老头儿带着小孩儿走后，太平公主拿起饼子狼吞虎咽地吃了起来。太平公主走到这所道观门前抬头一看，一种似曾相识的感觉涌上心头，忽然间眼泪像断了线的珠子不断地往下掉。

她伫立良久才走上前去叩门。门打开了,一个老道姑从观里走出来问道:"施主,请问你找谁?"

太平公主看着眼前这位熟悉却又苍老的面庞,哽咽地说:"你还记得一个道号叫'太平'的小道姑吗?"

老道姑微微抬头想了片刻,说:"太平?她在几十年前就已经离开了,你去长安城找她吧。"

太平公主抹着眼泪说:"我就是太平。"

老道姑赶紧将太平公主搀扶进了道观。

刘江玉在长安城里找了三天都没找到太平公主,决定将搜索范围扩大至长安城郊。他带人骑着马,手里拿着太平公主的画像,在长安城外拉网式搜查太平公主的踪迹。这几天来,他和手下的士兵一刻不停地东奔西跑,身体早已疲惫不堪,精神上更是高度紧张。

刘江玉和手下的人实在是走不动了,下马休息。带着孙儿的老头儿正好迎面走来,刘江玉走上前问道:"老人家,请问你有没有看见一个雍容华贵的妇人到过这里?"

老头儿说:"回官爷,华贵的妇人没见过,我刚才倒是见过一个和家人走散了的妇人。"

刘江玉的神经很快绷紧了,大叫道:"快拿画像来。"

侍从将画像打开后拿给老头儿看,刘江玉问道:"请问是这个人吗?"

那个孩子看着画像说:"爷爷,这不就是刚才碰到的那个人吗?"

老头儿揉揉眼睛,笑着说:"嗯,这画画得还真是挺像的。"

刘江玉欣喜异常,急忙问道:"她现在在哪里?你告诉我我重重有赏。"

老头儿说:"官爷,你是不是找到她的家人了?"

刘江玉随口应声,说:"是的!他的家人现在急着见她,你快告诉我她在哪里。"

老头儿说:"她朝道观那边走了。"

刘江玉从身上摸出一锭金子塞给老头儿,然后跳上马背,带着士兵风风火火地走了。

叁拾捌

血浓亲情淡如水

刘江玉来到道观门前，抬头看见"太平观"三个字便大步上前去敲门。一个道姑打开门问道："请问这位官军有何贵干？"

刘江玉说："镇国公主是否在这里？"

道姑说："你们找她干什么？"

刘江玉盯着道姑的眼睛，问道："我是问有，还是没有？"

道姑见刘江玉来者不善，说："没有。此处乃是清静无为之地，你们还是请回吧。"道姑刚想去关门，刘江玉一把把门推开，对士兵们说："进去搜，切记不要伤人。"

道姑斥责道："这里是皇家御赐的道观，你们竟然敢强行闯入，你们要干什么？"

刘江玉大声说："放肆！还不快去把你们的观主叫来，本将军要见她。"

道姑一听是"将军"赶紧跑去找观主，刘江玉跟在她的后面进了道观。道姑来到观主面前，太平公主正在和观主聊天。观主问道："外面发生什么事？"还没等道姑回话，刘江玉已经推门而入，见到太平公主行礼道："卑职惊扰大公主清修，还望大公主恕罪。"

太平公主说："这里乃天后御赐之地，你们岂能无礼，把人都撤了。"

刘江玉说："是，大公主。"

刘江玉对身边的侍从小声说："把人都撤了在门外等候，再派人找一辆马车过来。速去禀报圣上，就说大公主已经找到，正在送她回府。"侍从走后刘江玉说:"大公主,人都已经撤了,让卑职送您回府吧。"

太平公主对观主说:"观主,我和这位将军有话要说。"

观主说:"贫道告退。"

观主走了以后太平公主问道:"李隆基打算怎么处置我?"

"请大公主跟随卑职回长安,卑职只负责送大公主回府。"

"你去告诉李隆基,就说我承认失败了,让他看在我是他姑姑的份儿上就让我在这里了此残生吧!"

"还是请大公主回到长安再说吧,希望大公主不要为难卑职。"

"我是让你给李隆基传话,你没听见吗?"

"大公主,请先回长安,卑职只是来接大公主回府的。"

"放肆!我是太上皇的妹妹,是镇国公主,你想干什么?想造反吗?"

"卑职不敢,请大公主息怒,卑职只是替圣上办事而已。"

"我再跟你说最后一遍,你快去传话,我在这里等着。"

话间一个侍从来到刘江玉身边说:"将军,马车已经准备好了。"

刘江玉说:"启禀大公主,马车已经准备好了,请上车。"

太平公主说:"你好大的胆子,竟然敢逼迫我,你是不是不想活了?"

刘江玉立刻高声说:"大公主,希望你明智一点,卑职不想动手,请大公主别让卑职难做。"太平公主被刘江玉的话给震得半响说不出话来,这时她才真正意识到她现在只是一个随时等待处决的囚犯,根本没有资格谈条件。太平公主默默地站起来整了整衣服,扬起头向屋外走去,刘江玉则躬身扶着太平公主的胳膊,走出了太平观。

太平公主走到观外,观主带着太平观里的道姑们给太平公主送行。太平公主对观主说:"我的童年是在这里渡过的,没想到行将终灭之时又来到了这里。难道这就是天意吗?"

观主说:"世事无常,顺应自然,放下一切才能心灵清静,无忧无虑。"

"多谢观主的教诲。现在想想,小时候在这里的时光才是最无忧无虑、最快乐的,可是那时我却一心只想着回长安。事到如今,想不回去都不可能了,或许这就是三清祖师对我心灵不虔诚的惩罚吧!"

"上天有好生之德,并不会去惩罚谁。所谓的惩罚,其实是做了有违常理之事，良心难安而已。"

"观主所言极是，受教了。观主保重。"

"无量天尊，保重。"

太平公主上了马车，刘江玉也跟着坐了进去，说："大公主，马车会有些颠簸，请大公主坐稳。"

太平公主说："走吧。"

刘江玉掀开马车上的窗帘，对外面的士兵说："出发。"

士兵们得到刘江玉的命令后，全速向长安方向前进。

太平公主被戕到的消息很快就报给了李隆基，他终于长舒了一口气。

传话的侍卫刚走，太上皇李旦就来了。李旦说："你还能想起你母亲的样子吗？"

李隆基看了一眼李旦，低下头伤感地说："我八岁的时候母亲就去世了，已经想不起来了。"

李旦眼睛湿润地说："这都是朕的错，朕没能力保护好她，以至于她死后连个尸首都没有找到。"

李隆基说："父皇这不怪你，有些事情不是你所能掌控的。"

李旦说："你母亲是一个温柔敦厚、和蔼可亲的女人。"

李隆基知道李旦话里有话，缓慢地说："是的，天下间的母亲都是善良淳朴、祥和贤惠的，理应受人尊敬。当然这也是人们的一种美好愿望。"

李旦略感吃惊地说："你怎么会这么想？"

李隆基抬头看着李旦，说："因为儿臣看到的就是这样。"

李旦明白李隆基话中的含义，但是他还想做最后的努力，捶胸顿足地说："这都是朕的错，都是朕的错！"

李隆基也并不瑁睬："父皇，你这样悲伤儿臣无地自容，有什么话就明说吧。"

李旦擦了一把眼泪问道："你找到你姑姑了？"

李隆基说："是的。"

李旦言辞恳切地说："放她一条生路吧！"

李隆基直截了当地说："不可能。"

李旦心情沉痛地说:"她可是你的亲姑姑,血肉相连啊!"

李隆基言语尖锐地说:"父皇,如果今天是姑姑抓到儿臣,父皇觉得她会放过儿臣吗?她会放过反对她的人吗?她会放过大唐吗?"

李旦瞬间老泪纵横,不停地摇头叹息道:"为什么?本是同根生,相煎何太急啊!"

李隆基扬声说:"一切都是为了大唐!她既然不想为大唐着想,那就不应该参与朝政。可她参与了,但是为的却是自己的私欲,走上了玩火自焚的不归路,这是她应得的下场。"

李旦长叹一声说:"既然朕劝不住你,朕也就不说什么了!"

李隆基说:"父皇,儿臣还有一件事情麻烦父皇。请父皇拟一道圣旨昭告天下,将朝廷上的军国大事交由儿臣全权处理,父皇从此以后不再过问朝政。"

李旦知道他们父子迟早会有这么一天,便从袖口里拿出一封诏书递给了李隆基,说:"朕答应你,拿去吧!"

李隆基把诏书接到手里,打开看了以后说:"儿臣谢父皇。"

"可你也要答应朕一件事情。"

"父皇请说,儿臣一定做到。"

"请你以后善待大唐,做一个无愧于万民的圣明之君。"

"儿臣谨遵父皇训示。"李隆基跪下来说。

刘江玉把太平公主送到其府邸时,府邸内外早已经兵戈林立。刘江玉扶着太平公主下了马车,搀着她走到府里,大喊道:"大公主回来了。快来人,给大公主沐浴更衣。"几个丫鬟迅速跑过来,从刘江玉手里扶过太平公主。

刘江玉召来一个侍从说:"快去禀报圣上,就说大公主已经回府。"侍从刚准备转身离去时,刘江玉叫住他说:"你告诉陛下,就说大公主说她承认失败,她遵从陛下是天下共主,想出家做道士,从此不问世事。"

"是,将军。"

侍从骑着马直奔大明宫,面见李隆基后说:"叩见陛下。大公主已经被刘将军带回府邸,刘将军让属下带大公主的话给圣上。"

"什么话?"

"大公主说她承认失败,她遵从陛下是天下共主,她想出家做道士,从此不问世事。"

"来人。"

高力士端着一个盘子走了过来,李隆基说:"把这个交给刘将军,顺便告诉刘将军,处理完大公主后将大公主的子嗣除了薛崇简以外全部斩杀。事情做完让刘将军立刻进宫见予。"

"是,陛下。"侍卫从高力士手里接过盘子,飞快地走了。

李隆基的思绪开始转到李鉴的身上,他想这次清除太平公主及其党羽的时候并没有迹象表明李鉴有起兵谋反的嫌疑。但是,那次李鉴听从太平公主的命令,领兵在玄武门前集结、威逼大明宫的举动让他至今仍心有余悸。更重要的是,他始终认为李鉴是太平公主一手培养起来的近臣,如今他采取强硬的手段处理掉太平公主,谁能保证李鉴没有二心。如果李鉴突发感恩之心,凭借意气之盛,带着宋王李成器率军西进。就他目前的实力而言,战胜李鉴完全没有问题。但是,以李鉴统军打仗的能力,他想消灭李鉴必定会付出极大的代价,这对大唐来说将会是一场灾难。

想到这里,李隆基表情十分凝重。他考虑再三,觉得必须做好应对李鉴起兵的准备。但是他明白,不管怎么处置李鉴,首先要彻底解决长安的问题,而首当其冲就是太平公主。因此,他静下心来等待着刘江玉的消息,并且想思考出一个万全之策来应对李鉴的威胁。

侍从将盘子交给刘江玉,刘江玉端着盘子来到了太平公主的面前。太平公主问道:"你把我的话跟李隆基说了没有?"

刘江玉说:"回大公主,卑职已经传了。"

太平公主说:"李隆基怎么说?"

刘江玉说:"圣上赐你御酒,请大公主满饮一杯。"刘江玉拿起酒壶,倒了一杯酒放到太平公主面前。

太平公主眼眶里溢满泪水,心怀着担忧之情,颤抖着问道:"陛下会放过我的孩子吗?"

刘江玉说:"大公主,请上路吧!"

太平公主流着眼泪高声问道:"我问你他到底会不会放过我的孩子?"

刘江玉说："大公主，你还不明白吗？其实你就是第二个韦氏，韦氏是什么下场你应该很清楚。"

太平公主趴在桌子上掩面痛哭，随后拿起酒杯喝下了毒酒，不久便痛苦地死去，终年四十八岁。

太平公主死了以后，刘江玉按照李隆基的指示杀掉了除薛崇简以外的其他子嗣数十人，速向李隆基去交差。

刘江玉来到李隆基面前，说："大公主已经归天了。"李隆基问道："大公主的事情已经处理完，将军觉得李鉴该怎么处理？"

"属下想听听陛下的意思。"

"把他招进长安，以谋反的罪名杀掉。"

"陛下，李鉴不能杀。"

"为什么不能杀？要是李鉴有二心，对大唐来说可是极大的祸患。"

"陛下，您能否听一番属下的忠心之言？"

"你有什么话但说无妨。"

"谢陛下。第一，李鉴自大破突厥之后一战成名，声名远播，四夷为之畏惧。要是李鉴因朝廷纷争而被处死，则会四夷震动，一些畏惧李鉴之威名的部族有可能乘虚而入，此乃外患。第二，杀掉李鉴可不像是杀掉常元楷那么简单。常元楷一死，长安府兵顺势倒戈。李鉴打败突厥人后在大唐的军队中树立起了极高的威望，杀掉李鉴不仅不能保证安稳，反而会引起李鉴手下将领的恐惧，他们为了保命也会拼死一搏，这是内忧。综上两点来看，除掉李鉴，大唐会陷入内忧外患的危险之中。"

"将军所言极是。"李隆基听了刘江玉的分析以后才恍然大悟，但同时李隆基也有点忧虑。

刘江玉说："陛下不必忧心，依属下来看李鉴是难得的人才，要是能够重用，对陛下、对大唐都是万幸之举。"

"予何尝不想，但是李鉴会臣服予吗？"

"李鉴会不会向陛下效忠，不妨试一试。"

"怎么试？"

"陛下，您以您的名义单独招李鉴进京，要是李鉴肯来则说明李鉴是忠于陛下的。若是李鉴不肯来，那表明他心有异议，陛下就可治他的懈怠皇命之罪。"

李隆基脸上面露喜色，说："将军所言在理，予就依将军所言行事。"

"陛下，六公主已殁。在日后清除大公主残余势力的时候属下有两点建议，望陛下斟酌。"

"将军但说无妨。"

"除了追随大公主的那些头目之外，对于其他曾经依附大公主的亲信，可抓可不抓之人不抓，可杀可不杀之人不杀。希望陛下以这两点为原则，对依附大公主之人宽宏处理。"

"这些人破坏法纪，企图颠覆朝廷，怎么能够饶恕？"

"曹操官渡之战击败袁绍后缴获一堆信函，很多是自己的属下和袁绍私下的通信，大家建议曹操按着信抓人。曹操说，当时袁绍强大的时候我都怀疑自己能不能赢，何况那些下属？于是一把火把信都烧了，既往不咎。属下认为，目前首先应该做的是稳定局势，重振朝纲。大公主权势极盛的时候依附者甚众，若是大规模搜查恐怕牵连甚广，到时会对陛下的威信造成冲击。望陛下三思。"

"将军真乃予之孔明也，就按将军说的办。将军为予、为大唐之安危出了不少力，予深感欣慰。辛苦将军了，快去休息吧！"

"谢陛下，属下告退。"

刘江玉走了以后，李隆基对高力士说："拟旨。"

高力士准备好纸笔，李隆基说："调申州刺史姚崇、楚州刺史宋璟、东都留守张说、辅国大将军李鉴、封州流放之人刘幽求火速进京，共商国是。"

李隆基任命高力士为右监门将军，让他主持内侍省事务。当初唐太宗李世民曾定下制度，内侍省不设置三品官。李隆基任亲王的时候，高力士就对他倾心事奉，李隆基被立为太子之后，便奏请李旦任命高力士为内给事，此次因诛除萧至忠、岑羲等人有功，李隆基又赐给他高官。从此以后宦官逐渐增加到三千多人，被任命为三品将军的人也越来越多，穿红、紫朝服的达到一千余人，宦官势力从此膨胀起来。

叁拾玖

一夜踏进长安城

太平公主死后,李隆基将薛崇简赐姓为李氏,并准许他留任原职。可是太平公主被杀,薛崇简的兄弟们也被株连,薛崇简的存在就显得极为尴尬。因为在世人看来,薛崇简能活下来并获得恩宠,是因为他投靠了李隆基,卖母求荣。即使太平公主最后的下场完全是由于她的贪婪加野心导致的,但是薛崇简是太平公主的儿子这是永远也无法改变的事实。

在亲情与国家这两者之间,本来是不需要做出选择的。因为报国的目的就是为了安家,能安家也就间接等于是报国。这两者之间是相互依存的。但是命运弄人,薛崇简的不幸在于他要在这两者之间做出一个选择。但更为不幸的是,无论他选择哪一个都要背上骂名。

薛崇简站在了为国家着想的角度选择了李隆基,做出了一个正确的选择。但是他的母亲死了,兄弟也死了。亲人的离去、世人的非议使他承受着巨大的精神压力。况且他作为叛臣的后代,即使他有着经天纬地之才、满腹鸿鹄之志,也注定了他不可能再有所作为。因此,太平公主被杀以后他的人生也就基本戛然而止了,从此消失在人们的视线中。

姚崇、宋璟、张说、刘幽求接到李隆基的诏令以后欣喜若狂,因为他们断定太平公主及其党羽已经被李隆基除掉了,他们终于苦尽甘来,东山再起,能够重新入主朝堂,为大唐效力了。但是李鉴在看了李隆基给他的诏令后却是疑虑重重,苦涩难言。林妍儿看着李鉴忧郁的神情,问道:"发生什么事?"

李鉴说:"陛下要召我回长安。"

"那你要回去吗？"林妍儿从李鉴的手里接过诏令看了以后，心里忐忑不安。

"当然要回去。"

"不要回去，你回去皇上会杀了你的。"

"不回去就是抗旨不遵，照样要治罪的。或许情况并没有我们想象得那么坏。"李鉴明白林妍儿的意思，但是他觉得自己现在已经没有什么更好的选择了。

"难道你忘了皇上是怎么对付韦氏、李裹儿的吗？他们都认为你是大公主的人。调你回长安说明大公主已经被他除掉了，你会被当作清洗的对象。回去岂不是羊入虎口？"

"我没做过对不起他的事情，更没做过对不起大唐的事，我没必要怕。"

"你怎么没做过？你带兵在玄武门前集结，难道这不算吗？皇上是不会忘记这件事的。"

"这不是我要做的，是大公主逼我的，我当时也是一时糊涂被人利用了。我要回去向圣上表明心迹，我是拥护他的臣子，我是忠于大唐的将领。"李鉴气愤地拍着桌子说。

"有用吗？没有人会听你的解释。为今之计不如我们带着宋王打进长安，跟李隆基拼个鱼死网破。"

"你疯了吗？这样会天下大乱的，这种话你也说得出口？"

"不是生就是死，要死不如放手一搏，或许还有希望。"

"根本不会成功的。一个是能够号令天下的万民之主，一个是人人得而诛之的乱臣贼子，我拿什么赢？"

林妍儿哭着抱怨说："起兵不是，不起兵又会被杀，难道我们就这么等死吗？这事都怪你，大公主让你向长安进兵你却纹丝不动。现在倒好，李隆基得势了他照样要杀你。否则我们早已高枕无忧了，哪会有这么多的担惊受怕。"

李鉴心烦意乱地大声喊道："够了！你以为起兵进军长安我们就能好过吗？大公主被圣上除掉了，以前追随她的大臣呢？怎么没出来替她鸣不平？她在长安有五万府兵，她手下的长安府兵怎么不动手？难道他们不堪一击吗？他们打不过万骑军吗？不是的，是因为没人想为她卖命。她不是用她的德行来服人，而是用她的威势来压人。我不会让大唐的将士为了这样一个人去流一滴血，她不值得。"

林妍儿哭着说："作为大唐子民谁不想为国效力，流芳百世？可是朝廷内部的争斗我看得实在是太多了，结果往往是奸党小人继续当道，忠君报国之人被冤杀。谁在乎天下苍生的疾苦，谁在乎忠良道义的存在？当初大公主要我继续留在宫里，给我上官婉儿那样的地位，可是我宁愿回家去死也不愿留下。你知道我为什么要离开长安吗？因为我怕了。"

李鉴安慰她说："我知道你看到了很多不该看到的东西，你是被吓着了，你不该承受这么多。为了安全起见，你赶快把你和大公主之间联系的信件全部烧掉，然后收拾好东西先去躲一躲，我去了长安没事的话会写信告诉你。"

"那我们一起逃跑吧！"

"普天之下莫非王土，率土之滨莫非王臣。我能跑到哪里去？我要是跟你一起反而会连累你，连累我手下的那些兄弟们。他们信任我，追随了我那么多年，可我什么也给不了他们，但是我绝不会让他们因我而背上不忠不义的骂名。你不要想我了，照顾好自己。"

李鉴去意已决，他大步向屋外走去。李鉴来到兵营，告诉手下的将领们说他要回京复命，把军营的事情交由高镇负责。他转身上马，向长安奔去。

李鉴一路上加紧赶路，很快就到了潼关，潼关守将葛顺福接待了他。李鉴见到葛顺福时心里的沉重之情又增加了几分。李鉴并没有久留，只让葛顺福给他换了两匹马，准备了一些干粮和水，又向长安奔去。

李鉴在长安城下的通化门前勒住马头，大声说："快开城门，我要进城。"

城墙上的万骑军侍卫往下一看，发现是一个穿着铠甲的武官，大声问道："城下何人？"

李鉴答道："我是辅国大将军李鉴。"

万骑军侍卫们立刻打起精神，因为他们就是奉命在此等候李鉴的，刚才和李鉴对话的侍卫说："大将军稍作等候，马上开门。"然后他对旁边的一个侍卫说："快去禀报陈将军，就说李鉴来了。"

李鉴看着城墙上的万骑军士兵，心里有点慌乱。心想，按照往常的惯例负责京师城防的是宿卫府兵，而万骑军是保卫宫廷禁地安全的。因此，这样一支有着深厚背景的军队，除非是有特殊的任务，否则他们根本不会来干守卫城门这份苦差事。从当前的阵势来看，他判断太平公主已经被李隆基除掉了，那么城墙上出现的万骑军士兵是为谁而来呢？答案是不言而喻的。

李鉴想到这里，烦乱的情绪让他感到无所适从。这时城门打开了，陈玄礼带着一队人马来到了李鉴面前。陈玄礼从马上下来，对着李鉴拱手作揖道："在下陈玄礼，拜见大将军。"

李鉴也从马上下来，对陈玄礼回礼说："陈将军客气了。在下身负皇命，要进宫面圣。"

陈玄礼说："大将军请先交出佩刀。"

李鉴从身上解下佩刀，交给万骑军士兵。接着，又一个侍卫牵上了李鉴手中的马，陈玄礼让开一条路，说："大将军请。"

陈玄礼陪着李鉴走进城门的那一刻，李鉴心生恐惧，下意识地止住脚步向后看去。陈玄礼看着李鉴说："大将军有什么事吗？"

李鉴有些恍惚地摇摇头，说："没有，走吧。"

走进城门以后，陈玄礼说："大将军请上马。"

李鉴骑上马，陈玄礼身后的一群侍卫也立刻跨上马背，簇拥着李鉴和陈玄礼。与此同时，通化门也随之关闭了。在陈玄礼和李鉴的前面一队万骑军侍卫负责开路，引领着李鉴朝大明宫方向走去。

李鉴来到大明宫后，被陈玄礼交给了一名宦官。这名宦官对李鉴说："大将军一路风尘，需稍作洗漱方可前去面圣。"

李鉴说："有劳公公了。"

宦官给李鉴洗漱完毕被带到了武德殿外。

李隆基对高力士说："高力士，你快去请大将军进来。"

高力士把李鉴领进来，李鉴对李隆基行礼，说："微臣李鉴叩见陛下，陛下万岁万岁万万岁！"

李隆基说："大将军平身。"

李鉴说："谢陛下。"

李隆基说："大将军一路劳顿，辛苦了。"

李鉴说:"微臣身负皇命,不觉得苦。"

李隆基盯着李鉴问道:"最近长安发生了一些事情,大将军可否知道?"

李鉴知道李隆基问的是什么事情,如实地高声回答:"微臣进入长安以后已经知道了。"

李隆基说:"那大将军对此有何看法?"

李鉴说:"微臣及下属都是大唐将领,誓死效忠陛下,保卫大唐,朝廷事务一切听陛下决断即可。"

李隆基说:"大将军的赤诚之心予已有所耳闻,今日听了大将军之言予深感欣慰。日后勘定边疆之乱、安定社稷之责,还需麻烦大将军去操劳。"

李鉴跪在李隆基的脚下说:"微臣为圣上而战、为大唐而战之心可见天日,至死不渝。"

李隆基扶起李鉴,说:"大将军报国之心让予钦佩,回去休息吧!"

李鉴说:"是,陛下。微臣告退。"

李隆基对高力士说:"安排几个人送大将军回府。"

李鉴说:"怎敢劳烦宫廷之人,微臣慢行即可。"

李隆基说:"大将军就不要推辞了。"

李鉴说:"微臣谢陛下厚爱。"

李鉴在几个宦官的陪同下走出了武德殿。走出殿外,李隆基内心的担忧算是彻底消除了,李鉴心底的那颗石头也算是彻底落地了。回到府里,李鉴累得几乎站不起来了,被仆人抬进了卧房。等到稍微缓过来一点,李鉴便拿起笔给林妍儿写了一封报平安的信。

李隆基接下来要考虑的是朝廷上的人事安排,因为在他把太平公主安插的朝臣清除完毕以后,李唐朝廷高层的军政职位几乎全都处于空缺状态。李隆基酝酿许久以后亲自拟写人事任命的诏书。诏书写好以后,李隆基走出宫殿,站在宫殿的台阶上望着大明宫内的景色,默默地告诉自己,大唐的未来将因他而改变,大唐的历史也将因他而掀开新的一页。

肆拾

君临天下

李鉴回到长安后不久，李隆基下令捣毁了武周时期武三思为了讨好武则天而铸造的天枢，并调工匠熔化天枢上的铜铁，历时一月之久仍未熔完。李隆基捣毁天枢的举动在民间引起了强烈的反响，百姓们走上街头手舞足蹈，拍手称颂。此前韦后为歌颂自己的功德在西京长安朱雀街上建造了一个高达数丈的石台，也被李隆基下令一起捣毁。宋王李成器也被李隆基召回了长安，赐予豪宅良田，不再让其离开长安，免得夜长梦多。

做完这些事情以后李隆基又想起了一个人，那个人便是上官婉儿。上官婉儿虽然早在清除韦氏集团的时候已经被他杀了，但是太平公主为了打压李隆基故意厚葬了上官婉儿。如今太平公主被他除掉了，他觉得必须对这件事做个了断。李隆基决定捣毁太平公主给上官婉儿修的墓葬，以彻底肃清上官婉儿对自己的负面影响。

但是，让谁去做这件事呢？李隆基想着想着忽然笑了一声，因为他想到了一个人，那就是上官婉儿的情人——崔湜。他觉得再也没有比崔湜更适合做这件事的人了。于是，他对身边的高力士说："宣崔湜。"

在太平公主背后，原来围绕在太平公主身边的党羽杀的杀、流放的流放。崔湜被关在牢里，他觉得之前不遗余力地为太平公主出谋划策，做了不少得罪李隆基的事，如今李隆基杀了太平公主，大权在握，肯定会杀了他。崔湜一想到这个问题就脊背发凉，精神恍惚。可关键的问题是他还不想死，还想活下去。对于一个根本不想死，但是却不得不想象自己以何种最悲惨的方式去死的人而言内心是十分煎熬的。

崔湜为了活下去,每天对着狱卒喊要见李隆基,想向李隆基表忠心,还不断地写供状,忏悔自己的罪行。狱卒们知道崔湜是太平公主集团的成员,心里明白崔湜的死是早晚的事情,所以也不怕得罪崔湜。

狱卒们被崔湜惹烦了,一听他出声,就毫不留情地把他揍一顿,打得崔湜鼻青脸肿。但是崔湜为了活命毫不在意,而是乞求狱卒把他所写的自供状呈给李隆基。

狱卒们没有几个是识字的,看不懂崔湜写的东西,一把将崔湜的自供状抓在手里撕得粉碎。崔湜见状痛哭不止,但是他活下去的意志力是坚定的,拿起笔接着写。写完了被撕碎,他又接着写。直到有一天,崔湜身心乏累地躺在地上,一个宦官来到了牢房在他耳边说:"崔大人,陛下召见您。"

崔湜听了立刻两眼放光,匍匐在宦官的脚下号啕大哭,高呼道:"陛下圣明!吾皇万岁万岁万万岁!"

崔湜被带到大明宫后并没有直接去见李隆基,而是被领进了一个房间。崔湜急切地想见李隆基,当面忏悔并表忠心,不解其意地问:"公公,陛下召见了我,来到这地方干什么?"

宦官说:"崔大人,你这蓬头垢面的有碍观瞻,如何见得了圣上?"

崔湜赶忙打躬作揖说:"是,公公说得是。"

宦官领着崔湜往里走了几步,说:"崔大人,请先在此沐浴,你看官服都给您准备好了。"

崔湜摸着熟悉的官服,激动得泪如雨下,哽咽着说:"陛下圣明,陛下万岁。"接着宦官拍了手,两个宫女连忙走过来为崔湜宽衣解带,伺候崔湜洗浴。

崔湜沐浴装束完毕,被宦官领到李隆基面前。崔湜一见到李隆基,"扑通"一声跪倒在李隆基的脚下,泪流满面地说:"陛下圣明仁爱,罪臣虽万死而不能报圣恩。请陛下赐罪臣一死,以彰显陛下法度严明之威严。"

李隆基瞥了一眼崔湜,淡淡一笑说:"人非圣贤孰能无过?爱卿,知错能改善莫大焉,平身吧。"

崔湜一听到这话,呼天喊地地三叩首,说:"陛下圣明!陛下圣明!罪臣谢陛下垂爱，此生定当侍奉陛下左右，鞠躬尽瘁死而后已。"

李隆基说："爱卿之心朕明白，快起来吧。"

崔湜又三叩首，说："谢陛下。"

李隆基神情凝重地说："自朕继位以来，处理朝政无所建树、德行浅薄、愧言教化，致使朝纲不振，武备虚驰，臣子为之忧心，士人为之叹息，乃至于酿成今日之祸患。朕愧对列祖列宗，愧对天下万民。"

崔湜瞅了一眼李隆基，瞬间放声大哭，说："陛下，何以自责乎！今日之祸患，全因一些逆贼朋党，以其狼子野心而对陛下大爱之德，所做龌龊之行而待陛下端正之为。这些奸佞小人狼狈为奸，破坏朝廷法度，肆意妄为，阻挠社稷政令，陷害忠良。罪臣被人蒙蔽了双眼，以致铸成大错。陛下乃一代英主，明察秋毫，重整乾坤，天下士人无不欢欣鼓舞。罪臣虽有千错万错，但对陛下之忠心可见天日，望陛下明鉴。"

李隆基说："好了，爱卿之心朕明白。过去的事就都过去了，不必再提。爱卿，起来说话。"

崔湜感动得痛哭流涕，不断地叩头说："谢陛下、谢陛下！"

李隆基说："昔日有人赋诗，说什么'春至由来发，秋还未肯疏。借问桃将李，相乱欲何为'。还有'叶下洞庭初，思君万里余。露浓香被冷，月落锦屏虚'。这种靡靡之音完全是败坏道德，迷乱人心。岂能和我大唐尚武之风相容？如今朝纲初定，民心不稳，一些好事之徒却对这些奢靡之音争相传唱，长此以往国风大变，人心迷乱，将如何收场？"

崔湜一听脸色煞白，因为李隆基所说的几句诗全是上官婉儿所做。李隆基刚一说完，崔湜立刻吓得两腿发软，直接瘫倒在了地上。崔湜几乎是连滚带爬地匍匐到了李隆基的脚下，哭诉道："陛下圣明，罪臣也是痛恨这种乱人心性的丧气之言，圣上明鉴。"

李隆基说："爱卿多虑了，朕是想问问爱卿，对于这些言行该如何处置？"

崔湜略加思索赶忙说："一定要从根源上杜绝此类言行。对于无事生非者亦将严惩之，绝对不能心慈手软。"

李隆基说："那朕就任命你为监察御史，专门负责此事，如何？"

崔湜大声高呼说:"微臣谢陛下厚爱,绝不辜负陛下厚望。"

崔湜回到家中对李隆基的话进行了细细揣摩后,决定带着人砸毁上官婉儿的墓葬。在毁墓的时候,周围聚集了大批围观的百姓。崔湜和上官婉儿之间的关系是人尽皆知的事情,人群中时不时地发出阵阵闲言碎语,对崔湜进行嘲讽,让崔湜一时间脸上无光,很是被动。崔湜实在对人群中传来的冷嘲热讽受够了,大声呵斥说:"无知小民懂什么?耕种好你们的田地,养育好你们的小孩,这才是你们该干的事情。都回家去!"然后他命令身旁的差役驱赶围观群众。这时,突然间人群中传出一句洪亮的声音,说:"崔大人,砸老情人的墓什么感觉?"此语一出,人群中瞬间爆发出一阵狂笑。

崔湜大怒,命令差役用棍棒去追打正在离去的群众。人群被打散后崔湜仍然怒气未消,跳起来大骂说:"无知小民!以后你们谁要是再敢胡言乱语,本官就把你们抓起来,舌头给割掉。"

崔湜在捣毁上官婉儿的墓葬以后,又抓了几个文人雅士流放外地。

与此同时,李隆基还下令让监察御史崔琬负责查抄太平公主及其党羽的家产,将太平公主的所有财产没收充公。在抄太平公主家时发现,她家中的财物堆积如山,珍宝器玩可以与皇家府库媲美。

崔湜做完这些事情后来到李隆基跟前,向李隆基汇报。李隆基看了一眼崔湜,说:"爱卿辛苦了。"说完转身即走。

崔湜跪在地上欢喜不已,高呼道:"为陛下效命乃臣子之本分,微臣谢陛下厚爱。"

李隆基走后,高力士站到崔湜面前高声问道:"崔湜何在?"

崔湜回应说:"微臣在。"

高力士说:"罪臣崔湜勾结朋党,残害忠良,祸乱朝廷,谋害圣上,颠覆大唐。圣上仁慈圣明,本想宽恕你,可你身为监察御史,却命令下属殴打黎民百姓,罗织罪名,陷害士人学子。此等恶行玷污朝廷声誉,败坏吏治风气,为官不仁者何以为官?为人不善者何以为人?为正朝廷法纪,革去崔湜所有官职,流放岭南,永世不得再踏进长安。钦此!"

崔湜听完吓得肝胆俱裂,乞求饶恕。高力士大呼一声,说:"来人,把他拖出去。"话音毕,两个万骑军侍卫立刻站在了崔湜身后,把崔湜拖出了大殿。

崔湜在流放岭南的途中，被李隆基派来的人刺死，年四十三岁。

历史上，把李隆基除掉太平公主集团的这一政治事件称之为"先天政变"。先天政变后，李隆基终于摆脱了有名无实的尴尬境地，当上了名副其实的皇帝。至此，李唐王朝终于结束了自武则天死后多年政局混乱的动荡局面，李唐帝国也由此进入了崭新的历史发展阶段。李隆基在掌握了帝国的军政大权后，开始雄心勃勃地施展他的政治抱负。

张说、姚崇、宋璟、刘幽求陆续进京后，李隆基在含元殿召集群臣。在朝会上，李隆基让高力士宣读太上皇李旦的诰命："从现在起，所有军政国务与刑赏教化，均由皇帝处理。朕正好清静无为，修身养性，以遂平生夙愿。皇帝以后称'朕'，总领朝纲，以安天下黎民。"

高力士宣读完李旦的诰命后，群臣向李隆基行礼恭贺。李隆基紧接着让高力士宣读自己的诰命："夫大道之行，天下为公，在于选贤与能。朕治世以文，戡乱以武。朕决定任命申州刺史姚崇为中书令、同书门下三品；楚州刺史宋璟为门下省侍中、同书门下三品；东都留守张说为尚书省左仆射、同书门下三品；刘幽求为尚书省右仆射、同书门下三品；魏知古为吏部尚书、同书门下三品；李日知为刑部尚书、崔日用为礼部尚书、卢怀慎为户部尚书、李朝隐为工部尚书、辅国大将军李鉴任兵部尚书；封刘江玉为辅国大将军，任兵部左侍郎兼内外闲厩使（负责军马供应的官职）；监察御史崔琬为大理寺卿。布告天下，咸使闻之，钦此。"

对于朝堂上的大臣们来说，对姚崇、宋璟、张说等人的任命都在他们的意料之中，唯有任命李鉴为兵部尚书让所有人都吃了一惊。除了对李鉴的资历和能力表示怀疑以外，最主要的是李鉴原来是太平公主的亲信，朝臣不由得对李隆基的胸怀和胆识表示由衷佩服。至于那些曾经依附过太平公主的朝臣，更是吃下了一颗定心丸，因为他们很害怕因为依附过太平公主而遭到清洗或者排挤。李鉴身为太平公主一手培养起来的近臣都能够得到重用，他们也就不用再为自己的身家性命担忧了。

李鉴在听到他被任命为兵部尚书时惊呆得连话也说不出来了。他在此之前就听中书省的人说他将要高升，但是他绝没想到会升到主政兵部的职位上，因而在高力士宣读到他的任命时竟然半天没反应过来，以至于忘了向李隆基行礼谢恩。在周围朝臣的提醒下，他才慌忙跪拜下去高呼万岁。

李隆基坐在龙椅上仔细地观察朝臣的反应，心里感到很惬意，他就是想通过这次任命来树立威望、稳定人心，以此来实现自己的雄心壮志。

任命的诏书宣读完毕，李隆基从龙椅上站起来，说："朕自登基以来，虽心有壮志兴利除弊，却因多方刁难事事掣肘，朕所行之事皆难奏效。今日朕承接太上皇之重托，掌管军政要事，深感责任之重大，任重之道远。若上不能敬天地宗亲，下无法爱护天下子民，有何面目进入宗庙，祭拜列祖列宗之灵位？故而，朕将与诸位爱卿一道，秉承圣贤之教诲，忧思国计。聆听群臣之谏言，振朔朝纲。广施仁政于天下，心系苍生之福祉。重塑大唐强盛之荣光，远播华夏礼仪之风尚。建立起无愧于宗庙社稷、不负于天下万民之宏图伟业！"

李隆基的这些话语让朝臣们很是振奋。因为自李唐复归以来，他们所渴望的就是能出现一位唐太宗李世民那样的圣明之君来扭转日益危险的政局，带领大唐走向辉煌。现在他们看到了这个人，那就是李隆基，所以当李隆基刚一说完，朝臣们纷纷跪下来高呼"万岁"。李隆基听到这些恭贺声，觉得今天他才算是真正君临天下了。在群臣恭贺完毕，李隆基便转身离开了。

紧接着高力士说："圣上有旨，从即日起改年号为开元。三省六部之三品以上官员到太液亭候驾，退朝！"

三省六部的高官们来到太液亭，李隆基已经在那里等候。李隆基说："最近发生了很多事，让朕颇为神伤，心绪实难平静。但是整顿朝纲，革除弊政已刻不容缓。今日朕叫诸位爱卿来此，就是想在这个景色宜人的地方商讨国事。望诸位爱卿可为大唐的社稷安危积极进言献策，畅所欲言，不必拘束。"

李隆基此言一出，群臣们发言十分踊跃，姚崇说："臣有十条为江山社稷之陈述要献于陛下，如陛下不允臣无力担任宰相一职，请陛下三思。"

李隆基感到有些惊讶地说："别人为了做官贿赂通融，挖空心思，不择手段，你却还要跟朕提条件，真是新奇。你一一说来，朕再做定夺。"

姚崇说："自天后以来，朝廷都以严峻的刑法治理天下，臣请求陛下实行宽平仁政。"

李隆基说："这正合朕意。"

姚崇说："臣请求陛下爱惜士卒，三十年不贪求开边之功。"

李隆基说："若是有人侵犯大唐，不得不发兵怎么办？"

姚崇说："此事另当别论。"

李隆基说："爱卿所言在理。"

姚崇说："自武太后临朝听政以来，常常用宦官传达诏命，宦官成了朝廷的喉舌，臣请求宦官不得干预朝政。"

李隆基说："这件事朕已经考虑很久了，可以。"

姚崇说："武氏诸亲窃据权要，继之以韦氏、安乐公主、太平公主又专权用事，选官杂乱无章。臣请求以后皇亲国戚不再任台、省官，凡事斜封、待阙、员外等官一概罢免。"

李隆基说："朕同意。"

姚崇说："过去近亲宠臣触犯了刑法都因皇帝的恩宠而免于处分，臣请求以后依法处置。"

李隆基说："法不容情，就该如此。"

姚崇说："皇亲国戚向皇帝贡送财物，朝官和地方官也都效法。臣请求除田租、差役、赋税之外一概杜绝。"

李隆基说："朕愿意这样做。"

姚崇说："武太后造福寺，中宗造圣善寺，上皇又造大型道观，费资百万，劳民伤财。臣请求今后不再造僧寺道观。"

李隆基痛心地说："朕每次见到这些寺观就深感不安，怎么会再建造呢？"

姚崇说："先朝轻视大臣，臣请求陛下对大臣以礼相待。"

李隆基说："本来就应该这样。"

姚崇说："从前燕钦融因直言被害，谏官畏罪不敢谏诤。臣请求今后臣下都可以畅所欲言。"

李隆基说："朕能接受。"

姚崇说："汉朝时吕禄、吕产几乎覆灭西汉，窦宪、梁冀又乱了东汉，外戚干政在我朝更甚。臣请求陛下将此事写进史书，把不许外戚专权作为万代的法准。"

李隆基说:"准奏。"

姚崇的奏请李隆基都欣然应允,姚崇高兴地拜伏在地,三呼万岁,然后说:"这是陛下实行仁政的开始,是臣千载一遇之日,真是天下万幸。"群臣也都向李隆基行礼,称颂李隆基的开明之举。姚崇谏言得到了李隆基的赞同,接下来群臣纷纷直言献策。

宋璟说:"贞观时期曾规定:中书省、门下省以及三品官入朝奏事须有谏官、史官随同,如有过失则及时匡正,无论善恶均记录在册;诸司奏事均在正衙,御史弹劾百官时,必须头戴獬豸冠,对着皇帝的仪仗朗读弹劾的奏表,所以大臣无法独自控制和蒙蔽君主,小臣也无从进谗行恶。到了许敬宗、李义府执政时期,朝政多隐秘策划、邪僻不正,官员奏事大多是等仪仗撤下后屏退左右,在皇帝御坐之前秘密进行,监察御史和待制官只是远远站立以等候奏事的大臣退下。谏官和史官也是随皇帝仪仗一同退出的,至于仪仗撤下以后发生的事则无从得知。武太后以刑法控制臣下,谏官和御史可以仅凭传闻奏事,自御史大夫至监察御史可以互相弹奏,致使臣下大多以邪谄不正的手段相互陷害。臣认为应该及时恢复贞观时期的制度,使得政清务明,消除陛下和群臣之间的隔阂。"

李隆基说:"从今以后,凡事如果不是必须保密的一律对仗奏闻,史官也要按贞观时的旧例加以记录。"

张说说:"臣认为当务之急是澄清吏治,以前任用的斜封官大多是品格恶劣、能力低下之徒,应该尽早裁撤,并且不再任命斜封官。除了斜封官以外,所有员外官、试官、检校官都应罢免,并且规定以后这三种官除非是立有战功或者是由皇帝降下别敕特行录用,吏部和兵部一律不得注拟。"

李隆基说:"吏治乃治国之本,吏治不清如何取信于天下?朕准了。此事就交由张爱卿指导吏部去处理。"李隆基对可行之策即刻准奏,有疑问的地方就交由相关部门去处理。

肆拾壹

北方大乱

在李隆基和群臣畅聊之际，吏部的一个官员送来八百里加急报文。吏部尚书魏知古接过来一看脸色大变，正准备呈递给张说时，张说说："快念。"

魏知古说："契丹首领李失活起兵十五万联合奚族首领李大酺八万人马，共计二十三万人南下犯我大唐。左卫大将军大薛讷与左监门卫将军杜宾客、定州刺史崔宣道等人率军抵御失败，敌军乘胜追击进逼范阳。沿途各州县惨遭敌兵蹂躏，虏获百姓近万人，抢劫财物无数。请朝廷速作决断，以卫大唐之社稷。"

魏知古念完后群臣一阵骚动，但李隆基却很平静，并不惊慌。张说问道："行军之事为什么不报给兵部？怎么是由地方官员报给吏部了？"

兵部尚书李鉴站出来说："属下失职，下去一定严查。"

张说大怒："等你查清楚契丹人都打过黄河了！"李鉴被训斥得十分羞愧。

刘江玉说："张大人，我们这才刚刚履任，很多事情还都不清楚。但依在下之见，前阵子左卫大将军薛讷还说要击败契丹，收复营州。如今不仅没收复寸土，反而让人给打到范阳了。这一定是薛讷有意隐瞒军情的缘故。"

张说说："陛下，贞观二年，契丹大贺氏联盟长摩会向我大唐朝贡，接受我朝颁赐的旗鼓，我朝承认大贺氏为契丹八部的联盟长。贞观二十二年，太宗皇帝在契丹驻地设立松漠都护府，以契丹大贺氏联盟长窟哥为左领军兼松漠都督，并赐姓李。但是大贺氏却不思国恩，阳奉阴违，多次兴兵作乱，并占据营州。奚族首领可度者内迁依附,太宗皇帝将在其驻地设置饶乐都督府,任命可度者为饶乐都督,由营州东夷都护府管辖,并封其为楼烦县公,赐姓李。可是,奚族和契丹却沆瀣一气,契丹反,奚族也跟着反。臣认为应该立刻出兵,击败契丹和奚族,收复营州,经略北方。"

宋璟说:"此事还是慎重为好。"

李隆基问宋璟说:"此话怎讲?"

宋璟说:"自营州之乱以来,我唐军在辽东败多胜少。薛讷出师不利,反而让契丹和奚族联军趁机南下,这说明敌军战力不容小觑。若是贸然出兵恐怕对我方不利。不如先做安抚,修理内政,训练士卒,做好充足的准备之后再行反击。"

李隆基说:"姚爱卿,你曾主政兵部多年,你说说看。"

姚崇说:"依臣之见,契丹人不会扩大战事长驱南下。契丹人选择在这个时候兴兵南下,一方面是薛讷无能、指挥失误所致,另一方面在于长安最近发生了一些事情,让契丹人觉得我朝廷内部不稳,想以大兵压境之势来趁火打劫,向朝廷索要财物。"

张说说:"那这更要发兵了。如果谁都可以凭借兵威要挟朝廷,以后边疆地区还不得乱套。我们正好可以借此次叛乱一雪前耻,惩治那些忤逆之人。"

宋璟说:"自中宗皇帝以来,朝廷面临的政务堆积如山,亟待解决。更何况府兵制的情况有多糟糕你也知道,怎么去打?"

李隆基说:"处理内政和清除边患有冲突吗?"

宋璟说:"陛下,什么事都要有个轻重缓急。现今内政混乱,如何抵御外患?若是发兵,耗费的钱粮巨大,不能太冒失。要是打不赢,朝廷将会更加被动。"

张说说:"契丹人和奚族几十万大军压境,这事还不急?是不是要等到契丹人打到长安来才能算急?府兵是存在很多问题,但是这并不能说明府兵就一定用不了。对于府兵缺额和素质低下的问题,可以通过募兵来解决。我相信在国家面临危难之际,只要朝廷榜文一发,我大唐男儿云集者何止千万。"

宋璟说:"张大人,契丹人怎么会打到长安来?他们有那个能力吗?他们不过是想要点粮食和丝绸,给他们打发走就可以了。等到我们做好准备再进军剿灭，未尝不可。可如果现在就募兵，所需的钱粮耗费巨大。难道朝廷的财力都要投入到对付契丹人上面？"

张说说："把东西白白送给契丹人还不如用来招募军士，奋起反击，一劳永逸地解决北方问题。"

宋璟说："契丹问题总有一天是会解决的，但不是现在。而且，就算现在打败了契丹人还不是要安抚？武后通天元年，营州都督赵文翙处理契丹策略失当，在契丹出现灾荒的时候没有及时赈济，致使契丹首领李尽忠等人反叛，攻陷营州至今仍未收复。因此，在处理契丹的问题上不是靠打就能解决的。"

张说说："要是不打永远解决不了。契丹人时而依附时而反叛，这样下去终酿成大患。"

张说和宋璟争辩起来，此时李鉴和兵部的人都没有说话，因为薛讷的事情让他们颜面尽失。因此，在打与不打的问题上，他们自然也就失去了话语权。

李隆基则在旁边静静地思考，他认为张说的想法是好的，但是宋璟的话也很现实。正如宋璟所说的那样，唐军在辽东战场上败多胜少，但是他觉得这是他自登基以来面临的最大兵祸，必须要处置得当。在处理掉太平公主以后，虽然说整顿朝纲是一件急迫的事情，可要是在契丹人的问题上不能给天下人一个满意的答复，会被世人说三道四。那他还怎么树立威望，又该如何得到天下人的信服？在权衡利弊之后，李隆基说："要是朕决定出兵辽东呢？"

李隆基此言一出，群臣都止住了讨论望着李隆基。姚崇说："陛下准备怎么打？"

李隆基说："调集重兵，一鼓作气击溃契丹和奚族联军，重建营州。"

姚崇说："臣认为在契丹用兵问题上应该量力而行。收复营州是迟早的事情，但是此次发兵击退契丹即可，至于能否收复营州要视情况而定。总之，不能在契丹人身上花太多的时间。"

李隆基说："为什么？"

姚崇说："要是没能彻底击败契丹和奚族联军，而使我军陷入辽东无法脱身，西面的回鹘、突厥、吐谷浑，西南的吐蕃可就都不好控制了。"

李隆基说："兵部尚书何在？"

李鉴说："臣在。"

李隆基说:"此次要想击退契丹人,大将军认为需要多少兵力?"

李鉴说:"回陛下,二十万。"

宋璟大声说:"你这一开口就要二十万人马,你知道出动二十万人马要花费多少钱粮吗?你要是没打赢怎么办?这钱粮你李鉴用脑袋去补吗?"

李鉴说:"回宋大人,我会打赢的。"

宋璟说:"会打赢?你在辽东打过仗吗?"

李鉴涨红着脸说:"回大人,在下从未去过辽东。"

宋璟说:"你连辽东去都没去过,你凭什么说会打赢?"

李鉴被问得不知所措,脑袋直发懵。张说站出来说:"宋大人,你这话可就说得不对了。"

宋璟说:"张大人,怎么不对了?"

张说说:"你以前做过宰相吗?"

宋璟说:"没有。"

张说说:"照你的话说,没去过辽东就不能在辽东打仗,那你以前也没做过宰相,现在还不是掌管门下省?难道说你觉得有负圣上重托,不能胜任?"

宋璟大声说:"你不要强词夺理,这没有可比性。身为统帅者,若不懂得风土人情,如何行军布阵,指挥杀敌?"

张说说:"当年霍去病也没去过居胥山,还不是照样大破匈奴,封狼居胥,彪炳史册,闪耀千古。长安距离辽东三千里之遥,作为中原人士去过的能有几个?难道因为没去过就不能打仗了吗?"

宋璟被张说反驳得哑口无言,李鉴在张说的支持下算是缓解了紧张的情绪。

李隆基见此情形,对李鉴说:"大将军,对于此次北征你有把握吗?"

李鉴说:"臣定当不负圣上厚望,安定北方。为此臣愿意立下军令状。"

李隆基说:"好!那朕就任命你为河北道行军大总管,负责行军用兵,戡乱叛军。"

李鉴说:"臣领命。"

李隆基说:"兵部左侍郎刘江玉听命。"

刘江玉说:"臣在。"

李隆基说:"朕任命你为河北道黜陟大使,负行军督导、粮草征调、受降议和之要务。"

刘江玉说:"臣领命。"

李隆基说:"你们二人要同心同德,齐心协力,大破敌军,如有可能收复营州,安定北方。朕在长安静候你们的佳音。"

李鉴、刘江玉说:"臣等一定大破敌军,不负陛下重托。"

李隆基说:"张爱卿,此次出兵所需的兵员、粮草、军马筹划等事,就由你全权负责。"

张说说:"臣领命。"

李隆基说:"对于这次前线的战事,无论什么时间都可直接禀报于朕,由朕亲自处理。其他臣僚安心处理政事即可,北方用兵之事不必再做讨论。"群臣应允后李隆基又说:"张爱卿你和两位将军下去准备吧!"张说、李鉴、刘江玉走后,李隆基接着和群臣讨论政务。

北方战事的突起让李隆基陷入了焦虑之中,因为这场战事来得太突然了,打乱了李隆基心中原定的施政计划。按照他的政治构想,他首先要做的事情是整顿朝纲,澄清吏治,从根本上扭转自武则天去世后纲纪松弛、混乱不堪的政治局面。即使已经确定出兵北上,但对于出兵究竟应该达到什么样的战略目标,李隆基却一直举棋不定。他多次召见李鉴、刘江玉讨论北方战局,每次召见给出的最终目标都有所不同。

产生这种局面的原因只有一个,那就是李唐在辽东用兵确实是败多胜少,李隆基深知这一点。接着他又想到,当年隋炀帝杨广三征高丽,无功而返。严重地消耗了隋王朝的国力,最终直接导致了隋王朝的灭亡。对他来说,前车之鉴不可不鉴,可若是不能够消除契丹人对北方的威胁,从长远来看这始终是一大祸患。从自身而言,他刚刚夺取了李唐帝国的最高权势,要是在这个树立权威的节骨眼儿上不能有所作为也是让人非常头疼的。

李隆基迟迟不能在战略上给出一个明确的指示,让李鉴和刘江玉在制定作战计划时感到很棘手。李鉴对此相当不满地问刘江玉:"刘将军,你说圣上到底想干什么?"

刘江玉说:"此时此刻想必他心里也烦着呢!"

李鉴说:"可他不给我们个准话,我们又该怎么做?我们去找圣上,当面问清楚。"刘江玉执拗不过他,只好跟着他去大明宫。

李鉴、刘江玉走进宫殿,行礼完毕。没等李隆基开口询问前来的是由,李鉴首先问道:"陛下,此次北征,想要达到的目的是什么?"

李隆基没有答话,而是来回踱步。

刘江玉接着说:"陛下,最近我和大将军一直在研究北方战情,但是对于此次征战要达到什么样的目的十分困惑,还望陛下明示。"

李隆基回过头问李鉴:"对于北方的情况你了解多少?"

李鉴说:"不知陛下指的是哪方面的情况?"

李隆基说:"诸如山川、草木、河流、风土人情、敌军的动向。"

李鉴说:"敌军来势凶猛,气势如虹,已经抵达范阳城郊。杜宾客等人已经做好了御敌的准备,但是恐怕撑不了多久。至于其他方面臣正在了解。"

刘江玉补充道:"目前关内道各地府兵陆续集结于长安,大将军负责整顿兵马、训练士卒,微臣负责收集北方的讯息。对于北方战情,臣认为可分三步。"

李隆基说:"哪三步?"

刘江玉说:"范阳乃北方重镇,不容有失。首先力保范阳,阻止其南下。"

李隆基说:"大将军,第一步走得通吗?"

李鉴坚定地说:"完全可以,没问题。"

李隆基说:"那第二步呢?"

刘江玉说:"在保住范阳以后,若敌军疲惫,我军可力图收复营州。"

李鉴说:"陛下,刘江玉所说的第二步我可以做到,但是恐怕会有很大伤亡。"

李隆基说:"伤亡会有多大?"

李鉴说:"这我暂时无法估算,我竭力减少就是。"

李隆基说:"好,那第三步呢?"

刘江玉说:"最后,若是战情极为有利我军,可趁机北上一举消灭敌军,彻底肃清契丹族和奚族的威胁,安定北方。"

李隆基问李鉴："大将军觉得如何？"

李鉴说："这一步微臣没有把握。"

李隆基说："怎么才能有把握？"

李鉴想了想说："要是陛下能再给微臣五万兵马，微臣方可与之决战，否则微臣不会冒险走这一步。"

李隆基说："怎么还要这么多？"

李鉴说："契丹和奚族联军实力雄厚，要是没有绝对优势的话微臣不能妄下结论，免得白白牺牲将士们的性命。"

李隆基来回踱了几步，吸了一口气说："好，朕答应你。"

李鉴笑着说："陛下一言九鼎，微臣这就放心了。"

李隆基说："明天早朝把北征这件事再议一议，然后定下来就不再变了。"

李鉴、刘江玉说："是，陛下。"

李鉴、刘江玉走后，李隆基对高力士说："宣张说。"

为了确保北征胜利，李隆基通过张说之口提出，征调河北道府兵五万，在河北道治所魏州（今河北大名）集结。为了争取这五万兵马，张说和宋璟在延英殿里进行了激烈的争论。宋璟说："李鉴不是说要二十万兵马就够了吗？你怎么又要征调五万人？"

张说说："我最近和兵部的人研究了一下北方战情，觉得二十万兵马只是针对击退敌军而言的。可要是击退了敌军，敌疲我盛，而我们又无力扩大战果，岂不是又要征调兵马？这样一来既耗时又费钱，还不如一次把兵带够，一举歼灭契丹和奚族联军，使其不敢再兴兵作乱。"

"现在还没打就要妄谈什么扩大战果，何况这次出兵的目的就是击退敌兵。"

"我们的目的是击退敌兵没错，但这打仗不管是大打还是小打，都要做好大打的准备，否则准备不足到头来吃亏的还是我们。辽东距离长安三千里之遥，出一次兵不容易，一定要战之必胜才可。况且现在已经征调了二十万人，就是再多征调五万人又何妨？"

"朝廷决定派出军队二十万，再加上辽东驻守的五万人，总数已经有二十五万人,还不够用吗?"

"那契丹和奚族联军可有二十三万人,我们兵力根本不占优势。再说,我们在辽东战场上败多胜少,一定要有充足的兵力优势才能确保打赢。"

"征调二十万人马朝廷已经下了很大的决心了,要是再征调五万人,辽东地区集中的兵力就已经达到了三十万。三十万人马要耗费多少钱粮?张大人,其他的事情还办不办?就光养这些军队去打仗?"

"这个仗是必须要打的,其他事情可以先放一放。"

"就这二十五万人,多不了了。"

过了一会儿,李隆基说:"二位爱卿先停一停。姚爱卿,你倒是说说看。"

姚崇说:"臣对于辽东的战情进行了分析,觉得辽东驻军新败,士气不高。我大唐用兵一向是以关内道和河南道为主,难免人困马乏。燕赵子弟骁勇善战,远近闻名。既然决定出兵,不妨就在河北道再征调五万人,以确保北征的胜利。"

宋璟对姚崇说:"姚大人,三十万人出击辽东非同小可,要是打不赢该如何收场?"

姚崇说:"这就要问两位大将军了。"姚崇转过头看着李鉴和刘江玉。

李鉴说:"在下一定会竭尽全力,不消灭契丹和奚族联军誓不罢休。"

刘江玉说:"我们一定不负众望,击败敌军!为此我们愿意以项上人头作保。"

李鉴说:"对,我们愿意以项上人头作保。"

宋璟说:"那好,既然话都说到这份儿上了,那就再给你们五万兵马,从此以后不准再问朝廷要一兵一卒。打赢了好说,打不赢我再跟你们算总账。"

李鉴、刘江玉说:"是,大人。"

宋璟说:"张大人,那你呢?"

张说说:"我愿意负责,打不赢甘愿受任何惩罚。"

宋璟说:"这就好,我衷心祝愿二位大将军凯旋,别让朝廷的人力、物力打水漂。"

李隆基说:"既然如此兴师动众,总要打出个样子才行,不然的话是无法向天下人交代的。朕认为营州是底线，一定要收复营州。"

姚崇说："二位将军，兵是交给你们了。但战场形势瞬息万变，怎么做就要看你们的了。正如陛下所说，给你们如此多的兵马，就是要闹出点动静来，而这个动静就是营州，明白吗？"

李鉴、刘江玉说："是，我们一定不负陛下和诸位大人的厚望。"

此次北征，张说不再按照以往调兵以关内道府兵为主的惯例，他安排刘江玉在长安征调关内道府兵十万，此前李鉴冬训河南道府兵时已经集结了四万人。针对府兵严重缺额的现象，张说向李隆基建议在洛阳募兵六万，得到了李隆基的批准。募兵政策让李鉴十分高兴，因为他能挑选出自己想要的士兵，也能节省不少调兵的时间。不像以前那样各个折冲府送来什么样的兵就只能用什么样的兵，兵员的素质很难把控，而且按照原来的编额调来的兵会与实际数量不符，这样一来一去会浪费很多时间。

肆拾贰

誓师北征，首战告捷

出兵辽东的事情安排妥当后，在大明宫宣政殿的朝会上，李隆基以一身戎装出现在群臣面前，说："昨日河北道边关来报，契丹和奚族联合几十万大军南下侵扰，敌军所到之州县被洗劫一空，沿途百姓饱受妻离子散、家破人亡之苦。朕闻之悲痛涕零，肝肠寸断。我大唐素以仁义而待天下，若非万不得已绝不轻言战事。只因敌兵凶恶，教化言说已无成效，非以武力而不能制止，朕才命两位辅国大将军李鉴和刘江玉率兵御敌。契丹和奚族兴兵作乱，让朕深思。为了能让仁义之道信服于四方，忠孝之德人人敬重，兵祸之举从此绝迹。朕今日起宣告天下：诸侯服之，共享盛世；诸侯不服，以兵服之。"

李隆基的言行在朝堂上引起了强烈的反响，这让张说、李鉴、刘江玉等一批主战派的大臣感到非常振奋，他们在李隆基的身上看到了唐太宗李世民的身影。因此，李隆基刚一说完，这些人便山呼海啸般地高呼"万岁"。

可是，这让姚崇、宋璟等大臣陷入了忧虑之中，他们担心李隆基会像秦皇汉武那样走上穷兵黩武的不归路。朝会结束后，姚崇、宋璟领着一帮大臣向李隆基谏言。姚崇问道："陛下为什么不穿朝服，而是身着盔甲、手持利剑来上朝？"

李隆基说："姚爱卿，如今北方陷入兵祸，朕这样做是为了凝聚人心，提升士气。"

宋璟说："若是如此，陛下在军营中给将士们训话即可，何必要在朝堂之上做这样的事情？"

李隆基说:"打仗可不仅仅是将士们的事情。"

姚崇说:"陛下,你今天的衣着和言语会让天下人误以为大唐要举兵于四方,兴兵于蛮夷。天下士人会为此而担忧的。"

李隆基说:"天下士人会担忧?这说明士人们太安逸了,枉为大唐男儿,以至于忘记了边疆祸患的存在。"

宋璟说:"陛下守卫疆土的决心令臣等钦佩,但是陛下难道不爱惜你的子民吗?想让他们为了寸土之地而流血牺牲吗?"

李隆基说:"朕只想守好祖宗的基业,并不是要炫武扩张,爱卿们尽管放心。"

姚崇说:"陛下圣明,臣请求陛下以后不要再穿戎装登上朝堂接见朝臣,以免引起非议。望陛下三思。"

宋璟说:"姚大人说的是。"

李隆基脸上露出一丝微笑,语气平稳地说:"好,朕答应你们。"姚崇和宋璟得到李隆基的许诺后才渐渐平息了焦虑的情绪。但是,李隆基那颗开疆扩土的心已经无法平静下来了。

张说和李鉴一同来到洛阳,李鉴负责募兵,张说命令中转运使把江淮地区的粮食、布匹等军用物资调运到洛阳的运河口。这些物资经过余杭(今杭州)至洛阳之间大运河的通济渠、山阳渎段,陆续抵达洛阳。

刘江玉在长安集结完十万兵马后,率军来到洛阳同李鉴汇合。等到粮秣等军用物资都准备齐全,二十万大军整装待发。

李鉴来到映蔚园,林妍儿看见李鉴春风满面的样子说:"你的心早都已经飞到边关塞外去了。"

"能为国征战是我的荣耀。我天生就是为战争而生的,虽然我也不喜欢战争,但是当战争来临的时候我依然是热血沸腾。"

"你还记得你第一次作为统帅带兵出征的情形吗?"

"怎么?"

"那时候你不知道何去何从,你说朝廷上的人都怀疑你,你说你要是打不赢你就不回来了。现在的你很自信了。"

"是的,我是说过这样的话。但现在我并不紧张,因为我知道怎么去做。

相信我，我会带着一场大胜仗回来的。"

"我相信你。唐军在辽东战场上败多胜少，你要小心。"

到了出征的那天，林妍儿将李鉴送到城外，李鉴跨上马背，弯下腰在林妍儿的耳边说："等我凯旋就娶你为妻。"

林妍儿说："我等你回来。"

在渡口处，张说给即将出征的将士们送行。李鉴和刘江玉陪在张说的身边，张说说："这次你们所率领的都是大唐的精锐之师，并且在人数上你们是比敌军占优的。因此，在指挥用兵上一定要确保万无一失，不能有任何差池。"

李鉴说："属下明白，请大人放心。"

张说说："你们二人要精诚团结，同仇敌忾，一切以大局为重，明白吗？"

刘江玉说："属下明白。"

张说说："这次的战事，我大唐可是倾中原之兵去戡乱忤逆的。圣上很重视，天下的百姓也都看着你们的表现，一定要打赢，打不赢你们两个就以身殉国吧！"

李鉴、刘江玉说："是，大人。"

张说对李鉴和刘江玉作揖行礼道："那就拜托二位将军了。"

李鉴和刘江玉单膝跪下，李鉴说："大人放心，我们一定不辱使命。"

刘江玉说："大人，属下深知此次战事关系重大，就请朝廷等我们的好消息吧。"

张说扶起他们二人，说："这就好，拿酒来！"侍卫给他们一人递上一碗酒，喝下后张说说："时候不早了，你们出征吧！"

李鉴跨上马背发布命令道："全体将士们，出征！"

鼓声、号角声响起，震动云霄，旌旗飞扬，遮天蔽日。李鉴率领骑兵走陆路从洛阳往北进发，刘江玉登上船带领步兵，载着粮秣走水路向北驶去。在魏州，李鉴、刘江玉大军和河北道征调的府兵汇合，稍作休整又向北开拔。

李鉴大军快要抵达范阳时，所经过的地方让所有将士触目惊心。一些州县惨遭契丹军和奚族军队的洗劫，房屋被烧毁，财物被抢空，原本熙熙攘攘的集镇变成了一片废墟。这些凄惨的场景，更加坚定了李鉴及其将士们消灭敌军的决心。

契丹首领李失活和奚族首领李大酺派兵侦查得知唐军援兵已抵达范阳，于是派兵拦击李鉴，结果失利，率军向东北方向退去。范阳之围已解，李鉴命人把粮草运进范阳城。他亲率大军追击李失活，想趁热打铁痛歼契丹和奚族联军。

李失活得知唐军来追击，决定故技重施，想引诱唐军孤军深入，寻找时机一举重创唐军，迫使李唐遣使求和。

李鉴在与契丹军接上仗后，契丹军不欲恋战向北撤去。契丹人这一撤军的举动让李鉴立刻变得谨慎起来，他联系到此前唐军在辽东战场多次失败的教训下令停止推进，等查明敌情再做打算。刘江玉来到李鉴的身边问道："大将军，不再进军了吗？"

李鉴说："目前敌情不明，不能贸然进军。"

"大将军对眼前的战局有什么看法？"

"我们远道而来属于疲惫之师，契丹人以逸待劳却不与我们决战，实在是让人摸不透。容我好好想一想，会有办法的。"

"这样的话不如我们先回范阳。"

"好。也可借此时间探明敌情，为日后进军做准备。"

言语间，一个侍卫进来报告说："禀报大将军，契丹首领李失活在军前叫阵，说要见你。"

肆拾叁

战局僵持

李鉴和刘江玉骑马来到阵前,只见远处有两个人骑在马上,其中一个人高声呼喊道:"请你们的统帅李鉴出来说话,难道他躲在军帐中不肯出来吗?"

李鉴回答说:"我就是唐军的统帅李鉴,请问你是契丹首领李失活吗?"

李失活说:"我就是契丹首领李失活。"

李鉴说:"李失活我问你,契丹部族早在贞观二年就已归附大唐,太宗皇帝任命契丹大贺氏窟哥为松漠都督,又兼左领军将军、无极县男,赐姓李。显庆初年,高宗皇帝又任命窟哥为左监门将军。你身为窟哥的孙辈,难道把祖上的遗训都忘了吗?"

李失活说:"昔日太宗皇帝以仁义治天下,四方部族感念其圣德,倾心归附大唐,尊称太宗皇帝为天可汗。从那时起,契丹部族乃大唐子民,我李失活乃大唐臣子,对此我心知肚明。"

李鉴说:"既然你承认契丹部族为大唐子民,你为大唐臣子,为何不倾心侍奉反而兴兵作乱?攻占营州,肆意南下烧杀抢掠,无恶不作。致使圣上忧心,天下士人愤慨,无辜百姓深受兵祸之苦。这是臣子当为之事吗?你的良心不觉得愧疚吗?"

李失活说:"太宗皇帝圣德,高宗皇帝仁爱,深受天下人敬仰。可是,武氏篡权,倾覆大唐,建立伪朝。武逆贼人,宠信酷吏,残害忠良,屠害李氏子孙,祸国殃民,天下人敢怒不敢言。最可恨的是,武逆当道,重用奸臣赵文翙管理营州,奴役契丹和奚族百姓。天灾之年,奸臣赵文翙眼看百姓饿死也不肯开仓救济。试问如此倒行逆施之恶性,如何能服众?怎么能安人心?"

李鉴明白李失活这是在故意找茬,借机为自己反叛的行为辩护,以此达到掩人耳目、团结契丹人心的目的。李鉴转移话题说:"现如今大唐复归,奉行仁政于天下,广施德爱于四方。天下黎民安居乐业,士子才人争相报国,我皇圣明文才武略,乃世间少有之俊才。身为臣子,能为这样的君王效力应该感到庆幸才是。契丹和奚族要是有何难处可直达天庭,举兵谏言实属不该。首领深明大义,定不会做出忤逆之事,还请首领退兵,与我一起到长安面见圣上。"

李失活说:"要我退兵可以,但我有两个条件。"

李鉴大声说:"什么条件尽管说。"

李失活和李大酺听了李鉴的话两眼发光,心中窃喜。李失活对李鉴高声说:"第一,大唐天子承认营州为契丹和奚族放牧之地;第二,朝廷每年给予契丹和奚族粮食三十万担、牛羊各十万头、丝绢二十万匹。"

李鉴抬头对李失活说:"在我答应这两个条件之前我也有一个条件。"

李失活不知李鉴葫芦里卖的什么药,问道:"你有什么条件?"

李鉴说:"先撤兵,再谈条件。"

李失活大喊道:"李鉴,先答应我的条件我才能撤军,否则绝无和谈的余地。"

李鉴说:"李失活,凡是我们先辈们流过血的地方就是我们要守护的疆域,凡是大唐的疆域就会有大唐将士们的存在。若是有人罔顾礼义廉耻,唾弃德行修身,只信奉征伐杀戮之邪道,那他就是我们的敌人,就要付出代价,你可明白?"

李失活气得脸色苍白,大叫道:"李鉴,你这个卖主求荣、不知羞耻的无知小儿,有什么资格高谈阔论、满口道义?要是不答应我的条件,我就挥师南下,清君侧、诛小人,到时候别怪我不讲道义。"

李失活的话极大地刺痛了李鉴的心。李鉴大怒,随即挽起弓箭,搭上箭矢,拉满弯弓,一箭射中李失活的马头。等李失活反应过来他的坐骑已经倒地,李失活猝不及防地从马上摔了下去。旁边的李大酺等人看见后急忙从马上下来,将李失活扶起来。李鉴抽出腰刀,指着李失活说:"请你记住,战争之箭已经射出,只要我李鉴在辽东,契丹和奚族一日不臣服,北方草原将永无宁日。我会让每个反叛的契丹和奚族人切身体会到战争的滋味，从现在起时刻与血雨腥风为伴。"

刘江玉对李鉴说："大将军，前方可能有诈，我们撤军吧！"

李鉴挥着腰刀对身后的将士发布命令说："撤军，撤军！"在撤军的时候，李鉴回过头来又对李失活说："我会回来的！"

李鉴紧紧地抓着马鞭，难以抑制心中的怒火："刘兄，我要把契丹部族，凡是比车轮高的男子全部抓起来坑杀，剩下的人员流放到小海（即现在的贝加尔湖）去。"

刘江玉说："大将军消消气，李失活是故意激你。"

李鉴说："士可杀，不可辱！"说完飞奔而去。

唐军的后撤让李失活引诱唐军北上的计划落空，无奈之下只好收兵，重新制定作战计划。

李鉴和刘江玉回到范阳，立刻命人逮捕了左卫大将军薛讷、左监门卫将军杜宾客、定州刺史崔宣道等十位军政人员。刘江玉经过调查以后，对薛讷等人进行审讯。

刘江玉问薛讷道："杜将军告诫过你，盛夏时节，兵士身穿铠甲手执兵器，还要携带军需粮草，孤军深入敌境恐怕难以取胜。你为什么不听劝阻，反而一意孤行？"

薛讷说："回刘将军，属下认为盛夏时节草木茂盛，牛羊大量生长繁殖，我们可以就地取粮。正得天时，这是一举消灭敌人的时机，不可失去，所以属下就派兵出击了。"

李鉴说："可结果呢？走到滦河流经的峡谷时遭到了契丹伏兵的前后堵截，契丹兵又从山上发动进攻，我军因此而一败涂地，阵亡的将士达到全军总数的十之八九。这就是你打的仗？"

薛讷说："回大将军，属下指挥失误有责，但是崔刺史手握五万重兵却见死不救，否则属下也不会败得这么惨。还望二位将军明察。"

刘江玉说："数万名士兵因你愚蠢而牺牲，致使军威受损、大唐蒙羞。而你仅带着几十名骑兵突出重围捡回一条命，契丹兵都称你为'薛婆'。仗打成这个样子，你还有脸辩解？"薛讷被骂得满脸羞愧，无法言语。

刘江玉又审问定州刺史崔宣："薛讷陷入敌兵重围，你为什么不去救援？"

崔宣道说："回刘将军，属下认为难以取胜，为了保存实力再与契丹决战，故而撤退。"

刘江玉说："撤退？是逃跑吧！你听说薛讷战败，被契丹人吓破了胆，想都没想便掉头逃跑，连佩刀都丢了，这能算是撤退吗？"

崔宣道说："属下在撤退的时候没能整理好队形，以至于出现相互踩踏的情况，还望将军恕罪。"

李鉴说："一派胡言！明明是你贪生怕死，临阵脱逃，致使军威受损、敌人越发猖狂，平白无故增加了将士们的伤亡。你还有什么可狡辩的？"说完，李鉴气得朝崔宣道的肩膀上踹了一脚，将其踹倒在地。崔宣道见李鉴发了火，顾不上疼痛，又重新爬了起来，跪在李鉴、刘江玉的面前磕头求饶。

最后，刘江玉将薛讷、崔宣道等九人绑了起来，押回长安受审。辽东地区原来的五万军队驻军，由左监门卫将军杜宾客率领。

姚崇对契丹和奚族联军的分析是正确的，契丹首领李失活在打败薛讷后并不想与李唐一决雌雄、争夺天下。因为他知道自己根本没那个实力打到中原去，他只是想借李唐朝廷内部政局未稳之机南下，给李唐施压，迫使李唐派出使臣来求和，以满足他想要粮食、丝绸、牛羊、财物等条件。

在李失活看来，李唐帝国在清除太平公主势力以后，急于做的事情首先是稳定政局，并不可能因为远离帝国政治中心长安达三千里之外的地方发生点儿战争而派兵前来，一是李唐朝廷没精力做这个事情，二是距离太远，得不偿失。奚族首领李大埔的心态与李失活一样，信心满满地等待着李隆基的使臣前来。

李失活的如意算盘打得很响亮，要是碰上其他帝王，李失活的想法或许就会成为现实。可这一次他失算了，因为他低估了这位年轻帝王的领导能力以及收复疆土的决心。如今李唐帝国皇帝不是其他人，而是李隆基！他等来的不是李隆基的使臣，而是李隆基派出的庞大军队。

李鉴带来的二十五万军队，再加上原来驻扎在辽东的五万人，唐军的总数达到了三十万之众。李鉴、刘江玉在处理完薛讷等人后，安排杜宾客留在范阳负责运送粮草，他们则率领三十万大军北上与契丹和奚族联军展开决战。

李失活在诱歼唐军的企图失败后，对于眼前的战局进行了重新评估。他觉得此次唐军不仅在人数上占优，而且这次唐军的统帅是有着"唐之霍去病"威名的李鉴，之前的阵前对话也让他感到李鉴并不是浪得虚名，而是有着一颗勇猛之心和指挥打仗能力的将帅之才。

面对眼前这样一个对手，李失活认为必须小心行事。因此，他冷静地分析了当前的局势，觉得契丹和奚族联军虽然实力不如唐军，但是唐军此次北征是疲惫之师，粮草补给都很困难，不可能长久地坚持下去，更不可能深入追击。所以他决定采取避而不战、坚壁清野的战术，与唐军保持距离并不接触，以此来消磨唐军的斗志。等到唐军身心疲惫之际再行反击，痛歼唐军。

在这样的作战策略下，只要李鉴的大军往前一推进，李失活就指挥军队向后退。李失活在撤退的时候，把沿途的马、牛、羊都牵走，并派人把较大的野生牲畜都杀掉，不给李鉴的军队留下任何可以吃的东西。除此以外，李失活又把生病的牲畜丢进水里，不让唐军有干净的水喝。李鉴的大军停下来，他也就跟着停下来。李鉴把军队往后撤，李失活也不追，就在原地观望。

李失活坚壁清野的战术搞得李鉴的压力骤增。首先，粮草的储备不允许他这么无所作为地耗下去；另外，有些士兵喝了不干净的水病倒了，军队中人心浮动。

在军帐里，侦察的士兵将战场上的情报汇报给李鉴以后，李鉴走到地图前面静静地看着，若有所思。刘江玉看着李鉴说："大将军，这样下去不但粮草会成问题，士气也会受打击的。"

"这个我知道。"李鉴走到刘江玉的身边，说："敌军畏而不战，这确实让人很头疼。"

"为何我们不主动出击？"

"我们其实就是在主动出击御敌。"

"可圣上要的不是这个。"

"是，圣上要的是酣畅淋漓的大胜。"

"大将军，我们是不是有点太谨慎了？"

"我们在这里可是吃过亏的，不得不谨慎行事。"

"大将军，你其实是有想法的。"

"我是有一点想法，但就是有些冒险。"

"谋事在人，成事在天。无论如何都不能像现在这样无所事事下去了。"

"我把我的想法说给你听听，你再给出出主意。"

"打仗是大将军的事情，我不管。出了什么问题我愿意与大将军一同承担，大将军就不要瞻前顾后了。"

"刘兄误会了，我不是这个意思。"

"我不管你什么意思，直接下命令吧！我只看结果。"

"那好。"

李鉴对身边的侍卫说："来人，去把将军们叫进来。"

高镇等人来到李鉴的军帐，李鉴先给将军们训话，说："这次敌军被我们的军威吓得胆小如鼠，畏而不战。但我们不能因为敌人怕我们，不敢跟我们交手，我们就不打了。因为敌人的实力仍然存在，仍然有作战的能力，仍然有犯我大唐的野心，这是绝对不能容忍的事情。否则我们如何向圣上交代，又如何面对天下百姓？你们说是不是？"

高镇说："大将军所言极是，一定要彻底打败李失活和李大酺，使他们失去反抗的能力。"

杨启贤说："对，只有这样才能让天下人安心。"

王震宇说："我们有兵力优势，完全能够打垮敌军。"

余成千说："大将军，你就下命令让我们出击吧！"

李鉴说："好，不错。来，你们过来。"

高镇等将领俯下身，围在李鉴和刘江玉的周围。李鉴指着地图说："现在李失活和李大酺的军队一左一右呈掎角之势，若是我们全体出动，必然会被他们引诱至北边草原腹地给拖死。因此我决定分兵出击，以清除掉李失活的后方补给。具体的安排是这样的：首先，杨启贤和王震宇各率领五万大军插入两股敌军的中部，使他们分开。杨启贤对李大酺，王震宇对李失活，你们要拼死力战，不惜一切代价打击这两股敌军。等到杨启贤、王震宇二人与敌军接上仗以后，高镇你率领五万大军从正面出击，以牵制李失活的兵力为主，可以进行一些试探性的进攻，但是千万不要与敌决战。等你们三人都和敌军交上手，余成千率领两万轻骑从东面绕过李失活的大军,袭击李失活的后方,将李失活的战马抢回来,牛羊杀掉,粮草烧光,得手以后迅速回撤。等余成千得胜以后,我将率领余下大军北上,与之决战。李失活想把我们困死在草原上,那我们首先饿死他们。你们这次行军出击一定要快,以达到出其不意的效果。这次行动的重点在余成千这边,你们其他各路大军也都是配合余成千的,所以你们要各司其职,万不能掉以轻心。诸位听清楚了没有?"

将军们齐声答道:"是,大将军。"

李鉴说:"接下来请黜陟大使刘将军训示。"

刘江玉说:"这次出征北方,能否得胜关键在此一战,若是袭击李失活的后方得手,那么消灭敌军取得胜利就将指日可待。因此,将军们在行动作战的时候要严格执行大将军的军令,严密配合,决不能出现任何差错。否则,我们之前所做的一切都将前功尽弃,本将军也将会严惩擅自违抗军令之徒。本将军坚信,只要我们以百倍之勇气面对敌人,胜利终将是我们的囊中之物。诸位可否明白?"

将军们应声答道:"谨遵刘将军训示。"

李鉴走到余成千的身边说:"兄弟,能不能端掉李失活的老巢就看你的了,有把握吗?"

"大将军放心,我一定端掉李失活的老巢,搅得他鸡犬不宁,不给他留下任何吃的。"

"不错,我等你的好消息。"然后,李鉴对刘江玉说:"刘将军,有什么问题吗?"

"开弓没有回头箭,既然命令已经下了,我静候诸位将军的佳音。"

"刘将军刚才所说的话大家要铭记在心。开始准备吧!"

杨启贤和王震宇共计十万大军突然间从中路杀出,给李失活和李大酺造成了一种错觉,那就是李失活以为李大酺遭到了李鉴的围攻,李大酺以为李失活遭到了围攻。于是,二者都试图去救援对方,再加上他们两人拼死力战,让李失活和李大酺觉得这是李鉴派出的阻击部队,更加坚信对方受到了李鉴的全面进攻。所以,李失活、李大酺就把精力放在了王震宇和杨启贤的身上。王震宇和杨启贤受到了两股敌军的夹击,身上背负着巨大的压力,尤其是王震宇部。

为了减轻王震宇负担，高镇从正面对李失活进行了几次进攻，牵制住了李失活的一部分兵力。但是，李失活仍然没有意识到李鉴的真正目的所在。

这样一来，余成千的两万轻骑便神不知鬼不觉地从东面绕过了李失活的大军，进入了其后方。为了尽快达到目的，余成千下令所有骑兵人不解甲、马不卸鞍，急速行军。

在到达李失活的后方以后，余成千立刻发动进攻。由于李失活的主力部队都外出作战了，留下的军队都是些老弱病残，根本不是余成千的对手。余成千占领了李失活的大本营，俘获了李失活的家眷，随之下令把契丹部族里的牛羊全部斩杀，粮草、毡帐也都烧了。然后，他带上被契丹军俘虏的中原百姓和缴获的战马迅速回撤。

李失活在闻听自己的部族被唐军攻击的消息之后亲自率军救援，但是等他赶到已经晚了，家眷被唐军掳走了，战马、牛羊、粮食也都没了。看到这些李失活仰天长叹，欲哭无泪，他震怒地大骂："李鉴你这个恶魔，我一定要亲手杀了你！"

余成千率军回到军营，兴奋地走进李鉴的军帐。李鉴和刘江玉急忙迎上去，李鉴问："怎么样？"

"大将军妙计！偷袭成功了。我已经将李失活后方的牛羊、粮食全部烧了，把被李失活抢掠的百姓都带回来了，同时缴获战马一万匹，还俘获了李失活的家眷。"

"好！干得不错。"

"余将军行军神速，勇猛无比，本将军记你一功。"

"谢刘将军。"

"安排士兵下云好好休整吧！"

"是，大将军。"

余成千出去以后，李鉴和刘江玉的心情并没有因为余成千的得胜而高兴，反而是无比沉闷。原因在于河北道突降暴雨，影响了漕运，粮草无法及时运到北方。唐军的粮草已经接近枯竭，陷入进退两难的境地。

李鉴气愤地说："现在形势一片大好，怎么会发生这种事？"

刘江玉劝慰说："世事难料，刮风下雨这些事谁也说不准，大将军不要动怒。"

"我们端了李失活的老巢,现在进军李失活必然会跟我们拼死而战,可粮草跟不上这仗怎么打?大好的形势下如果撤军,岂不是白白浪费了之前的辛苦?"

"撤军吧!"

李鉴心有不甘地说:"不行!我们要的就是和李失活决战。高镇、王震宇、杨启贤已经和李失活、李大酺接上仗了,我们只要大兵压境定会大获全胜。你让我好好想想,会有办法的。"李鉴说完认真地看着地图。

"大将军,留着青山在不怕没柴烧,粮食眼看着就要没了。兵无粮军心就不稳,撤军吧!"

李鉴无奈地说:"老天真是会作弄人。"他马上命人给王震宇、杨启贤、高镇送去撤军的命令。

肆拾肆

李失活的女儿

李鉴把命令下达完，刚坐下来和刘江玉谈论撤军的具体安排。大帐外传来了阵阵声音，刘江玉说："大将军，你听什么声音？好像是个女人的声音，像是在骂你。"

李鉴竖起耳朵仔细一听，说："谁这么大胆子，居然敢在军营里骂我。"

两人快步走到帐外，看见一个女子在不停地骂着李鉴。李鉴因刚才被迫撤军的事情已经憋了一肚子的火气，现在见有人在骂他更是火冒三丈，气得直跺脚："这是谁？这么放肆。"

"我看好像是李失活的家眷，大将军去看看吧！"

那名女子在骂李鉴的时候，余成千正好在她的面前经过。余成千说："敢骂我们大将军，拿马粪把这女的嘴堵上。"一个士兵端着马粪来到那名女子的跟前时，李鉴说："谁在这里喧哗？"

士兵们看到李鉴，纷纷向李鉴行礼。余成千来到李鉴的身边说："大将军，这个女的不停地骂你，这要是个男人我早都一刀给砍了，哪还需要这么费事。可她是个女的，我就想用马粪把她的嘴塞上，吓唬吓唬她。"

李鉴说："这方法不错。"

余成千说："好的，快把她的嘴塞上。"那个士兵抓起马粪举在手里走向那名女子，可那女子还是不停地骂李鉴。李鉴在一旁认真地看着，说："你这招好像没能把人唬住。你刚回来，好好去休息，这里交给我吧！"

余成千走后，李鉴问那名女子："你是什么人？叫什么名字？"

"我叫李律男,是契丹首领的女儿。"

"原来你是李失活的女儿,听着却像个男人的名字。"

"你是谁?我要见你们的统帅李鉴,让李鉴出来见我。"

"我就是河北道行军大总管李鉴,你找我有什么事?"

"你就是唐军的统帅李鉴?"

"对,我就是唐军的统帅李鉴,你看清楚了。"

"我看你就是个乳臭未干的无知小儿,你会是唐军的统帅?简直笑话!你们中原是不是没人了?"

"你说对了!对付你们这伙草原狼,哪里值得我们中原的精猛之士出手?所以,只好派我这个无知小儿来收拾你们了。"

李律男气得破口大骂道:"李鉴你是个懦夫,你不是男人,你有本事就跟我们真刀真枪地决战。为什么要杀我们牛羊、烧毁我们的毡帐和粮食、抢我们的骏马?对付我们这些手无寸铁、老弱孤寡之人,你算什么男人?你有什么资格做统帅?李鉴,你会遭报应的,你不得好死!"

李鉴走到李律男跟前,说:"你衣服里穿的是丝绸吗?"

"关你什么事?"

"我问你是还是不是?"

"是又怎么样?"

"你们草原人还养蚕吗?"

"是我父兄送给我的。"

"当然是你父兄送给你的,你知道他们是怎么得来的吗?"

"这个要你管吗?"

李鉴瞬间脸色大变,怒目而视,说:"我就是为这个而来的!我告诉你,这是你们的父兄从我们手里抢来的,你所穿的丝绸上沾满了我们中原人的鲜血,是你们先抢了我们的丝绸、粮食、牛羊,然后把我们的百姓杀掉,把房屋烧毁。今天我所做的一切,都是你们自己种下的恶果,这是对你们的惩罚!我说过,面对战争我会是一只饿狼,敌人就是我的餐肉,而你们现在就是我的敌人!"李律男理屈词穷,沉默不语。

接着李鉴声严色厉地说:"我提醒你,你现在是我的俘虏,你就得听我的话。要是再敢口无遮拦或者滋生事端，我会把你身后那些比车轮高的男人全部杀掉，扔到草原去喂狼。不信，你就再给我骂一句试试！"李鉴的话音刚落，李鉴身后的侍卫便跑上前将李律男身后比车轮高的男人都拉了出来，摁跪在地上。在他们的身后，都站着一个手持刀刃的士兵，等候着李鉴下达斩杀的命令。

李律男立即被眼前的场景吓得丢了魂，不知所措。李律男身边有一个孩子听了李鉴的话后，十分惊慌地直往李律男的身后躲。李鉴看着那个孩子，问道："你身后的那个孩子是谁？是你的儿子吗？"

李律男将孩子藏在身后，哭着说："她是我的弟弟，你想干什么？"

李鉴说："我看他比车轮要高一点，你觉得是这样吗？"李鉴刚一说完，又一个侍卫大步跑过去，准备去抓李律男身边的孩子。

李律男护着她的弟弟，说："不要，请放过他，他还是个孩子。"

侍卫回头看着李鉴，李鉴使了个眼色，意思是让他把孩子拉出来。侍卫伸手将孩子从李律男手中拽了出来，让他和准备被斩首的人跪在一起。

李律男跪在李鉴的面前哀求，说："求求你了，求求你放过他们，放过我弟弟，他只是个孩子。"

"那我刚才说的话，你听明白了没有？"

"我听明白了。"

"我再提醒你，在这个军营里除了黜陟大使刘江玉将军以外没人敢直呼我的姓名，你更不行，明白吗？"

李律男哭着低声说："是，大将军。"

李鉴高声说："大声点儿，我听不到！"

李律男放开嗓子，流着泪喊道："是大将军，我听明白了！"

李鉴说："很好！你们是我的俘虏，我大唐素以仁义而待天下，我会给你们优待的，你尽管放心好了。"李律男紧张的心情这才平静了下来，立刻跑上前把她的弟弟抱在怀中痛哭。

李鉴又心生怒气，指责道："你就这么没礼貌吗？"

李律男马上反应过来，说："谢谢大将军的优待，刚才失礼，望大将军恕罪。"

"在我这里不仅要守规矩，还要懂礼节。否则，我对付你的手段可多着呢，到时难受的是你们自己，可否明白？"

"是的，大将军，我明白。"

李鉴对侍卫们说："把他们带下去好生对待，千万别饿瘦了，免得人家说我们欺负老弱孤寡。"

高镇、杨启贤、王震宇率军回来以后，李鉴率领大军向南退去。

在唐军忽然撤军向南退去以后，李失活、李大酺才知道他们根本没有受到李鉴的围攻，他们之间的相互救援其实是中了李鉴的计谋，而李鉴的真实目的是要袭击他的后方，断他粮路。

李失活为自己的大意感到很后悔，同时对于李鉴在袭击自己的后方得手后没有乘胜出击而是撤军向南退去的举动感到不解。

李失活派出骑兵侦察后得知李鉴的粮食吃完了，不得不撤军。李失活来到李鉴驻扎过的营地，发现到处是战马的尸骨。由此，李失活确信李鉴的军粮已经消耗殆尽，无力再战。

李鉴大军缺粮的消息传到长安，李隆基在朝会上大发雷霆，说："刘江玉给朕一个月内上奏了三封八百里加急文书，催促粮草，为什么粮草还没有运往前线？"

姚崇说："河北道内天降暴雨，致使运河决堤影响了漕运，故而有所拖延。"

李隆基说："姚爱卿，河北道的灾情严重吗？"

姚崇说："河北道灾情倒不是很严重，受灾的地方主要集中在运河沿岸的几个州县。臣已经命令河北道各州县开仓赈济灾民，河北道自身能够克服，但就是对漕运影响很大。"

李隆基说："既然灾情不是很严重，那为什么下了一点雨河道就被冲垮了呢？运河所经过河北道的那些个州县以及负责运河的转运使都在干什么？有没有尽到维护河道的职责？"

姚崇说："臣已经派人彻查此事，不久便会有结果，请陛下放心。"

李隆基说："这可是影响军务的大事，非同小可。一旦查出有人玩忽职守或有意为之，要一查到底，严惩不贷！"

姚崇说:"是,陛下。"

接着,李隆基又问道:"那漕运什么时候能够恢复?"

宋璟说:"回陛下,经过紧急处理,运往北方的粮草现在都囤积在魏州,但是魏州以北的通济渠这段运河决堤得非常厉害,恐怕一时间难以通航。"

李隆基说:"那还要拖到什么时候去,没有粮草让将士们怎么去打仗?"

宋璟说:"不如先把大军撤回范阳,等到粮草运到以后再做打算。"

李隆基:"撤不撤军是李鉴和刘江玉的事情,朕问的是怎么样才能将粮草尽快运往范阳,送到前线?"

张说说:"回陛下,既然水路不通,那就走陆路。"

宋璟说:"走陆路要征调很多的民夫、马匹和车辆,这河北道刚受了灾,百姓们自保都难,还怎么去运粮。"

张说说:"但是前线将士军情紧急,急需军粮,要不尽快送过去,之前所做的一切岂不是白忙活了。"

姚崇说:"回陛下,不如这样,对于每户出一个壮丁者可以免除其三年的税,出马匹或车辆者免除一年的税。这样可以减轻百姓的负担。"

李隆基:"朕准了!不管用什么方法,就是用肩挑、用人扛也要把粮食运到前线去。全力支援,荡平叛逆!"

张说:"是,陛下。"

李隆基说:"姚爱卿,巡视大唐十五道采访使的名单拟好了没有?"

姚崇说:"回陛下,拟好了,已经交给门下省审核。"

宋璟说:"臣正在对名单上的人员进行核查,确保无误以后将立即交由尚书省执行。"

李隆基说:"这就好,尚书省要严令派出的采访使奉公廉洁、执法如山,以监督地方州县官员的德行,考察地方官吏的政绩为主要职责。严令采访使在打击各地豪强和惩处贪赃枉法之人时要不遗余力,全力以赴,万不可徇私舞弊,让天下人有怨言。"

张说说:"臣谨遵圣谕,定当不负圣上厚望。"

李隆基拿起一封奏疏,对吏部尚书魏知古说:"魏爱卿,你给朕新报的任用官员名单里有一个叫张九龄的人,是让他任左拾遗,对吗?"

魏知古说:"回陛下,臣是想请陛下任用张九龄任左拾遗。"

李隆基说:"这个张九龄是韶州曲江人?"

魏知古说:"回陛下,是的。"

李隆基说:"岭南不是流放囚犯的地方吗?这个人有没有前科?"

魏知古说:"回陛下,此人善诗文,品行端正,才学出众,忠心尽职,秉公守则,乃贤能之人,未曾有任何前科。"

张说说:"魏大人所言不假,这个张九龄思维敏捷,勤奋好学,是一个可造之才,可堪大用。还望陛下明鉴。"

李隆基说:"既然二位宰相都如此看重此人,朕倒是要好好观察观察这个张九龄。任命张九龄为左拾遗的事情朕准了。"

魏知古说:"臣替张九龄谢陛下恩典。"

李隆基说:"从今日起,三品以下的大臣以及内宫后妃以下者,不得佩戴金玉制作的饰物。朕也将遣散宫女以节省开支。再者,全国各地均不得开采珠玉及制造锦绣,严厉杜绝奢靡之风。此事由御史大夫毕构向具体负责。"

群臣高呼:"陛下圣明。"

肆拾伍

抓住战机，大胜而归

李鉴派出奇兵袭击李失活的后方并俘获了其家眷，极大地激怒了李失活。现在唐军缺粮而回，这对他来说是一个反击唐军的大好时机。于是李失活和李大酺快马加鞭反击唐军，希望赶在李鉴回到范阳之前重创李鉴，甚至消灭掉李鉴大军。

李失活的穷追猛打，让李鉴派出殿后的部队也遭到了很大的打击。刘江玉忧心忡忡地说："李失活这是铁了心把我们往死里逼，想把我们全部吃掉。"

李鉴说："这个李失活太狂妄了。要不是我们现在缺粮和有的士兵生了病，哪会这么窝囊，必须要想个对策。"他盯着地图思考了良久，说："李失活想趁我们缺粮之际消灭我们，不如我们跟李失活打上一仗，挫其锐气。"

"那么大将军想打多长时间？粮草可是不多了。契丹人打仗是赶着活牲口行军的，我们虽然袭扰了他们的后方，但是暂时对他们的影响不是很大。可我们要是迟迟无法取胜，被李失活拖住，可就面临着全军覆灭的危险。"

"可要是这样一直被敌人追着打，对我们的士气可是会产生严重的负面影响，日后反击可就不那么容易了。"

"这个粮草始终是个大问题。"

"那粮草什么时候能到？这都快一个月了，怎么连个音信都没有？"

"这个月内我已经给圣上发了三道征调粮草的奏疏，我相信朝廷那边正在竭尽全力运粮给我们。我也下命令给范阳的杜宾客，让他在河北道内想办法筹集粮草，大将军少安毋躁，再等等吧！"

"机不可失,时不我待,现在就应该和李失活打上一仗。"

"那大将军想怎么打?"

李鉴指着地图说:"你看这里,中间是一片凹地,四面呈坡度高起。我也已经派人侦察过了,我们可以在这里布一个口袋阵,引诱李失活进入。李失活只要进入阵中,可就成了瓮中之鳖,想跑就难了。到时,我们就可以居高临下,以俯冲之势痛歼契丹军。"

"在这个地方打,李失活会进来吗?"

"李失活因为我们端掉了他们的老巢,又俘获了他的家眷,此时一定愤怒得失去了理智,正急于求战,否则也不会这么死咬着我们不放。我们不妨就利用他这种焦躁的心态,打上一仗试一试。不管怎么样,能打则打,不能打我们就跑,也不影响什么。"

"要是被李失活缠住脱不开身,我们可就麻烦了。"

"这个刘兄放心,我会计划好的,保证不会出现失控的局面。"

"那就依大将军的意思办。但是切不可恋战。"

"我知道,你放心好了。"

随后,李鉴把将军们招进军帐,说:"将军们,目前我们所面临的形势我想大家都很清楚。不是说敌人有多么强大,让我们失去了决战的勇气,而是我们粮草马上就要耗尽了,这是一个很现实的问题。而且敌军也已经探明了我们所处的困境,妄图在我们粮草匮乏之际将我们拖死在草原上,一举消灭我们。因此,对我们来说出路只有一条,那就是趁我们还有力气的时候,以我们的报国之志、勇猛之心跟敌军进行一场血战,以此捍卫我大唐将士之声望、大唐男儿之尊严。可若是我们就这样毫无作为地一直撤退,即使捡回一条命,那我们还有脸面回到中原吗?我们还能面对君王和天下士人吗?"

将军们齐声答道:"不能,绝对不能。"

李鉴高声问道:"那我们应该怎么做?"

将军们说:"誓与李失活、李大酺血战到底,决不后退。"

李鉴说:"好。我说完了,请黜陟大使刘将军训示。"

刘江玉说:"该说的话大将军都已经说得很清楚了,诸位将军们报效大唐之豪情、建功立业之雄心,本将军已经深切地体会到了。本将军以项上人头作保，在我们最困难的时刻，要是我们能以必胜之决心与敌军血战到底，无论最终结果如何，圣上及天下百姓都会记住我们，以我们为荣。诸位也将以我大唐忠烈之士为世人所铭记。诸位可否明白？"

将军们说："谨遵刘将军训示。"接下来李鉴让将军们围过来，指着地图进行了作战部署，将军们领命后立刻回去做具体的部署。

按照李鉴的作战计划，余成千率领五万人直面李失活的进攻。但是，他摆出示弱的姿态且战且退。李失活在得知唐军殿后的是将领余成千后命令大军全力围攻余成千部，声称要生擒余成千，以泄心头之恨。余成千趁势丢掉所有的辎重，造成溃败之势轻装回撤。李失活依然对余成千穷追不舍。结果，当他追至一处山脚下时陷入了李鉴布置的口袋阵。

唐军从四面杀出，将李失活围困起来进行猛烈进攻。与此同时，高镇率领十万大军阻击李大酺部。李失活的军队在经历了最初的混战以后迅速组织人马突围，并依靠弓箭的优势射杀唐军的进攻部队，冲击的唐军轻骑兵纷纷倒在契丹军的箭雨之下。

李鉴本想在李失活掉进他所布置的口袋阵以后四面合围李失活，一举全歼契丹军。但是在合围的过程中，他发现战情的发展超出了他的预想。他在南面布置的主力军，在契丹人强大的弓箭优势防御下无法抵近契丹军，这样一来，东、西两面合围的唐军对李失活的打击也就难以取得显著的战果。

在北面的高镇部，虽然成功地从契丹与奚族联军之间插入将其分割成两个部分，但是他的主要职责是防御并打击李大酺，为李鉴聚歼李失活赢得时间和空间。然而，在李鉴迟迟不能压制住李失活的前提下，高镇的军队受到李失活与李大酺联军的前后夹击，随时面临被打垮的危险。

李鉴看到这样的情形心急如焚，骑在马上可谓是如坐针毡。他没想到契丹人随机应变的能力会这么强。眼前的战局摆在他面前的只有两个选择：要么重创契丹军，使其失去反抗能力，尽快结束战争；要么下令撤军退出战场，被契丹和奚族联军像狼抓羊一样追着向南撤退，以保存实力。对于李鉴而言，他不可能选择后者，因为这场战争自开始以后，他除解救了被契丹人俘虏的中原百姓和抢了一些战马以外，并没有取得什么明显的战绩。此外，这场战争打的时间确实有点长了，他不想再拖下去。况且眼前对他来说是一个绝佳的战机，而且他与契丹军已经摆开了决战的架势，一旦错过后果将不堪设想。

李鉴用兵的特点是出其不意，攻其无备，速战速决。在具体实施上是先以主力轻骑兵冲击敌方的先头部队，达到出奇制胜的效果。步兵随后跟进，与轻骑兵相互依托，以优势兵力与敌军主力进行决战，得手以后迅速合围，对敌方兵团聚而歼之。这种战术在他第一次担任统帅西征突厥突骑施部中运用得淋漓尽致，并且取得了最终的胜利。

李鉴的作战思想是以轻骑兵为核心展开的。而他手下的另一种骑兵——重骑兵，却常常扮演着看客的角色。首先，重骑兵虽然防护能力强，但是厚重的盔甲极大地影响了骑兵的机动性和长途奔袭的持续性。因此，李鉴不喜欢用重骑兵，在他的用兵策略中没有重骑兵应有的位置。要说用也就顶多是以威慑敌军为主，或者是对敌军进行合围的时候在外围当"人墙"使用，解决几个漏网之鱼而已。

另外，重骑兵因为坚固的防护性能，在旁人看来是无坚不摧的，可要是受到了重创对士气的打击将十分严重。再者，重骑兵全身是"宝"，装备起来费用很高，一旦损失严重短期内很难恢复。

可就目前战场上的局势而言，李鉴必须改变策略以应对眼前的危局。因为要是像往常那样打下去，他的轻骑兵将会被契丹人强大的弓箭给射杀光了。所以，李鉴想起他的那只"宝贝"部队，决定放手一搏。

李鉴立刻命令轻骑兵停止冲击，让杨启贤率领重骑兵，不惜一切代价冲垮契丹人的弓弩部队，为后续的总攻扫清障碍。与此同时，在重骑兵的掩护下，唐军的弓弩手、步兵也跟着抵近契丹军。

由于李鉴摆在南面的主力部队，没能对李失活进行有效的打击，这也就给了李失活和李大酺围攻高镇部，从北面突围出去赢得了时间。在契丹、奚族联军的前后夹击下，高镇部伤亡惨重，不得不向李鉴求援。

面对高镇的求援，李鉴的心里顿时一片乱麻，因为他了解高镇的个性，若非万不得已，高镇是不会伸手向他求援的。李鉴内心经过短暂的挣扎后仍然坚持自己的判断，他对高镇派来求援的骑兵说："告诉高镇，为国尽忠的时候到了。"

那位骑兵慌忙从马上跳下来，跪在李鉴的面前说："大将军，我部独力难支，随时会被歼灭。"

李鉴大声说："再敢言语军法处置。滚回去！"

那位骑兵无奈，只好上马返回，把李鉴的原话告诉给了高镇。高镇听了以后仰天长叹一声，只好命令部队抱必死之决心与敌军苦战。

唐军的重骑兵派出以后，李鉴坐在马上紧紧地握着战刀，情绪紧张地望着战场上的形势。李鉴看着重骑兵缓慢的行进速度，心中大为不满，但他明白重骑兵的劣使就在于此，这也就是他不喜欢用重骑兵的根本原因所在。李鉴命人擂鼓助威，同时也通过鼓声传递给重骑兵，意思是命令他们加快速度。

杨启贤听到鼓声后，命令重骑兵全速前进，不顾一切冲向契丹军。在重骑兵即将接近契丹军时，唐军的弓弩手万箭齐发，对契丹军还以颜色。重骑兵与契丹军接上仗以后，步兵顺势冲锋在前，上砍骑兵，下断马腿，与契丹军厮打在了一起，契丹军的弓箭优势顷刻间不复存在。

李鉴在看到契丹军"箭雨"停了以后，兴奋地挥舞着战刀说："大唐的将士们，自北征以来，我们忍饥挨饿、风餐露宿，吃了无数的苦头，好多兄弟已经战死沙场。为的是什么？为的就是能早日打败叛军，以了却君王心中事，荣归故里。而现在，敌人就在我们的眼前，就让我们以手里的战刀和百倍的勇气，让敌人为我们所受的磨难付出惨痛的代价吧！我们决战敌人的时刻到了！消灭契丹军，活捉李失活！"李鉴的话激发了将士们的斗志，随后李鉴一马当先，亲自率领轻骑兵冲了出去，去围攻李失活。

唐军逐渐占了上风，但是并没有达到李鉴预期的以秋风扫落叶之势完败契丹军。双方你攻我往，都杀红了眼。在不能完全聚歼李失活大军的情形下，李鉴不敢恋战。于是，他下令解开东面的一角，放李失活出去。李失活带着人马向东逃窜，李鉴命令王震宇率军追歼李失活。李失活一走，契丹军军心大乱，迅速成败退之势。

李鉴趁机再次发起猛攻，唐军如潮水般涌向契丹军。契丹军队被唐军的猛烈攻击打得溃不成军，死伤甚多，近五万人被俘。李鉴在围歼契丹军取得丰硕的战果后，随即调集军队对李大酺的奚族军进行围攻，试图趁着当前士气高昂之际重创奚族军队，以彻底打垮契丹和奚族联军的抵抗意志。

李失活败走逃窜，李鉴指挥将近二十万唐军全力围攻李大酺，奚族军死伤惨重。奚族首领李大酺突围受挫，走投无路，只好向李鉴乞降。

李大酺投降后，李鉴和高镇率军汇合。高镇一见到李鉴怒吼道："李鉴，你好狠的心！"

余成千说："高镇，你大胆！怎么跟大将军说话呢？"

杨启贤说："目无军纪，毫无礼数。谁能容你？"

李鉴看着高镇身上残破的铠甲，脸上沾染的血渍，心里一阵酸楚，说："对不起，是我来晚了。"

高镇含泪说："你知道死了多少兄弟吗？"

李鉴愧疚地说："对不起，都是我的责任，是我没计划周全。"说着，他伸出手为高镇擦拭脸上的血污。

在李鉴率领主力大军去出战契丹和奚族联军后，刘江玉一边发军令给范阳的杜宾客催促军粮，一边焦急不安地等待着前方作战的消息。直到收到李鉴前方的捷报后，他高度紧张的情绪才得到缓解。

李鉴率军回到军营，刘江玉对李鉴抱拳行礼说："我真是替大将军捏了一把汗。这次能重创敌军，全靠大将军指挥有方，大将军用兵在下佩服。"

李鉴笑着说："刘兄言重了。李失活趁我们粮草不济想歼灭我们，想法是好的。可就是太着急了，怨不得别人。"

刘江玉说："要不是河北道下暴雨影响了漕运，我们也不会在极为有利的情况下选择撤军。"

李鉴说："是啊！不过现在李大酺已经投降，李失活已经被我们打成了惊弓之鸟，再无还手之力了。本来还说过两天就要撤军，现在看来战争马上就要结束了。"

刘江玉招呼李鉴坐下后，为李鉴递上一杯酒说："大将军所言正是。李大酺被高镇斩杀了两万人，你又亲率大军支援高镇，让李大酺以为李失活被彻底歼灭了，也只能投降求和了。这个李大酺一投降，李失活可就孤掌难鸣了。大将军，干！"

两人碰杯后，同时饮下。李鉴说："李失活撑不了多久了。这个高镇真不愧是一员猛将，到哪里都让人那么放心。"

刘江玉说："我大唐的将士作战勇猛，在不利的条件下仍然敢打敢拼，此乃威武之师。我会奏明圣上，让圣上好好嘉奖三军。"

李鉴抱拳行礼，说："那我就要多谢刘兄了。"

刘江玉摆摆手，说："大将军，客气了。"

李鉴说："我已经命令王震宇率军追歼李失活了。可是当前这粮草始终是大事。"

刘江玉说："这我知道，我已经奏报朝廷，并且下令给河北道各州县，让他们尽快征调军粮，供应我们。"

李鉴说："要是两天内还没有粮草运来的话，我们也只能撤军回范阳筹集粮草了。"

刘江玉说："没事，现在已经取得了丰硕的战果，晚一点再打不影响大局。"

李鉴说："这一仗打得真是险。李失活要是能顽强地撑下去，我即使围住他也是有心无力。契丹人的弓箭实在是太厉害了。"

刘江玉说："契丹人善骑射，这一点令人影响深刻，但是契丹军纪律散漫。李失活一撤军，他们便兵败如山倒，人心散了就什么也没了。"

李鉴说："这次也多亏刘兄的鼎力支持，否则这仗还不知要打成什么样子。"

刘江玉说："大将军别恭维我了。"

这时一个侍卫跑进来，说："禀报刘将军，范阳奏报。"

刘江玉打开奏报看了以后兴奋地说："粮食来了！范阳城里已经运到了第一批粮草二十万担，牛羊五万头。大将军，这下我们可再也不用为吃饭犯愁了。"

李鉴也难掩兴奋之情说："真是天佑大唐啊！我们还怕什么呢！"

刘江玉对侍卫说："派出轻骑，火速传令给杜宾客，让他在后天太阳升起之前先将一部分军粮运到前线。"

侍卫走后，刘江玉说："大将军，现在可放李失活家眷回去，让家眷告诉他李大酺投降的消息，看他怎么办。"

李鉴说："刘兄果然高见，我这就去安排。"

肆拾陆

放掉李津男

李鉴来到看管李律男的帐篷外,负责看守的侍卫急忙迎过来,向李鉴行礼道:"拜见大将军。"

李鉴说:"他们现在怎么样?"

"禀报大将军,每天好吃好喝,跟待客一样。兄弟们有时都吃他们剩下的。"

"那你们可太有福了,如今好多兄弟都有一顿没一顿的,你们还能落个饱,真不错。"

"大将军见笑了。"

"我们的粮草马上就到了,到时杀牛宰羊,每天都可以饱餐三顿,以后再也不用为吃饭发愁了。"

"多谢大将军。"

"他们没人闹事吧?"

"他们都很安静,没人闹事。"

"这就好。带李律男过来见我。"

"是,大将军。"

侍卫将李律男带到李鉴面前,李律男说:"拜见大将军。"

李鉴心情愉悦地说:"学得挺快,免礼吧!"

"谢大将军。"

"我看你气色不错,最近还好?"

"大将军大仁大义，一切都好。"

"你不用恭维我，我说过，你们只要守规矩我会给予你们优待，但是肯定没你在部族里过得舒服。"

"大将军也会嘲弄人吗？"

"别在意，出去走走吧！"

李鉴陪着李律男在军营中散步，说："我今天来是想告诉你一件事情。"

李律男问道："大将军有什么事情要告诉我？"

"正如你所说，不久前我跟你父亲真刀真枪地打了一仗。"

"你把我父亲怎么样了？"李律男紧张地问道。

"你父亲败了，被我打得一败涂地。你父亲率领残军向东逃走了。你看，那边全都是我俘虏你父亲的士兵。"

"你想把我们怎么样？"李律男看着被唐军押着的族人，眼泪便掉了下来。

"我想放你走。"

"你要放我走？"李律男瞪大眼睛看着李鉴，惊讶地问道。

"没错，我是要放你走。"

"你真的会放我走？"李律男不明其意继续追问道。

"不放你走，难道你想跟我回长安吗？"李鉴这句话惹得身后的侍卫都笑了起来。

"你到底想干什么？就是为了欺侮我吗？"李律男感到一丝羞辱，但也只能哭着说。

"不，我想让你给你父亲带句话。"

"什么话？"

"你回去后告诉你父亲，就说李大酺已经投降了，看他怎么做。"

"就这些？"

"对，就这些。"

"你是想让我劝我父亲投降吗？"

"这是你和你父亲之间的事情，与我无关。"

"如果我们投降的话，你会放过我们的部族吗？"

"这是我和你父亲之间的事情,与你无关。"

"你到底想说什么?为什么不直接告诉我?"

"你只需把我的话传达给你的父亲即可,其他的事情你就不必知道了。当然了,你也可以把你在我这里的情况和所见所闻告知你的父亲,或许他很乐意听。"

"那你什么时候放我走呢?"

"你还没有答应我呢。"

"我答应你,我会把你的话告知我的父亲。"

"很好,我现在就放你走。可如果你父亲没有听懂我的话,我会感到很遗憾的。"

"我知道,我会如实告诉他。"

"我会派我的士兵把你平平安安护送回去,但我也要看到我的士兵平平安安地回来。否则,我手下有数万名你的族人,你知道我会怎么做的。"李鉴看着李律男说道。

"我知道。"李律男从李鉴的眼神中觅到了一丝肃杀的气息。

"好了,回去收拾东西,马上就走。"

"多谢大将军。"

"不必言谢,一路好走。"

李律男和她一起被俘的亲人准备好以后,李鉴派人送李律男等人去找李失活。

到了第二天,李大酺来到李鉴的军营商议投降的事情。李大酺见到李鉴和刘江玉,说:"拜见大将军。"

李鉴说:"首领,能够见到你甚为欣慰。"

"能够见到大将军在下也是万分荣幸,我愿意投降,还请大将军接受。"

"投降的事情你和我们的黜陟大使刘将军谈,我只看谈的结果。"

李大酺看着刘江玉,说:"在下拜见黜陟大使刘将军。"

"首领,请坐。"

"谢刘将军。"

三人坐下后,李大酺说:"唐军兵威甚猛,令在下胆寒。在下愿意投降,还望刘将军接受。"

刘江玉说："首领能够及时回头，善莫大焉，我和大将军欢迎首领的到来。"

"多谢刘将军。"

"首先，首领要交出所有被你俘获的中原人士。"

"是的，我一定安全将他们交给将军。"

"首领既然愿意投降，我们也就不再兵戎相见。首领就应该到长安觐见圣上，听从圣上决断。"

"要是刘将军能放掉我族中被唐军俘虏之人，我愿意臣服大唐，进京面见圣上。"

"鉴于目前我军仍与契丹军处于交战之中，首领要交出所有的战马和兵器后我才能放掉被俘之人。"

李大酺犹豫不决，说："骏马乃我草原人放牧代步之物，弓箭和刀刃是我们狩猎之用，一旦交出，部族的生存恐怕会受到很大影响，还望将军明察。"

李鉴说："首领，要是觉得有什么困难的话我们也不强求。"

刘江玉说："大将军所言极是，还请首领以部族之人为重。"

李大酺忐忑不安地说："那贵军能保证，在我交出战马和兵器以后不再攻击我的部族吗？"

"我们完全可以做保证。"

"好吧，我愿意交出战马和兵器。"

"等到战争结束后，那首领就随我们回长安觐见圣上。"

"一切听从二位大将军安排。"

李大酺投降后，唐军的粮草也源源不断地运了过来，李鉴指挥着大军继续追歼李失活的残军。李鉴给高镇等将领下了一道命令，那就是在没有契丹首领李失活亲自提出投降请求的前提下，不接受李失活手底下的任何将领或个人的投降行为，并且以杀敌多少论军功。这道命令的目的在于彻底击垮契丹人的抵抗斗志，给李失活施压，让契丹内部不稳，以动摇李失活的首领地位。同时，这也让唐军毫无顾忌地攻击契丹残军，而不必有其他顾虑。

这样一来，唐军的攻势变得更加猛烈，因为每名士兵都想着在战争结束之前立下战功，好带着荣耀回到家乡。李失活及手下的残军寝食难安，夜不能寐。在面对唐军时总是胆战心惊，无心作战，根本不敢去面对唐军的进攻，只有疲于奔命。李失活手下的将领在知道李大酺投降的消息后，眼见战胜不了唐军，纷纷请求李失活和唐军停战议和。可是，李失活被李鉴的兵威吓破了胆，他无法想象，他投降以后李鉴会怎样处置他。李失活知道大势已去，根本打不过李鉴，但谈又不知道会谈出个什么结果，便整日茶饭不思，沉浸在忧心忧虑之中难以自拔。

李律男回到契丹军以后，给了护送她的唐军士兵一些食物让他们回去了。李失活见到女儿和小儿子大为惊奇，说："你们是怎么回来的？是逃回来的吗？"

李律男说："不是，是李鉴放我回来的。"

"李鉴如此凶残，他会放你们回来？"

"是李鉴放我回来的。"

小儿子说："父亲，是李鉴放我们回来的。"

"他没有伤害你们吗？"

"没有，在我被俘期间他很优待我们。"

"不管怎样，你们只要回来就好。"说完，眼泪便掉了下来。

李律男给父亲擦了擦眼泪，对弟弟说："你先出去吧，我有话对父亲说。"

李失活的小儿子出去以后，李律男说："李鉴让我给你带一句话。"

"什么话？"

"他说李叔叔已经投降了，就看你怎么办。"

李失活说："他就说了这些？"

"是的，他还说如果你不能够听懂他的话，他会感到很遗憾。"

李失活思索着说："他是想让我向他们乞降。"

"父亲，我们投降吧，不要再打了。"

"要是我们投降，李鉴会放过我，会放过我们的部族吗？"

"只要我们肯投降，我想他会接受的。但要是再打下去，我们不仅无法取胜，而且会伤亡更大。李鉴要是恼羞成怒，还会杀掉被他俘虏的族人。父亲，请你为我们的部族想一想。"

"这个李鉴该怎样才能相信他呢?他太凶狠了,我不能相信他。"

"父亲,我们已经无路可走了。李鉴固然凶狠,但是他还是个有礼有节、讲信用的人。要是他不接受我们投降的话,那他为什么要放我回来呢?又为什么要我传话给你呢?"

李失活不语,低头想了想说:"李鉴真会接受我们的投降吗?"

"他会的。"

"你为什么这么肯定?"

"我在唐军的军营中听他们的士兵说,这次唐军北上是李唐的皇帝李隆基做出的决断。李隆基曾在朝会上说:诸侯服之,共享盛世;诸侯不服,以兵服之。女儿想,要是我们臣服,李鉴是不会拒绝的。"

李失活在听了李律男的话以后心里才算是有了底,感叹道:"怪不得这次中原会出动这么多军队,李鉴打起仗来会如此凶狠,原来是皇帝李隆基亲自做的安排,难道是又一个李世民诞生了?"

"父亲,你还有什么顾虑吗?"

"好吧,我去见一见这个李鉴。"

肆拾柒

李唐的兵威

高镇按照李鉴的命令持续不断地攻击李失活的残军，李失活派人给高镇送了一封信，信的内容是他要见唐军的统帅李鉴，向唐军投降，请高镇停止进攻。高镇在接到李失活的信后，马上把这个消息报告给了李鉴。李鉴命令高镇停止进攻，并带李失活前来见他。

李失活来到李鉴的军帐，见到李鉴和刘江玉，说："拜见大将军。"

李鉴说："首领，见到你实在是太难了。"

李失活说："在下也是十分想见大将军。"

李鉴说："那今天正是好时机。"

李失活说："能够一睹大将军的风采实在是三生有幸。"

李鉴说："首领客气了。我只负责打仗，有什么话请跟我们的黜陟大使刘将军说吧！"

李失活说："拜见刘将军。"

刘江玉说："首领，坐下说。"

李失活说："谢刘将军。"

坐下后，李失活说："我和我的部族愿意臣服大唐，望刘将军了解我的一片赤诚之心。"

刘江玉说："首领的诚意我不怀疑。首先，首领要交出所有被你们掳掠的中原人，契丹部族必须退出营州地界，并保证从此不再踏入。"

李失活说："我将归还所有中原人和营州，从此不再南下。"

刘江玉说："再者，首领要随我们一起到长安面见圣上，一切听从圣上决断。"

李失活说："我愿意到长安面见圣上。还请刘将军放过我的族人，让他们免受杀戮之苦。"

刘江玉说："只要首领诚心诚意归降，我们可以保证你族人的安全。"

李失活说："多谢刘将军，我愿听从刘将军的安排。"

刘江玉说："最后，首领要交出所有的战马和兵器，以彰显首领的诚意。"

李失活心里五味杂陈，不知道怎么作答。李鉴说："首领，要是还想打的话在下将奉陪到底。"

李失活看着李鉴说："骏马是我们草原人的必需之物，要是交出我们该怎样生存？望刘将军体谅我们的难处，放我们一条生路。"

刘江玉走到李失活的面前说："今天是你来找我们和谈，不是我们找的你。你要是觉得你还能够打下去的话，你是不会来找我们的。既然谈，那就要有个谈的基础，这个基础是什么不是由你说了算，而是由我们来设定。我唐军是仁义之师，也是虎狼之师。我们优待你的家眷，这是仁义。我们毁坏你的部族，这就是虎狼。现在站在你面前的就是两只虎狼，军帐外面是几十万只虎狼。你想让我们以什么样的方式来对你呢？"

李失活内心苦涩难言，呆呆地望着刘江玉不知道说什么。刘江玉继续说："这场战争是你挑起来的，你必须为此付出代价。这场战争自开始以后你就应该想到，总有一天是要结束的，至于是以什么样的方式结束现在你已经没有选择权了。不是你想打就打、不想打就不打，而是我们想怎么打就怎么打，谈不拢我们就要一直打下去。你要是认为凭借你手里的那点兵马还能够与我们抗衡的话，你现在就可以回去了。大将军，你觉得呢？"

李鉴说："刘将军说得没错，你只要一回去，我立刻整顿兵马，我们再一决雌雄。当我们下次再见面的时候，可就不是谈与不谈的问题了。"

李失活无奈地低下了头，说："我不想打了，我愿意交出战马和兵器。我愿意臣服，请黜陟大使和大将军不要再言兵事了。"

刘江玉说："这就好，首领能够及时悔悟，此乃契丹族之福，我想圣上也是很乐意接见首领的。"

李失活说："我已承认失败并且忠心归附大唐，我的部族也就是大唐子民。但是如今草原烽烟四起，残破不堪，请刘将军拨出粮草接济我们，让我们能够活下去。"

刘江玉说："这没问题。你回去把部族的人数和剩下的牛羊、粮草都点清楚报给我，我会拨出适当的粮草给你们，不会让你们挨饿。"

李失活说："多谢刘将军，在下感激不尽。"

刘江玉说："首领，苦海无边，回头是岸，我希望此次息兵能让契丹族与中原之间永享和平，再无兵祸。"

李失活说："我也盼望着我们契丹人能成为大唐的子民，不再受兵祸之苦。"

刘江玉说："我相信圣上也很想听到首领的这句话。"

李失活："在下将跪倒于圣上面前，聆听圣上教诲。"

李鉴说："首领诚心归附，让人深感欣慰。但日后还想兴兵作乱，本将军的刀刃会随时为首领而准备。"

李失活说："大将军之言在下将铭记在心，契丹部族从此也不会与大唐为敌，并将一心一意侍奉大唐，接受大唐的礼仪教化。"

刘江玉说："首领之言让在下非常感动，我一定会将首领刚才说的话如实地禀报给圣上。"

李失活说："谢谢刘将军。"

刘江玉说："首领一路前来想必已经困乏，我派人送首领去休息。明天首领就回去安抚好部族，随时准备同我们到长安去面见圣上。"

李失活："在下听从刘将军安排。"交谈完毕，刘江玉命人安排李失活去休息。

李失活走后，刘江玉和李鉴无比喜悦。刘江玉说："大将军，此刻我们应该痛饮一碗酒，以示庆贺。"

"对，我去拿酒。"

"不用了，我已经准备好了。"

"刘兄果然是料事如神。"

"难道大将军认为李失活会和我们再打下去吗？"

"其实我就没想过让李失活投降。"

"大将军应该这样想，但凡能够用和平解决的问题何必要用打呢？"说着，刘江玉给李鉴递上一碗酒。

李鉴接过酒，说："是，让我们一起恭贺唐军收复失地，大胜敌军。干一碗！"

"为胜利干杯！"两人碰碗以后一同饮下，放声大笑。喝完酒，刘江玉写了一份给李隆基的捷报命人送往长安。

李隆基在接到辽东战场上的捷报以后并没有表现出多么兴奋，而是力排众议又给李鉴和刘江玉发出一道诏令，命令他们继续挥师北上向震国进军，征讨大祚荣。

李鉴在接到李隆基的诏令以后说："圣上英明，我们正好借机一雪天门岭之耻。"

刘江玉说："大将军视唐军荣誉为生命，这一点很让人佩服，但是我觉得向震国进军可不是什么雪耻的事情。"

"当年我数万唐军就是被大祚荣在天门岭击败的，此时此刻不是雪耻那是什么？"

"圣上让我们征讨大祚荣的目的在于安定北方，实现大唐完整统一的夙愿，并不一定非要开战。再说当年的天门岭之战完全是将领李楷固为了一己私心挑起来的。李楷固为了向天后表忠心，特向天后请命清剿靺鞨部。但是李楷固有勇无谋，生性凶残，大开杀戒逼得大祚荣走投无路，才使得大祚荣奋起反抗。要不是他的愚蠢，北方也不会乱成现在这个样子。"

"但是大祚荣这些年一直都没有入朝进贡，这说明他有不臣之心。"

"如果他有不臣之心，为什么还要保留震国公的封号，并且沿用震国的称号？这封号和称号可是天后赐予的。"

"那他为什么没有入朝进贡，侍奉朝廷？"

"大祚荣一直没有入朝侍奉，我觉得应该是契丹人和朝廷这些年内部不稳导致的。但是现在这些问题都已经解决了，我想要让大祚荣知道圣上的用心，最好以不战而使大祚荣臣服。"

"那要是大祚荣不肯臣服？"

"那这就是大将军该做的事情了。"

"你是说先礼后兵？"

"是的。我想给大祚荣写一封信，让大祚荣出来和我们谈一谈。"

"要是这样的话那就用不着进军了。"

"不，大将军可以做好猛虎下山之势，以兵威震慑之。"

"我明白了。"

"还有一件事情，大将军要特别注意。"

"什么事？"

"大将军在进军时候千万不能说什么一雪前耻的话，也要提醒将军们不要这样想、这样做，除非是大祚荣拒绝和谈。"

"刘兄放心，我知道。刘兄，我觉得不如我们先和靺鞨人打上一仗挫其锐气。这样岂不是更加有利于靺鞨人向我们求和吗？"

"这倒也是。但是大将军同靺鞨人交战只可小胜，尽量不要重创他们。否则要是他们狗急跳墙，这可就不好办了。"

"好的，我知道怎么做。"

李鉴大军挥师北上进军震国以后，震国上下惊恐万分，男女老少抱头痛哭，纷纷拿起武器准备抵御唐军。当年李楷固的所作所为给靺鞨部留下了挥之不去的阴影，此次唐军北征大破契丹、奚族联军，又极大地震慑了靺鞨部。唐军统帅李鉴的名号更是让靺鞨人胆寒，所以他们很怕李鉴因当年天门岭之战而前来报复。

李鉴率领唐军进军靺鞨部。靺鞨人明白唐军的实力远超于他们，尤其是李鉴手下的轻骑兵，从西域打到辽东还未曾遇到过对手。靺鞨军队减弱唐军轻骑兵的冲击，利用辽东地区茂密的森林为依托，同唐军进行周旋。况且靺鞨人本来就是狩猎为生，在树林里作战正好是他们的特长。

李鉴在分析了靺鞨人的战法后，果断放弃了对轻骑兵的使用，只带领步军拿着缴获契丹人的弓箭，进入到树林与靺鞨军队战斗。

在进攻之前，李鉴给手底下的将士们打气说："将士们，此次对靺鞨人作战将会是我们北征以来的最后一次战斗。打赢了靺鞨人，大唐的北方就会稳定下来，不再出现纷争，不再会有杀戮，圣上的心愿也就完成了。在此之前，我们降服了契丹、奚族，取得了辉煌的胜利。这些胜利，都是由于诸位将士披肝沥胆、舍生忘死拼杀而来的。大唐需要像我们一样的士兵。我们作为士兵需要的是荣誉，而荣誉，是要有一颗勇敢的心才能得到的。如今靺鞨人躲在树林里，想把我们当作猎物一样杀掉，难道我们就怕了吗？"

底下将士高呼说："进攻，进攻！"

李鉴说："是的，我们不怕！因为我们是大唐男儿，我们都有一颗勇敢的心。但是靺鞨人缩在树林里，难道我们就拿他们没办法了吗？"

底下将士们群情激昂，说："进攻，进攻！"

高镇等人都纷纷急不可耐地向李鉴请缨出战，李鉴笑着说："是，我们要进攻！这是我们北征以来的最后一仗，打赢了我们就可以回家了。消灭靺鞨部，荣耀回故里！"

唐军将士的斗志已经被李鉴的言语极大地鼓动了起来，个个斗志昂扬地高呼："消灭靺鞨部，荣耀回故里！"

余成千急切地说："大将军你别说了，你就好好地站在这里看着我们的表现就行了。快下令吧！"其他人听了以后也都跟着附和，请求李鉴下达进攻的命令。

李鉴对高镇说："进攻吧！"

高镇欣喜地说："是，大将军。"

高镇下令说："投石机准备。"

唐军中操作投石机的士兵，把一袋袋里面装着硫黄和火硝的袋子，装在数百台投石机上。高镇说："预备，放！"投石机把这些袋子，投向藏有靺鞨军队的密林中。发射出去的袋子碰撞到那些高大树木上的树枝后就被划烂了，里面的硫黄和火硝就像是秋天被风刮过的蒲公英一样，顷刻间散落在树林里。

接着，高镇发令说："弓箭手准备。"

弓箭手把点燃的箭矢搭在弓弩上。高镇说："预备，放！"无数火箭像雨点一般落向靺鞨军，那些被硫黄和火硝沾染过的草木，一遇到星星之火瞬间燃烧起来，森林里很快就燃起了熊熊大火。藏在树林里的靺鞨军士兵被这场突如其来的大火烧蒙了。随着火势的蔓延，靺鞨军实在难以忍受烈火下的高温和硫黄、火硝燃烧后发出的令人窒息的气味，霎时间乱作一团，四散逃命。大祚荣的两个儿子大武艺和大门艺作为靺鞨军的领军之人，急忙站出命令士兵不要惊慌，试图稳定军心。但是任由他们怎么呼喊都没能阻止士兵的逃亡，情急之下两人砍杀了几名带头逃跑的军士，才算是镇住了混乱的场面。

趁着靺鞨部混乱之时，高镇抽出佩刀说："将士们，消灭靺鞨部，杀啊！"唐军在高镇的带领下挥刀冲向靺鞨军。

大门艺见状，说："兄长，你快带人撤退，我去抵御唐军。"

大武艺说："不行，我们一起撤吧！"

大门艺说："兄长，要是我们一起撤到时谁都跑不了。你先带人走吧！留得青山在不怕没柴烧，快走！"

大武艺见劝阻不过，只好组织人马撤退。大门艺对手底下的亲随说："兄弟们，唐军来势汹涌，我们岂能坐以待毙！与其被烧死不如跟唐军拼了。冲啊！"

大门艺怒吼着带着人冲向了唐军，和高镇的队伍打了起来。但是在唐军强大的攻势下，大门艺的军队很快被击溃，大门艺也被高镇俘获。在唐军向靺鞨军发起进攻以后，李鉴骑在马上一直静静地观察着前方的战情，当大部分靺鞨军被迫撤退跑向密林以后李鉴说："鸣锣，撤军。"

肆拾捌

安定北方，祭奠英烈

高镇在击溃大门艺的进攻后，正要对大武艺的军队展开追歼，李鉴的锣声让他立刻止住了脚步。高镇率军撤回，来到李鉴面前说："大将军，我们正杀得兴起，突然间要撤军是为什么？"

李鉴说："穷寇莫追，谨防有诈。"

"他们都快被烧成烤猪了，哪有什么诈？"

"不必多说。我问你有没有追到什么重要的俘虏？"

"有，大祚荣的小儿子大门艺被我俘获了。"

"快带到我面前来。"

大门艺被五花大绑地带到李鉴的面前，李鉴问道："你就是大祚荣的小儿子大门艺？"

大门艺说："正是，你又是谁？"

"我是河北道行军大总管，也就是唐军的统帅李鉴。"

大门艺轻蔑地说："原来你就是李鉴。"

高镇怒喊："大胆，败军之将居然如此放肆。"正要举鞭向大门艺打去，李鉴说："不要动怒，来人，给他解开绳子。"

一个士兵给大门艺解开绳子后大门艺立刻冲向李鉴，企图跟李鉴拼命，嘴里喊道："李鉴你这个恶魔，我要杀了你。"但是他还没接近李鉴的身，就被高镇和李鉴身后的侍卫摁倒在地一顿暴打，李鉴说："住手，架起来！"

大门艺被架到了李鉴的面前，李鉴走到大门艺的面前说："我是唐军的统帅，掌管着大唐几十万精锐之师，你想杀我就能杀得了吗？"

大门艺高声说："我不管，我就是要杀你！你不想让我们活，我就要你死！"

李鉴靠近大门艺，看着他倔强的模样笑着说："你看我站在这里纹丝不动，你已经被打得不成人样了，你说你怎么杀我呢？我只要动动手指头，保证你死得很快。"

大门艺昂着头说："要杀要剐，悉听尊便。"

李鉴笑着说："我说你这年纪轻轻的怎么老想着死呢？我要是想杀你，我手下随随便便一个士兵赤手空拳都能把你打得脑浆崩裂，我会跟你说这么多话吗？"

大门艺说："士可杀不可辱，你有种就给我来个痛快。"

李鉴突然间感到自己理屈词穷，说："行了，这打也打了，闹也闹了。我们开始谈正事吧！"

大门艺不解地问道："谈什么正事？要杀赶紧杀，别多说废话。"

李鉴说："我这里有一封信，你只要肯把这封信带回去交给你的父亲，我马上就放你走。"然后，李鉴命人放开大门艺，并拿出信交给了他。

大门艺接过信，说："你肯定有什么阴谋。我要是不想带给我父亲呢？"

李鉴勃然大怒，一脚将大门艺踹翻在地，用脚踏着他的胸口说："我告诉你，本将军的忍耐是有限度的，你最好把这封信交给你的父亲。要是三天后我见不到你父亲的人，靺鞨部将遭受灭顶之灾。靺鞨部是福是祸你看着办吧！"

李鉴拿开脚，大门艺从地上爬起来，望着李鉴满脸的杀气，终于服软了。李鉴大声说："来人，牵一匹马过来。"

侍卫把一匹马牵到李鉴面前，李鉴说："骑上马，快滚。"大门艺不相信李鉴会放掉他，仍然站着不动，呆呆地望着李鉴。李鉴斥责说："看什么看，快滚。"大门艺翻身上马，扬鞭打马快速离开了。

靺鞨部首领大祚荣起初对于李鉴行军北上感到惶恐不安，他明白如今唐军大破契丹、奚族联军，已经让李失活、李大酺臣服，此时士气正盛。而且，此次唐军的总数几乎和自己的部族人数一样多，他根本打不过唐军，他的部族也经不起这样大规模的战事。如果负隅顽抗，以李鉴的用兵作战风格，毫无疑问靺鞨部将面临一场浩劫。

正当他为此感到黯然神伤的时候，他的小儿子带着刘江玉写给他的信回来了。他看了刘汇玉的信以后心才平静下来，因为这封信让他看到了和谈的希望，这是他一直以来所追求的愿望。他需要将多年来的心迹向朝廷表明，让朝廷知道他是想臣服大唐的，根本无意与大唐对抗。

大祚荣来到李鉴的军营，说："拜见二位大将军。"

李鉴说："震国公不必多礼，请坐。"

大祚荣坐下后，刘江玉说："震国公能够前来让人着实欣慰。"

大祚荣说："我看了黜陟大使的信以后万分感动，我今天来就是要向朝廷表明心迹，我和我的部族对大唐的忠心可见天日，还望二位大将军明鉴。"

刘江玉说："震国公之言我十分相信，还请震国公随我回长安面见圣上，如何？"

大祚荣说："只要我的部族能够得到大唐的垂爱，不再受到猜忌，我愿意入朝进贡，听候圣上发落。"

李鉴说："震国公放心，大唐只会对那些犯上作乱、存有狼子野心之人用兵。震国公若是怀有仁爱之心，大可不必担忧。"

刘江玉说："大将军所言极是，我皇圣明，素以仁义而治天下。震国公尽管放心好了。"

大祚荣说："既然有了二位大将军的保证，我随时可以跟随二位大将军进京面圣。"

刘江玉说："这就好，我相信圣上也正在长安等着震国公的到来。"

大祚荣说："我也想急切地面见圣上，倾听圣上的教诲。"

刘江玉说："震国公回去安抚好部族以后就随我们一起去长安面见圣上吧！"

大祚荣说："我即刻回去安抚部族，二位大将军告辞。"

刘江玉说："我派人护送震国公。"

大祚荣说："多谢刘将军。"

李鉴说："震国公一路走好，盼望着与你再次相会。"

大祚荣说："我将尽快回来，大将军告辞。"

大祚荣走后,李鉴和刘江玉兴奋地击掌相庆,李鉴说:"战争结束了。"

刘江玉说:"是啊,战争终于结束了。"

李鉴说:"我去把这个消息告诉将士们。"

刘江玉说:"我也要马上将此事告知圣上,让他安心。"

李鉴说:"好的。圣上也肯定在等我们的捷报呢!"

李鉴走出军帐,高喊道:"将士们,战争结束了。我们就要回家了!"

将士们听到李鉴的话后,一传十十传百,军营里很快就沸腾起来。李隆基在接到刘江玉的捷报后万分欣喜,即刻下诏给李鉴命令他整顿兵马,班师回朝。

唐军在辽东战场上的军事行动以胜利的姿态宣告结束。李鉴大军带着契丹首领李失活、奚族首领李大酺、靺鞨部首领大祚荣率军向南走去。

唐军班师行至范阳,刘江玉命人把此次阵亡将士的灵位放到范阳城内的悯忠寺(现在的法源寺)。悯忠寺是唐太宗李世民为纪念东征中死难的将士而修建的。唐贞观十九年(645),已经四十七岁的李世民决心东征高丽。因为在西晋灭亡以后,中国历经了三百年的动荡混乱时期,这为朝鲜半岛上的高丽、百济、新罗三国的崛起提供了契机。尤其是高丽,趁机侵占了辽东以东、黑龙江和松花江以南的大片土地,这是绝对不能容忍的。朝鲜半岛上的这三个国家,虽然都向李唐纳贡称臣,但是三国之间矛盾重重,经常相互攻伐。他们之间其中一个受到了另一个的进攻,被进攻的一方就会向中原王朝求援,中原王朝便卷入战争。

贞观十六年(642)十一月,高丽权臣盖苏文杀掉了高丽国王高建成,自任"莫离支",相当于唐朝的兵部尚书兼中书令,把持高丽朝政。这时,新罗派遣使臣来长安,告发百济国攻取了新罗四十多座城池,又同高丽联合封闭道路,阻止新罗与唐朝的来往。李世民派农丞相相里玄奖("农丞相"是官职,"相里玄奖"是名字)带上玺书出使高丽,劝说双方停战。盖苏文根本不听唐朝的诏令,仍然进攻新罗。李世民忍无可忍,决定出兵征讨高丽。

然而,李世民东征高丽的举动遭到了一些大臣们的反对,李世民心里也清楚高丽之战不好打,因为辽东太远,补给困难,而且高丽人很会守城,善于打防御战。隋炀帝杨广四征高丽,付出了惨重的代价,直接导致了隋朝的灭亡。

后来，高丽王高建成一面承认高丽与李唐的藩属关系，同时却为保住高丽侵占中国辽东的大片土地，用了十六年的时间在东北自扶余城(今吉林四平)、南至大海修了一条长达千余里的长城作为屏障，以此来阻挡唐军的进攻。但李世民说："东边本来就属于中原王朝的地域，隋朝四次派兵出征而不能取胜。如今朕亲自东征，是想要为中原人的子弟报其父兄之仇，为高丽百姓雪其国王被杀的耻辱。而且四方都已平定，只有这一块小地方没有平定，所以趁朕还没有衰老，用士大夫们的余力打败他们。朕从洛阳出发以来，只吃肉食，而一点不吃早春蔬菜，是担心因此而烦扰百姓。"李世民作为一个有作为的皇帝，"对保重祖宗基业"的历史情结是很重的，因为对于中国每个政治人物而言，收复失地、恢复疆域是必须坚守的爱国信条。

到了来年三月，李世民率领十万大军，东征高丽。五月，唐军打到了辽东城下，辽东是现在中国东北的辽阳城，血战以后攻下了辽东城。六月，已进军到安市（辽宁盖平县东北）。盖苏文动员了十五万人，双方展开了恶战，最后高丽打不过，就决定坚壁清野，将几百里内断绝人烟，使唐军无法就地找到补给。就这样战争拖了下去。九月，唐军进攻安市（今辽宁海城东南营子城），进攻失利。辽东转寒，军粮无法供应，唐军无奈退兵。

到了十一月回到幽州（隋炀帝大业初年罢州置郡，改幽州为涿郡，后来又改为范阳郡）的时候，所有的人马只剩下五分之一了。

李世民看着这些死去的将士流下了眼泪，心里十分痛苦。于是他在幽州盖了一座庙，追念这次征东而死的所有将士。这座庙就是悯忠寺的前身。可寺还没建成，李世民就去世了。

李世民以后，李唐又先后四次征讨高丽。直到唐高宗李治总章元年（668）才彻底打败高丽。李唐在平壤设置安东都护府，以薛仁贵为安东都护，驻军两万镇守。经过唐高宗李治、武则天的多次下诏续建，这座庙于万岁通天元年竣工，命名为"悯忠寺"。寺里面盖了一座大楼，叫悯忠阁，立了许多纪念牌位，阁楼盖得极高，以至于后来有一句谚语："悯忠高阁，去天一握。"表示它离天很近。

刘江玉把阵亡将士的灵位在悯忠寺里安置好以后，李鉴和刘江玉率领全体将士对供奉在悯忠寺里的英烈们进行祭拜。他们是为国家尽忠而捐躯的，为国家和平而付出了珍贵的生命。他们的牺牲是叫人心恸的，他们很多人的身世是可怜的。他们当中大部分人或许连个名字都没留下，即使留下名字的也会在一段时间以后被世人遗忘。但是，这片后世子孙赖以生存的土地却永远洒着他们的鲜血，见证着他们英勇战斗过的光辉历程。

  在祭拜的过程中，面对这些曾经一起生活过、并肩战斗过但却已经永远离开的兄弟们的灵位，很多人泣不成声，久久不愿离去。

  那些阵亡的人和在战争中活下来的人，可能曾经彼此相互照顾、互相仰慕、舍身救过对方而结下了深厚的友情；也可能他们之间有着口角之争，彼此怨恨对方，甚至是感受不到对方的存在，巴不得对方赶紧去死，以泄心头之恨。可是，当那些曾经生活在自己身边的人战死沙场、成为一具具冰冷的尸体摆放在他们面前的时候，不管是谁都会不自觉地心生愧疚，内心无法接受他们的离去，甚至想着为什么战死的是他们而不是自己，因为他还没来得及对他说：我们是兄弟，我们永远是兄弟！

肆拾玖

胜利的喜悦

李鉴和刘江玉看到这样的场景心里也是翻江倒海,不知道怎么去劝慰手下的将士。但他们知道祭拜总要结束的,因为死去的人已经死了,活着的人还要继续活下去,即便下一场战争中死的是自己,那也是一件很正常的事情。活着就要面临死亡,但是为什么而献出自己宝贵的生命,这才是活着的意义所在。

最终,李鉴和刘江玉不得不以命令的方式,迫使将士们离开悯忠寺。

唐军自北征以来,一直处于高强度的军事行动之中,将士们早都已经身心疲惫。因此,在祭拜完阵亡的将士以后,唐军在范阳进行休整。休整期间,李鉴邀请刘江玉到范阳城外打猎。李鉴和刘江玉带着侍卫们来到范阳城外,打完猎以后刘江玉对李鉴说:"大将军,这次北征大胜而归,大将军也就是我大唐名副其实的霍去病了。"

李鉴说:"刘兄过奖了,我只要能为大唐征战就已经心满意足了,并不图那些虚名。"

刘江玉说:"大将军如此年轻就已经能够统领千军万马征战四方,并且立下赫赫功勋,实在是我大唐之福。"

李鉴说:"刘兄现在也就是接近而立之年,不是也监管着我大唐几十万军队,那我应该怎样恭贺刘将军呢?"

刘江玉说:"也是,我也就比你大几岁而已。能够取得如此成就,的确得益于上天的恩赐,圣上的垂青。不知大将军对自己如何看待?"

李鉴说:"我只能说我很幸运。"

刘江玉说："不妨说来听听。"

李鉴说："我自十六岁参军到现在已近七年有余，大小战斗不下百次，曾经有三次险些丧命。"

刘江玉说："哦？"

李鉴说："第一次，是我在做越骑校尉的时候。我军跟吐蕃人战斗，几个吐蕃骑兵围攻我。有一个用长枪刺进了我的左胸膛，把我挑落马下。滚到地上时，鲜血从胸膛里直往外冒，把铠甲都染红了，我当时站都站不起来，晕了过去。幸亏高镇他们过来解围，我才捡回一条命。事后他们告诉我说，那个枪头刺进我的胸膛有两寸之多。第二次，是和吐谷浑作战的时候。当时我率领八百人追歼敌军，被敌军五千骑兵围攻，有一支箭射进了我的右肩膀，我手里的刀都举不起来了。正当我们筋疲力尽、以为要为国捐躯之时，突然间狂风大作，吹得人根本睁不开眼睛。等风停了以后，敌人都不战而跑了。第三次，是在和突厥人作战的时候。我率军向敌人发起冲锋，我的坐骑被敌人射倒了，我从马上摔了下来，把腿摔断了，站都站不起来。有一支流矢从我的脖子上呼啸而过，我当时感觉脖子很疼，鲜血顺着脖子往下流。等到打败敌人以后才被人救了。这三次经历，不管哪一次都差一点让我丧命，可是我却活了下来。你说这不是幸运是什么？"

刘江玉说："大将军谦虚谨慎，诚恳待人，这或许是上天有意在眷顾大将军。"

李鉴说："也许吧！因此对我来说，每次能够活着得胜而归，就已经是很不错的事情了。"

刘江玉说："大将军重情重义，令在下钦佩。但我说的不是这个。"

李鉴说："愿听刘兄教诲。"

刘江玉说："人生在世，世事无常，天下风云变幻莫测，如何能在繁芜丛杂的世事中永远保持一颗平和的心，淡泊名利，不计较个人得失，这才是我们统军之人的本色所在。"

李鉴说："刘兄之言令在下获益匪浅。"

刘江玉说："其实这些我也是从大将军身上看到的。"

李鉴说："刘兄心思缜密，足智多谋，有通观全局之远见。日后若是领军出战，我都想与刘兄并肩出征，由刘兄来运筹帷幄，我来决胜千里，如何？"

刘江玉说："我正有此意，我很乐意与大将军一起共事。"

李鉴说："那太好了，一言为定。"

刘江玉说："一言为定。"

打猎归来的那天晚上，唐军在范阳城外举行了一场隆重的庆功宴，以庆祝此次北征的胜利。在唐军的军营中，无数点燃的火把照亮了整座军营。到处篝火旺盛，肉香飘荡，酒香四溢，欢声笑语，响彻夜空。李鉴在与将军们饮酒作乐，猜行酒令，玩得不亦乐乎。

酒过三巡，李鉴有点微醉了，他忽然间想起了自己的出身。他虽然贵为名门之后，但不过是个小妾的儿子。在他未崭露头角之前，先辈的名望其实跟他一点关系也没有，只有在他真正取得成就以后世人才说他是李靖的后人，理应获得如此成就。但谁又能知道他这一路走来所经受的种种考验与磨难呢？所以他的内心根本不认同自己是李靖的后人这一事实。此时此刻，他想起了他的生母，一个没有任何地位可言的女人。在他母亲生前，他都不能称生母为"嫡母"，而把她称作"庶母"。他与他的嫡母所生的孩子，完全是两个不同等级的人。正是在这样的生长环境之下，他从小就立志在战场上建功立业，以此来改变自身的命运。如今，这个梦想已经实现了，但是他的生母却无法看到他所取得的成就了。

李鉴想起这些自身经历的种种过往，他一手拿着酒杯另一只手抽出腰刀，拖着刀走到中间大声吟道："对酒当歌，人生几何。譬如朝露，去日苦多。慨当以慷，忧思难忘。何以解忧，唯有杜康。"然后将杯中的酒满饮而下，望着多如繁星的篝火泪光闪烁。

刘江玉听了李鉴所吟唱的《短歌行》，明白李鉴不是在表达什么求贤若渴的心情，而是在抒发他自身的坎坷人生。于是他举着酒杯，拿着酒壶走到李鉴的身边，给李鉴又斟满了一杯酒，李鉴说："多谢刘兄。"

刘江玉随口吟道："今日良宴会，欢乐难具陈。弹筝奋逸响，新声妙入神。令德唱高言，识曲听其真。齐心同所愿，含意俱未申。人生寄一世，奄忽若飙尘。何不策高足，先据要路津？无为贫贱守，轗轲（坎坷）长苦辛。"

李鉴感叹说："是啊，无为守贫贱，轗轲长苦辛。刘兄，我以前是不是太过争强好胜，太过逼迫自己了？"

刘江玉说："每个人都会有自己的不幸，过去了就让他过去吧！何必想那么多呢！今日大家这么高兴，大将军可别扫兴。"

李鉴笑着说："怎么会？刘兄可会演奏乐器？"

刘江玉说："会一点。"

李鉴说："《一戎大定乐》会演奏吗？"

刘江玉说："没问题！那大将军会跳舞吗？"

李鉴说："当然。"

刘江玉说："那大将军还不快点兵点将，等什么呢？"

李鉴说："高镇、杨启贤、王震宇、余成千以及会跳《一戎大定乐》的快来站到我身后，刘将军要为我们奏乐了。"

李鉴一言刚出，高镇等一百四十多人抽出佩刀，整齐列队在李鉴身后。当刘江玉带着鼓乐手将音乐奏起时，李鉴带着人跳起了《一戎大定乐》。激昂紧凑的乐声，配合着千变万化、气势恢宏的舞步，极大地展现了军人豪壮之情，战场上激烈拼杀的场景似乎也浓缩进了舞蹈中，甚至比真实的战争场景更加令人震撼。因为在真实的战场上，大家只想着杀敌，眼睛被残酷的血腥淹没，根本无法用心去体会其中的波澜壮阔。但是眼前的乐舞却能让人感受到强烈的战争氛围。在舞跳完以后，宴会上响起了山呼海啸般的喝彩声。这场宴会一直进行到深夜，最后在刘江玉的招呼下大家才意犹未尽地散去。

唐军休整完毕，李鉴、刘江玉带着李失活、李大酺、大祚荣率领骑兵走陆路，高镇带率领步军沿着大运河走水路，启程回长安。

唐军得胜的消息传到长安，李隆基终于放下了心如火灼的焦躁情绪。为了打这一仗他顶着很大的压力，冒着很大的风险。唯有打赢才能兑现他许下的大唐完整统一的诺言，才能让那些当时反对出兵的大臣无话可说，从而加强他的威望，让他在以后的决策中更具权威性，进而也能让天下人从内心里认识到，他才是当之无愧的天下之主。

果然，在第二天朝会上，中书令姚崇把唐军得胜的消息向大臣们汇报以后，群臣纷纷对李隆基进行称颂，颂扬他英明神武，雄才大略。

在朝会结束后，皇后王氏在太液亭摆宴向李隆基进行恭贺，她知道李隆基为了这场胜利付出了很大的精力，整日俯身文案，时刻关注着前线的战局。无论是调兵遣将还是筹备物资支援前线，都是李隆基亲自做出安排，只有一场胜利才能给他安慰。

李隆基也很乐意在这个时候与妻子王氏分享这场胜利所带来的喜悦，在他看来只有王氏才是最懂他的人。王氏举起酒杯说："臣妾敬陛下一杯，恭贺陛下文韬武略，剿灭叛军，维护大唐之统一。"

"皇后之言让朕很欣慰。"两人碰杯以后一同饮下。

"那第二杯酒该敬谁呢？"

"第二杯酒敬为大唐征战的将士们，臣妾为大唐能有这样的热血男儿而深感荣幸。"

"皇后真乃识大体之人，敬大唐的将士们一杯。"

两人喝下以后李隆基说："那第三杯酒该敬谁呢？"

"第三杯酒……臣妾愚钝，还请陛下明示。"

"第三杯酒是该朕敬皇后了。感谢皇后这么多年一直陪在朕的身边，帮助朕成就帝业，朕对此没齿难忘。"

王氏听了李隆基的话激动得流下了泪水，说："谢谢陛下的厚爱。"

第三杯酒喝下去后，李隆基看着王氏说："朕最近发现，宫里的人都衣着朴素，连皇后也是这样，这是何故？"

"臣妾觉得再华丽的衣服也不过是衣服，没必要那么华丽。陛下提倡节俭，臣妾也该从自身做起。"

"原来如此，其他人要节俭，但皇后除外。"

"陛下都要勤俭，不肯使用珠宝玉器、锦绣织物。臣妾怎么可以例外？"

李隆基握着王氏的手说："还记得当年你父亲拿衣服换一斗面粉，给朕做生日汤饼的事吗？"

"都是过去的事了，还提它干吗！"

"忆苦思甜。当年你与朕吃了那么多苦，现在朕怎么能让你再吃苦呢！"

"只要能跟三郎在一起，臣妾就感到很开心了，其他任何事情都不重要。"

李隆基紧紧地抱着王氏，两人一起看着太液池的美景。池中那一张张荷叶，翠绿的墨绿的颜色不一，千姿百态。它们挨挨挤挤，有的紧紧贴在湖面上，有的出水很高，还有的卷着卷儿，似乎很害羞的样子。那些高高挺立着的荷叶，犹如亭亭玉立的少女跳舞时高高飘起的裙摆，而浮在湖面上的荷叶好似一个个玉盘。偶尔几只青蛙跳到荷叶上，溅起的一朵朵水花落在了"玉盘"里，变成一颗颗圆滚滚的珍珠。可爱透亮的"珍珠"在"玉盘"里滚来滚去。

北征的大军回到长安，李失活、李大酺、大祚荣事先被安排在馆驿歇息，听候李隆基的召见。朝廷为北征归来的将士举行了盛大的欢迎仪式，将士们在李鉴和刘江玉的带领下沿着朱雀大街进入长安城，受到长安民众的夹道欢迎，人们争先恐后地去目睹这位"唐之霍去病"的风采。

为了能使凯旋的将士走得慢一点，有人故意将燕麦撒在路面上。李鉴和身后将士们骑的马，闻到燕麦的气味低下头去吃燕麦。李鉴等人马不能行，只好下马步行。这时民众开始沸腾了，他们不顾维持秩序的侍卫阻挠，都想靠近一点去看李鉴的尊荣。当李鉴走到他们面前时，山呼海啸般地对着李鉴喊道："大将军神威！大将军神威！"李鉴只是以微笑应对之，并无太多的兴奋之情。在他看来，能够带着一场胜利活着回来就已经是万幸了，除此之外并没有什么值得称道的事情。当李鉴和刘江玉率领着众将士走到朱雀门时，中书令姚崇率领三省六部的官员，早已经在朱雀门等着迎接他们。李鉴和刘江玉疾步上前说："拜见姚大人。"

姚崇说："恭贺二位将军凯旋。"

李鉴说："多谢诸位大人相迎，在下愧不敢当。"

刘江玉说："此次北征还得多谢诸位的鼎力支持，才能大破敌军。"

姚崇说："二位将军过谦了。不说了，圣上在含元殿正等候二位将军呢！快进去吧！"

李鉴和刘江玉在朝臣们的簇拥下从朱雀门踏进皇城，穿过承天门进入宫城，最后从丹凤门进入大明宫来到含元殿。李鉴和刘江玉伏地高呼道："臣等叩见陛下，陛下万岁万岁万万岁！"

李隆基快步走过来把李鉴和刘江玉扶起，说："二位将军快快请起。"

李鉴、刘江玉说："多谢陛下。"

李隆基说："二位将军此次大破敌军，乃我大唐之幸，万民之福。"

李鉴说："食君之禄替君分忧，乃臣之本分。"

刘江玉说："此次北征能够得胜，乃是我大唐将士拼死杀敌之功，我二人所做之事微不足道。"

李隆基说："爱卿所言甚是，众将士辛苦了。"

李鉴、刘江玉说："大唐将士誓死效忠陛下，为大唐尽忠。"

李隆基说："二位将军团结一心，指挥得当，功不可没。朕擢升你二人为骠骑大将军，其他将军各晋升一级。此次北征四品以上武官及立功将士，朕要在麟德殿设宴，为众将士接风洗尘。"

李鉴、刘江玉欣喜万分地说："臣等谢陛下皇恩。"

李隆基对张说说："张爱卿，犒赏三军的酒食准备好了吗？"

张说说："回陛下，已经准备妥当。"

李隆基说："那就由你代朕到军营中犒赏三军吧！"

张说说："是，陛下。"

李隆基在麟德殿摆宴，款待北征立功的将领。此外，刘江玉的妻子陈氏被特别恩准参加，陪同皇后王氏。在宴会上，李隆基与皇后王氏亲自向将军们敬酒。李隆基和王氏举着酒杯来到李鉴的面前，李隆基说："大将军用兵如神，大破契丹、奚族联军，又使得靺鞨部臣服。为保卫大唐完整统一立下了不朽的功勋，乃我大唐首屈一指的三军统帅之人，朕敬大将军一杯。"

李鉴激动地说："能为大唐效力、替陛下分忧，微臣万死不辞。微臣更应该敬陛下和皇后才是。"

王氏说："大将军神勇，敬大将军。"

李隆基夫妇和李鉴饮下酒以后来到刘江玉的面前，李隆基说："刘爱卿心细如丝，谋略过人，与大将军一起安定北方，劳苦功高，让朕欣慰。朕为能有刘江玉这样的盖世英豪而不胜荣幸，朕敬刘爱卿。"

王氏说："刘爱卿辛苦了，敬刘爱卿。"

刘江玉说："陛下之言让微臣惶恐，微臣谢陛下和皇后的厚爱。"

在刘江玉喝完酒以后，李隆基说："大将军，把在场诸位将军都给朕介绍一下吧，朕和皇后要和将军们每人饮一杯。"

李鉴说："是，陛下。"

李鉴从高力士的手中接过酒壶为李隆基斟酒，刘江玉也从王氏身后的侍女手中接过酒壶给王氏斟酒。李鉴把李隆基夫妇引致高镇面前，说："陛下，这位是冠军大将军高镇。"

李隆基说："高将军，人称你是我唐军第一猛将，真是百闻不如一见。今日得见果然是不同凡响。高将军以十万大军围攻李大酺部，在粮草即将枯竭告罄之时迫使李大酺投降求和，为此次北征的胜利立下了汗马功劳。朕敬高将军。"

王氏说："敬高将军。"

高镇说："谢陛下，谢皇后。"

来到王震宇面前，李鉴说："陛下，这位是怀化大将军王震宇。"

李隆基说："王将军，此次以微弱兵力攻打契丹十几万人马，仍然不失我唐军风范，王将军勇猛。敬王将军。"

王氏说："敬王将军。"

王震宇说："谢陛下，谢皇后。"

来到杨启贤面前，李鉴说："这位是云麾大将军杨启贤。"

李隆基说："杨将军会同王将军攻打契丹、奚族联军，战果卓著，之后又在消灭契丹军主力中表现神勇。敬杨将军。"

王氏说："敬杨将军。"

杨启贤说："谢陛下，谢皇后。"

来到余成千面前，李鉴说："这位是云麾大将军余成千。"

李隆基说："余将军用兵善于长途奔袭，此次袭击李失活后方，极大地打击了李失活的嚣张气焰。余将军威猛，敬余将军。"

王氏说："敬余将军。"

杨启贤说："谢陛下，谢皇后。"

李隆基给将军们敬完酒后，举起酒杯，高声说："大唐将士，攻无不克，战无不胜，乃天下之英豪也。"

将军们齐声高呼："陛下万岁，万岁万万岁！大唐万岁万岁万万岁！"

接下来，李隆基命人演奏《秦王破阵乐》《兰陵王入阵曲》《胡旋舞》《功成庆善乐》等歌舞为将军们助兴。李隆基的盛情相待取得立竿见影的效果，赢得了将军们的心，让他们认识到李隆基是一个他们值得效忠的帝王。

伍拾

清理斜封官

李隆基和将军们饮酒取乐,一会儿聊着战场与敌军作战的场景,一会儿抒发心中的壮志豪情,完全忘记了君臣之别,毫无拘束之感。刘江玉的妻子陈氏第一次参加这样盛大的宴会,因而坐在皇后王氏的旁边显得局促不安。王氏看出了陈氏的拘谨,便笑着问道:"夫人,是不是感到有些不适?"

陈氏说:"回皇后,民女乃粗鄙之人,从未见过宫廷之礼,让皇后见笑了。"

"夫人不必在意这些,请靠近本宫来坐。"

"谢皇后。"

陈氏在王氏的身边坐下后,王氏拉着陈氏的说:"夫人,他们说他们的,我们不用理会。夫人可知现在跳的这是什么舞吗?"

陈氏摇摇头,说:"民女不知,愿皇后赐教。"

"眼前这舞叫《兰陵王入阵曲》。"

"原来这就是《兰陵王入阵曲》啊!"陈氏情不自禁地感叹道。

"正是,夫人听说过?"

"回皇后,民女只是听人们讲起过兰陵王,也听说过有此舞曲。但从未见到过,今日真是大开眼界了。"

"夫人可知此曲的来历吗?"

"民女听人说,兰陵王名叫高肃,字长恭,时人称之为高长恭,是南北朝北齐末期的名将。因英勇善战、战功卓著被封为兰陵郡王,故而后世称之为兰陵王。他因外貌俊美，为了在阵前震慑敌军，每次打仗的时候都要戴上凶恶的面具，战无不胜。"

"夫人，知道得挺多啊！"

"民女都是听人言传的，岂敢在皇后面前显摆。但是，不知这曲子讲得是什么？"

"这《兰陵王入阵曲》源于河清三年邙山之战。此战中兰陵王受命于中军，领五百勇士攻入北周包围圈内，使北齐军队反败为胜。邙山之战胜利后，北齐皇帝高纬亲到洛阳慰劳三军，庆功宴上能歌善舞的北齐将士就以这场胜仗为背景，创作了这首歌颂兰陵王的舞乐。"

"原来如此。皇后见多识广，让民女深表钦佩。民女敬皇后一杯。"陈氏端起酒杯，向王氏敬酒。

"夫人请。"

两人一同饮下。经过这番交谈，陈氏身上的紧张之感消失了，她和皇后尽情地欣赏着宴会的舞乐，开怀畅谈。

然而，李隆基对将军们的器重也使李鉴手下的一些人有点飘飘然，产生了居功自傲的心态，随之骄横的情绪也逐渐在一些将士们的中间渐渐地弥漫开来。

宴会结束后，李鉴回到了府邸。林妍儿早已经等候着他的归来，李鉴看到林妍儿惊喜万分地说："你什么时候来到长安的？"

"不久前来的。你喝酒了？"

"圣上在麟德殿设宴款待我们凯旋的将士。圣上在宴会上说：大唐将士，攻无不克，战无不胜，乃天下之英豪也。这是圣上亲口说的，圣上英明！"

"你醉了，我扶你去休息。"

"我没醉，我很清醒。我得胜归来，难道你不高兴吗？"

"我当然高兴，只要你平安归来我就比什么都高兴。"

李鉴盯着林妍儿的脸庞看了看，说："我发现你的眼睛怎么那么红啊，人也都有点憔悴了。最近一切都好吗？"

"没发生什么，我一切都好，你累了就快休息吧！"林妍儿赶紧躲开李鉴的眼神。

"我还真是有点累了,浑身酸痛。"李鉴摸着晕乎乎的脑袋,便一头倒在床上。

李鉴躺下以后他的思绪仍然沉浸在麟德殿宴会那种欢乐的气氛当中,嘴里不停地自言自语说:"大唐将士,攻无不克,战无不胜,乃天下之英豪也。"林妍儿则坐在李鉴的身旁默默地流着眼泪,她不知道该如何向李鉴诉说当下她所处的境况,内心充满了自责与悔恨。不知不觉中,她突然间感觉自己和李鉴之间产生了一定的距离,因为李鉴现在已经是深受世人敬仰的三军统帅,前途不可限量。这种距离感让她难以接受,更无法去面对。

思虑间,李鉴倒在床上自言自语地说:"妍儿,我已经凯旋,我要娶你为妻。"林妍儿趴在李鉴的身上低声痛哭,说:"我对不起你,我对不起你。求你别说了。"

在李鉴睡着后,林妍儿从李鉴的房间走了出来。她来到后庭花园的亭子中,在石凳上坐下,望着池水中盛开的荷花发呆。在月光的照耀下,池水里绿色的荷叶和粉色的荷花,像是覆盖了一层薄薄的清霜,朦朦胧胧,若隐若现。忽然间,一只青蛙从荷叶上跃起跳进池水里,激起一圈圈涟漪,随后一阵阵蛙声响起。蛙声与草丛里的虫鸣交织在一起,构成一曲曲优美的乐曲。

林妍儿望着月色下的荷花,想起了李鉴陪她游览曲江池芙蓉园的情形,想着想着泪水不自觉地从眼角溢出,滑落至脸颊上,随着泪水的不断涌出,眼泪又从脸颊跌至衣襟上。林妍儿心中难言的痛楚已经让她忘记了拭去脸上冰冷的泪水,而是任凭眼泪不加限制地往下掉。过了一会儿,一阵哭声从喉咙里缓缓发出,渐渐地越来越大,以至于盖过了周围的蛙声和虫鸣声,划破了寂静的夜空,让四周的花草虫鱼都为之惊愕。

当李鉴北征取得胜利、班师回朝的消息传到洛阳时,林妍儿为了想和李鉴团聚,同时也想给李鉴一个惊喜就提前来到了长安,等李鉴归来。可是,她来到长安不久朝廷就派人给她传话,命令她未经允许不准离开长安,并且随时等候问话。自此以后她便惶惶不可终日。因为李隆基杀掉太平公主以后开始整顿吏治,重点清理斜封官。太平公主在世时任命了大批的斜封官,在洛阳地区被任命的斜封官就是走她的门路攀上太平公主取得官位的。

太平公主如今已经被李隆基给杀了,虽然李隆基对此前追随大公主的人采取宽宏的政策,但常言道拔出萝卜带出泥,洛阳地区有些斜封官坏事做尽,在查处那些人的时候难保不牵扯到她，把她自身存在的一些问题给一道查出来。当想到这些的时候，林妍儿坐卧不安，心烦意乱。

为了全身而退，尽快了结她和斜封官的牵扯，林妍儿运用以前太平公主在世时积累起来的人脉关系，四处进行活动。

林妍儿趴在花园的亭子里哭泣，一个侍女循着哭声而来，远远地问道："请问是林姑娘吗？"

林妍儿听到侍女的唤声迅速擦干眼泪，答道："是我，有事吗？"

侍女走到林妍儿的跟前，说："主子，我回来了。"

林妍儿心情沉闷地问道："东西和请帖都送出去了吗？"

侍女说："回主子，已经送出了。明天晚上，曲江池那边的宴会也都准备好了，那些被请之人都会前来赴宴。"

林妍儿说："做得好。你去吧。"

曲江池周围宫殿连绵，楼阁起伏，垂柳如云，花色人影，景色绮丽。到了晚上灯火通明，笙箫不绝，林妍儿在宴会上先是追忆往昔，他们在一起荣辱与共、相互扶持时结下的深厚交情。然后又向他们表达了想回家服侍二老的孝心，希望他们能够为自己在朝廷上说说话，让她离开长安，早日回家侍奉二老。虽然林妍儿没有提她与他们都是出自太平公主门下，曾经为太平公主奔走效命，但是大家都心知肚明，毕竟曾经都是在太平公主这口锅里吃饭的。虽说这口锅已经被李隆基给端了，但是现在自己昔日的同仁有事相求，怎么能不念及旧情呢？更何况拿人的手软，吃人的嘴短。因此，他们都满口答应林妍儿，表示会给她办这件事情。

酒酣之际，御史大夫毕构向突然带着人来到了宴会上，扬声说："今天这里好热闹。"大家回头一看，在场的所有人马上惊出了一身的冷汗，喧闹的宴会一下子变得鸦雀无声，犹如死寂一般。毕构向走到宴会中间，环视一周，抬起手指着说："吏部、礼部、刑部、户部、工部，还有大理寺的人。呀！国子监也来人了。这简直比圣上上朝还热闹！热闹，真是热闹！"接着，毕构向又高声说："今天是谁在这里大宴宾客？"

众人的目光齐刷刷地投向了林妍儿，林妍儿怀着胆裂魂飞的心情来到毕构向面前，说："回毕大人，是在下宴请诸位同仁。"

"同仁？"毕构向大笑一声，走到林妍儿面前，说："原来是林姑娘。林姑娘的大名在下可是如雷贯耳，失敬，失敬。"

"毕大人之言让在下惭愧。"林妍儿知道毕构向话里有话，心里面翻江倒海，无法平静。

"圣上提倡节俭，连皇后都不穿华丽的衣服，不用精致的物品。你为何置圣上的教化于不顾，而在这里大摆筵席？"

林妍儿愣了一下，在避开毕构向严厉的目光后，赶紧圆谎说："我大唐将士北征贼逆，大获全胜。我等在此设宴畅谈，抒发报国之志，以庆祝将士们凯旋。"林妍儿此言一出，其他人马上跟着附和。

"哦，原来如此，应该庆祝。给本官也拿一个杯子过来。"

林妍儿紧张的心绪稍有放松，大声说："来人啊，给毕大人满上。"

一个侍女将一杯酒呈到毕构向面前，毕构向拿起酒杯，说："我大唐将士乃神勇之师，敬大唐将士一杯。"

其他人也跟着纷纷拿起酒杯，说："敬大唐将士一杯。"毕构向和林妍儿互相敬酒以后，一同饮下。

毕构向放下酒杯又向四处扫视一圈，说："我看在座的都是朝堂上的同僚。那么请问一下，有此次北征打仗归来的人没有？"

毕构向的这一问，让刚才稍微轻松的气氛骤然又变得紧张起来。毕构向见没人吭声，表情严肃地说："既然没有征战沙场之人，难不成诸位是在这里对着清风明月敬大唐将士吗？"在座的人立即噤若寒蝉。

毕构向狠狠地把杯子摔碎在地，大声呵斥说："大唐将士在外征战，血染沙场，风餐露宿，困苦难熬。而诸位却在这里山珍海味，美味佳肴。这也算是对大唐将士的敬重？"此言一出，所有的人都惊恐万状，丧魂失魄。他转过身对身后的小吏说："把在场的人都登记在册，谁敢刁难立刻拿下。"

那个小吏拿着本子，挨个让宴会上的人登记。登记完毕，毕构向拿起来翻着看了看，说："凡是在这上面被登记过的人，本官会将这份名单交给吏部去处理。每人将会被罚俸半年，要是有谁不服，本官会找你们的上司去问话。若是以后再犯，小心顶上乌沙不保。"说完带着人走了。

毕构向一走，宴会上的人一哄而散。刚才还觥筹交错、谈笑风生的热闹宴会，登时变得冷冷清清。林妍儿呆呆地看着眼前的这一切，不由得流下了眼泪。此时，她很想李鉴，她很想把自己的事情告诉他，希望得到他的原谅和帮助。但是她了解李鉴的脾性，她不敢跟李鉴说，因为上一次所发生的事情至今让她记忆犹新，她很怕这一幕又会再次出现。于是，她感到很害怕、很孤独，眼泪止不住地往下掉，直至变成了失声痛哭。最后，在侍女的劝慰下才慢慢地止住了哭声，回到了住处。

接下来在处理辽东局势上，李隆基和群臣经过讨论以后决定重置松漠府，以李失活为都督，封其为松漠郡王，授左金吾大将军，所统领的八部酋长加授为刺史。又命薛泰为押番落使，督军镇扶。重置饶乐都督府，以李大酺为饶乐郡王、行右金吾大将军兼饶乐都督。李隆基册封大祚荣为左骁卫员外大将军、渤海郡王，以其地置忽汗州（治今吉林敦化），并加授大祚荣为忽汗州都督。从此，震国始去靺鞨之号，改称渤海，渤海国正式成为唐朝版图内的一个羁縻府州。从此渤海国每年遣使朝贡，与唐朝展开频繁的政治经济文化交往，开辟了两族友好往来的先河。

奚、契丹二族归附朝廷之后，贝州刺史宋庆礼建议李隆基重设营州。李隆基颁布制命，重新在柳城设置营州都督，任命宋庆礼为营州都督兼平卢军使，境内所辖州县戍所均与过去相同。又指派太子詹事姜师度为营田、支度使，与宋庆礼等共同负责修筑营州城，经三旬竣工。宋庆礼为官严肃，清正勤勉，共开屯田八十余处，招抚安置境内流民，仅几年时间就使府库充实，市镇里巷逐渐繁荣。

至此，自武则天万岁通天元年至神功元年（696~697）"营州之乱"以来，混乱多年的北方政局终于稳定了下来，李唐王朝加强了对北方疆域的控制和开发，促进了内地与东北地区的交流。

唐军在辽东地区取得了重大胜利，李隆基的心情本来是很愉悦的。但是接下来发生的两件事情让李隆基陷入了沉思。第一件事是，尚书左仆射张说给他上了一道奏章，奏章的内容是，针对当前府兵制破败不堪这一严重问题，他提出废除府兵制，实行募兵制，以增强李唐的军事力量。第二件事是，余成千和几个将领在酒楼里喝酒寻衅滋事跟老百姓打了起来，报给官府后，京兆府府尹制止不了，便把事情报给了兵部。兵部左侍郎刘江玉把人带回兵部，斥责余成千等人时余成千居然不服，当面顶撞刘江玉。直到李鉴出面，才将事情解决了。

伍拾壹

为公主寻亲

李隆基想到，现在虽然解决了北方的问题，但是西域地区的回鹘、突厥和西南的吐蕃等部族仍然蠢蠢欲动，伺机而起。要想使这些部族臣服，一味实行宽宏政策是不够的，必须要保持强大的军备才能确保大唐的稳定和安全。从这次北征的战事，李隆基也看到了府兵制无法再维持下去的现状。如果实行募兵制建立常备军，对增强大唐的军事实力不失为一剂良药。但是，募集来的士兵所组成的常备军，由谁来统领呢？这是他绝对要慎之又慎的事情。李隆基想，若是要选一个将领来统御募集来的常备军，从威望和能力上来看这个合适的人选无疑就是李鉴。但是，李鉴在他的心中留有一个始终挥之不去的阴影，那就是李鉴曾经听从太平公主的命令，带着府兵威逼大明宫。从他解决太平公主到现在，李鉴本本分分地听从他的号令，并没有什么越轨的行为。但是那件事就像是一个人骑着一匹烈马从马上摔了下来，即使这匹烈马已经成了他的坐骑，可曾经的伤痛却永远留在了他的心中。

再者，自从李唐开国至李隆基掌权这百年间，一共发生了七次重大政变。第一次是，武德九年六月初四，四方征战有功的李世民发动玄武门之变，杀死了他的哥哥李建成和弟弟李元吉，夺得了太子之位。不久李渊退位，做了太上皇。李世民即位，李世民就是唐太宗，次年改元贞观。

第二次是唐太宗李世民晚年，因为太子的问题而烦恼，太子李承乾与魏王李泰内斗，结果李世民废掉他们二人，最后立第九子晋王李治为太子。李世民死后，李治继位是为唐高宗。

第三次是唐高宗李治因健康状况不好，许多政事都交给皇后武媚娘来处理。李治死后不久，武皇后立太子李显为帝，是为唐中宗。不久又废中宗李显为庐陵王，改立另一个儿子李旦为帝，是为唐睿宗。平定了徐敬业领导的反叛后，在天授元年（690），皇后武氏废李旦秸号称帝，改国号"唐"为"周"，称圣神皇帝。武后也成了中国王朝历史上唯一自称皇帝的女人，前后掌权五十余年。由于谥号中的"则天"二字，后世称其为"武则天"。

第四次是神龙元年（705），敬晖和宰相张柬之等人发动政变，威逼武则天退位，拥立唐中宗李显复位，恢复了李唐的政权，史称"神龙革命"。四子李旦被立为相王。

第五次是唐中宗李显继位后立李重俊为太子。唐中宗李显却一直受到韦皇后、女儿安乐公主李裹儿和武后的旧有党羽武三思等人的影响，张柬之和敬晖等元老功臣全部被诛杀。李重俊因不是韦氏所生，遭到韦氏及其党羽的嫉恨和打压。李重俊积愤难消，起兵杀死武三思、武崇训父子及其亲属十余人。之后，在攻打大明宫试图杀死韦氏及其党徒李裹儿、上官婉儿、宗楚客、纪处讷等人时，被韦氏的军队反扑，惨遭失败。太子李重俊带着一百多骑兵逃往终南山，到达西山时，能够跟得上的只有几个人了，当他在树林里歇息时被手下人杀死。太子李重俊死后，他的首级被献到太庙，然后又用它祭奠武三思和武崇训的灵柩，最后在朝堂悬首示众。

第六次是韦皇后有意成为第二个武后，安乐公主李裹儿则要求被立为皇太女。在景龙四年（710）唐中宗李显死后，韦皇后立温王李重茂为帝，是为少帝。李隆基和他的姑姑太平公主发动政变，诛杀韦皇后、安乐公主及武氏残余势力，李旦复位，史称"唐隆政变"。

第七次就是唐睿宗李旦的妹妹太平公主与三子李隆基发生的权力之争。李显让位于太子李隆基。李隆基将太平公主赐死，党羽或杀或逐，结束了这段史称自"韦后之乱"来的混乱政局，史称"先天政变"。

在这七次政变中，李隆基本人就直接参与了两次。因此，李隆基很清楚，一旦后宫或者朝臣拥有了庞大的势力，尤其是军事实力，这对他的帝位将是一个极大的威胁。可是，他又觉得李鉴是一个难得的将帅之才，常言道：千军易得，一将难求。要想精兵，首先强将。在他看来，李鉴的确是最佳的人选。如果实行募兵制，建立起常备军，让李鉴做统帅最合理。唯有想办法让李鉴彻底臣服于自己，失去反抗的根基。

李隆基又想到自北征得胜以后，府兵的一些将领居功自傲，日益骄横。这些人以李鉴马首是瞻，要想制服这些骄兵悍将，首先就要制服李鉴。制服了李鉴，处理这些骄兵悍将自然不在话下。可是，怎么才能制服李鉴，使其彻底臣服于自己而没有二心呢？李隆基犯了难，他一时之间想不出能让李鉴完全臣服于他的办法。

这时，高力士走进来，说："陛下，刚才皇后身边的侍女禀报说，皇后想请陛下到太液池蓬莱山游玩。"

李隆基随口说："知道了，朕会去的。"说完，他又沉浸在刚才的思绪之中，但是思前想后也没想出个所以然来，心情也开始变得有些烦乱，就不想再想下去了。于是他便向太液池走去，打算散散心，以排解内心的烦闷。

李隆基来到太液池中的蓬莱山，看见王氏正带着宫女给蚕喂桑叶。李隆基走到王氏的身边说："皇后的蚕养得不错。"

王氏对身边的宫女，说："你们都下去吧。"

宫女们走后王氏说："臣妾闲来无事养蚕取乐而已，让陛下见笑了。"

"农桑乃百姓生活之本，皇后躬亲养蚕，也算是给天下人树立了榜样。"

"陛下过奖了。陛下请坐。"

李隆基坐下后，王氏说："臣妾今日请陛下来是有一件事情想要和陛下商量。"

"什么事？"

"持盈今年已经十六岁了，应该给她寻一门亲事，不是吗？"

"这事皇后看着办吧。"

"臣妾有一人选，还请陛下圣断。"

"皇后倒是说说看。"

"骠骑大将军李鉴，不知陛下意下如何？"

王氏的话像是一语惊醒梦中人般，让李隆基正在犯愁的心绪豁然开朗，李隆基的脸上顿时洋溢着喜悦的神色。他想到，若是李鉴被招为驸马，只有死心塌地为他效忠，彻底臣服于他，就像是当年卫青对汉武帝那样。天下人也会对他的知人善用而深表佩服。更重要的是从古至今，还从来没有驸马身怀二心的。若是敢有二心，必然为天下人所不齿。王氏看着李隆基一惊一喜的神色，奇怪地问道："陛下你怎么了？要是不妥的话就算了。"

李隆基赶忙说："朕想听一下，皇后为什么要选李鉴呢？"

王氏看着李隆基激动的表情，突然间想到一个问题，赶紧说："臣妾愚钝，这个李鉴是小妾的儿子，臣妾正要与陛下说这件事情。"

"朕问的不是这个。对了，皇后说李鉴是小妾的儿子？"

"是的，李鉴正是小妾的儿子。"

"那他的嫡母还在吗？"

"她的嫡母在，可生母已经不在了。"

"那这不是很好吗？到时再给他嫡母一个封号不就行了。不妨事。"

"陛下英明。"

"朕刚问你为什么要选李鉴，皇后还没说呢！"

"李鉴乃名门之后，又屡立奇功，有'唐之霍去病'的威名，乃天下间少有的俊才，陛下若是召李鉴为驸马，必然会成为天下美谈。"

"皇后所言很有见地，朕倒不愿意李鉴是什么霍去病，而是应该做朕的卫青。"

"陛下英明，还是陛下想得周全。李鉴应该像卫青侍奉汉武帝那样，做陛下的卫青才更合适。这么说陛下答应了？"

"是。可是这件事先不要声张，不能仓促，要做好充足的准备才行。"

"好的，陛下。那要不要告诉持盈，让她好有个心理准备？"

"可以告诉她，她要是不满意可就难办了。但朕想她会满意的。"

"嗯，一切听陛下的安排。"

李隆基握着王氏的手，深情地望着她说："皇后真是朕的贤内之人。"

王氏倒在李隆基的怀中说："陛下说哪里的话，替陛下分忧是臣妾应该做的事情。"

"陪朕看看你养的蚕吧！"

"陛下这边请。"

李隆基边给蚕喂桑叶边说："皇后，养这么多蚕能照顾得过来吗？"

王氏说:"臣妾也是闲着没事,全当是打发时间了。"

"那以后朕的衣服就由皇后所养的蚕来做了。"

"臣妾正有此意。"

"朕穿着皇后做的衣服一定会很舒服。"李隆基说着将王氏抱入怀中。

"只要陛下喜欢,臣妾愿意做任何事情。"

"朕也愿意为皇后做任何事情,只要皇后开心就行。"

"臣妾谢陛下的厚爱。"

李隆基放开王氏后说:"对了,朕还有一些事情要处理,皇后在这里慢慢玩吧!"

"臣妾恭送陛下。"

随后,李隆基从蓬莱山来到含凉殿,命人将刘江玉召进宫。刘江玉来到李隆基的面前说:"微臣拜见陛下。"

李隆基说:"爱卿平身,请坐吧。"

刘江玉说:"谢陛下。"

刘江玉坐下来以后,李隆基说:"最近兵部的事情都还好吧?"

刘江玉说:"回陛下,兵部的事情一切正常。遣散府兵、抚恤阵亡将士的事情都在按计划有条不紊地进行着。陛下要在长安北郊召集众将士打猎之事,大将军正在亲自操办。就是最近一些将领喝醉了酒出了一些小事情,但我和大将军都已经处理过了,没造成什么恶劣的影响。"

李隆基说:"这朕已经知道了,处理好就行了。兵部的事情还望爱卿多费心。"

刘江玉明白这是李隆基在鼓励他,十分感动地说:"为陛下尽忠、为大唐效力是臣的职责,臣一定竭尽全力办好差事。"

李隆基说:"爱卿的心境朕明白。朕闻听过两天是令堂的六十寿辰,朕在此恭祝令堂熏风解愠,南山之寿。"

刘江玉跪在地上,说:"微臣谢陛下关爱,陛下万岁万岁万万岁!"

李隆基扶起刘江玉坐下后,说:"朕还有一件事情想听听爱卿的意见。"

刘江玉说:"陛下,什么事情?"

李隆基说:"朕想让李鉴做朕的卫青,你觉得怎么样?"

刘江玉立刻明白李隆基的意思，欣喜地说："好事。陛下慧眼识珠令微臣钦佩。若能结成秦晋之好，必将成为天下美谈，此乃大唐之幸，万民之福。"

李隆基笑着说："大将军统军打仗之才无可挑剔，但不知品行如何？你和他相处有一段时间了，朕想听听你的看法。"

刘江玉说："大将军谦虚谨慎，待人诚恳，品行端正，乃当世之俊才也。"

李隆基说："还有呢？"

刘江玉明白李隆基怀中的含义，坚定地说："大将军虽孑然一身，但洁身自好，志趣高雅，并无任何不妥之处，望圣上明鉴。"

李隆基说："这就好。但是这件事先不要声张，朕自有安排。"

刘江玉说："微臣明白。"

李隆基："那爱卿歇息去吧！"

刘江玉说："微臣告退。"

刘江玉的母亲六十寿辰那天，府邸里张灯结彩，热闹非凡，前来贺寿的人络绎不绝。李鉴和府兵的将领来到刘江玉的家中时，刘江玉正在和万骑军的将领聊天。仆人通报后，刘江玉前去迎接，说："大将军来了。"

其他人听见后纷纷起立望着李鉴，都想一睹李鉴的尊荣。李鉴说："刘兄，今天北海开樽，可喜可贺。"

刘江玉说："大将军过奖了，大将军这边请。"

李鉴跟着刘江玉来到万骑军的将领面前，刘江玉说："这位就是骠骑大将军李鉴。"

陈玄礼说："拜见大将军。"

刘江玉说："这位是左羽林军大将军陈玄礼。"

李鉴说："久仰陈将军大名，今日一见果然气度不凡。"

陈玄礼说："大将军乃我大唐之霍去病，与大将军相比实在惭愧。"

李鉴说："陈将军言重了。后天狩猎我还想与陈将军切磋切磋，一较高下，还望陈将军不要推辞。"

陈玄礼说："能与大将军切磋刀枪武艺不胜荣幸，到时一定奉陪。"

李鉴说："好，到时狩猎场见。"

刘江玉说："大将军请这边坐。"

李鉴说："刘兄，带我见见令堂吧！"

刘江玉说："大将军先坐，我娘一会儿就来。"就在这时，刘江玉的母亲卢氏在儿媳陈氏的陪同下来到寿宴中，刘江玉说："我娘来了。"

李鉴及前来祝寿的人齐声说："恭祝老夫人福如东海，寿比南山。"

卢氏说："诸位客气了，快请坐，快请坐。"然后卢氏又问道："哪一个是大将军？"

刘江玉说："娘，这位就是大将军李鉴。"

李鉴说："晚辈李鉴拜见老夫人，恭祝老夫人身体健康，松柏常青。"

卢氏拉着李鉴的手，仔细打量着李鉴赞叹说："不愧是名门之后，果然有大将的风范。西征突厥，北征契丹，为大唐立下不朽的功绩，怪不得天下人都说你是唐之霍去病，老身今日能一睹大将军尊容算是开眼了。"

李鉴说："老夫人言重了，晚辈愧不敢当。能取得胜利，全是我大唐将士英勇作战的结果。这次北征契丹能够得胜，也是仰仗刘兄的运筹帷幄和鼎力支持才打赢的。否则，仅凭晚辈之力实难如此顺利凯旋。"

卢氏说："大将军谦逊了。你与我儿都是年轻后生，以后要走的路还很长。如今同朝为官，又身居高位，日后不管做什么事情一定要精诚团结，上替君王分忧，下替黎民着想，一切以大唐江山社稷为重。切不可为了自身小利而伤了和气，误了国事。老身只要有一口气在，就会看着你们为保卫大唐再立功勋的。"

李鉴说："晚辈谨遵老夫人教诲，绝不辜负老夫人的一片苦心。"

卢氏说："这就好。"

刘江玉说："娘，朝堂上的事我们会做好的，你就安心吧！"卢氏放下李鉴的手后，刘江玉说："这位是拙荆。"

李鉴说："在下拜见夫人。"

陈氏说："大将军多礼了。"接着，陈氏对着身旁一双儿女说："还不快问候大将军，叫叔叔。"

刘江玉的儿女走到李鉴的身边，叫道："叔叔好。"

李鉴说："来，让叔叔抱抱。"李鉴将两个孩子抱起来，让他们分别坐在自己的手臂上，问道："你们几岁了？"

男孩说:"我三岁了。"

女孩说:"我也三岁了。"

李鉴说:"哦,原来你们是龙凤胎。"

男孩对李鉴说:"叔叔,我以后也要做大将军。"

李鉴说:"好,有志气,等你再长大一点,叔叔就教你兵法谋略,骑马射箭,好不好?"

男孩说:"好,那我们一言为定。"

李鉴感到惊讶地笑着对众人说:"他还跟我一言为定。"旁边的人都笑了起来。李鉴对男孩说:"好的,我们一言为定,驷马难追。"

刚说完,李鉴右手里的女孩说:"叔叔,我也要做大将军。"

李鉴大笑着说:"你要是当大将军上战场的话,我和你爹爹及在座的叔叔们可就成了千古罪人了。"

女孩子眨着眼睛说:"为什么会成为罪人?"孩子稚嫩的问题让旁边的人都笑得前仰后合。

李鉴说:"等你长大就明白了。"

陈氏说:"快下来吧,别让大将军累着。"李鉴刚将两个孩子轻轻地放下来。这时外面传来"圣旨到"的声音。

伍拾贰

君臣狩猎

刘江玉赶紧带着家眷去接圣旨,只见高力士手里拿着圣旨走到刘江玉的母亲面前,说:"骠骑大将军刘江玉之母卢氏接旨。"

卢氏说:"老身接旨。"

高力士宣读道:"卢氏忠贞爱国,宽厚待人,知书达理,教子有方。故在其耳顺之年,封其为一品诰命夫人,以彰显其贤德之功。钦此!"

高力士宣读完后,卢氏感动得泪流满面,说:"老身谢陛下圣恩,陛下万岁万岁万万岁!"

卢氏在儿子、儿媳的搀扶下站起来,小心地将圣旨接在手中,说:"陛下乃上天之子,圣明之君也。"

高力士说:"老夫人,圣上还赐予你丝绢五百匹给你祝寿,望您笑纳。"

卢氏说:"陛下之仁德,让老身诚惶诚恐。"

高力士说:"老夫人不必多礼了,收下就是了。"

卢氏说:"是,高公公一路辛苦,请上座。"

高力士说:"老夫人先请,我和令郎说几句话。"

卢氏说:"好的,我儿好好招待高公公。"

卢氏走后,刘江玉、李鉴、陈玄礼来到高力士的身边,抱拳行礼说:"高公公,好。"

高力士还礼说:"三位将军,好。"

刘江玉说:"高公公,有什么事?还望指教。"

高力士说:"后天圣上要同府兵和万骑军的将领在长安北郊狩猎,不知三位将军准备得如何?"

李鉴说:"回高公公,宿卫府兵这边已经准备妥当。"

陈玄礼说:"万骑军这边也已经准备好了,狩猎场已经清查完毕,并且派人在把守。"

高力士说:"不错,圣上对此次狩猎很重视,到时还有话要对诸位将军训示,切不可怠慢。"

刘江玉说:"高公公尽管放心,绝不会让圣上失望。"

高力士说:"这就好,届时府兵的将领要和万骑军的将领切磋武艺,大将军会上场吗?"

李鉴说:"在下一定会上场的。"

高力士说:"大将军到时一定要好好表现,圣上可看着你呢!"

李鉴说:"多谢高公公提醒,在下一定会竭尽全力的,不负圣上之期盼。"

高力士看着李鉴说:"大将军红光满面,印堂发亮。最近可是会有喜事到来。"

刘江玉听了以后随即附和说:"是啊,大将军可要多加注意,切莫错过。"

李鉴不解其意,说:"我哪里有什么喜事,更不知从何而来?"

高力士说:"莫非从天上而来?"

刘江玉说:"高公公所言甚是,天降喜事也是很有可能的。"

李鉴说:"天降喜事?我怎么越听越糊涂了。"

高力士和刘江玉相视一笑,然后高力士对陈玄礼说:"陈将军要做好充分的准备,尤其是圣上的安全。"

陈玄礼说:"在下明白,让高公公费心了。"

高力士说:"哪里,客气了。"

刘江玉说:"高公公,请上座吧!"

两天后的早晨,李鉴和刘江玉带着府兵将领们来到了狩猎场。狩猎场周围生长着高大的树木,地上长满菉草和蕙草,覆盖着江蓠,间杂着蘼芜和留夷，布满了结缕，深绿色的莎草丛生在一起。远处山势起伏，忽高忽低，连绵不绝，山坡平缓。在狩猎场的一处校场上，军器监的监官来到李鉴和刘江玉面前，说："拜见二位大将军。"

李鉴说："监官大人客气了。"

刘江玉说："监官大人，有什么好的兵器要给我们介绍？"

监官说："二位大将军这边请。"

监官带着将军们来到一排崭新的兵器面前，说："这些是新打造的兵器，请诸位将军们校验指导。"

李鉴顺手拿起一把军刀，赞叹道："这刀不错，是把好刀，很适合对付骑兵。"

监官说："这叫陌刀，两刃、长一丈二、重五十斤。"

刘江玉说："对付骑兵是不错，可是这种刀应该很贵，大量给士兵们使用恐怕有点困难。"

监官说："圣上说了，只要将军们觉得合适就可以制造给士兵们用，不用担心费用问题。"

李鉴说："是吗？那这太好了！"

军器监监官说："大将军，请看这种新式的横刀。"

刘江玉说："这刀我见过，现在万骑军就用的是这种刀。"

监官说："是的，刘将军。这种横刀是在以前的基础上改进的，相比以前的横刀这刀更为锋利、轻便、有韧性。无论是在地面上短兵相接，还是在马上杀敌，效果都很好。"

李鉴将刀拿到手里仔细观赏着说："不错，不错，是比我们现在用的刀要好。"

监官说："二位大将军请看，这是些新制的弩弓、铠甲、盾牌。"李鉴和刘江玉看着眼前的这些新式武器，赞不绝口。

高镇、余成千、王震宇、杨启贤等将领围在一起手里拿着这些新式的兵器，边比画边谈论。王震宇说："我听人说现在万骑军都用这些新式兵器。"

余成千说："万骑军那帮人穿着虎豹皮衣，看起来很威风，其实都是些花架子，让他们用这么好的东西简直是没天理。"

杨启贤说:"可不是。他们打过什么仗?一天到晚不就是在大明宫里巡个逻、站个岗,还能干什么。"

王震宇说:"这就叫近水楼台先得月,圣上身边的人就是不一样。"

高镇说:"怎么了?你们莫不是羡慕人家,也想去万骑军?"

王震宇说:"胡说什么呢!我只是随便说说而已。"

余成千说:"征战沙场、为国效力才是正道,整天窝在皇宫里能成什么大事。"

高镇笑着说:"一会儿要是跟万骑军的将领进行切磋武艺你可不要输,否则脸就丢大了。"

余成千说:"行了,你别长他人志气灭自己威风,还怕他们不成。"

王震宇说:"万骑军里有个将领叫王毛仲,你们知道吗?"

高镇说:"知道。"

王震宇说:"我听说这个王毛仲在剿灭韦氏的时候怕得要死,就借口上厕所开溜了,躲在厕所里吓得不敢出来。直到把韦氏及其党羽全部消灭了以后才从厕所里出来,但是屎还没拉干净。"其他的人听了以后哄堂大笑。

杨启贤说:"你说这样的人怎么还能当上将军呢?"

余成千说:"混得好呗,混得不好怎么能进万骑军呢!"

王震宇说:"你说他要是在沙场上还不得吓尿裤子?"

高镇说:"尿裤子?这样的人早就让大将军一刀给砍了,他还哪来得及尿裤子啊。"其他人纷纷点头赞同,然后放声大笑。

杨启贤说:"你们说圣上会给我们装备这些东西吗?"

高镇说:"我想会的。"

王震宇说:"凭什么这么肯定?"

高镇说:"你看军器监长吏一直在陪同着二位大将军,给他俩介绍这些兵器,只要二位大将军看上了就没什么问题。当然了,我们也可以向他们建议。"

余成千说:"我跟大家强调一点,我们只有一个大将军,他可不算。"

王震宇调侃余成千说:"怎么,心里还有气?"

余成千说:"我是有气!你们说说看,我们征战沙场,杀敌无数,为大唐立下了多大的功劳？不就是打个人嘛，而且我当时还喝得有点醉了，也不知道发生了什么。一回到兵部，他上来就劈头盖脸地骂我，我回了他几句，大将军就以为我顶撞他，又对我进行斥责，我这还没明白怎么回事就挨了两顿骂，搁谁谁受得了？"

杨启贤说："都是刘将军多事，小题大做。也不知大将军为什么对他那么客气，搞得比我们这些跟他出生入死的人还要受重视。我到现在都不明白，你说这个刘将军这次北征干什么事了？我们安营扎寨，他躲在军帐；我们领军出战，他还躲在军帐。还动不动就给我们训话。要不是看在大将军的脸面上谁愿意理他？就他那个水平，怎么能和大将军一同晋升骠骑大将军呢！"

王震宇说："因为他也曾经是圣上身边的人，就这么简单。其实，我觉得大将军跟他走近一点对我们也有好处，你们说是不是？"

高镇说："请不要侮辱大将军。"其他人听了以后都笑了起来。

余成千手里陌刀舞弄了两下，说："要是我们的士兵装备这种大刀一定会所向披靡。到时再打上几个胜仗，大将军便可以晋升天策上将军了。"

王震宇说："天策上将军可是最高、最荣耀的武官官阶了。"

杨启贤说："是啊，大将军高升，到时我们也都会晋升骠骑大将军。"

高镇说："点到为止，别再说了。"

余成千说："怎么？难道你不想做骠骑大将军？"

高镇说："谁不想，但是你刚才那个话……"

这个时候，李鉴和刘江玉走了过来。李鉴问道："聊什么呢，这么高兴。"

余成千说："我们是说要是把这些上好的兵器给我们用，再打几个胜仗大将军会晋升天策上……"

高镇猛地拽了一下余成千的胳膊，严厉地低声说："别说了！"

余成千不明其意，问道："高镇你拽我干吗？"

李鉴的脸色瞬间变得发白，训斥说："快把嘴闭上，吃饱了撑的是吧！"

刘江玉说："天策上将军可是当年太宗皇帝所享有过的殊荣，后世谁敢再晋升此等位置。"

杨启贤、余成千、王震宇吓得呆如木鸡，高镇解释说："刘将军误会了，刚才也就是随便聊聊，刘将军千万别误会。"

刘江玉摆摆手，说："算了，以后千万别再说这样的话，这可是大不敬之语。"

李鉴严厉地斥责说："我告诉你们，管好自己的嘴，不要祸从口出。管好自己的行为，不要肆意妄为。有功必赏，但有过必究。胜利已经成为过去，将来能不能打胜那就看大家做得怎么样了。今天圣上带我们狩猎是一件很荣耀的事情，但是谁要是脑袋发热惊了圣驾我决不轻饶，听到没有？"

高镇等人说："是，大将军。"

李鉴刚说完，李隆基在万骑军的严密保护下来到了狩猎场。只见李隆基身着一身金色的盔甲，骑着白马，身后的陈玄礼、李仙凫、王毛仲、李守德、麻嗣宗等万骑军将士的将领身穿虎豹皮衣，腰挎仪刀，衣甲闪耀，尽显皇家的威严与尊贵。

刘江玉远远地看见万骑军的仪仗后说："来了，来了，圣上来了。"

李鉴说："快过去站好，准备接驾。"

李鉴和刘江玉带着将军们毕恭毕敬地站着等候李隆基的到来。高力士高呼道："圣上驾到！"当李隆基的仪仗来到他们面前，万骑军的人都下马列队完毕，李鉴和刘江玉及将军们齐声高呼："臣等叩见陛下，陛下万岁万岁万万岁！"

李鉴说："众将军平身。"

将军们说："谢陛下。"

李隆基从马上下来，走到将军们面前，说："上次麟德殿宴会一别，朕时刻想着能与诸位将军再度相聚。今天风和日丽，万里无云，正好与将军们策马扬鞭，以打猎为乐，舒活一下筋骨。"

刘江玉说："能与陛下一同狩猎，是我等之荣耀。"

李鉴说："刘将军所言极是，还望陛下不吝赐教。"

李隆基说："二位将军过谦了，朕今天很想看看诸位将军们的本事。"

高力士说："禀陛下，今日府兵将军们要和万骑军的将军们切磋武艺，不知陛下何时开始？"

李隆基说："那就开始吧，让朕好好看看。"

刘江玉陪着李隆基坐下后，李鉴、高镇、杨启贤、王震宇、余成千、陈玄礼、李仙凫、麻颙宗、王毛仲、李守德手持利刃分立两侧，李鉴在高镇的耳边说："好好打，争取抢个头彩。"

高镇说："放心吧，大将军。"

李鉴说："你们也都一样。"其他人都点点头。

在比武开始前，高力士说："本次比武只是为了切磋技艺，增强我大唐将士的勇猛之心。在比武的时候要有礼有节，点到为止即可，切不可嬉笑辱骂、故意伤人，如有违令者必将严惩。诸位可否明白？"

参加比武的人齐声答道："明白。"

高力士回到李隆基的身边说："陛下，将军们已经准备好了。"

李隆基说："开始吧。"

高力士发令道："比武开始，擂鼓助威。"鼓声震天，响彻云霄，为即将到来的比武竞技增添了几分豪壮的气氛。

伍拾叁

君臣狩猎，公主爱慕

李隆基的妹妹李持盈来到皇后王氏的寝宫，来到王氏面前说："妹妹拜见皇后。"

"无须多礼，过来坐。"

李持盈在王氏身边坐下后，王氏说："今天本宫想跟你说一件事情。"

"皇嫂要跟我说什么事情？"

"关于你的事情。"

"我的？我有什么事情。"

"你现在年纪也不小了，本宫和陛下商量了一下，想给你寻一门亲事，你看如何？"

李持盈趴在王氏的怀中说："我不要，我要一辈子待在皇兄和皇嫂的身边，哪里也不去。"

王氏抚摸着李持盈的头说："这是说哪里的话。"

李持盈说："因为只有皇兄和皇嫂才能保护我。"

王氏抱着李持盈说："傻孩子，都过去的事了还想那么多。再说，男大当婚女大当嫁，你总有一天要离开我们的。"

李持盈坐起来想了想，说："若是如此，我要自己选驸马。"

"你想选谁啊？"王氏笑着问道。

"这我还没想好呢！"李持盈羞涩地说。

"陛下和本宫已经给你选好了一个人，你想不想听？"

"你们选的是谁？"

"骠骑大将军李鉴，你看如何？"

"皇兄和嫂嫂也觉得李鉴合适吗？"李持盈兴奋地问道。

"你刚还说要自己选，难道也是想说李鉴吗？"王氏看着李持盈反问道。

李持盈见被王氏看透了心思脸色绯红，说："没有，我最近听许多人谈论他，说他是唐之霍去病。于是就随便问问。"

"随便问问？本宫和你皇兄也只是随便说说，你也别当真。"

"皇兄是九五之尊，皇后母仪天下，怎么能说话不算数？"李持盈急切地说。

"这从何说起？除非你说的那个人也是李鉴？"李持盈趴在王氏的怀中点了点头。王氏笑着说："这太好了。陛下想让李鉴做他的卫青，还怕你不同意。现在好了，本宫会把这件事告诉陛下，一定为你好好安排。"

"不行，我还没见过他，我想先见见他再说。皇嫂见过李鉴吗？"

"本宫见过一次。"

"这个李鉴怎么样？"

"还不错，是一个挺精干的小伙子。"

"皇嫂能说得详细一点吗？"

"本宫也就是那天在宴会上见了他一面，也没说什么话，具体的本宫也不是很了解。但听陛下及世人说这个李鉴乃当世之俊才。"

"那皇兄见过他吗？"

"这还用问，你皇兄肯定见过的。"

"那我去问问皇兄，听听他怎么说。"李持盈说完便站起来想去找李隆基。

"回来，陛下今天不在宫里。"

"皇兄不在宫里，那他去哪里了？"

"陛下今天和将军们去长安北郊狩猎去了。"

"这么说李鉴也在了？"

"应该是。"

"皇嫂，我想去狩猎场。"李持盈摇着王氏的胳膊撒着娇。

"这恐怕不行，狩猎打打杀杀很危险的，你一个女孩子还是不去为好。"

"皇嫂就让我去吧！有皇兄在，肯定也有万骑军侍卫在，不会有事的。再说我也会保护自己的，绝不添乱。"李持盈缠着王氏，不肯罢休。

"陛下和将军们打猎，或许还有事情要谈，你去了陛下要是不高兴你可会挨骂的。"

"你就让我去吧！我就去看看。要是皇兄和将军们谈事情我就立刻回来，怎么样？"

"但你要保证不要添乱。"

"我保证，绝对不会给皇兄添任何麻烦。"

"那好吧，本宫派人送你过去。"

"谢谢皇嫂，你真好。"

王氏随即命人护送李持盈去狩猎场，李持盈刚转身要走的时候突然间想到一个问题，又一次回到了王氏身边，说："我要是去了，皇兄要是问起来我该怎么说？"

"那这就是你自己的事情了。"

"皇嫂，要是皇兄问起来，我就说是你让我来的。"李持盈趴在王氏身边，望着王氏的眼睛撒娇地说。

"你个小丫头，本宫可没说让去。"

"好皇嫂，你就帮帮我吧！"

"陛下要是不高兴，他也会冲本宫发火的。"

"不会的，皇嫂在皇兄心中的位置无可替代。你就答应我好不好？"

李持盈的话正说到王氏的心坎儿里，王氏喜不自胜地说："好吧，好吧！本宫要是不答应，你还不得烦本宫一整天？去了以后小心点儿，别到处乱跑。"

"是，皇后。"李持盈站到王氏面前，恭恭敬敬地说。

"行了，快去快回。"王氏被逗乐后，催促她赶紧离开。

比武开始后，第一回合是高镇对阵李仙凫，在两人打斗的时候，李隆基和刘江玉在一旁低声评论着双方的武艺。李隆基说："这个高镇的刀法果然了得，不愧为我唐军第一猛将，李仙凫的刀太软了。"

"是的，陛下。这个高镇每次打仗都身先士卒，善打硬仗，尤其以攻坚战见长。"两人在交手了十来个回合以后，李仙凫便被高镇击倒在地，高镇的刀直指着李仙凫的喉咙。高镇收了刀，李仙凫站起来，说："高将军刀法精湛，在下佩服。"

高镇说："多谢李将军指教，承让了。"

第二回合是杨启贤对阵麻嗣宗，而这次不到三个回合，麻嗣宗的刀便被杨启贤打掉了，结果只能认输。李隆基笑着说："麻嗣宗太紧张了，连刀都没拿稳，还怎么打。"

"是啊，他可能还在想着刚才高镇的套路，以此来判断杨启贤的路数，而杨启贤的刀术与高镇是不一样的。"

"爱卿说得没错。"

第三回合是王震宇对阵王毛仲，王震宇一上来便使出浑身解数试图击倒对方，但是王毛仲严密的防守让王震宇三板斧过后气力泄了一大半。王毛仲瞅准时机一刀挥砍，王震宇仓促抵挡向后退去，王毛仲跟进一步，刀刃直接架在了王震宇的脖子上。李隆基说："果断出手，一刀制胜，干净利落，不错，好刀法。"

刘江玉说："王震宇太急于求成，破绽百出。"

第四回合是余成千对阵李守德。余成千善使长刀，而李守德避其锋芒以近身搏之，让余成千很不适应。几个回合下来，余成千心绪大乱，被李守德击倒在地。李隆基说："李守德扬长避短，博采众长，攻其不备，很聪明。"

刘江玉说："余成千心不稳则手难出，刀法自然就乱了。"

接下来是李鉴对阵陈玄礼，刘江玉说："陛下，这二位比刀法可有得看了。"

"哦？跟朕说说。"

"大将军用刀以劈、斩见长，刀法大开大阖，讲求一个快字。而陈玄礼则以直取、横切为精髓，刀招沉猛，变化少而威力不减。"

"那朕可得好好看看。"

李鉴和陈玄礼的出刀打斗，正如刘江玉所描述的那样，两种完全不同的刀法相撞在一起。双方你来我往，攻守转换，不相上下，打得难解难分，这也让在场的人都大饱眼福。

就在这个时候，高力士在李隆基的耳边说："刚才侍卫来报，说是持盈公主来了。"

"谁让她来的？"

"公主说是皇后让她过来看看。"

李隆基笑了一下说："肯定是她自己想来，然后缠着皇后故意这么说的。去，带她进来，先在旁边看着。"

"是，陛下。"

高力士带着李持盈来到校场边，说："公主先不要过去，请在此等候。"

"为什么要在这里等？我要去见皇兄。"

"公主，这是陛下的安排。"

"那好吧。"

李持盈骑在马上往校场里看，问道："高公公，那两个人怎么持刀打起来了？"

高力士说："那是大将军和陈将军在切磋刀法。"

"请问高公公，哪个是李鉴？"

"正在和陈玄礼将军打斗的人就是大将军李鉴。"

李持盈放眼望去，看着正在和陈玄礼持刀相对的那个人顿时心花怒放，浮想联翩，一种爱慕之情油然而生。

李隆基对刘江玉说："再打下去可就打红眼了，快让他们停手吧！"

"是，陛下。"刘江玉对旁边的侍卫说："快鸣锣。"

锣声响起以后，李鉴和陈玄礼立刻停止了争斗。李隆基走进校场，将军们立刻列队站好，等着李隆基训示。李隆基说："刚才看了将军们切磋刀法，让朕大开眼界。将军们个个武艺精湛，刀法过人，不愧是统领千军万马的将帅之才。身为大唐男儿既要饱读诗书，熟知仁义教化之道，更要身强体壮，精通骑射及刀剑之术。唯有如此才能力保大唐长治久安，强盛不衰。诸位将军无疑是我大唐男儿中的杰出人物，朕能拥有诸位将军征战沙场、威震四方而深感自豪。此乃朕之幸，也是大唐万民之幸。此次虽然平定了北方之乱，但是西域的回鹘、突厥和西南的吐蕃等部族依然有不服从教化之心，仍然有伺机反叛之意。大唐对西域杂胡、北疆蛮夷地区的控制时刻有被颠覆之危险。朕每每想起便夜不能寐,食不甘味。为了祖宗之基业,万民之所盼,朕要求众将士要以今世一时之生死,为后世子孙博得万世无上之荣耀,而无所畏惧,奔赴疆场,促使大唐教化之言盛传天下,仁义之举世人膜拜,礼仪之风远播四方,建立起前所未有之盛世宏图。"

将军们被李隆基豪情壮志的言语所打动,整齐划一地跪下来向李隆基高呼道:"陛下圣明,臣等誓死效忠陛下,为大唐而战,陛下万岁万岁万万岁!"

李隆基说:"诸位将军平身。"

将军们说:"谢陛下。"

将军们站起来后,李隆基走到将军们中间高兴地说:"太宗皇帝曾说大丈夫在世乐事有三:天下太平,家丰人足,一乐也;六合大同,万方咸庆,张乐高宴,上下欢洽,二乐也;草浅兽肥,以礼畋狩,弓无虚发,箭不妄中,三乐也。今天诸位将军就与朕一起狩猎而乐吧!"

将军们说:"谢陛下。"

侍卫将白马牵到李隆基的面前,李隆基跨上马背。高力士说:"公主现在可以过去了。"

李持盈策马向李隆基方向走去,高力士骑着马跟在后面说:"公主,到。"

李持盈来到李隆基的身边,说:"皇兄,好。"

将军们向李持盈行礼,说:"拜见公主。"

李持盈说:"将军们不必多礼。"

将军们说:"谢公主。"

李隆基问李持盈道:"看你一身戎装,也是来打猎的吗?"

李持盈说:"嗯,我也想陪皇兄一起打猎。"

李隆基高声呼喊道:"好!大将军李鉴何在?"

李鉴回答道:"臣在。"李持盈借机向李鉴看去,但只见李鉴正低头行礼,李持盈并没有看见李鉴的面容。

李隆基说:"大将军,公主要随朕一切打猎,你就负责保护公主吧!"

李鉴刚想向李隆基回礼作答时,李持盈大声说:"把头抬起来说话。"

李鉴惊诧地抬起头,望着李隆基急忙答道:"臣遵旨。"

刘江玉趁机在李鉴的耳边小声说："大将军,责任重大,不容有失。"

李鉴说："我知道,我知道。"

在开始打猎之前,万骑军的士兵先将整个狩猎场围起来。带着鹿角面具的士兵隐藏在密林深处,吹起号角,将麋鹿等食草的动物引诱出来。食肉的动物会跟食草动物的活动而慢慢聚拢,然后骑兵逐渐缩小包围圈。当包围圈缩小到不能再小的时候,野兽便密集地聚在一起。

负责围猎的将领向李隆基报告后,李隆基便带着将军们进去打猎,将军们奏请李隆基首射。李隆基搭箭弯弓,将一头老虎射倒在地,众将不断地高呼:"陛下万岁!大唐万岁!"接着骑着飞奔出去,大规模的围猎就开始了。

车马飞奔,犹如雷声忽起,震天动地。猎手们四散分离,各自追逐着自己的目标。打猎的人络绎行进。猎手们不随意杀死野兽,而是选好肉肥的野兽然后发箭,一箭射出则必破项颈,穿裂脑门。弓箭分离则百步穿杨,一箭射中的猎物应声倒地。随后,负责捡猎物的士兵驾着马车立刻跟进,将猎物放在车上。没过多久,李隆基和将军们的战利品就已经堆积如山了。

在其他人尽情狩猎之时,李鉴却始终一箭未发,李持盈看着李鉴问道:"你会射箭吗?"

李鉴说:"回公主,在下会一点儿。"

李持盈说:"那你为什么一件猎物也没打到?"

李鉴说:"在下是奉圣上之命专门保护公主的,故而不再打猎。"

李持盈说:"原来是这样。我现在很安全,你打一件猎物来瞧瞧。"李鉴犹豫不决,不知该如何应对。李持盈说:"怎么?你想抗命。"

李鉴说:"属下不敢,听从公主之命就是。"

就在这个时候,一个骑兵将一只受伤的鹿绑上四肢拖到一辆马车前,交给另一个士兵装上马车。受伤的鹿在马车上发出阵阵哀鸣。这辆马车在经过李持盈的面前时,车辆上猎物的鲜血一缕缕地流下,鹿的哀鸣声和受伤以后在马车上抖动着的身躯让李持盈产生了同情之心。

此时,李鉴在聚精会神地搜寻着猎物,当发现目标后对李持盈小声说:"公主,我刚看见了一只大熊,我们现在悄悄地过去,我把那只熊射杀了给公主取熊掌。"

李持盈看着那头受伤的鹿,伤感地说:"算了,不要了。"

李鉴有点奇怪地问道:"不要了?公主不是说要打猎吗?那只熊很大的,熊掌应该也很不错,熊掌可是大补的。"李持盈没有答李鉴的话,而是策马走向那辆马车。

李鉴见李持盈没有应答,赶紧调转马头去追李持盈,边追边呼唤道:"公主,你走错方向了,那只熊在这边。公主,再不赶快追过去,一会儿那只大熊就跑了。"

李持盈在马车面前停下来,说:"停下。"

士兵停下马车,向李持盈行礼说:"拜见公主,不知公主有何吩咐?"

李持盈说:"把那只鹿给放了。"

"是,公主。"士兵将鹿从马车上取下,解开绳子,那只鹿一蹦一跳地向草高林密的地方跑去。李鉴看见后才明白是怎么回事。

李鉴问道:"公主还要打猎吗?"

李持盈说:"不打了,我们回去吧!"

李鉴说:"回去?圣上没说要回宫。"

李持盈乐着说:"我是说回校场,等皇兄回来。"

李鉴说:"是,公主。"

李鉴护送着李持盈回到校场,李持盈下马后坐下来喝水休息,李鉴则站在旁边。李持盈抱怨说:"打猎一点都不好,你说是不是?"

"回公主,打猎是有点累。"

"我说的不是这个。"

"那不知公主说的是什么?"

"是我说话没说明白,还是你听不明白?"李持盈感到又气又笑地问道。

"在下愚钝,还望公主明示。"

"算了,不跟你说了。"

李持盈不说话,李鉴就恭恭敬敬地站在身后沉默不语。李持盈首先打破沉寂,说:"你睡着了吗?"

李鉴说:"没有,公主有何吩咐?"

李持盈问道:"我皇兄什么时候回来?"

李鉴抬头看了一眼头顶的太阳，说："这马上就晌午了，圣上很快就会回来。"

李持盈说："那还要过多长时间？"

李鉴隐隐约约听到了马蹄声，说："圣上就要回来了，公主你听这马蹄声很近了。"

不一会儿，李隆基带着将军们和猎物回到了校场上，李持盈和李鉴迎上前去，李隆基对李持盈说："朕就说刚才怎么没见到你，怎么回来这么早？"

"皇兄，打猎一点都不好。皇兄以后也不要打猎了，好吗？"

"为什么？打猎怎么不好了？"

"太残忍，太血腥了。"

"哦，是这样啊。你要是在大明宫绣花的话就不会看到这些了。"李隆基笑着说。

"皇兄，你怎么还笑话我，我说的是实话。"

"好了，不说了。"

在御厨们准备野餐的时候，府兵将领和万骑军将领在一起打马球取乐。李隆基、李持盈在李鉴、刘江玉、陈玄礼等万骑军侍卫的陪同下来到一处山坡上，眺望着眼前的百里秦川。李隆基望着眼前的大好河山，抒发胸中的感慨道："二位爱卿说说，怎样才能天下太平呢？"

李鉴说："保持强大的武备，外敌望之闻风丧胆，内贼观之心惊胆寒。天下就会太平。"

刘江玉说："用人唯贤、知人善用，法度合适、执法如山，开源节流、花费合理。丰登之年赋税不加，灾荒之年及时赈济。百姓不因丰收而负担沉重、无心生产，亦不因灾荒而逃离家园、流落他乡。人人安居乐业，畅所欲言。这时天下便会太平。"

李隆基说："二位爱卿所言甚是。打江山不易，守江山更难。积贫积弱则社稷难守，只有富国强兵才能长治久安，才能天下太平。"

李持盈说："你们说的太复杂了。"

李隆基说："那你来说说看。"

李持盈说："没有纷争，没有征伐，天下自然太平。"

李隆基听了以后大笑一声说:"你说的也没错。除非你能说服老虎从此不吃肉,狼和羊能够生活在一个圈里,你就算说对了。"李鉴和刘江玉也低头偷着笑。

李持盈看到后红着脸说:"皇兄,你怎么又在笑话我呢?"

李隆基说:"你说的话本来就是个笑话,怎么能不让人笑呢?"

李持盈又去看李鉴,只见李鉴立刻转过身装作若无其事的样子。李持盈说:"李鉴你把头转过来。"

李鉴回过身,李持盈说:"你偷着笑什么呢?"

李鉴说:"回公主,没笑什么,我没笑。"

李持盈走到李鉴的身边,说:"我刚才明明看见你在捂着嘴笑呢,你还想狡辩。"

李鉴想了想说:"回公主,是这样的。在下是觉得刚才没有给公主把那只熊猎杀回来实在是太可惜了,但是公主慈悲为怀,不忍杀生,在下很佩服公主的慈悲之心。公主高见。"

李持盈觉察出李鉴的话中带着嘲讽的味道,便生气地说:"把嘴闭上吧你,就你话多。"

李隆基说:"不得无礼。看看眼前的山川河流,你们能认识几个?"李鉴、刘江玉、李持盈围在李隆基的身边,眺望着远处的山川河流发表着看法。

"回看射雕处,千里暮云平。"游览四周,广泛观赏。浩浩荡荡的八条河川,流向相背,姿态各异,东西南北,往来奔驰。从天际而下,流经沙石堆积的小洲,穿过浓密茂林,流过茫茫无垠的原野。河水缓缓地流动,溢出河面,四散于广袤的关中平原之上。

野餐准备好以后,校场的上空肉香飘荡,酒香四溢。李隆基与将士们把酒言欢,抒发豪情,直到太阳快要落山的时候才摆驾回宫。

伍拾肆

崔日用说媒

在回大明宫的路上,李持盈和李隆基同坐在辇车里,李隆基问道:"今天觉得怎么样?"

李持盈为了掩盖内心的真实想法,故意说:"我还是觉得打猎不好。"

李隆基则直接挑明,说:"朕知道你今天来是看李鉴的,有什么想法就说吧。"

"不怎么样。"李持盈微笑着摇了摇头。

"能说清楚一点吗?"

"他连陈玄礼都打不过,我看他就是浪得虚名罢了。"李持盈撅着嘴,装作满不在乎的样子。

"那不过是些匹夫之勇,身为统军之人何足挂齿。要是李鉴只有这点能耐,朕怎么会让他做大将军,统领千军万马呢?"

"皇兄似乎很看重他。"

"朕现在问的是你。"

"我还没想好呢!"李持盈脸色绯红地低下头去。

"要是这样的话,那朕就不管了。"

"皇兄,你这是干吗?"李持盈急切地摇动着兄长的胳膊。

"你不是说还没想好吗?"李隆基脸上呈现出力不从心的表情。

"那就全凭皇兄做主,妹妹听从就是。"李持盈小声说。

"好的,朕会替你安排好的。"然后,李隆基舒心地笑了一下。

"谢谢皇兄。"李持盈欣喜地说。

李隆基在含凉殿召见礼部尚书崔日用，说："爱卿，朕有一件事情想麻烦你。"

"陛下之言令微臣不胜惶恐，为陛下效力乃臣子之职责，陛下只管吩咐就是。"

"持盈公主年纪已经不小了，朕想为他寻一门亲事。"

"恭喜陛下，贺喜陛下，不知是哪家俊才有这等好的福气？"

"朕与皇后商量过了，觉得大将军李鉴为人忠厚，才华过人，想招大将军为驸马，但不知大将军是何心意。"

"好事。大将军能得到陛下的垂青实在是三生有幸。大将军乃名门之后，又是我大唐的统帅。纵观天下男儿，也只有大将军才能配得上陛下所给予的殊荣以及公主的高贵。臣只需稍微一言说，大将军一定会惊喜若狂，叩谢陛下赏识之恩。"

"那就劳烦爱卿走一趟，做一个花下月老。"

"承蒙陛下信任，微臣定当办好差事，不负陛下圣恩。"

"辛苦爱卿了。"

崔日用说："陛下言重，臣这就去见大将军说此事，微臣告退。"

崔日用从大明宫里出来后可谓是春风得意，因为在他看来李持盈是皇帝的胞妹，是皇帝的掌上明珠，皇帝能将这样重要的事情交给自己去办，一来对他十分信任，二来这对自己日后的仕途将起到推波助澜的作用。况且这件事办起来根本没什么难度，只要他跟李鉴一开口，李鉴只有答应。那立功赐赏简直是追着他往口袋里钻，就像是已经熟透了的苹果，他连伸手去摘都不必，只需一伸手，甘甜美味的鲜果便会落入他的手中。

崔日用喜眉笑眼地来到李鉴的府邸，见到李鉴之后便向李鉴作揖行礼，高声说："大将军，大喜，大喜！"

李鉴感到有些莫名其妙地问道："崔大人，这是何故？是贵府上有什么喜事吗？请坐下说。来人，上茶。"

李鉴陪着崔日用坐下后，崔日用说："大将军说哪里的话，是大将军大喜，大喜临门了。"

李鉴更加摸不着头脑:"崔大人说笑了,我喜从何来啊?"

崔日用说:"大将军,我跟你明说了吧!圣上要招大将军做驸马,把持盈公主下嫁于大将军。这对大将军来说不是喜事吗?"

李鉴大吃一惊猛地站起来,语无伦次地说:"这怎么可能……"

崔日用以为李鉴是被这突如其来的喜讯给吓住了,当然了,他此前也料到李鉴会有这样的反应,因为换成谁都基本一样。所以崔日用反而不慌不忙地品着茶,说:"是啊,能得到圣上青睐的人可能很多,可是能做当今圣上驸马的人可仅有大将军一人。天下间有谁不想获此荣耀,可真是羡煞天下男儿了。"

李鉴此时此刻脑子里全是林妍儿,根本没有其他人,但是现在该怎样回绝崔日用让他头痛不已。李鉴急得满头大汗,来回踱步,急切地说:"持盈公主乃圣上之胞妹,乃金枝玉叶,在下一介武夫怎敢高攀?"

崔日用抿着了一口茶,一边细细地回味着茶叶的清香,一边看着李鉴不知所措的神态。崔日用越品越觉得李鉴家里的茶很好喝,随即迸发出想从李鉴这里捞点好处的想法。于是崔日用说:"大将军家里的茶叶不错,可否告知在下哪里可以买到?"

李鉴心情凌乱地说:"这是圣上赏赐的。"

崔日用故意装作惊讶地说:"我就说这茶怎么如此与众不同,原来是贡品。"

李鉴心不在焉地说:"崔大人要是觉得好,在下送崔大人两斤。"

崔日用欢喜地说:"大将军果然豪爽,那就多谢大将军了。大将军以后要是做了驸马,别说茶叶了,要什么没有?"说完,崔日用接着去品茶了。

李鉴按捺不住内心的烦乱,说:"崔大人,在下已经心有所属,实难从命。"

崔日用听到这话以后,一下子将茶水从嘴里喷了出来,站起来急切地问道:"大将军刚才说什么?你不是没成亲吗?"

李鉴说:"在下是没成亲,可是已心有所属,怎敢再有非分之想。"

崔日用非常恼火地说:"我当什么事呢!大将军可要想清楚了,不要犯糊涂。"

李鉴冲崔日用打躬作揖说:"让崔大人见笑了,在下实在恕难从命。"

崔日用听完一甩手，气急败坏地离开了李鉴的府邸。崔日用来的时候胸有成竹，觉得这也就是一句话的事，但没想到李鉴竟然拒绝了。他坐在马车上气得大骂李鉴不识抬举。

可是等到平静下来，他的头比锅还大。崔日用想这事该怎么向李隆基交代。他觉得李隆基绝不会想到，李鉴会拒绝娶他的妹妹，不肯做驸马。若是他把这个结果告诉李隆基，以李隆基的性格，他会善罢甘休，咽得下这口气？李鉴受什么样的处置那是李鉴自己的事情，虽然自己只是个跑腿儿的传话人，但是李隆基是信任他才让他去当这个媒人。可现在事情办成这样子，难道李隆基会放过他吗？

崔日用又仔细一想，觉得李鉴现在是骠骑大将军，官至兵部尚书，平定北方立下了赫赫功勋，在朝廷上风头正劲。李隆基选择在这个时候要把自己的妹妹嫁给李鉴，肯定不会是仅仅想给自己找个妹夫那么简单，这里边肯定是有着不为人知的目的，虽然他并不知道这个目的究竟是什么。但是有一点不用质疑，那就是多少跟皇位有关。因为李隆基是皇帝，他需要人去保他的皇位，而李鉴无疑是最佳的人选。如果这事跟皇位扯上关系的话，那他的麻烦就大了。因为这样一来，他在这中间扮演的角色可就不是给人牵线搭桥那种欢天喜地的事情了，这可就涉及李隆基最敏感的地方了。在他看来，李隆基虽然表面上看起来彬彬有礼，温文尔雅，可是在处理朝政特别是对待皇位的问题上，那可是行事果断，六亲不认，甚至是手段毒辣。

崔日用想起以前李隆基在处理韦氏、太平公主时所使用的手段，一种不寒而栗的感觉瞬间从头顶涌向脚底，脑袋嗡嗡作响。想到这里，崔日用很后悔自己当时一心只想加官晋爵，而没有吃透这里边的深层缘由。

崔日用又想，李鉴为什么会拒绝呢？难道他李鉴想不明白这其中的道理？他李鉴就不怕拒绝后面临的后果吗？按照李鉴的说法是"心有所属"，但是这个理由在他看来完全是牵强附会。因为这件事是李隆基让自己去做的，李隆基在让自己做这件事之前应该对李鉴的各方面已经了解好了。可李鉴为什么要用这样一个理由来敷衍了事呢？难道是自己什么话说错了，或者有什么做得不对的地方让李鉴产生了反感心理。

崔日用思前想后，也没觉得自己在做这件事的时候有什么不妥之处。虽然他以前没有干过媒人这差事，但毕竟是皇帝亲自提出联姻请求，他总不能低三下四地去求人吧？这也太有失体面了，更何况人家还是皇帝的胞妹，天下间除了皇后王氏以外，最为高贵的女人就是她了。崔日用越想越乱，抓破头皮也没想出个所以然来。最后，崔日用告诉自己，不管怎样，他一定要跟李鉴把话说明白，想方设法把这件事撮合成了，否则李隆基这关他真的不好过。

崔日用当即跟车夫说："掉头，去大将军府邸，要快，一定要快。"

崔日用走后，李鉴的心情也变得异常烦乱。李鉴在想，崔日用这次前来给自己提亲肯定是身负皇命而来，他现在拒绝了崔日用，崔日用回去跟李隆基一说，他以后该怎么面对李隆基呢？

李鉴想到他已经跟崔日用说了自己心有所属，那么他就跟李隆基把自己喜欢林妍儿的事情说清楚，相信李隆基一定会理解他的一片痴情。因为据人们言传，李隆基深爱着皇后王氏，对王氏情深意切，把王氏视作他最珍爱的人。将心比心，李隆基也一定会懂得他的心境。

想到这里，李鉴心里变得轻松了许多。这时仆人进来说："禀报大将军，礼部尚书崔大人求见。"

"他怎么又来了？"接着他对仆人说："请他进来。"

崔日用来到李鉴身边恭敬地行了礼以后，低眉笑脸地说："大将军，在下刚才把话没说好，非常失敬，还望大将军海涵。"

李鉴感到有些奇怪地说："崔大人这话从何说起？"

崔日用见李鉴对刚才的事似乎没放在心上，就赶紧改口说："大将军果然海量，算了不提了。"

李鉴想了想说："崔大人，这刚走了又来了是怎么回事？你要是说茶叶的事我记得呢。到时我派人送到你府上去不就行了吗？还值得你又跑一趟。"

崔日用笑着说："哪里的话，只要大将军记得就行了，在下也就好这一口。"

李鉴说："崔大人要是喜欢，我可以多送崔大人一些。"

崔日用说："不，在下来是有一些话想要跟大将军说明白，大将军可不要嫌我唠叨。"

李鉴说："崔大人有话直说就是。"

崔日用说:"大将军出身名门,年纪轻轻就统领千军万马,征战四方,威震天下,这在本朝可是不多见的。"

李鉴说:"崔大人客气了,在下能取得这等荣耀全是圣上所赐予的,在下深感惭愧。"

崔日用说:'这是圣上慧眼识英雄,也是大将军之功劳所在。圣上有意招大将军为驸马,而大将军要是能与圣上结为姻亲,这可是大唐之万幸,万民之万福。"

"崔大人,刚才不是说都不提了吗,怎么又提?"李鉴刚把这事放下崔日用又提起来,让李鉴又开始变得心绪烦乱。

崔日用解释说:"刚才是我嘴笨,没把话说好说清楚,有失礼数了。"

李鉴无奈地摊开手说:"那崔大人还想说什么呢?"

崔日用话到嘴边,无意中向门外看了一眼,忙走到门前向门外四周瞅了几眼,发现周围没人就把门给掩上了。李鉴见崔日用古怪的举止,问道:"崔大人有什么话就尽管说吧,关门干什么?"

崔日用说:"关上门好说话。"

李鉴白了崔日用一眼说:"崔大人有话就快说吧。"

崔日用快步走到李鉴的身边,几乎要贴着李鉴的耳朵低声说:"大将军,是不是担心公主容貌有问题,怕不好看?"

"崔大人这是在说什么!"李鉴猛地站起来,感到有些莫名其妙地对崔日用甩了脸色以示不满。

"这个我懂。我虽然没见过持盈公主,但是大将军想一下,当今圣上那可是身姿挺拔,仪表堂堂。公主和圣上是一个娘胎里生出来的,我想公主长得应该差不到哪里去,大将军就不必担心容貌的问题了。"

"我哪里是关心这个,再说公主我是见过的。"

"大将军见过公主?"

"是的,昨天陪圣上打猎的时候公主也在。"

"那大将军觉得公主长相如何?"

李鉴说:"公主冰清玉洁,楚楚动人,不失为一代佳人。"

"这不是很好吗?大将军乃当世英雄,公主又是一代佳人。常言道美女伴英雄,这可是传世美谈,大将军还犹豫什么呢?"

"这哪儿跟哪儿啊,不行,这不行。"李鉴摇着头来回走动。

"我明白了,是不是公主在打猎的时候做的一些事情让大将军感到难堪了?大将军怕以后在一起不好相处。"崔日用跟在李鉴屁股后面,不断地猜测李鉴心中可能出现的顾虑,一副不达目的誓不罢休的架势。搞得李鉴完全不知道他在说什么。他刚想辩解时,崔日用便阻止道:"大将军先别急,听我把话说完。我想大将军需要理解,皇家出身的女子基本上都是这样,她们自小娇生惯养没吃过什么苦头,肯定有点刁蛮任性。但是大将军乃开国元勋李靖李卫公之后,也是出身名门。即使以后在生活上跟公主出现一点争执圣上也是不会为难大将军的。再说,大将军雄姿英发,器宇轩昂,乃我大唐之三军统帅,功勋显著,名扬四方,很多妙龄女子都很敬仰大将军,难保公主不会对大将军刮目相看。如此一来,日后生活岂不是更方便?"

"崔大人,你真是越说越离谱了。"

"大将军你知道吗?现在持盈公主的地位就跟当年的大公主是一样的。当然,我不是说持盈公主有野心,我是说她的身份地位和当年的大公主是一样的。当年大公主下嫁薛绍的时候,那可是普天同庆,举国狂欢。大将军你知道吗?大公主结婚的时候,晚上可谓是火树银花不夜天。从长安城最东北的大明宫的兴安门一直到城东南的万年县府衙,一路上的火把点成了一条火龙,把长安城道路两边的槐树都烤焦了,有的树木都烧着了。当然那时候大将军还没出生,但是我可是见过的,至今想起来仍然历历在目。大将军要是与持盈公主完婚,那婚礼场面肯定更加隆重,也一定又会成为大唐黎民心中永恒的记忆。所以大将军还等什么呢?"崔日用仍然喋喋不休地给李鉴分析其中的利害关系。

"崔大人你怎么火急火燎的,说话都把脸说红了。"崔日用跟在李鉴后面。

"我是在替大将军着急。大将军我跟你说,你要是娶了公主,以后位极人臣、入列三公肯定不在话下。说直白一点,天下间除了圣上可就数大将军了,甚至以后遗嘱托孤还要仰仗大将军。到那时,别说大将军的荣华富贵,就是大将军之子孙后代也是享之不尽大将军的余荫,这可是利在百代、功在千秋。"

"你怎么什么话都敢说出口?简直不像话。"李鉴终于忍不住大声说。

"我这些话是有些不敬，但是对大将军而言可是字字箴言。"

"我都说了我已经心有所属，崔大人就不要再多言了。"

"心有所属？大将军有人了？"李鉴点点头。

崔日用拍着大腿说："什么人能比得上公主？大将军年轻气盛，血气方刚，又身居高位，有点风流之事也算是小雅。但是以后要是娶了公主，大将军可千万别这样了，大丈夫要以前途为重。否则公主难堪不说，圣上也会不高兴的。"

李鉴一听"圣上不高兴"心里又开始一团乱麻，说："崔大人请回吧！"

"大将军，你给句话这事就成了。"

"来人啊，送客。"

"大将军不说话点个头也行，你点个头这事也就成了。"崔日用拽着李鉴的胳膊。

"崔大人，话我已经说得很明白了，你请回吧。到时我派人把茶叶送到你府上去。"

"茶叶的事情不急，这才是大事。"

这时，两个侍卫推开门站在崔日用的身后，李鉴说："送崔大人。"两个侍卫将崔日用请出了府邸。

崔日用在李鉴的府邸门前气得七窍生烟，恨得咬牙切齿，低声骂道："李鉴你个狗东西，你这是要害死我。"

崔日用想，这下他是彻底没辙了，因为他该说的话已经说了，不该说的也都说了，可李鉴还是像茅坑里的石头又臭又硬。他呆呆地坐上马车，怀着忐忑不安的心情向大明宫走去。

伍拾伍

林妍儿

当崔日用来到大明宫的延政门时,正好碰见了刘江玉从里面出来。刘江玉满心欢喜地走上前说:"崔大人,恭喜。"

崔日用不解其意,说:"刘将军何出此言,我有什么可恭喜的?"

刘江玉说:"我刚从陛下那里过来,已经知道了。难道不应该恭喜崔大人立下大功一件吗?"

崔日用哭丧着脸说:"原来刘将军也知道了。"

刘江玉说:"是啊,圣上现在心情十分愉悦,就等着崔大人前去复命呢!"

崔日用唉声叹气地仰天感慨道:"那我这可是难逃一劫了。"

刘江玉诧异地问道:"崔大人这是什么话?"

崔日用摇头叹息说:"晦气,实在是晦气啊!行了,不说了,圣上现在在哪里?"说完脸上呈现出欲哭无泪的神情。

刘江玉说:"圣上在龙首殿,崔大人这到底……"

崔日用说:"刘将军,不说了,我得赶紧去给圣上复命。"接着崔日用迈着沉重的步伐走进延政门。刘江玉看着崔日用走路时垂头丧气的样子感到万分困惑,自言自语地说:"不会是出什么事了吧!"因此,他加快步伐向李鉴的府邸走去。

崔日用到了龙首殿,一见到李隆基便跪下来神情慌张地说:"微臣有负陛下圣恩,请陛下治微臣无能之罪。"

李隆基仔细地揣测崔日用的话语,觉得事有不妙,问道:"爱卿,发生了什么事？起来说话。"

崔日用战战兢兢地站起来，说："微臣刚才去了大将军的府邸，已经将陛下的圣意告知了大将军，可是大将军……"

李隆基见崔日用说话时的语气就已经猜出了结果，但他虽心生怒气却神色平静地问道："大将军说什么？"

崔日用说："大将军说他心有所属，无意于公主。微臣虽百般言说可是大将军仍然无动于衷。微臣无能，请陛下治罪。"

李隆基此刻已经怒火冲天，他强压怒火，脸色阴沉地说："这就是你办的事情？既然李鉴无意于此，你还需要百般言说吗？朕的脸都让你给丢尽了！"

崔日用慌忙解释道："陛下息怒，微臣是怕口齿愚钝，没能向大将军表明陛下之圣恩，故而如此，还望陛下明鉴。"

李隆基说："够了，朕知道了。"

崔日用说："微臣惶恐，请陛下责罚。"

李隆基来到崔日用跟前，用冷峻的目光看着他说："这件事不要对外说，明白吗？"

崔日用瞟了一眼李隆基的神色，吓得魂飞魄散，慌忙跪下说："臣明白，臣一定谨遵圣谕。"

李隆基说："下去吧。"

崔日用说："是，陛下，微臣告退。"

崔日用从龙首殿出来后，紧张的心情才有所缓解，但想起李隆基适才对他说话的神情，大吐苦水地抱怨说："不就是说个媒嘛！怎么会扯出这么多事来，我这以后可怎么办啊！"他擦了擦脸上的汗珠，开始为自己的仕途担忧。当他想起自己曾经追随过韦氏的事情后更是心惊肉跳，面如死灰。崔日用一路上怀着沮丧的心情匆匆离开了大明宫。

崔日用走后，李隆基的怒火像火山一样爆发了出来，高声喊道："李鉴啊李鉴，你不过是小妾所生，竟然这么不识抬举。心有所属，所属何人？"

旁边的高力士说："陛下息怒，奴才不知该怎么说。"

李隆基大声说："有话快说，不要吞吞吐吐的。"

高力士说："是，陛下。据奴才所知，大将军心里所属那个人应该是一个叫林妍儿的女子。"

李隆基看着高力士，生气地说："你连名字都知道，怎么不早跟朕说？"

高力士吓得跪在地上说："陛下息怒。对于这件事奴才也是道听途说，若不是崔大人今日如实相告，奴才只把此事当作戏言而已。而且，公主乃陛下的掌上明珠，千金之躯，陛下又有意为之，这可是我大唐可喜可贺之事。奴才又怎能以戏言而烦扰陛下的美意。奴才也万万没想到大将军居然如此不明事理，还望陛下宽恕奴才马虎大意之罪。"

李隆基说："起来吧，朕知道你的忠心。"

高力士说："谢陛下圣恩。"

李隆基忽然想到一件事情，说："几天前，御史大夫毕构向朕上了一道奏疏，上面痛陈最近有一些朝中官员不顾朝廷禁令，在曲江池大摆筵席，奢靡之风甚重。其中，提到一个叫林妍儿的女子，可是她？"

高力士说："回陛下，就是此人。"

李隆基大感不解地说："这就怪了，这个林妍儿是什么人物，竟然如此胆大妄为？再说区区一个女子，何德何能，怎么在朝堂上有那么大的魅力，几乎三省六部都有认识的朝臣？"

高力士说："据奴才所知，林妍儿曾是韦氏身边的九侍女之一。"

李隆基则更为疑惑地说："你这么一说朕倒是想起来了，这个女子朕还是见过的。但林妍儿既然是韦氏的近侍，又怎能在剿灭韦氏之时平安脱身，却又堂而皇之地在朕的朝堂上兴风作浪？难道是李鉴的作用？以李鉴的为人他不会这么做。"

高力士说："这倒是跟大将军无关。这个林妍儿是洛阳人氏，年少之时进入大公主府邸，侍奉大公主。后来韦氏弄权，大公主就将林妍儿安插在韦氏的身边作为耳目。"

李隆基甩手说："你知道的倒是挺多。"

高力士说："臣当初听到有关林妍儿和大将军的传言以后就特地留心了一下此人，以备陛下查问。"

李隆基说："依你刚才所说，这个林妍儿对大唐还是有功之人了？"

高力士："陛下圣明，林妍儿确实立下了功勋。自韦氏覆灭以后，林妍儿就被大公主派到了洛阳。"

李隆基说:"去洛阳?大公主派她到洛阳不会就是让她喝喝茶、看看牡丹花那么简单吧?"

高力士说:"陛下英明。据朝中传言,林妍儿在洛阳期间除了为大公主修建豪宅别苑以外,洛阳地区不少官员都是通过林妍儿引荐给大公主的。"

李隆基说:"这可是个肥差。她在洛阳没少捞了钱吧?"

高力士:"奴才听去过洛阳的人说,这个林妍儿在洛阳确实是威风八面,无人不知、无人不晓,就连当时在洛阳担任东都留守的张大人都要忌她三分。"

李隆基骂道:"狗仗人势还挺得意。大公主身边就没有干净的人!那这个林妍儿现在在哪里?"

李隆基说:"陛下要清理斜封官,所以林妍儿就被召回了长安。听说林妍儿回到长安以后,宰相张说已经下令暗中调查林妍儿了。"

李隆基问:"为什么暗中调查?"

高力士说:"这个奴才就不知道了。"

李隆基又问:"那这个林妍儿和李鉴是怎么一回事?"

高力士说:"大将军也是出自大公主的府邸,以奴才推测大将军和林妍儿应该是在大公主府里相识的。"

李隆基说:"原来如此。快传大理寺崔琬觐见。"

高力士:"是,陛下。"

崔琬很快来到李隆基跟前,说:"臣崔琬拜见陛下。"

李隆基说:"爱卿不必多礼。"

崔琬说:"谢陛下。"

李隆基说:"御史大夫毕构向给朕上一道奏疏,说是有一个名叫林妍儿的女子不顾朝廷禁令,在曲江池宴请朝中大臣,肆意妄为,大搞奢靡之风。此事你可知晓?"

崔琬说:"此事臣已经知道了,但臣并不负责此事。可据臣所知,这个林妍儿所做的枉法之事实际不止这一件。宰相张说也已经跟臣说过此人,臣也正在调查这个林妍儿。"

李隆基说:"人抓了没有?"

崔琬说:"已经下令林妍儿不准离开长安,听候传唤。但是还没有抓人。"

李隆基说:"既然这个林妍儿不法之事爱卿已经知晓,那为什么不抓人?反而搞什么暗中调查,岂不荒唐吗?"

崔琬说:"回陛下,此事原因有三。其一,这个林妍儿曾是大公主的旧部。陛下曾经对于大公主的旧部实行可杀可不杀之人不杀、可抓可不抓之人不抓之宽宏政策。其二,臣虽知道这个林妍儿的一些枉法之事,但也只是听人言传,尚无确凿的证据。其三,这个林妍儿在剿灭韦氏之时曾立下了功劳,并且这个林妍儿并非朝中官员,若是处置不当会引起民间非议。综述以上三点,臣在没有确凿证据的前提下不便抓人,怕引起流言蜚语,影响了陛下的声望。"

李隆基说:"爱卿所言不假。但朕对于大公主旧部所说之话,只是针对那些因形势所迫而依附大公主且没有违法乱纪之人。但是,对那些视大唐律法如无物之徒可决不能心慈手软,一经发现要严查到底,绝不能姑息养奸。如若不然岂不乱了纲常法纪,又如何让天下人循规蹈矩?"

崔琬说:"臣明白,臣一定秉公执法,不负陛下厚望。"

李隆基说:"朕最近听了不少洛阳的传闻,那个林妍儿所犯之事在洛阳已经闹得满城风雨,想必绝不是坊间讹传。爱卿可即刻逮捕林妍儿,彻查此事,溯本清源,以正视听。"

崔琬说:"是,陛下。"

李隆基说:"念及林妍儿毕竟是对大唐有功之人,在审查林妍儿的时候不公审、不用刑,允许人去探监。但是对林妍儿要严加看管,案子的内容,每查清一笔要附上画像立刻向世人公布,以此来警示那些心存侥幸之人。"

崔琬说:"陛下宅心仁厚,赏罚分明,令臣钦佩。"

李隆基说:"那就拜托爱卿了。"

崔琬说:"陛下言重了,臣告退。"

在崔日用面见李隆基的同时,刘江玉来到李鉴的府邸,见到李鉴后,刘江玉开门见山地问道:"大将军,刚才是不是崔日用来过?"

李鉴反问道:"你怎么知道的?"

刘江玉说:"他刚才是不是跟你说圣上要招你为驸马?"

李鉴惊讶地看着刘江玉说:"这你又是怎么知道的?""大将军你先别问,我问你是不是?"

李鉴说:"是的,刚才他来说的就是这件事。"

刘江玉说:"那大将军是怎么回答的?"

李鉴说:"我现在也烦着呢。"

刘江玉忍不住大声说:"你烦什么?我问你怎么回答的。"

李鉴望着刘江玉着急上火的样子,惊得半天说不出话来。刘江玉也觉得自己有些失态,稍微缓和一下态度说:"大将军,崔日用代表圣上向你提亲,你怎么回答的?"

李鉴说:"我没有答应。"

刘江玉气得直跺脚,说:"大将军,你好糊涂啊。这事你根本就不能拒绝。圣上招你为驸马是想你做他的卫青,要重用你。你怎么这么不明白事呢?"

李鉴说:"让我做卫青?"

刘江玉说:"卫青是西汉名将,他征讨匈奴立下了不朽的功勋。他娶了汉武帝的姐姐平阳公主,官拜至大司马,掌管天下军队。圣上壮志凌云,有兴国安邦之宏愿。而大将军领军打仗之才华无人匹敌,圣上欲行武帝之事,将公主嫁给大将军,这是有意重用大将军。可大将军却拒绝了圣上的一片苦心,你觉得圣上会怎么想?圣上又会怎么看大将军?"

李鉴说:"可是我现在已经心有所属,又怎么能侍奉公主呢?"

刘江玉说:"心有所属这叫什么话,别说你现在孑然一身,就算是你已经有了妻室,圣上想招你为驸马你也只能忍痛割爱,恭恭敬敬地迎娶公主。"

李鉴听了刘江玉的话后顿时心里七上八下,但是他心里还是留有希望,说:"刘兄,圣上对皇后一往情深,我想他也会理解我的。"

刘江玉苦笑一声说:"那是人家自己的事情,跟你有什么关系?"

李鉴说:"或许事情不是那么坏。"李鉴虽然嘴上这么说,心里也乱成了一锅粥。

刘江玉说:"大将军我问你,你跟我说实话。你刚才说的那个所属之人,是真还是假？"

李鉴说："是真的。"

刘江玉说："你会害死她的。"

李鉴拉着刘江玉的手慌不择口地说："刘兄，你别胡说。"

李鉴说："大将军忘了，当年大公主下嫁武攸暨的时候，武攸暨可是已经有了妻室的。但是，武后处死了武攸暨的妻子，武攸暨最后还不是侍奉了大公主。大将军你可是在大公主府里待过的，这事你不会不知道吧？"

李鉴吓得神色慌乱，嘴巴张得老大，说："刘兄，这话可不能乱说。"

刘江玉说："行，我不说了。你把事情做成这个样子，我还能说什么呢。"

正说话间，一个仆人走了进来说："禀报大将军，门外有一个女子求见。"

李鉴说："女子？什么女子？"

仆人说："她说她是林姑娘的侍女。"

李鉴说："快请她进来。"

那个女子进来后，李鉴见她是林妍儿身边的侍女便急忙问："你找我有什么事吗？"

侍女没有说话，而是用眼睛看着刘江玉，李鉴心急如焚地说："这里没外人，有什么事快说。"

侍女哭着说："禀报大将军，林姑娘被大理寺的人给抓了。"

刘江玉诧异地自言道："大理寺抓人？"

李鉴听了以后瘫坐在椅子上心痛万分。侍女说："大将军，你快想想办法吧！"

李鉴挥挥手说："行了，你先回去吧，我知道了。"

侍女走后刘江玉问李鉴："这个林姑娘是谁？"

李鉴说："她就是我说的心里所属之人。"

刘江玉说："大将军，你看看……唉！"

李鉴说："刘兄，你说现在到底该怎么办，怎样才能救她？"

刘江玉说："救她？大将军你可真是情种！还是好好想想自己吧，想着怎么跟圣上交代才好。"

李鉴瞬间眼泪流了下来，说："我现在还哪有心情想自己啊！都是我连累了她，都是我的错。"

刘江玉自从认识李鉴以来从未见李鉴如此痛苦过，更没见李鉴流过眼泪，于心不忍，便对李鉴说："好吧，你把林妍儿的事情跟我说说，我来想想办法。"

李鉴把自己和林妍儿的事情告知刘江玉后，刘江玉说："我刚才就在纳闷怎么是大理寺抓的人，原来这个林妍儿还真有事！"

李鉴说："刘兄，请念在我们兄弟二人一起出生入死的份上，求你在圣上面前给她求个情，赦免她好吗？"

刘江玉说："这件事可没那么简单。如今圣上决心澄清吏治，重振朝纲，全面清理斜封官。林妍儿依附权贵，卖官鬻爵。赶在这个节骨眼儿上这不是以身试法吗？而且你又……"

李鉴痛心疾首地说："我知道都是我的错，是我连累了她。她要是因我出了什么事我会良心不安的。"

刘江玉说："事已至此，大将军就不要悲伤了，我会帮大将军的。"

李鉴说："刘兄能够帮我？你的恩情在下将永世难忘。"

刘江玉说："大将军说哪里的话，我也不想看着大将军如此伤心。"

李鉴说："刘兄，你说怎么才能救林妍儿？"

刘江玉说："这件事我想主要还要看大将军的态度，能否使得圣上回心转意。"

李鉴抬起头望着刘江玉说："刘兄，我该有什么态度？"李鉴不知其意，望着刘江玉希望他能给自己说清楚。

刘江玉说："公主啊！"

李鉴说："若是圣上能赦免林妍儿，我愿意侍奉公主。"但是，想起林妍儿李鉴心里感到万分痛苦和自责。

刘江玉看着李鉴痛苦的表情，也只能尽量劝慰他："大将军，我们是身在朝堂身不由己啊！"

李鉴说："我明白，那我们接下来该怎么做？"

刘江玉说："依目前的情形来看，圣上应该已经知道了你和林妍儿之间的关系。但是呢，大将军以后千万不能再跟任何人说起你和林妍儿的事情，即使是圣上问起大将军也不要承认。"

李鉴说："既然圣上已经知道了，我为什么不承认？这不是欺君吗？"

刘江玉说："这件事与其他事不同。圣上知道了以后是不会让这件事外传的，也就是说，圣上不想太多的人知道这件事情。按照你刚才所说，这次大理寺抓人肯定会调查林妍儿在洛阳所犯的事。我们先不要着急，看看大理寺的调查再说。我会选择时机跟圣上求情的，到时我会跟圣上说你们因在年少之时远离家人来到大公主府里，彼此相互照顾结为异性兄妹，希望圣上网开一面，赦免了林妍儿。"

李鉴说："我明白你的意思了。"

刘江玉说："无论日后听到林妍儿的任何消息，你就假装不知道。若非圣上问起，你千万不要去找圣上为林妍儿求情，更不要去大理寺探监。否则圣上会以为你余情未了，这样对林妍儿会更加不利。"

李鉴说："我知道了。"

刘江玉说："那就这样吧，大将军要保重，在下告辞了。"

李鉴说："多谢刘兄，我送你。"

伍拾陆

大理寺审案

　　林妍儿坐在大理寺的牢房里泪水沾满了衣襟，当她想起李鉴的时候更是痛哭到难以自制。她的内心在反复地挣扎，她不想死，因为她不想离开李鉴，她很想跟李鉴在一起。可是她现在这个样子，又怎么能跟李鉴在一起？李鉴还会选择跟她在一起吗？但是，当她想起李鉴曾说过"我要娶你为妻"时便擦干了泪水，她知道哭是没有用的。现在她要仔细考虑一下，还能不能活着出去。

　　林妍儿开始分析自她回到长安以来所发生的事。她想到回长安以后，朝廷既不批准辞职又不准她离开长安，这说明上面或许已经知道了她在洛阳所做的事情，那既然上面已经知道了她所做的事情，为什么不立刻逮捕她呢？并且，她在牢房里既没有戴刑具，也没有狱卒粗声大气地对待她，反而配有侍女照顾她，并且随叫随到，她的一日三餐都很丰盛。林妍儿想，我能享受到这样的待遇，很可能是因为在剿灭韦氏过程中立下了功劳。虽然在剿灭韦氏以后跟随了太平公主，但是她一直在洛阳，也没有参与到太平公主与李隆基的权势斗争中去。这样一来，她只要交出所贪来的钱财就能够减轻处罚。而且她曾经将一大笔钱财捐给了河北道受灾的地方，也算是做了一件好事。如果李鉴能出面向李隆基为自己说情的话，她就能够得到赦免。想到这里，林妍儿沉闷的心情得到了一些缓解。

　　思绪间，一个狱卒打开牢房说："林姑娘，崔大人传你上堂。"

　　林妍儿问道："请问是哪个崔大人？"

　　狱卒说："当然是我们大理寺卿崔琬崔大人了。"

当林妍儿听到传她过堂的居然是大理寺崔琬时，脸吓得发白，因为在韦氏当道的时候，当时担任监察御史的崔琬对着皇帝李显的仪仗上奏，弹劾韦氏的重要党徒宗楚客、纪处讷二人暗地里勾结戎狄阙啜忠节，接受对方的贿赂，由此而获得了刚正无私、奉公执法的美名。此外据她了解，崔琬这个人办事很有能力，很认真，很执着，做事情有始有终，绝不会半途而废。她觉得这个人来审理自己的案子，那么她肯定是凶多吉少了。可是，当她联想到自己在大理寺监牢里的待遇时又觉得自己多虑了。

林妍儿又想到要是崔琬提审自己，怎么去应对崔琬的审问才是当务之急，也是必须要细致考虑的事情。于是她整理了一下思绪，又细细地把要应对崔琬的话语在脑海里过了一遍。

林妍儿鼓起勇气来到大理寺的公堂上，崔琬问道："堂下何人？"

林妍儿说："民女林妍儿。"

崔琬说："哪里人？"

林妍儿说："洛阳人。"

崔琬说："御史大夫毕构向举报你在曲江池大摆筵席，宴请朝中官员，场面极其奢华，可有此事？"

林妍儿说："当时，我大唐北征的将士凯旋，圣上欢心，普天同庆。我只是和朝中同仁在曲江池相聚，一起举杯庆祝我大唐获得的胜利，剿灭叛军，收复失地，除此以外并无他意。"

崔琬说："朝廷有禁令，不准开奢靡之风，难道你不知道吗？"

林妍儿说："回大人，小女子才疏学浅，孤陋寡闻，未能及时理解朝廷法令，以至于在宴会用餐上出现不妥之处。小女子事后也深感愧疚，还望大人恕罪。"

崔琬笑了笑说："是这样。其实这些都是些鸡毛蒜皮的小事，再说本官也并不负责。本官也就是随便问问，要是因为那件事情传林姑娘到大理寺，实在是小题大做。"

林妍儿见崔琬脸色有些缓和也放下心来，轻声问道："那不知崔大人因何事传我到大理寺过堂？"

崔琬走到林妍儿的身边说："林姑娘是聪明人，难道会不明白？"

林妍儿说："崔大人之言让民女实在是惭愧，久闻崔大人公正无私，才华卓越，为世人所称道……"

崔琬说："林姑娘是在嘲讽我吧？"说完抬起手示意林妍儿不要再讲那些恭维的陈词滥调，因为凡是被传唤到大理寺的人，第一次过堂不管是曾经有多么风光无限、劳苦功高、位高权重，哪怕是曾经跟他有过节，对他恨得咬牙切齿之人，在这个时候都会乖得像一只温顺的小猫，溜须拍马的话语自然是少不了的。因此，他对这样的言语早已经产生了抗体。

林妍儿说："小女子之言句句属实，怎敢胡言。况且长安城里的百姓，谁人不知崔大人的威名。"

崔大人笑着自嘲道："本官倒是经常听到有人说我，油盐不进、顽固不化、不识抬举、自不量力，恨不得我猝死而后快。"

林妍儿也笑着说："这些都是些小人妄言，崔大人怎么能当真呢？"

崔琬摆摆手说："好了，本官传你过堂只想弄清楚两件事情，还望林姑娘多多配合，不要隐瞒才好。"

林妍儿说："只要在下知道一定会如实相告，绝不隐瞒。"

崔琬说："这就好。本官今天是想告诉你，本官知道你曾经是大公主的旧部，也知道你在剿灭韦氏的时候为大唐立下了功劳，乃有功之人。本官不管现在是否还有人给你撑腰，或者身边有多少男人死心塌地地想为你卖命，本官传你到大理寺过堂只想弄清楚两件事。第一，你在洛阳居住期间，干过哪些触犯大唐律法的罪恶勾当。第二，你贪了多少钱，怎么贪来的，贪来的钱又去了哪里。就这两件事情，你听明白了吗？"

林妍儿吓得瞬间面无血色，但是她稳住心中的惶恐情绪，故作镇静地回答道："我在洛阳做的事情都是按照大公主的指示做的，我只是听从命令而已。"

崔琬说："你是想给我来个死无对证是吧？"

林妍儿说："回大人，我说的是事实。"

崔琬声音忽然抬高说："本官要的就是事实。本官已经派人到洛阳去了，相信不久就会有结果。那些跟你在洛阳有关的人，本官全都会抓到这个公堂来和你对质。本官提醒你，自本官执掌大理寺衙门以来，还从来没有一个人能站着进来又站着出去的。清白之人，本官是绝不动的，更不会把他带到大理寺衙门来过堂，凡是进入到我这个大理寺衙门的都是不干净的人。你也可以认为，落在本官的手里算你倒了大霉。总之，一经查出所犯之事确实是你所为，本官将依律严惩，绝不会手下留情。"

林妍儿瞪着崔琬说："崔大人，你是在威胁我？"

崔琬说："平日不做亏心事，夜半不怕鬼敲门。顺便告诉你一声，大公主的家就是本官带着人查抄的。退堂！"

林妍儿心惊胆战地回到牢房，她此前的种种想法已经全部破灭了。因为崔琬连太平公主的家都敢抄，这说明李隆基很信任崔琬。同时也表明，李隆基对崔琬调查她案子的结果会深信不疑。崔琬一旦把她做的那些见不得光的事情公之于众，那么她平安脱身的希望将会变得十分渺茫。想到这里，她只能把希望全部寄托在了李鉴的身上，因为李鉴这次北征大破敌军，立下了赫赫功勋，要是李鉴出面为她向李隆基求情的话，李隆基或许会放她一条生路。但是一想到李鉴，林妍儿眼泪又不自觉地流了下来。

崔琬派出调查林妍儿案子的人员很快就回到了长安，并且逮捕了五十名与林妍儿案子有关的人员。同时，调查人员给崔琬汇报了一件事情，即李鉴在洛阳冬训府兵期间曾和林妍儿一同出入映蔚园。当崔琬一听到李鉴与林妍儿有关系后颇为惊骇，因为李鉴无论是朝中还是军中都有着不错的口碑，他也从未听说过有关李鉴的负面信息。可是，现在李鉴与林妍儿的案子牵扯到了一起，这不得不引起了他的重视。因为李鉴是朝廷重臣，要是一个身居高位的人逍遥法外，这以后不知道会出什么大乱子。况且李鉴担任军中要职，若是出了问题，那么将给军队带来一场灾难，对朝廷的影响也是不可估量的。从他手头所掌握的资料来看，他初步判断林妍儿的案子非同小可，有可能还是个大案。可是，李鉴毕竟是朝中大臣，他是不能直接去传唤李鉴的，只有得到李隆基的许可才行。因此，他马上来到大明宫去请示李隆基。

崔琬见到李隆基后说："启禀陛下，臣派去洛阳调查林妍儿的人已经回来了，并且逮捕了五十名与林妍儿案子有关的人员。臣觉得这件案子非同一般，臣将择日对林妍儿进行审讯，以尽快查清此案。"

李隆基一边批改着奏疏一边说："案子简单或复杂都是爱卿分内的事情，

爱卿该怎样做就怎样做，不必事事都请示于朕。"

崔琬说："陛下圣明。从洛阳调查回来的人说，大将军李鉴在洛阳冬训府兵期间曾与林妍儿一同出入其住所映蔚园。"

李隆基放下笔，抬头看着崔琬说："有这等事情？"

崔琬说："回陛下，确有此事，望陛下明察。"

李隆基说："爱卿觉得该如何处理呢？"

崔琬说："臣请求调查李鉴。"

李隆基站起来来回走了几步，说："大将军为人宽厚诚恳，爱兵如子，有口皆碑。调查大将军似乎有所不妥吧？"

崔琬说："大将军的为人臣也有所耳闻，臣也不相信大将军会做出有违国法的事情。但是大将军乃朝廷重臣，并非一般人可比，如今有所牵连还是早查清为好。否则日后若是奸恶小人拿此事扰乱朝堂，诬陷大将军，岂不是会掀起一阵波澜？"

李隆基说："爱卿言之有理。爱卿可以问话大将军，问清事由，了解清楚。人非圣贤孰能无过，若无大错不必深究。但问话仅限于爱卿与大将军，稍作笔录，留下字句。万不可对外声张，扩大事态，免得为奸人留下口舌。"

崔琬说："圣上英明，臣明白。"

李隆基说："大将军有勇有谋，善用奇兵，乃国之栋梁。但毕竟年纪尚轻，做事急躁，若有瑕疵，爱卿身为长辈可以多加教导，但绝不可矫枉过正，适得其反。"

崔琬说："陛下爱才之心令臣钦佩，臣谨遵圣谕。"

李隆基说："还有，对于这件案子爱卿只需着重调查林妍儿及同党就行了，不必牵连太广，免得顾此失彼，得不偿失。"

崔琬说："是，陛下。"

李隆基说："林妍儿的案子爱卿要好好查，细细地查，不要着急。每查清一笔，就及时向世人公布。"

崔琬说："是，陛下，臣明白。"

李隆基说："爱卿，要是没有其他事就退下吧！"

崔琬说："是，陛下，臣告退。"

崔琬走后，李隆基陷入了深思。他想，无论林妍儿的案子查出个什么结果，林妍儿都是活不了的，而且从他所掌握的讯息来看也确实是这样。虽然林妍儿的事情对他来说其实是个小事情，这种事情他见得多了。但是对于李鉴可一定要重视起来。他允许崔琬问话李鉴，正好可以给李鉴提个醒，让李鉴尽早和林妍儿撇清关系，朝他所想要的方向去走。当然，最终还要看处死林妍儿李鉴是怎样的反应，但这并不妨碍他借此澄清吏治，杀一儆百，以震慑那些贪得无厌之人。

在李隆基看来，处死林妍儿后李鉴的反应无非会是两种：一是李鉴肯娶公主。这说明李鉴怕了，不敢跟他作对，老老实实臣服他。他就借李鉴之手打压那伙骄兵悍将，实行募兵制，让李鉴建立一支完全听命于他的军队，为他征战，力保他的江山稳固可靠。二是李鉴仍不肯娶公主，这就表明李鉴在反抗，在挑战他的权威，有不臣之心。那么他就把李鉴跟林妍儿的案子联系起来，处死李鉴。接下来再处置李鉴手下那些骄兵悍将，并借机整肃军纪，清除那些对他有威胁的人，为实行募兵制、建立常备军扫清障碍。

对于可能出现的这两种结果，不管哪一种都是对他有利的。但是李隆基权衡再三，觉得李鉴毕竟是一个可用之才，所以他力争第一种结果，但同时也做好了应对第二种结果的准备。

伍拾柒

公堂上的冲突

崔琬回到大理寺对李隆基的话进行了仔细分析,为了对李鉴的问话不至于引起外界的猜测,崔琬换上便服只身来到李鉴的府邸。

在林妍儿的事情发生后,李鉴为了林妍儿的安危整日心事重重,沉浸在烦闷当中。当仆人向他报告说大理寺卿崔琬前来拜访时,李鉴立刻奔向大门口去迎接崔琬。李鉴远远地看见崔琬时,就已经开始拱手大步走上前迎接崔琬,说:"不知崔大人到来,有失远迎,还望崔大人恕罪。"

崔琬也拱手还礼,说:"大将军客气了,在下早就想一睹我'唐之霍去病'的风采。"

李鉴说:"崔大人过奖了。这边请。"

李鉴把崔琬请进厅堂,安排人为崔琬倒上茶。崔琬说:"自大将军北征归来,长安城里老少妇孺都在称赞大将军,今日在下一睹大将军尊荣,果然不同凡响。"

李鉴说:"能剿灭叛军,全仰仗朝廷的大力支持与大唐将士浴血奋战,在下不过是有幸参与其中罢了。"

崔琬说:"大将军年轻有为,谦谦有礼,乃不可多得之俊才。"

李鉴说:"崔大人乃当朝名臣,为世人称道,晚辈日后要是有什么困惑的地方还需大人多加指点才是。"

崔琬笑着说:"大将军客气了。若是老夫能够作答的,定不推辞。"

李鉴想去询问有关林妍儿的事情,但是话到嘴边却又咽了回去,经过崔琬这么一说，李鉴终于鼓起勇气轻声说："崔大人，在下有一事想要请教崔大人，还望崔大人相助。"

崔琬看出了李鉴的心思，顺势说："实不相瞒，今天老夫也有一事想要请教大将军。"

李鉴感到有些意外地说："不知崔大人想要问什么？"

崔琬说："大将军，可否找个能说话的地方？"

李鉴看着崔琬的表情，觉得崔琬可能是为林妍儿的事情来的，便说道："崔大人，这边请。"

李鉴把崔琬领进书房，两人相对坐下。崔琬开门见山地说："大将军，老夫今天与大将军的谈话仅限于你我二人，并且稍作笔录，还望大将军如实相告，切勿推辞。"

李鉴有口难言，但还是硬着头皮说："崔大人有话尽管问，在下若是知道绝不隐瞒。"

崔琬看出李鉴似有心事的样子，宽慰他说："我相信大将军乃奉公廉洁之人，老夫今日也是例行公事，大将军不必忧愁。"

李鉴听了崔琬的话心里顿时变得轻松了许多，他说："在下明白。"

崔琬说："大将军，借用一下你的纸笔可以吗？"

李鉴说："可以，崔大人请用。"

崔琬在李鉴的书桌上准备好笔墨纸砚后，说："大将军，我们开始吧。"

李鉴说："好的。"

崔琬问道："大将军，洛阳有一座名为映蔚园的庄园，大将军可否知道？"

李鉴一听"映蔚园"三个字头瞬间便大了起来，他用手撑着脑袋无精打采。

崔琬说："大将军有话就请说，说清楚了对大家都有好处。"李鉴一听这话抬起头看着崔琬，像是黑暗中看见一丝曙光。崔琬继续说："说吧，大将军。"

李鉴顿了一下，说："在下知道。"

崔琬又问道："大将军去过映蔚园没有？"

李鉴说:"我去过。"

崔琬继续问道:"大将军去映蔚园做什么?"

李鉴说:"去见一位故人。"

崔琬说:"大将军的那位故人叫什么名字?"

李鉴说:"林妍儿……"

崔琬说:"大将军请你说清楚一点,叫什么名字?哪里人氏?"

李鉴擦了一下额头,说:"她叫林妍儿,洛阳人氏。"

崔琬说:"这个映蔚园是林妍儿的吗?"

李鉴说:"是的。"

崔琬说:"大将军和洛阳林妍儿是什么关系?"

李鉴想起刘江玉曾经交代过他的话,说:"也没什么关系,就是相识而已。"

崔琬说:"大将军,这个相识有很多种说法,不知大将军想表达哪一种?"

李鉴急忙答道:"是这样的,我和林妍儿昔日一起侍奉过大公主,在大公主府里相识,彼此之间曾以兄妹相称,除此以外再无其他,还望崔大人明察。"

崔琬说:"大将军,还有什么要说的没有?"

李鉴不明其意,看着崔琬问道:"不知道崔大人还想知道什么?"

崔琬说:"我的意思是我的话已经问完了,大将军还有什么要补充的吗?"

李鉴说:"没有了。"

崔琬站起来,对李鉴拱手作揖,说:"多谢大将军的配合,打扰大将军了。"

李鉴说:"不妨事。"

崔琬把拟好的笔录呈递给李鉴说:"大将军,对此有什么疑问吗?"

李鉴说:"没有了。"

崔琬说:"那就请大将军署名画押,免得外人非议。"

李鉴说:"好的。"然后拿起笔写上名字,按上指印,交还给了崔琬。

崔琬把笔录收好以后说:"大将军,这件事到此为止,大将军不必为此忧虑，老夫告辞。"

李鉴说："我送大人。"

当李鉴陪着崔琬走到厅堂时，李鉴从府上仆人手里接过一件貂皮大袄，呈到崔琬面前说："崔大人，初次接触，无以相送，这件貂袄晚辈赠给大人，望大人笑纳。"

崔琬说："大将军前途似锦，以后要走的路长着呢，请自重。老夫告辞，大将军留步。"说完便大步离去。崔琬走后，李鉴立刻被烦乱不堪的情绪所包围。

崔琬回到大理寺，立刻把笔录草拟一份，命人呈报给了李隆基。李隆基把笔录看完以后脸上露出了一丝笑容，嘴里自言道："不过如此，不过如此。"

崔琬将林妍儿的罪证收集齐全以后开始对林妍儿进行审讯。在公堂上，崔琬说："你在洛阳居住的地方叫映蔚园是吗？"

林妍儿说："是的。"

崔琬说："映蔚园是你的吗？"

林妍儿说："不是，我只是借住。"

崔琬说："借住？据本官所查，映蔚园原叫韦清宅，是韦后的堂叔居住的地方。韦后被灭，韦氏家族受到株连，家产被抄。你趁机把韦清宅据为己有，并对韦清宅进行了扩建，你又在园内挖了一个大的水塘，在水塘里种了荷花，改名为映蔚园。此事你可承认？"

林妍儿说："映蔚园原来是叫韦清宅，韦后的堂叔被除，是东都官员按照朝廷的命令办的，我并没有参与。韦清宅后来被大公主看中，我也只是按照大公主的指示办事而已。"

崔琬说："这么说映蔚园是大公主的了？"

林妍儿说："是，是大公主的。"

崔琬从文案上顺手拿起一册账本，说："这是我在查抄大公主家时得到的账册，上面记录着大公主的所有家产。但是却没有记录着一个叫韦清宅或映蔚园的宅院。来人，拿给她看。"崔琬拿起一本账册，让差役拿给林妍儿看。

差役将账册拿到林妍儿跟前，林妍儿甩着头并不理会，对着崔琬说："大公主有没有记录是大公主的事情，也许是大公主觉得映蔚园太小，忘记记了也未可知。"

崔琬说："大公主忘记了？好！本官只想拿这个问题开个头，现在还不想深究，这个问题就暂且先放下。"

崔琬接着说："据本官所查，你在洛阳任职期间，负责给大公主修建豪宅，是吗？"

林妍儿说："这是大公主吩咐我做的。"

崔琬说："你在给大公主修建豪宅时，以三倍的价钱收购木材，勾结奸商，从中牟利，致使木材价格飞涨，搞得人怨沸腾，有苦难言。洛阳普通百姓家里办个丧事，连口棺材都买不起。可有此事？"

林妍儿说："我不知道崔大人在说什么。"

崔琬说："来人，带那两个木材商人进来。"

那两个木材商人被带到公堂上后，崔琬说："你们可认识旁边这个人？"

其中一个胖乎乎的商人说："认识，她就是林妍儿。"

另一个瘦高个儿的商人说："对，她就是林妍儿，据说她是大公主的亲信。"

崔琬说："林妍儿，你可认识眼前这两个商人？"

林妍儿说："我不认识。"

崔琬说："我告诉你，纸是包不住火的，你们两个可以先说一说。"

胖商人说："林姑娘来到洛阳以后找到我们，说是需要大量的木材给大公主盖豪宅别苑。她其实是名义上出三倍的价钱，但实际上还是以原价购买的，目的在于抬高市价。"

瘦高个儿说："她以三倍价钱购买木材以后，洛阳的木材价格也就跟着涨了起来。她提出，以高出原价卖出部分的利润我们和她对半分。如果我们不答应，她也就不买我们的木材了。由于林姑娘所要的木材数量很大，我们为了多赚一点钱也就答应了她的请求。所有的账册，我们也已经交给大人您了，望大人明察。"

崔琬说："把这两个奸商带下去。"那两个木材商人被带下去后，崔琬说："林姑娘，这些是从映蔚园里搜查出来的账册，上面可都清清楚楚地记录着你和这两个奸商所干的勾当。这账册上的字和你写的家书字体一模一样，可见这本账册是你所写，你还想狡辩吗？"

林妍儿说："我都是按照大公主的指令办事的，所得钱财也都给大公主了。"

崔琬说："大公主的账册里可没有记录这笔收入。"

林妍儿说："大公主有没有记账我就不清楚了，总之钱是大公主拿了，这是事实。"

崔琬说："好，不错。来人，把东西都抬上来。"大理寺的衙役把八个大木箱子抬到了公堂上。崔琬说："打开。"

衙役把箱子打开以后，公堂上的所有人都惊呆了。箱子里堆满了金银珠宝、翡翠玉石、古玩字画，几乎可以亮瞎人的眼。里面的真金白银和珍奇宝物杂乱无章地堆放在一起。崔琬来到林妍儿面前，指着木箱子说："这些箱子都是从你所居住的映蔚园里搜出来的。你还想抵赖吗？"

林妍儿瞥了一眼那些财物，说："这些钱是大公主的，不是我的，我说过我只是替大公主办事罢了。"

崔琬说："既然是大公主的，那这些财物怎么会在你所居住的映蔚园里？"

林妍儿说："我刚才说过，这个映蔚园是大公主的。大公主的钱财放在她自己的园子里，这不是很正常吗？"

崔琬一时语塞，忽然间他笑着说："林妍儿啊林妍儿，看来你什么事情都打算往大公主身上推了是吗？"

林妍儿说："崔大人要问事实，我说的就是事实。"

崔琬说："你适才说大公主忘记了她有一处宅子叫映蔚园，是不是？"

林妍儿说："我是说她有可能忘记了。"

崔琬说："但是有人记得这园子是谁的，你想知道吗？"

林妍儿说："反正不是我的，谁爱怎么说就怎么说去，我哪儿管得着。"

崔琬命人把一份笔录拿到林妍儿面前说："看看这份笔录你就明白了。"

林妍儿仍然不理不睬，说："欲加之罪何患无辞？崔大人不听我的供述那就随崔大人吧！"

崔琬说："还是看看，总得念及旧情吧。"

林妍儿看了崔琬一眼，把笔录打开，当她看见署名的人是李鉴时瞬间脑袋嗡嗡作响。她怎么也没想到居然牵扯到李鉴了，眼泪也止不住地流了下来。她气愤地把笔录撕得粉碎，大声说："一派胡言，一派胡言。崔大人，你也是当世名臣，为何做出这等下三烂的勾当！"

崔琬说："看来你还是不认账，要不要把这个人请到公堂上和你当面对质？"

林妍儿失声喊道："不要！"

崔琬说："为何不要？"

林妍儿恼怒地说："有什么冲我来！"

崔琬说："好，那我就冲你来。你父兄还帮你记得不少东西呢。我派人到你家去了，你父兄说他的女儿林妍儿遇到了贵人，在洛阳有一处名叫映蔚园的豪宅。要不要把你的父兄请上公堂进行对质？"

林妍儿神情激动地说："这事跟我的父兄有什么关系？你凭什么调查他们？"

崔琬抬高声音说："有没有关系你心里清楚。本官问你，你家原来田地不过百亩，房屋也就十几间，可自从你到洛阳任职以后，你家的田地一下猛增到五千亩，房屋也有上百间。你作何解释？"

林妍儿说："我承认这些是我为家里置办的。但我对大唐可是有功之人，这是朝廷给我的赏赐，有何不可？"

崔琬说："是不是赏赐我会去查。那些田产是怎么来的你最清楚，你的父兄我想也不糊涂。如果你还是这么胡搅蛮缠下去的话，那么其他的事情就先放下，我派人把你的父兄及所有亲属都带到长安来，就查你的家产。本官有的是时间和精力去做这件事情。你要是觉得一家人在这个公堂上感觉很光彩的话，那本官完全可以满足你这个愿望。"

林妍儿看着崔琬严厉的面容，心里顷刻间泛起阵阵酸楚。她本来想把案子一直往下拖，等着李鉴来救她。可事到如今，她的案子不仅牵涉到李鉴，连她的家人都牵扯了进来，这大大出乎了她的意料。

林妍儿想到这里眼泪夺眶而出，等李鉴来救似乎已经不可能了。别的不说，以崔琬的办事能力一定会把她家查得鸡犬不宁，甚至连李鉴也很可能会被卷进来，这是她无论如何也不愿看到的事情。

无奈之下，林妍儿只好服软，急切地说："不要抓我的父兄，一切都是我的错，跟他们没有任何关系。我所说的句句属实，我愿意如实交代。"说完便瘫倒在了地上，想死的心都有了。

崔琬命人把林妍儿扶起来，给她备了一张椅子坐下。崔琬说："你也算是有点良心。据本官所查，东都洛阳及河南道下辖的三十个州府中，有大小五十多名官员都是走你的门路引荐给大公主的。可有此事？"

林妍儿说："是的。"

崔琬说："这官员的任用都是通过斜封官吗？"

林妍儿说："是的，这些人是我引荐给大公主的。"

崔琬说："什么样的人可以得到你的引荐？"

林妍儿说："送礼即可。"

崔琬说："送什么礼？说清楚。"

林妍儿说："就是送钱。"

崔琬说："送多少钱？"

林妍儿说："按照所买的官职大小，爵位高低不等。"

崔琬说："这些人你都还记得吗？"

林妍儿说："有的记得。"

崔琬说："来人啊，带候审的官员上来，挨个过堂。"

崔琬让林妍儿与其引荐的官员在公堂上当面对质，那些通过贿赂得到官位的人被带到公堂上，在与林妍儿对峙之前无一例外地都跪在公堂上，向崔琬乞求宽恕。但是，崔琬始终都不为所动，秉公办案。在大量铁证面前，那些人只好如实招供，把送礼的时间、地点、数目、经过、结果都一一交代清楚。旁边的两个主簿则挥着笔杆把审讯的所有详情都一字一句地记录在案。

但是在审问期间，有一个人在和林妍儿对质的过程中忽然间情绪失控，扬起手掌在林妍儿的脸上打了一巴掌。林妍儿也不甘示弱，快速抬起手朝那人的脸上也打了一巴掌。

公堂上的秩序瞬间大乱，站在旁边的衙役赶紧上前把两人拉开并控制起来，那人被衙役控制了以后仍然难以平静，对着崔琬说："大人，一切都是这个女人主使的,是她公然索贿,卖官鬻爵,不关我的事!请大人明鉴!"

林妍儿冲那人大声说:"你枉口嚼舌,谁公然索贿了?是你主动向我买官,又不是我跑你家里卖官的。崔大人在上,容不得你胡说八道!"

那人已经完全失去了理智,毫无顾忌地嚷道:"你向我保证不会出事的。现在倒好,官位没了,钱也没了,还吃上官司,你说该怎么办?"

林妍儿说:"你爱怎么办就怎么办,关我什么事?"

那人说:"怎么不关你的事?这一切都是你践踏朝廷法纪、无视王法导致的。"

林妍儿说:"你买官就是维护朝廷法纪吗?你买官就是有视王法吗?"林妍儿有把头转向崔琬,说:"崔大人,这个人为了向我买官,还当着我的面高呼'大公主万岁'呢!"

"我没有!我没有!"那人吓得面如土灰,急忙对着崔琬说:"大人,都是这个女人逼我说的,是她逼我说的。"

林妍儿痛骂道:"像你这种厚颜无耻、卑鄙龌龊的货色,还用得着人逼你吗?你怎么不想想,当初你向我买官时跪在我面前的那副贱样。真叫人恶心!我要不是看在钱的分上,才不会和你这种货色打交道。"

那人说:"我官没了,你倒是把钱还给我……"

崔琬冷眼看着眼前的这两个人出尽洋相,心里感到无限的悲哀。旁边的差役被两人的互骂惹得啼笑皆非。崔琬实在听不下去了,他拿起惊堂木,在文案上狠狠地敲了几下。在惊堂木声音的震慑下,他们两人停止了争吵。崔琬说:"放肆!简直放肆!竟然敢咆哮公堂,来人!把这个家伙拖出去重打二十大板。"

那人被衙役拉出去的时候呼天喊地地高呼道:"大人,我冤枉,我冤枉啊!"

那个人被拉出去以后,崔琬一看时间也不早了,便说:"今天到此为止,明天接着审。谁要是再敢如此胆大妄为,照样板子伺候。退堂!"

林妍儿也随即被带回牢房,捂着被打得火辣辣的脸庞,坐在床铺上心里泛起阵阵酸楚。她想自小到大还从来没有人这样打过她的脸,即使当年在韦氏那样不可一世的人面前,她也没有受到过如此大的侮辱。可今天却被一个毫无廉耻的小人给打了，这让她实在难以忍受。这要是放到太平公主当道的时候，要是有人敢这样对她，她非得把那人的祖坟挖了不可。她愤恨不平地抱怨道："又不是我劝你买官的，你怪我干什么？简直混蛋！"

但是一想到她自己现在的处境，也只能感叹落魄的凤凰不如鸡，眼泪也不知不觉地掉了下来。泪水渐渐模糊了双眼，恍惚中她仿佛看见了李鉴的身影，发现李鉴正站在牢房外向她招手。她迅速擦掉泪水跑上前，却发现什么也没有。周围空空如也，死一般的宁静。

林妍儿伤心失望地走回到床铺前，难以忍受心中的痛楚，趴在床铺上失声痛哭。

大理寺的审查在有条不紊地进行着，案情也逐渐明朗起来。在审理林妍儿的过程中，崔琬按照李隆基的指示，每查清一起案件，在得到林妍儿的签字画押后，大理寺的人便会张榜公布。在长安城的大街小巷，都张贴着关于林妍儿的布告。几乎在一夜之间，林妍儿的名字被长安的民众所熟知，并且从长安传到了洛阳，从洛阳传遍整个李唐。此外，根据案子审理的进展情况，大理寺的布告也不断地更新。这样一来，茶余饭后谈论林妍儿成了李唐上下津津乐道的话题。

曾经和林妍儿一起侍奉韦氏的其他八个侍女，自林妍儿将她们放了以后便来到了洛阳。她们隐姓埋名，开了一间绣坊，以刺绣为生。林妍儿的案子传到洛阳以后，在洛阳引起了不小的震动。洛阳城的百姓拍手称快，弹冠相庆。而那些结交过林妍儿的权贵们则忧心忡忡，生怕牵扯到自己身上。但是在八侍女看来这件事不简单，她们并不认为这是一起普通的贪污案，虽然朝廷所公布的榜文是这么写的。因为她们在大明宫里生活了最少有十年的时间，她们深知这里边发生的一切事情都是和权力、皇位有着千丝万缕的联系。

八侍女对林妍儿的案情进行了分析，她们认为在剿灭韦氏的时候，她们是被李鉴抓住的，但是李鉴没有杀她们，而是交给林妍儿。这说明李鉴是听从了林妍儿的话才这样做的，这也就反映出李鉴和林妍儿之间的关系不一般。李鉴肯定是因为喜欢林妍儿才会去做这样的事情。虽然对李鉴而言，放不放掉她们根本无关紧要，但要是没有林妍儿，李鉴没必要为了她们这群素不相识的人承担什么风险，哪怕是一点点也没有理由。李鉴想解决她们只要手起刀落就行了，这样对李鉴来说反而更方便一点。如果不是林妍儿救她们，李鉴也确实会这么做，因为她们卷入的是一场政治斗争，韦氏被杀株连的人不计其数，何况她们作为韦氏爪牙替韦氏做了那么多的坏事。

因此对于林妍儿被捕的这件事情，她们认为李鉴现在身居高位又功勋显赫，林妍儿现在被大理寺的人审讯，那李鉴在干什么呢？于是她们决定去长安，看看究竟发生了什么事情。如果有机会，她们会不惜一切代价救林妍儿出来。因为她们是林妍儿出手相救才活下来的，她们之间可以说是过命的交情，滴水之恩当涌泉相报，而现在正是报恩的时候。

伍拾捌

一波未平一波又起

李鉴在知道大理寺的布告以后心情低落到了极点。即使早在洛阳冬训府兵的时候，他就已经知道林妍儿干了一些不法的事情，但是他并不知道林妍儿具体做了什么。所以，当整个案子的细节被公布出来以后，他的内心有些接受不了，就像是一个人吃着鲜美瓜果的时候，瓜农却不停地讲解给瓜田里施撒农家肥的场景。尤其是当他听到长安百姓们的议论以后简直是痛不欲生，所以也就无心工作，整日沉浸在忧愁当中难以自拔。

在李鉴看来，他觉得林妍儿现在被羁押审讯很大的原因是他拒绝娶公主，得罪了皇帝，因此他的心里充满了对林妍儿的负罪感。于是他跑到刘江玉面前，请求刘江玉出面为林妍儿说情。刘江玉此前答应过李鉴会去帮助林妍儿，觉得是时候去找李隆基了。

刘江玉来到大明宫，见到李隆基后说："微臣拜见陛下。"

李隆基说："爱卿免礼。"

刘江玉说："微臣有件事情想跟陛下说。"

李隆基说："爱卿有什么事尽管说。"

刘江玉说："自崔大人从大将军那里走后，大将军来找微臣。说他当时一时糊涂，没能及时理解圣意，心里万分自责。于是就请微臣跟陛下求情，请陛下宽恕他的鲁莽行为。"

李隆基说："大将军现在是不是自责到茶饭不思、夜不能寐，连兵部的事情都不想做了？"

刘江玉惊了半晌，抬头看了一眼李隆基后说："这个……大将军最近心情是有些不好，但是对兵部的事情还是尽心尽责的。"

李隆基说："你倒是很会替他说话啊！"

刘江玉说："微臣句句属实，不敢造次。"

李隆基说："李鉴是不是曾经说过，给他二十万兵马他便可以横扫天下？"

刘江玉感到莫名其妙，不知道李隆基为什么会问起这件事情，他看见李隆基一脸严肃的表情，似乎对这件事情很是上心，便小心翼翼地说："大将军以前是说过这样的话，但是他是说……"

李隆基打断他的话，继续问道："李鉴手下的将领是不是想让李鉴做天策上将军？"

刘江玉脑袋发晕，整个人糊里糊涂的，急忙说："陛下，这不过是戏言……"

李隆基说："要是成真的话，难不成还想在含元殿上指点江山？连朕的万骑军都不放在眼里，他们想干什么？在街上酒楼里喝酒打人，觉得没人能管得了他们了是吗？"

刘江玉说："陛下，大将军对陛下、对大唐可是忠诚可靠，赤胆忠心。请陛下明鉴。"

李隆基说："朕问你，你在兵部做事情顺利吗？"

刘江玉说："微臣在兵部是遇到了一点困难，但是陛下放心，微臣能够克服。"

李隆基说："你必须克服，朕相信你能够做到。李鉴在公主的事情上让朕很失望。朕现在就是想借林妍儿的案子给他一个教训。那就是顺朕者昌，逆朕者亡，没有人能够反抗朕的权威，唯有低头臣服。"

刘江玉说："在那件事情上大将军只是一时转不过弯儿来，才导致他没能深刻地理解圣意，还望陛下恕罪。"

李隆基说："那是他自己的事情。朕已经告知大理寺对林妍儿不公审、不用刑、不传唤其家属，并且给予优待，就是在给他面子，不想过分刺激到他。朕现在也在给他机会，希望他好好想一想，看他自己应该做些什么，而不是整天想着什么林妍儿。可他要是继续执迷不悟下去，就别怪朕下手无情。等制服了李鉴，他手下的那伙骄兵悍将朕也会挨个去收拾。"

刘江玉说:"陛下,兵部是有某些将领有点心高气傲,但是这跟大将军没什么关系。大将军可一向是严于律己、恪尽职守的。对于手下将士也是严加管束,至于那次出现喝酒打人的事情,全是某些将领的个人行为。当然这也跟北征归来一些人被胜利冲昏了头脑有关。微臣已经跟大将军制定出了相应的处置措施,望陛下明察。"

李隆基说:"那李鉴这次拒绝朕的好意算怎么回事?在兵部里整天唉声叹气又算怎么回事?"

刘江玉说:"大将军现在已经感到很后悔了,他说希望能够得到陛下的宽恕,去倾心侍奉公主。"

李隆基说:"公主是谁想娶就能娶的吗?李鉴还真把自己当个人物了是吧?朕知道你今天来的目的是什么,想让朕赦免林妍儿,妄想。下去吧!"

刘江玉见李隆基转过身,只好说:"微臣告退。"

刘江玉从大明宫里出来后感到心如刀绞,他万万没想到李隆基居然开始对一个臣子的只言片语捕风捉影,这是一件多么可怕的事情。防民之口甚于防川,照这样发展下去,以后谁还敢说话。若是整个朝堂变得噤若寒蝉,让天下人敢怒不敢言,大唐将陷入万劫不复的境地。

刘江玉来到李鉴的府邸,李鉴看到刘江玉,大步上前问道:"刘兄,怎么样了?"

刘江玉没有答李鉴的话,因为他仍然在想刚才和李隆基的谈话,心里烦乱不堪。他坐下来后叹息说:"他怎么会变成这个样子?"

李鉴说:"你今天不是见圣上了吗?圣上到底怎么说?会不会赦免林妍儿?"

刘江玉冲着李鉴大声喊道:"林妍儿,林妍儿,除了林妍儿你就不能想别的吗?"

李鉴一头雾水:"你什么意思?"

刘江玉说:"我都不知道该怎么跟你说。我跟你这样说吧,我们都是朝廷重臣,应该以江山社稷为重,你听明白没有?"说完,刘江玉无奈地摇着头。

李鉴深感意外地问道:"怎么不以江山社稷为重了?这不是该打的仗打了,而且还打赢了,还想怎么着?"

刘江玉说："是，我们现在是打赢了，可以后的路还长着呢，以后怎么办？"

李鉴说："以后的事情以后再说，你着什么急。"

刘江玉说："人无远虑必有近忧，你说我能不急吗？"

李鉴摆摆手说："行了，我不跟你说这个了。我问你，圣上到底会不会赦免林妍儿？"

刘江玉说："你就别再想她了，还是想想你自己吧！"

李鉴说："搞了半天你就给我带来这么个结果。"李鉴脸色马上变得阴沉起来，对刘江玉产生了极大的不满。

"大将军，你听我说……"刘江玉看着李鉴铁青的脸色，刚想去解释时被李鉴打断了。

李鉴火冒三丈地说："你还有什么可说的？"

刘江玉说："你能不能听我说一句？"

"还说什么！滚出去！"李鉴心中压抑的怒火难以自制，刹那间爆发了出来。

刘江玉也是怒火中烧，说："老子还不想管了呢！你好自为之吧！"然后拂袖而去。

李鉴在请求刘江玉为林妍儿求情失败后陷入了无尽的痛苦之中。百般无奈之下，李鉴来到大理寺的牢房探视林妍儿。当林妍儿看到李鉴时，急忙握着李鉴的手哭着说："你可来了，我以为再也见不到你了。"

李鉴也流着泪说："你在这里怎么样？没有人为难你吧？"

林妍儿摇摇头说："没有，没有人为难我，我就是想你。我对不起你，是我对不起你。"

李鉴说："是我的错，都怨我。"

林妍儿说："我做错了很多事情，可我不想死，我不想离开你。"

李鉴说："不会的，你不会死的。相信我，你不会死的。"

林妍儿说："自从你说要离开我以后，我就没再做任何枉法的事情。"

李鉴看着林妍儿点了点头，说："我知道。"

林妍儿说："我现在好后悔，我很后悔自己所做的那些事情，我对不起你。"

李鉴说："你不要自责了，其实都是我的错，我不该那么傻，让你身陷囹圄。你要好好照顾自己，把事情交代清楚，我会救你出去的。"

林妍儿说："我会的，我会照顾好自己的，我相信你。"

李鉴说："我给你带了些东西，还有什么需要就跟我说。"

林妍儿说："我对不起你，我不值得你这样做，我真不值得……"林妍儿哽咽得难以说出话来，只好低下头抹着眼泪。

李鉴说："快别这样说了。你好好休息，照顾好自己，我走了。"李鉴摸着林妍儿的脸庞，看着林妍儿伤心流泪的样子，泪水也是溢满了眼眶。

李鉴从牢房里出来后来到大理寺卿崔琬面前，李鉴说："崔大人，久违了。"

崔琬说："久违了，大将军。"

李鉴说："崔大人最近可好？"

崔琬说："一切都好，多谢大将军挂念。不知大将军今日到访有何贵干？"

李鉴说："是这样，在下有点事情想找您谈谈。"

崔琬说："不知道大将军找我有什么事？"

李鉴说："最近林妍儿的案子给您添麻烦了。"

崔琬说："大将军客气了，这都是本官的分内之事，谈不上什么麻烦。"

李鉴说："崔大人，在下有一件事情想劳烦大人。"

崔琬笑着对李鉴说："大将军是想以后经常来探视林妍儿，以尽兄长之责是吧？这个没问题，大将军想来随时都可以来，这没什么。"

李鉴苦笑着说："那就多谢崔大人了。"

崔琬说："大将军客气。人生在世，难得遇到重情重义之人。虽然常言道患难才显真情，可真正做到的又有几个？大部分人在亲朋好友或者结发之人落难的时候，不是冷眼相看就是视而不见，完全将仁义礼智信弃之不顾。仅凭这一点，老夫佩服大将军的为人。"

李鉴说："崔大人之言在下愧不敢当。其实是在下想求崔大人帮个忙。"

崔琬笑了一声，说："不知大将军想请我帮什么忙？"

李鉴压低声音说:"我想请崔大人在林妍儿的案子上高抬贵手……"

崔琬脸色骤变,打断李鉴的话问道:"大将军知道自己在说什么吗?"

李鉴急切地说:"只要崔大人能对林妍儿高抬贵手,在下感激不尽。要是以后崔大人想让在下做什么事情在下将竭尽全力办到,绝不含糊。"李鉴说完后看着崔琬一脸怒气的脸庞,羞愧得无所适从。

崔琬怒斥说:"你一个统领千军万马的人竟然说出这种话,你不觉得羞愧吗?你不想着怎么去带好兵,成天把心思花在这些鸡鸣狗盗的事情上,还怎么保卫大唐的江山社稷?我告诉你李鉴,想在我面前做买卖你简直瞎了眼。本来我是挺欣赏你的为人和才华的,可现在我真瞧不起你。"

李鉴被崔琬骂得满脸通红,语无伦次地说:"崔大人……你别误会……我是说……"

崔琬怒火冲天地说:"闭嘴。李鉴我警告你,你别以为你为大唐做了一点事情就觉得自己可以呼风唤雨,为所欲为了。大唐今日之基业是自我大唐开国之日起,近百年来无数英烈为之奋斗的结果,不是你李鉴一个人打出来的。今天你所说的话,要是出于意气之盛我可以不予深究,可你要是执意为了给林妍儿开罪妄图干涉朝廷调查的话,我会让你吃不了兜着走。快给我出去!"

李鉴慌忙向崔琬解释说:"崔大人别生气,我不是……"但是话还没说完就被崔琬抬手阻止了。

崔琬稍作平静地说:"不是就好。我提醒你李鉴,林妍儿犯的是法,跟情没有关系,这就是法不容情,你明白吗?"

李鉴赶紧答道:"是,崔大人,我明白。"说完他无地自容地低下了头,悔不该来找崔琬自讨这份羞辱。

崔琬转过身手一挥,对李鉴说:"大将军请回吧!"

李鉴打躬作揖说:"打扰崔大人了。在下告辞。"

李鉴回到家中,想起林妍儿在自己面前哭诉的情形,伤心自责之情越发难以自制。他觉得现在是崔琬在调查林妍儿,以崔琬的办事态度和能力,林妍儿的案子必定会被查个水落石出,到那时林妍儿能活下来的希望将会变得十分渺茫。李鉴思索良久,都没有想出好的办法。他决定自己去见李隆基,向李隆基当面陈情,希望林妍儿得到宽恕。

李鉴来到大明宫见到李隆基后，李鉴说："微臣叩见陛下，陛下万福。"

李隆基说："爱卿不必多礼，请起。"

李鉴站起来但仍然躬身作揖说："微臣有负圣恩，还望陛下治罪。"

李隆基明白李鉴话中所指的事情，随口说道："爱卿不必再提此事。"

李鉴说："谢陛下。微臣有一事乞求陛下，望陛下恩准。"

李隆基说："爱卿有什么事尽管直说。"

李鉴说："有一名叫林妍儿的女子触犯国法，罪无可恕。可是她对大唐毕竟是有功之人，请陛下念及其功劳网开一面，给她一条生路。"

李隆基怒不可遏但不露于色，轻声说："这个朕已经知晓，大理寺正在查。但不知大将军和林妍儿是何关系，为什么要给林妍儿说情？"

李鉴说："我和林妍儿在年少之时进入大公主府，曾经一起侍奉过大公主，彼此之间相互照顾，以兄妹相称，还望陛下明察。"

李隆基笑着说："原来如此，大将军不愧是个重情讲义之人。"

李鉴说："陛下之言令臣惶恐。"

李隆基说："可是这件案子正在调查，等调查完毕，言及功劳论及过失，再做决断。"

李鉴立刻兴奋得像个小孩，满怀期待地看着李隆基，内心十分愉悦地说："陛下宅心仁厚，宽宏大量，臣谢陛下圣恩。"

李隆基望了一眼李鉴后，来到李鉴的身边说："朕听说最近兵部事务繁多，爱卿处处亲力亲为，精力消耗很大，致使心绪烦闷、精神不振。不如大将军到府里休息些日子，兵部的事情就交给刘江玉去做，大将军就不必过问了。"

李鉴被李隆基的话惊得目瞪口呆，说："陛下，微臣……"

李隆基转过身背对李鉴说："不必再说了，回去休息吧。"

李鉴瞬间又变得心情沉痛地说："是，陛下，微臣告退。"

李鉴走后，李隆基骂道："敢跑去探监，又敢亲自来为林妍儿求情，给脸不要脸。"

高力士说："陛下，大将军亲自为林妍儿求情，说明他对林妍儿的情意非同寻常，要是大将军铤而走险……"

李隆基嘴角露出一丝笑容，不屑一顾地说："要是在剿灭大公主那会儿朕还有点忌他三分，可是现在朕倒要看看他能调得动几个兵马。"

高力士说："陛下英明神武，大唐将士肯定是誓死效忠陛下。奴才是说，大将军要是动念头劫狱去营救林妍儿，岂不是让陛下威严受损。"

李隆基说："朕已经命令李仙凫带着精壮侍卫严加看守林妍儿。但朕觉得李鉴不会那么愚蠢，去冒险做这样的事情。"

高力士说："陛下英明，奴才佩服陛下的圣断。"

伍拾玖

对话自雨亭

　　李鉴从含凉殿里出来后心里十分苦闷。他望着旁边的太液池自言自语地说:"陛下,难道你不再信任我了吗?为什么要这样对我?"说完,一种怅然若失的情绪涌上心头,使得他忍不住潸然泪下。
　　这时,李持盈正好在太液池旁边走过。两人刚好撞了个对面,李鉴上前说:"微臣拜见公主。"
　　"不必多礼,大将军是来找皇兄的吗?"
　　"是的。"
　　李持盈看着李鉴说:"大将军怎么脸色看起来很不好?"
　　李鉴低下头整理了一下面容,说:"回公主,没什么,最近染了一点风寒而已。"
　　"哦,要不我请御医给大将军瞧瞧?"
　　"多谢公主,不必了,我没事。"
　　"大将军这是要回去吗?"
　　"是的。"
　　"那我送大将军出去。"
　　"在下卑微,怎敢劳烦公主相送。"
　　"大将军客气了,走吧!"
　　李持盈送李鉴到宫门外,李鉴说:"多谢公主相送。"
　　"大将军,能否陪我到长安郊外踏青?"

"这,在下恐怕不能。"

"大将军误会了,我是说等大将军康复以后。"

"承蒙公主看得起,在下……"

"那我过些日子就去找大将军,大将军再会。"

"我现在哪还有心情去踏青。"李鉴转过身黯然神伤地悲叹了一声,郁结于心地回到了府邸。

李持盈来到李隆基的旁边说:"皇兄,你在干吗?"

"看些奏疏。你找朕有什么事吗?"

"我刚才看见大将军了。"

"怎么了?"

"皇兄,过些日子我想找大将军到郊外踏青。"

"找他?"

"是的,皇兄不是答应过我吗?"

"这……"

"皇兄,君无戏言啊。"

"好吧,但是要注意安全。"李隆基想起了曾经给予李持盈的承诺,只好答应她。

"谢谢皇兄。"

"只要你开心就好。"

"我就知道皇兄对我最好了,那我就不打扰皇兄了。"

"去玩吧!"

李隆基看着李持盈愉快离去的身影,心里升起一丝淡淡的惆怅。李隆基在那次打猎归来就已经知道李持盈喜欢上了李鉴,这是他意料之中的事,也是他所期盼的事。但是却没料到李鉴居然会拒绝接受公主,而且是为了一个叫林妍儿的女人。他想让李鉴臣服于自己,也想让李持盈能跟自己喜欢的人在一起。尤其是当李持盈面对他的时候,他觉得自己做到君临天下的君主,这一路走来历经坎坷,并多次面临被杀的危险,他很珍惜现在的一切,绝不想失去这些千辛万苦得来的东西,他更不愿意自己最亲近的人过得不如意。因此,李鉴今天找他给林妍儿求情的举动让他怒火丛生。这也从侧面反映出李鉴对林妍儿用情很深，但这对于李持盈来说可是绝对不能接受的事情。他无法想象当李持盈知道这件事以后会是一种什么样的心情。要是李鉴继续这样顽抗下去，在他杀掉李鉴以后李持盈作何感想？她会理解他的良苦用心吗？

李隆基在殿内踱步，走到高力士跟前说："你说允许公主接近李鉴这样对吗？"

高力士明白李隆基的意思，说："公主和大将军接触久了自然彼此心生爱慕，大将军会有所转变的。"

"若是这样的话就好了。可要是公主为情所困而李鉴又冥顽不灵，这该怎么办呢？"

"陛下乃万圣之君，大将军会理解陛下的一片苦心的。"

"但愿如此。"

"奴才伴随陛下多年，陛下做事情可都是以圆满收场，从未有过不顺心的，陛下大可不必担忧。"

李隆基瞬间变得心旷神怡，说："你所言甚是。朕还从未输过，朕就不相信还有朕制服不了的人。"

此时，一个宦官走进来在高力士的耳边言语了几句。高力士随即来到李隆基的身边说："禀陛下，刚才皇后派人来说，请陛下去自雨亭，说是有事找陛下。"

李隆基说："好，去自雨亭。"

李隆基来到自雨亭，远远地望见皇后王氏坐在亭子里专心致志地看书。当左右想要向李隆基行礼时，李隆基抬手示意他们不要动，以免惊动王氏。因而当李隆基悄悄地站在王氏的背后时，王氏浑然不觉。李隆基在王氏所捧读的书上看了一会儿，笑着问道："皇后看的似乎是佛经？"

李隆基的声音让王氏感到有些惊讶，问道："陛下什么时候来的？怎么没人通报？"

左右还未来得及回答，李隆基说："朕刚来，看见皇后看书颇为入神，就没忍心打扰。"

王氏说："也就胡乱看些。快给陛下上茶。"

李隆基拿起王氏手中的书翻了几页，说："皇后看的是《法华经》。"

"是的，臣妾昨日去荐福寺为陛下祈福，恰巧碰上义净法师弘扬佛法，顺道听了一段。临行前义净法师赠送臣妾这部经书和一只灵符。这只灵符让臣妾为陛下戴上吧！"说完，王氏把灵符系在了李隆基腰间的玉带上。

"皇后找朕有事，就是为了这只灵符？"

"义净法师说这只灵符可保佑平安。"

"多谢皇后的一番美意。"李隆基手拿着灵符开心地笑了笑，然后抬起头问道："皇后怎么突然间想着去佛堂了，有什么心事吗？"

"陛下，实不相瞒，自上次宫中发生的事之后，臣妾心中总觉得有些内疚。毕竟有些人都是追随臣妾多年的故人，每每想起都是难以释怀，特别是到了晚上实在难熬，所以才到佛堂去献些香火，以求宁静。"

"怪不得朕发现皇后有时夜里总是翻身，为何不早跟朕说？"李隆基握着王氏的手，关切地问道。

"陛下日理万机，怎么能因这些琐事烦扰陛下。"

"皇后这是说哪里的话。有没有让御医开些安神的药吃？"

"回陛下，吃了一些。自昨天去了一趟荐福寺以后已经好多了。"

"这就好，皇后一定要保重身体才行。那些事都已经过去了，皇后不必忧虑，凡事有朕呢！不要怕，没什么可怕的。"

"是，陛下。"

宫女将一杯热茶放在了李隆基的面前，李隆基顺手拿起茶喝了一口，王氏说："你们都下去吧。"宫女们退下以后，王氏问李隆基道："最近大理寺在审理一个叫林妍儿的女子，陛下可否知道？"

"朕知道，怎么皇后也听说了吗？"

"臣妾昨天出宫，在去荐福寺回来的路上闻听长安城的百姓都在谈论这个女子，回到宫中一问左右，发现连宫中的人也都在谈论她，而且听说这个林妍儿原来也是宫中的人，并且曾经侍奉过韦氏。"

"哦，那百姓们都在怎么谈论这个林妍儿的，宫中又是如何谈论的？"

"百姓们说她罪有应得，宫里的人却替她感到惋惜，甚至不相信她会做那样的事情。"

"怎么个惋惜法，为什么不相信呢？"

"据宫里的人说,这个林妍儿当年在宫里虽然侍奉过韦氏,但是却并不因此趾高气扬、目中无人,反而无论对谁都是彬彬有礼,为人中肯也乐于助人,口碑不错。因此,听说她所做的那些事情以后都不大相信。"

"皇后不是在看佛经吗?这个佛语有云,人有三毒,谓之贪、嗔、痴。贪,是对顺境起的贪爱,例如贪财、贪色等。嗔,是对逆境生的嗔恨,不称心如意就发脾气,以至于丧失理智。痴,就是不明白事理,善恶不分,心生邪念。贪、嗔、痴三者,相互转化,共生共存,不加约束的话就会走上邪路,最终害人害己。"

"那这个林妍儿是如何犯了贪、嗔、痴呢?"

"贪、嗔、痴人人都可以犯,只不过有大有小,有强有弱,关键在于有无约束。"

"臣妾还是不明白,望陛下细言。"

"这个林妍儿表面上是韦氏的人,但是实际上却是大公主安插在韦氏身边的探子。韦氏当道时权倾天下,不可一世,搞得人人自危。林妍儿在韦氏这样的强人身边需要做的第一件事就是保命,因而贪、嗔、痴三毒被韦氏无形中给压制住了。为了生存,她必须要得到周围人的认同和尊重,如若不然,搞得上下都对她心存不满,她还怎么活命?但是当韦氏覆灭以后,她得到了大公主的重用,被派往洛阳。原来所有的束缚都消失了,并且有大公主为她撑腰,这个时候她身上的贪、嗔、痴便会毫无保留地暴露出来,由此便种下恶果,铸成大错。"

"原来如此,好端端的一个人就这样变得面目全非,真叫人可惜。"

"林妍儿做的这些事情虽然令人憎恨,但其实并不是最重要的。"

"还有什么比这更严重的事情吗?"

"林妍儿在洛阳罔顾国法,胡作非为。但是洛阳地方各级官吏包括时任东京留守张说在内,却没有一个人向朝廷报告她的恶性。可见,林妍儿当时在洛阳已经无法无天到了何种地步。这里固然有大公主的因素,但这也说明朝廷的监察部门以及各级官吏的行为操守已经烂到了无以复加的程度,这才是最可怕的。一个林妍儿尚且如此,十个林妍儿岂不是反了天了?"

"确实可怕,听着都让人毛骨悚然。"

"皇后,你觉得大将军李鉴怎么样?"李隆基站起来,走到自雨亭外看了一会儿,回头问王氏道。

"大将军李鉴为人谦和,能征善战,才华横溢,乃当世不可多得之俊才,陛下不也是这样认为的吗?"王氏起身来到李隆基的身边回答说。

"那要是李鉴事先知道了林妍儿的这些恶性,你觉得他会怎么样做?"

"大将军肯定会嫉恶如仇,如实向朝廷禀报的。"

"李鉴曾经在洛阳冬训府兵,在洛阳待了近两个月,这事皇后知道吗?"

"知道。当时陛下还曾为此感到忧虑,但事实上大将军忠君爱国,并没有二心。"

"林妍儿把洛阳搅得鸡犬不宁,怨声载道,李鉴在洛阳待了近两个月的时间,他会一点都不知道,皇后信吗?"

"这个……难道大将军会对此充耳不闻?"

"皇后说对了!他就是对此充耳不闻。他不仅充耳不闻,而且三番四次地托人向朕求情,想让朕赦免林妍儿。"

"竟有这等事?可他为什么要为林妍儿求情呢?"王氏吃惊地望着李隆基。

"据他所说,他曾经和林妍儿一起侍奉大公主,在此期间结下了友谊,彼此以兄妹相称。"

"若是如此,这也是人之常情,是可以理解的。"

"这可以当作是人之常情,但是李鉴执迷不悟,不明是非,还跑到大理寺对崔琬说,只要崔琬对林妍儿高抬贵手,他可以帮崔琬竭尽全力做任何事情。皇后也认为这是人之常情吗?"

"荒唐!这个李鉴简直荒唐透顶,身为朝廷重臣怎么能如此不守律法,随便胡来。"

"皇后,朕告诉你,从林妍儿这件事情上可以看出很多问题。"

"还有什么问题?"

"不管是李鉴、林妍儿也好,还是之前的韦氏、上官婉儿、崔湜、宗楚客也罢,这些人比谁都聪明,读的书也不少,懂的道理也很多,但是在他们身上都有着和常人一样的心态。"

"什么心态？"

"那就是他们根本不守规矩，也不相信律法，但是他们信奉权威，崇尚权威。因此，面对这些人的时候讲道理是没有用的，只有时刻保持强大的威势才能使他们臣服，这些人才不敢造次。否则他们将为所欲为，贻害无穷。从以往历史来看，凡是大权旁落的时候便会有权臣横行，进而小人得志，朝纲不稳，国势衰落，民不聊生。所以，在林妍儿这件事情上朕就是要树立起权威，告诉那些不守规矩的人，当今天下谁才是天下共主、谁最有权威。"

"真没有想到一个小小的林妍儿居然牵扯出这么多的是是非非。刚才陛下之言很有见地，但是臣妾认为此一时彼一时。正如陛下所说，那些令人心碎的事都已经过去了，陛下应该施行仁政，大爱于天下，以德服人。这样天下英雄自然会臣服于陛下。"

"朕是应该大爱于天下，但是这个大爱针对的是整个天下人，而不是一些人。具体到某个人，应该听其言、观其行方能决断。朕对人首先以德服人，以德服人而不能则以法束之，以法束而不能则以威压之，威压而不能则以刀灭之。否则，朕何以莅临中国而抚四夷？虽然那些事已经过去了，但是谁又能保证以后不会再发生。正所谓江山易改，本性难移。世人信奉权威的心态早已经深入骨髓，想要去改很难，实在是太难了。朕不得不威权对之，否则随时都会有奸佞小人出现。"李隆基拿起挂在腰间的灵符说："就拿这只灵符来说，朕根本不相信戴上它会有什么神灵的庇护，保佑什么平安。这是皇后送给朕的，朕只把它当作皇后对朕的一片爱意，除此以外再没有什么了。"

"陛下过奖了。这人世间的事情怎么会这么复杂，着实让人头痛难安。臣妾想替陛下分忧，但是突然间感到力不从心。"

"皇后心地善良，这点没错。人世间的事情有朕呢，皇后不必过度操劳。"

"是，陛下。那持盈公主的婚事陛下有何打算？还是选李鉴吗？"

"朕刚才说过，听其言、观其行而后决断。持盈公主的婚事先不急，等了结了林妍儿再说吧。"

"也好，还是陛下想得周全。"

李隆基回到刚才所坐的地方，拿起放在石桌上的《法华经》说："这本经书皇后看到哪里了?"

王氏翻起帛书经卷,指着说:"看到这里了,也没看多少。这里的文字晦涩难懂,臣妾看得慢。"

"哪里晦涩不董,朕讲给你听。"

"就这句。"李隆基捧着经卷,为王氏细心地讲解书中的经义。

陆拾

刘江玉

　　李鉴被李隆基停职以后，整日在家里借酒消愁，发泄愤懑。李鉴觉得林妍儿是因他而深陷牢狱之灾，满怀愧疚之情。现在又被李隆基不信任，勒令在家，也对李隆基产生了怨恨的情绪。

　　但是李鉴更多的是对自己的自责和抱怨。他觉得自己像个废人，没有用的人，面对眼前的纷扰他什么事情都做不了，更做不成。就这样无休无止地自责，无所事事地抱怨，让他变得萎靡不振，意志消沉，精神上遭受了重创。

　　刘江玉在李鉴被停职后心情也变得非常沉重，因为他那天从李隆基的话中已经嗅出了李隆基正在变得骄傲自大的气息。李鉴的停职，则让他认识到所要担心的事情似乎已经发生了。那就是以后在朝堂上畅所欲言会变得不大容易，甚至是发展到不能再去说话。即使李鉴在林妍儿这件事上去找李隆基求情，从李隆基的角度来看这是一个极其严重的错误，为此他也曾经提醒过李鉴，可是放眼至整个国家，这终归是一件小事。但是为了这样一件小事，就让一个功勋卓著的朝中大臣受到猜忌而被停职，这实在是太荒谬了。

　　李鉴突然被停职，让高镇、王震宇、余成千、杨启贤感到十分意外，他们去找李鉴，但是李鉴始终闭门不见。于是，他们心怀怒气去找刘江玉询问缘由。

　　就在刘江玉为李隆基和李鉴之间的事情苦恼的时候，高镇等人闯到他面前，高镇说："刘将军，你能否告诉我们，大将军为什么被勒令在家？"

　　王震宇说："我想刘将军应该很清楚，不妨说一说。"

杨启贤说:"刘将军要是理由充分的话,我想我们是会理解的。"

余成千则直接以质问的口吻说:"刘将军现在主政兵部是不是很满意?"

刘江玉横眉怒视,说:"你们有什么话一口气说完。"

高镇说:"我们当然有话说。"

刘江玉大为火光,怒吼说:"说!有什么话尽管说。"

高镇等人被刘江玉愤怒的表情震得张口结舌,半天说不出话来。刘江玉来到他们身边说:"你们有没有扪心自问一下,大将军为什么会被勒令在家,想过为什么没有?"

高镇等人面面相觑,无以言对。刘江玉趁势扬起手掌在每个人的脸上抽了一个耳光,大声道:"到底有没有想过?"

高镇等人被打以后更加难以言语。刘江玉说:"你们整天居功自傲,自以为是,除了胡言乱语、惹是生非以外,你们还能干些什么?别人骂你们是骄兵悍将,你们还不服。你们到底有没有把大将军的话听进去一点,哪怕是一点点也行。现在大将军被停职了,你们觉得跟你们没有关系吗?"

高镇等人被刘江玉训斥得羞愧难堪,刘江玉稍微平静下来后接着说:"大家都是历经百战、从死人堆里爬出来的人,能够平平安安、衣食无忧地生活就应该知道珍惜。怎么总是不安分?喝酒打人,嘲笑万骑军,寻衅滋事,唯恐天下不乱是不是?你们自己说,你们的所作所为传出去让人怎么看待我们这些人,圣上又会怎么看待我们?你们究竟想过没有?"

高镇等人被刘江玉斥责得满脸通红,高镇赶紧转变语气说:"刘将军教训的是,我们知错了,请刘将军恕罪。"其他人也都跟着附和。

刘江玉继续说:"我知道你们很敬重大将军,我也很欣赏大将军,很想与他在一起共事。既然敬重他,就不要给他丢脸。大将军的事情,我会想方设法去处理,争取让他早一点回到我们身边。可你们再不反省,继续这么狂妄下去的话,是会出大问题的。"

高镇等人说:"是,我们知错了。"

刘江玉抬高声音严肃地说:"我告诉兄弟们,高处不胜寒。我要是管不住你们,大将军也管不住你们,到时候会有人收拾你们的。这个人是谁,你们心里自然明白。届时,会是什么样的结果,你们不妨一试。话我已经说得很清楚了，怎样去做你们看着办吧。"

高镇等人吓得面如土色，纷纷说："请刘将军息怒，属下定当痛改前非，绝不再犯。"

刘江玉转过身说："我现在很烦，你们都回去吧！"

高镇等人说："是，刘将军。"

高镇等人走后，刘江玉在椅子上坐下来开始思考。他觉得李隆基和李鉴都是当世英豪，都有着万丈雄心，他们之间应该英雄相惜，而不是相互猜忌、彼此怨恨。因为他们身上都承担着对大唐黎民的神圣使命，担负着大唐的未来。所以他们应该消除误解，精诚合作，力保大唐长治久安。刘江玉觉得自己应该想一个办法，弥合李隆基和李鉴之间的间隙，让李隆基和李鉴都有所转变。他决定去见见李鉴。

刘江玉来到李鉴的府邸，上前叩门后一个仆人出来看见刘江玉说："拜见刘将军。"

刘江玉说："大将军在吗？"

仆人说："大将军不见客，刘将军还是请回吧。"

刘江玉说："大将军在干什么？"

仆人说："在喝酒。"

刘江玉说："我能进去看看吗？"

仆人看着刘江玉，犹豫不决地说："刘将军，这……"

刘江玉说："你想看到大将军这么一直消沉下去吗？"

仆人无奈地说："我当然不想，但谁有办法？"

刘江玉边往里走边说："让我进去吧！"

仆人拦住他，很难为情地说："可是大将军他……"

刘江玉脸色铁青地说："酒喝多了，也是会死人的。"

仆人一听这话说："刘将军，里边请。"

刘江玉来到李鉴面前，看见地上到处扔着酒坛子，而李鉴蓬头垢面，衣衫不整，抱着酒坛子趴在桌上喝酒。刘江玉气愤地讽刺说："你很能喝啊！"

李鉴见有人站在他的面前，说："你是谁？我不想见人，滚出去。"

刘江玉说："见不得人吗？"

李鉴大声说："我让你滚出去。"

刘江玉夺下李鉴手里的酒坛子，揪着李鉴的衣服将酒从李鉴的头上往下倒，边倒边说："这样喝不是更爽快？"

李鉴被冰冷的酒水激得打了个冷战，挣脱掉刘江玉后大骂说："你个混蛋，居然敢这样对待本将军，看我不砍了你！"说着便去找他的佩刀，但是找了一圈也没能找到，便自言自语地说："我的刀呢？谁把我的刀拿走了？"紧接着又大喊说："来人啊，把我的刀拿来。"

刘江玉解下自己身上的佩刀递给李鉴，说："刀在这呢，给你，你拿去。"

李鉴抬头仔细一看，原来是刘江玉站在他的旁边，李鉴说："你来干什么？我不想看见你，你出去。"

刘江玉将佩刀摔在桌子上，大声说："你说你都干了些什么事情？跑到大理寺自取其辱，似乎觉得人丢得不够，又跑到圣上面前栽跟头。我都不知道你脑袋里整天都在想些什么。"

李鉴扬声喊道："我是自取其辱，我是想栽跟头，我愿意。你管得着吗？"

刘江玉气愤至极，以嘲讽的语气挖苦李鉴："这只能说明你是个十足的蠢货。我千叮咛万嘱咐地跟你说过，这事你不要去找圣上，你非得去。现在倒好，无官一身轻了，心里也舒坦了是吧？什么事情也不用做，整天抱着酒坛子，感觉很逍遥是不是？"

李鉴怒目相视，说："我十六岁征战沙场，出生入死，东征西讨，留下一身伤痕，为大唐立下了汗马功劳。可是他是怎么对我的？他居然开始怀疑我，一句话就让我停职了。这可真是狡兔死走狗烹，飞鸟尽良弓藏。我算是领教了，领教了。"

刘江玉知道他说的是酒后气话，也就不再和他争执，一手搭在李鉴的肩膀，一手拍着他的胸脯低声劝慰说："你冷静冷静，别再说胡话了。要是让外人听见，你就别想活了。"

李鉴仍然怒气未消，挣开刘江玉的双手指着门口说："我冷静不下来。君要臣死，臣不得不死，你让他来杀我好了。与其这样屈辱地活着，还不如死了干净。"

刘江玉拍着桌子大声说:"你也不想想为什么?干吗要在这个时候去碰钉子?还有,这个时候能去探望林妍儿吗?"

李鉴一听到"林妍儿"三个字,埋头靠在房间的柱子上,心痛地说:"我去看林妍儿,见她哭泣时的样子内心有愧于她。"

刘江玉走到李鉴的身边说:"这件事我早就提醒过你,你还去探监,你真是糊涂透顶了。他允许人去探监,明摆着就是看你去不去,可你却不明就里地还真去了。"

李鉴的眼泪夺眶而出,说:"难道你就让我看着她去死?"

刘江玉说:"那你也不看看她是个什么样的人,到底值不值得你这样去为她付出。"

李鉴捶胸顿足地说:"都是我的错,是我害了她。"

刘江玉气得直跺脚:"你的错?我记得你跟我说过,你在洛阳的时候就知道了林妍儿的不法之事,对不对?"

李鉴说:"我是知道一点,但我不知道她具体做了什么。"

刘江玉说:"可现在你不是知道了很多吗?据我所知,在圣上让崔日用来向你提亲之前,大理寺的人已经开始暗中搜集证据调查林妍儿了。你有什么可自责的?"

李鉴抬起头泪流满面地说:"其实林妍儿的品行并不坏,她只是一时糊涂。我认为她会改,而且她已经改了。"

刘江玉说:"这事是想改就能改的吗?跟人品又有什么关系?有些事情做了,那就是无论如何都要受惩罚的,而且罪无可恕。大理寺卿崔琬那个人刚正不阿,铁面无私,我想你也已经领教过了。他审案绝对是讲求证据的,根本没有冤枉林妍儿。"

李鉴说:"那我问你一句,要是当时我不拒绝娶公主的话,圣上难道不会赦免林妍儿?"

刘江玉说:"那谁让你拒绝娶公主的?"

李鉴说:"这不就对了,还不都是我拒绝娶公主惹的祸。"

刘江玉说:"你能不能冷静点。我说的不是这个意思,我是说就算是没有这回事林妍儿也在劫难逃。"

李鉴内心十分悲痛，他意味深长地问刘江玉说："刘兄，如果圣上让你做武攸暨，你会眼睁睁地看着你的妻子去死吗？你会笑脸相迎地去迎娶公主吗？"

刘江玉哑口无言，松开了李鉴的衣服，本来就被李鉴言行所烦乱的心情又变得苦涩难言，他焦躁地来回走着。李鉴追问说："我问你会还是不会？"

刘江玉大声说："当然不会！可是这不是一回事。"

李鉴说："可在我这里，什么事情就变得顺理成章了？"

刘江玉一屁股坐在凳子上说："胡说八道。我说过要帮你，因为看你是个难得的将帅之才，我很佩服你。但是，你要是自己不知道珍惜自己的话，我也就不说什么了，我也就不管了。"

李鉴在刘江玉旁边坐下说："我知道自己现在这样很不像话，但我现在真不知道应该怎样去做。"

刘江玉说："可你这样一直消沉下去就能救得了林妍儿吗？"

李鉴抓着刘江玉的手说："刘兄，我视你为兄长，我求你帮我救救林妍儿。我只想圣上能放她一条生路，我不想看着她去死。"

刘江玉也握着李鉴的手，说："你的心情我明白，林妍儿这件事我会再去找圣上说的。但你首先要振作起来，重新赢得圣上的信任，尽快回到兵部。不然的话，非但救不了林妍儿，就连你自己也怕是自身难保了。你和圣上的隔阂越来越深，大将军你也就完了。明白吗？"

李鉴说："我明白。那就再麻烦刘兄了。"

刘江玉说："大将军，我们是大唐的将领，这一点你务必要记住，有些时候真的是身不由己。"

李鉴说："多谢刘江玉提醒，我会永远记得的。"

刘江玉说："这就好，那我走了，告辞。"接着，他拿起佩刀挂在身上。

李鉴说："刘兄我送你。"

刘江玉上下打量了一番李鉴，说："行了吧，你看你这样子能出门吗？"

李鉴说："那刘兄慢走，一切麻烦刘兄了。"

陆拾壹

失望中的希望

刘江玉从李鉴府邸出来后便向大明宫走去。他见到李隆基后说:"微臣拜见陛下。"

李隆基说:"爱卿免礼。"

刘江玉说:"上次陛下跟微臣说:大将军曾说给他二十万兵马,他便可以横扫天下。微臣想把大将军这句话向陛下解释清楚,还望陛下不嫌弃微臣啰唆。"

李隆基说:"你来见朕就为这事?"

刘江玉说:"是的,微臣想,若是不把这事解释清楚的话会使陛下误解大将军,以致损害陛下通情达理、虚心纳谏的美名。"

李隆基嘴角挂着一丝笑容说:"那你说吧。"

刘江玉清了清嗓子,说:"大将军的原话是这样的,他说,要是能给他二十万人训练一年,他便可以横扫天下。从此大唐再无敌手,谁也不敢觊觎大唐一寸一毫之地。大将军这句话是在洛阳冬训府兵时说的。大将军当时去洛阳冬训府兵,可是河南道七十三个折冲府一共征调上来的府兵只有四万人,远低于预想的人数。大将军觉得人数太少,在陪同时任东都留守的张说张大人视察府兵时说下了这句话。大将军说这句话是想为大唐训练出雄师劲旅,以保卫大唐江山社稷不受侵犯,是在抒发胸中报国之志,还望陛下明鉴。"

李隆基说:"爱卿说完了吗?"

刘江玉说:"回陛下,微臣说完了。"

李隆基说"爱卿费心了，朕知道了。"

刘江玉说："谢陛下，微臣还有一事想跟陛下说。"

李隆基说："爱卿还有什么话？"

刘江玉说："陛下，大将军自上次觐见以后情绪低落，内心充满悔恨，惶恐不安。还请陛下原谅大将军鲁莽草率之行为，让大将军回到兵部继续为大唐效劳。"

李隆基说："他是在作践自己，以此来抒发对朕的不满吧？"

刘江玉说："不是，微臣刚才见过大将军，大将军向微臣表达了对自己鲁莽之举的忏悔，他觉得自己无颜面对陛下，特请微臣向陛下言说，还望陛下开恩。"

李隆基说："你不用替他说话，朕知道李鉴现在心里想的是什么。他越是这样，只会让朕越反感。整天把自己弄得半死不活的，还怎么能在朕的朝堂上任职？就他那萎靡不振的样子，又怎么能做好事情？"

刘江玉说："陛下，大将军毕竟年轻，有些事情略显稚嫩，还望陛下宽宏大量，宽恕大将军。"

李隆基说："他又不是三岁孩子，难道成天哄着他不成？朕也跟你说过，从现在起他必须明白一个道理，那就是没人能反抗朕的权威。"

刘江玉说："陛下，大将军是一颗百年难得的将星，治军领兵打仗之才华无人能出其右，这个陛下也是知道的。"

李隆基说："这么说李鉴比谁都重要了？"

刘江玉说："微臣不是这个意思，而是说就打仗用兵这一方面，对于像大将军这样的人才陛下应该注意去保护，而非一味地训导。否则长期下去人可就毁了，就像是一张拉满的弓，若不注意其承受力度，可就会有折断崩弦的危险。"

李隆基听了以后靠近刘江玉说："爱卿，你从朕还是潞州别驾的时候就追随朕，你是朕的亲信，朕视你为股肱之臣。有些话朕不妨跟你明说。纵观天下，只有朕才是大唐的唯一。自天后以来，朝政混乱，党争不断，法纪条令形同虚设。可是自朕继位，朝纲重振，文武百官各司其职，修理内政，内安黎民，外服蛮夷，大唐面貌日新月异，天下之人也是有目共睹。可谁要是与朕作对，就是与天下人作对，朕就要严惩那些为非作歹之徒，绝不留后患。"

刘江玉听了李隆基的话后满脸惊愕，他慌忙说："陛下英明神武，俯视天下，乃万民之所盼。我相信大将军也为能给陛下效劳而深感荣幸。"

李隆基说："李鉴只要摆正好心态，朕是会用他的，他随时都可以回到兵部。"

刘江玉说："微臣替大将军谢陛下宽恕之心。微臣还有一事禀报圣上。"

李隆基说："是想给林妍儿求情吧？看来李鉴求你办的事情还不少。"

刘江玉说："陛下圣明，微臣不是想给林妍儿求情，而是让天下人意识到陛下赏罚分明的处事之举。"

李隆基说："怎么说？"

刘江玉说："刁民林妍儿所犯之事证据确凿，必须严惩。但林妍儿毕竟是对大唐有功之人，微臣认为应该将林妍儿没收所得财物，逐出京城，贬谪岭南。这样既能体现陛下法纪严明之决心，又能彰显陛下宽宏大量之德行，还望陛下三思。"

李隆基笑了笑说："林妍儿的事情朕自有处置，朕以后再也不想听你说这件事情。你去告诉李鉴，要是李鉴再敢去探监或者干扰朝廷调查的话，让李鉴小心他自己。"

刘江玉见李隆基的情绪有所缓和，笑着慌忙说："是，陛下。"

李隆基说："爱卿还有事吗？"

刘江玉说："没有了，陛下。"

李隆基说："那就退下吧。"

刘江玉说："是陛下，微臣告退。"

从大明宫里出来后，刘江玉来到李鉴的府邸门口，来回走了两圈，低头深思了一会儿才走了进去。李鉴见到刘江玉后大步上前，问道："刘兄，事情怎么样了？"

刘江玉坐下来后，说："你的事情已经解决了。"

李鉴说："多谢刘兄，还有呢？"

刘江玉说："想让圣上赦免林妍儿是不可能了。"

李鉴垂头丧气地说："难道林妍儿必死无疑了吗？"

刘江玉说:"你先别急,听我把话说完。"

李鉴说:"救不了林妍儿,还有什么可说的?"

刘江玉说:"我刚才从大明宫回来的时候,在路上倒是想了一个办法。"

李鉴急切地问道:"那你快说,还有什么办法?"

刘江玉分析说:"以崔琬的行事风格和林妍儿的案子来看,这件案子要想完全审理清楚,没有个一年半载的时间是不行的。那么,大将军要在这段时间内赢得公主的芳心,让圣上把公主嫁给你。你要是和公主完婚,圣上必然会大赦天下。这样一来,林妍儿就能留条活路了。"

李鉴疑问道:"我要是和公主完婚,圣上就能大赦天下?"

刘江玉说:"持盈公主是圣上的胞妹,就像是大公主和太上皇、先帝之间的关系一样。当年,大公主下嫁薛绍的时候,高宗皇帝可就是大赦天下的。持盈公主要是结婚,肯定比大公主那时还要隆重,大赦天下肯定不在话下。"

李鉴说:"只要能保林妍儿一条命,我愿意侍奉公主。"

刘江玉说:"你要是跟公主完婚了,可要一心一意对公主,绝不能三心二意、胡思乱想了。"

李鉴说:"我明白,我会一心一意侍奉公主的。"

刘江玉说:"我再提醒你一次,不要再想林妍儿了,更不要去探监,知道吗?"

李鉴说:"我知道,我听你的。"

刘江玉说:"这就好,我走了。"

李鉴说:"谢谢你,刘兄。"

临走前,刘江玉回过头语重心长地对李鉴说:"兄弟,其实我只想着你赶快回到兵部,我们能一起继续为大唐效力,你明白吗?"

李鉴说:"我明白,我会的。"然后,刘江玉拍了拍李鉴的肩膀便离开了。

随着大理寺不断深入的调查,林妍儿的案情渐渐地清晰明朗化。林妍儿刚到洛阳的时候,趁当时清洗韦氏家族之际霸占了韦氏堂叔的宅院韦清宅。在为太平公主修建豪宅的时候,伙同当地木材商人哄抬市价,从中牟利。获得的钱财,除了一小部分以孝敬的名义献给了太平公主,其中大部分都落入林妍儿的私囊。最重要的是,她充当着洛阳地方权贵及豪强与太平公主的牵线人。那些权贵豪强们无论是为了官职还是想取得好处,都是通过林妍儿引荐给的太平公主。太平公主接受权贵豪强们的贿赂,给他们封赏斜封官。林妍儿也顺道从这中间分了一杯羹。

在公堂上,大理寺卿崔琬说:"林姑娘,案子审了这么长时间了,你也很配合,今天就不再审案子了。不如我们坐下来聊聊怎么样?"

"好。难得大人能与我这个罪人说话,实在是荣幸。不知大人想聊什么?"

"来人,给林姑娘看座,上茶。"差役给林妍儿拿来椅子和热茶。林妍儿说:"多谢大人。"她坐下来喝一口茶后,崔琬说:"据本官所查,你曾经拿出一大笔钱购买了粮食和布匹,捐给了河北道的灾民。你贪钱,说明你爱钱。但你既然爱钱,为什么要把那么大一笔钱捐了出去呢?是良心发现,还是想捞个好名声?"

"是为了能让即将失去的人回到我身边。"

"能详细地说一说吗?"

"我想我已经说得很清楚了。"

崔琬点点头说:"好吧,我还想问一句,你在做那些枉法之事的时候有没有想过会有今天?"

"没有。"

"是因为大公主吗?"

"是的,如果大公主在的话,朝廷上面是根本不会查我的,不是吗?"

"你想错了,总有一天会查到你的。但能不能查倒你,那就另当别论了。"

"这还不都一样吗?"

"这不一样。没人查你说明大家都习以为常,不把律法当回事。有人查你则说明律法它是有的,没人可以逃得掉。至于说能不能查倒你,这真的是一件让人感到很头疼的事情,一言难尽。"

"崔大人真是快言快语,令在下钦佩。刚才崔大人也说了,我捐了那么多的钱出去,这也算是为朝廷、为百姓做了一件好事,能不能将功补过?"

"这不行,你刚才说的那是积了德,但是你所做的事情是犯了法,这两者之间是没有关系的。"

"可是我也救了很多人。"

"你是救了很多人，但是你所做的事情是违法乱纪的事情。如果任其发展的话，大家都觉得为所欲为是可以不受惩罚的。这样一来死的人会更多。因为每个人都有欲望，有些欲望是很可怕的，需要去约束，不能胡来。如果律法约束不了，只有采取非常措施，最终的下场就跟韦氏、大公主一样。因为不管是谁，可以横行一时，但绝不会横行一世。"

"崔大人所言在理。但是我做的事情只是为了钱，并没有伤害过谁。"

"这么跟你说吧！比如说一个小偷偷了人家的钱财，在他逃跑的过程中碰到了一个行将饿死的人，他将手中的钱给了这个人，救了这人一命。难道说这个小偷没有偷东西吗？或者说这个小偷可以不受处罚吗？如此一来，这个小偷以后偷的可就不是钱了，他会偷更大的东西，以满足内心的贪欲。这么说你能明白吗？"

"我明白了。我也想问一句，天下贪赃枉法的人那么多，为什么就只抓我一个？"

"因为你就是这其中一个，你敢说你不是吗？"

"那其他人呢，崔大人会去抓吗？"

"会的。朝廷已经派出采访使，巡查大唐十五道，查处那些豪强权贵、贪赃枉法之徒，使得他们永无藏身之处。一经查出，严惩不贷。本官也发誓，会与那些置大唐律法于不顾的人周旋到底。"

"难道世道已经变了吗？"林妍儿感叹道。

"你说得对。你做的这些事情本官其实并不奇怪。你曾经在大公主府、大明宫里生活，在你身边的都是太平公主、韦氏、李裹儿、长宁公主、上官婉儿、崔湜、武延秀、窦怀贞这些人。你可能恨他们，但是你也向往他们的生活。你很聪明，你明白他们被杀的原因在于贪权，因而你尽量不去触碰权力。据本官所知，大公主在剿灭韦氏以后曾经想让你继续留在宫里，给予你上官婉儿那样的地位，你没答应。你的两个兄长，直到你案发你都没给他们弄个一官半职。因为你觉得，只要不恋权，贪财就是小事，并且你身后还有一个太平公主撑腰。可是你要知道，世道变了，已经不是那个不争权皆放过的时代。只要谁敢触犯大唐律法，必然要受惩处。"

"崔大人一言，让在下醍醐灌顶，在下佩服。但愿世道真的变了。"

"今天就到这里吧！来人，带林姑娘下去休息。"

"多谢崔大人。"

林妍儿被带下去以后，崔琬走出公堂，望着蔚蓝的天空陷入了沉思。他在想林妍儿刚才所说的那句"但愿世道真的变了"。他觉得林妍儿所说的这句话一定是天下人想要说的话，但怎样才能让这句话真实可信呢？崔琬不由得叹了一口气，但他坚毅的目光里流露出执着的信念。

自刘江玉走了以后，李鉴开始转变心态，他知道自己跟林妍儿以后是不能在一起了，现在唯一能做的就是保她一条命。他不能看着她因为自己的原因而死，只要能够救她，他就要为此做出一切努力。而要是救了她，他以后就永远也无法面对她，也不能再去想她了。即便这样做对她很残忍，但是在他看来，没有什么比活着更值得让人去重视的事情，因为他是经历过死亡的人，也是目睹过人死去的人。他深知，死亡给人带来的痛苦是永远也无法抚平的，就像是阵亡士兵家属目睹战死归来的亲人尸体时所表现出的那种悲痛欲绝。

陪同公主踏青

李鉴在马房为自己心爱的骏马洗澡的时候,不由自主地想起以前和林妍儿骑马的情景。他多想重新回到那段美好的记忆中去,最好永远也不要出来,想着想着眼泪不自觉地流了下来。李鉴走了神,不小心将一大瓢凉水浇到了马的身上。马被这瓢凉水激得叫了一声,抖动着身子,把身上的水甩到了李鉴的脸上。李鉴不明其意,擦掉脸上的泪痕,摸着马的脑袋,说:"怎么了?你也想离开我吗?你要是想离开的话,我这就放你回草原,好不好?"马似乎听懂了李鉴所说的话,用脑袋蹭着李鉴的肩膀"呜呜"地叫。李鉴摸着马的脑袋欣慰地说:"我就知道你是不会离开我的。"

这时,仆人慌慌张张地跑到他的跟前,上气不接下气地说:"大将军,大将军!"

李鉴说:"什么事这么急?"

仆人缓了一口气说:"大将军,是公主来了,公主来了!"

李鉴急切地说:"公主来了,现在在哪里?"

仆人说:"正在厅堂等候。"

李鉴丢掉手里的刷子,边洗手边说:"等候?你怎么不早说?"

仆人说:"我在府里找你半天都没见着你,谁知道你在马房刷马。"

李鉴边走边说:"你快去伺候公主,我去换身衣服马上就过来。记得跟公主好好解释一下。"

仆人说:"是,大将军放心。"

李鉴很快换好衣服来到厅堂,见到李持盈说:"不知公主大驾光临,在下有失远迎,望公主恕罪。"

"大将军言重了,不必多礼。"

"谢公主。"

李鉴站在李持盈的面前,李持盈看了看李鉴的样子笑着说:"大将军,请坐吧!"

"谢公主。"

"大将军身体康复了吗?"

"回公主,在下已经无恙了。"

"这就好,我刚才听说大将军在刷马是吧?"

"是的,我刚才正在马房刷马,故而怠慢了公主,还望公主恕罪。"

"大将军还要亲自刷马吗?"李持盈笑着问道。

"那匹马是我的坐骑,跟了我有几年了。闲来没事,就给它清清灰尘。"

"大将军的坐骑想必一定是良驹了?"

"让公主见笑了,不过是一匹乡野杂畜,无论如何也不能和宫里的御马相提并论。"

"大将军过谦了。大将军还记得你曾经答应过我什么事吗?"李鉴的脑袋有些发懵,想了半天也有没想出个所以然来,急得满头大汗。李持盈看着李鉴绯红的脸庞说:"大将军,不会是忘了吧?"

"回公主,在下愚钝,实在是想不起来了。但是只要公主开口,在下一定竭尽全力办到。"李鉴只好如实说。

"大将军,不是说要陪我到长安郊外踏青吗?这都忘了?"

"是的,在下是答应过公主。只要公主不嫌弃,在下可以随时陪同公主去游玩。"李鉴如梦初醒地说。

"那好,我们现在就去如何?"

"好,我现在就去安排。"紧接着,李鉴命仆人去备马。

李鉴陪着李持盈来到马的前面,李持盈指着一匹骏马说:"我要是没猜错,这就是大将军的坐骑吧?"

"是的,公主。"

"大将军真是好眼力。"

"公主要是喜欢的话就请骑这匹马吧！"

"那可多谢大将军了。"

"公主客气了。"

李鉴扶着李持盈上了马以后，他也跨上另一匹马，两人一起飞奔到长安城外。

长安城外驿道两旁的柳树婀娜多姿，往来的商旅熙熙攘攘，络绎不绝。在驿道两旁是一大片树林，树林里草木非常茂盛。太阳透过树叶，把阳光的圆影照射在大地上、挥洒在绿草上。林间的鸟儿都在树上歇息，似乎并不为食物发愁，只想着尽情享受这美好的时光。

在树林的深处是一片开阔的草场，绿茵茵的草场中蜿蜒着一条小河，向东静静地流淌着。小河两面被郁郁葱葱的芦苇包裹得严严实实，生怕谁看见它的真容。放眼望去，绿色无处不在，似乎有人在天地间挥毫泼墨，在蓝天白云下描绘着一幅幅多彩多姿的画卷，画中无论哪一种绿都是那般葱茏，使人看不出一点瑕疵，把生命的层次表现得淋漓尽致。一阵凉风袭来，神清气爽，沁人心脾。

李鉴和李持盈骑着马来到一处山坡上，静静地看着眼前的景色。过了一会儿，两人从马上下来。李持盈在前面走着，李鉴紧随其后牵着两匹马，边走边聊天。

"大将军，是不是经常出来骑马？"

"公主说是像今天这样？"

"嗯。"

"没有。"

"为什么？"

"公主，坐在这里歇歇脚吧！"

李持盈点了点头。两人坐在一处干草堆上，李持盈说："大将军，还没有回答我刚才的问题呢？"

"不是经常出来。"

"这里的景色这么美，大将军怎么不来好好欣赏一下？"

"草原上的景色比这里美多了。"

"是吗？大将军经常去草原？"

"是的，我经常去草原。"说完后，李鉴低下头，把弄着手里的狗尾草，脸色也变得暗淡下来。

"大将军似乎有什么心事？"

"想起草原了，草原是多美的地方啊！"

"美丽的地方是让人开心的。你怎么不高兴呢？"

"可那里也是打仗的地方，我的很多士兵为了保卫大唐都战死在了那里。"

"我明白了。"接着，李持盈抬起头眺望着从河边芦苇丛中飞起的水鸟。

李持盈看着远处的水鸟在水中嬉戏的场景，不由得发出一阵笑声。李鉴问道："公主在看什么呢，这么高兴？"

李持盈指着水塘说："你看那两只鸟在打架，一个掉到了水里。"

"鸟也会打架？"李鉴顺着李持盈指的方向看过去，只见两只水鸟抖着翅膀飞走了。

"咦，它们飞走了。"李持盈失望地说。

李鉴看着李持盈的脸庞，忽然间感觉心里多日来抑郁的心情舒缓了很多。

"大将军在看什么呢？"李持盈回过头看见李鉴的眼睛，低下头问道。

"没，没看什么。"李鉴回过神来，抬头张望四周，看见了一片生长茂盛的野枣树，用手指着不远处说："公主你看那里。"

"好像是枣树。"李持盈顺着李鉴所指的方向看去。

"公主，我去给你摘。"

"我们一起去吧。"

"枣树上有利刺很扎人的，我去摘吧！"

"好吧，大将军小心点。"

"我刚吃了一颗，很好吃的，公主也尝一颗。"李鉴摘了一大捧枣，从中拿出一颗递给李持盈。

"有点酸。"李持盈从李鉴的手中拿起一颗枣放在嘴里咬了一口说。

"不过味道不错，挺好吃的。公主，今天开心吧？"

"嗯，我很喜欢这里，而且还有枣吃，我以前都没吃过。"

"今天来这里，我也很开心。"

李持盈指着不远处河边的各种水鸟向李鉴询问，李鉴一一给李持盈讲述。到了太阳快要下山时，两人骑着马回到了长安城。

李鉴和李持盈漫步在朱雀大街上，李持盈被繁华的街道所吸引，东逛西看，并且品尝着各类小吃。李鉴在李持盈的耳边说："公主，天色不早了，我们早点回去吧，不然家里人会担心的。"

李持盈听了李鉴的话后望着他笑着说："放心，我出来的时候跟哥哥和嫂嫂说过了，晚点回去没事的。"

李鉴说："但是……"

李持盈转过身来到一个小摊前面说："你看这个多好玩。"李鉴没办法，只好陪着李持盈继续在街上逛下去。

忽然间，李持盈拉着李鉴说："你看那边怎么那么多人，我们过去看看吧！"

李鉴拉着李持盈说："那里人太多了，不要过去。"

李持盈说："就看一下。"说着便满心欢喜地走上前去。

李鉴牵着马也跟上去看，原来是官府的布告栏处贴着一张告示。告示上面正写着关于林妍儿案子的详细情况，文字的旁边还附有林妍儿的画像。李鉴看到这些心情瞬间低落下来，周围人不堪入耳的评论声此起彼伏，让李鉴实在是难以在告示前面待下去。于是，他将李持盈从人群中拽了出来，说："公主，时间真的不早了，快回去吧！"

"不是说好了再转一会儿吗？"

"公主，你要是回去晚了我实在担待不起。"

李持盈看着李鉴脸上难堪的表情说："那好吧！"

"我扶公主上马。"

"不骑马，走回去。要是不行，那就多转一会儿，再骑马回去。"

李鉴束手无策，只好说："好吧，那我们走快点。"

两人在走的过程中李持盈说："刚才画像上那个女子我好像在哪里见过。"

李鉴苦笑着说："公主说笑了，你怎么可能见过她。"

"可是一时半会儿又想不起来。"

"想不起来就算了。"

"我好像就在宫里见过。但是我见她的时候,还没住宫里这里呢!"李鉴没有答李持盈的话,只是低头走路。

李持盈又说:"你说这个女子为什么要贪那么多的钱啊?"

李鉴无言以对,说:"公主,我们还是加快脚步吧!"

"走那么快干吗,我脚都酸了。"

"那骑马吧。"

"不,你只要陪我说话就行。"

"好吧,你想说什么?"

"长安哪里有好玩的地方?"

"还玩?"

李持盈止住脚步说:"如果不玩,那就不走了。"

"有,有很多呢,让我想想。"

"在哪里?"李持盈笑着望着李鉴。

李鉴避开李持盈的目光,指着通往大明宫方向的街道说:"就在前面,我们走快点吧,晚了就关门了。"

"是吗?那走快点。"然后她拉起李鉴的手加快脚步往前走。李鉴"计谋"得逞,乐着跟在后面。

就在这时,八侍女中的两个正在街上买东西,她们抬头正好看见了李鉴二人。其中一个小声说:"那不是李鉴吗?"

"对啊,她旁边那个姑娘似乎也很面熟。"

"是李隆基的妹妹李持盈。"

"他们怎么会在一起?"

两个人都不敢相信自己的眼睛,又仔细看了看,确认无误后她们意识到这件事情非同寻常,于是,她们就想着赶紧回去向其他姐妹报告。但就在她们刚才观望的时候,李鉴和李持盈已经走到了她们面前。她俩赶紧转过身背对着李鉴和李持盈,听见了李鉴和李持盈的对话,从谈话中她俩觉得李鉴和李持盈谈得很投机、很惬意。李鉴和李持盈刚一走过去,她俩就快步离开了。

李鉴将李持盈送到朱雀门后,说:"公主你快进去吧,我走了。"

"大将军,以后还会请我出去吗?"

"承蒙公主赏识,只要公主不嫌弃,我会随时陪公主。"

"那一言为定!"

"决不食言!"

"大将军,再会。"

"恭送公主。"

陆拾贰 陪同公主踏青

陆拾叁

八侍女劫狱

　　李持盈走进皇城后登上了一辆马车，回到了大明宫。李鉴也骑上马回到府邸。此刻夕阳西下，火红的残阳映红了半边天，千姿百态的火烧云飘荡在天空中。没一会儿火烧云逐渐褪去，天色也暗了下来。

　　那两个侍女回到了她们的住所，其中一个对张氏说："大姐，我今天在街上看见李鉴了，他和李隆基的妹妹李持盈在一起。"

　　张氏说："我就知道这件事情没那么简单。小妹被关押审讯，也许就是李隆基和李鉴君臣之间的阴谋。"其他人听了以后都义愤填膺地痛骂李隆基和李鉴。

　　张氏说："我要去见李鉴，看看他究竟是个怎样的负心人。"

　　其他人一听赶紧劝阻张氏，其中一个人说："大姐，要是李鉴真的与李隆基狼狈为奸，你去见李鉴岂不是送羊入虎口？"

　　张氏说："你们不用说了，我们都是死过一次的人了，还怕什么呢？如果李鉴还算有点良心的话，她救小妹比我们有办法。"

　　其他人劝阻不住张氏，只好同意她去见李鉴。张氏说："我要是真有什么不测，你们一定要想办法救小妹。要是实在救不了，你们千万不能放过李隆基和李鉴，不能让小妹白死。我们是死过一次的人，没有小妹的话，我们连一天像样的日子都过不了。自从小妹把我们放了以后，这段日子我们过得很开心，我们为自己活了，知足了。即使是再死一次又何妨？我们是为了好姐妹去死的，我不后悔，我相信你们也不会后悔的，对不对？"

其他人都异口同声地回答说："是的，我们不后悔。"

夜幕降临后，李鉴坐在烛光下，手里拿着林妍儿送给他的玉佩静静地看着。他看着这块玉佩就像是看见了林妍儿，他很想去看她。但是他却不能，而且以后都不能再去见她，并且他要选择忘记她，因为他要跟公主在一起，只有他跟公主在一起才能救她。可是他跟公主在一起也就必须忘掉她，否则会伤害到公主，对公主也不公平。想到这里，李鉴收起了玉佩。李鉴来到窗前，看着天空中的那轮圆月又一次流下了泪水。

这时，仆人走进来，说："禀报大将军，外面有一女子求见。"

"你说什么？"李鉴忙擦掉眼泪。

"外面有一女子求见。"

"女子？什么女子？"李鉴心中充满疑惑地问道。

"她说她是大将军一位故人的朋友。"

"故人的朋友？"李鉴仍然想不起是谁，但他想探个究竟，对仆人说："你让她进来吧。"

仆人把人领进来后，李鉴吃了一惊，但是他很快就平静下来，对仆人说："快给客人上茶。"

李鉴说："请坐吧！"

张氏坐下来后，仆人也很快把茶端上来，李鉴说："出去吧，我在这里就行了。"

仆人走后，李鉴赶紧把门给关了，说："你是朝廷要犯，怎么能来这里？"

张氏喝着茶，说："大将军还有怕的时候？"

李鉴坐下来，说："你难道不替你自己想想，你要是被朝廷发现了，谁也救不了你。"

"我要是替我自己想的话，你觉得我会来长安吗？"

"那你为什么来长安？"

"你这话问得好。长安城最近清理斜封官很是热闹，我是来看热闹的。"

李鉴明白了她的来意，说："管好你自己就行了，我会救林妍儿的。"

"跟李隆基的妹妹一起去救林妍儿吗？这倒是个很不错的想法。"

"我怎么做不用你来教，你别胡乱猜测。"

"你现在是骠骑大将军，官至兵部尚书，有权有势。你不要林妍儿可以，但也用不着把人往死里逼。这明显就是你和李隆基搞出来的阴谋，君臣勾结，狼狈为奸。"

"别说了，这件事我承认我有责任，但是绝不是什么阴谋。再说林妍儿做的事情我在洛阳的时候就知道了，我现在正在想办法救她，请你不要再胡言乱语。"

"就是做了又能怎么样？天下哪一个达官显贵是干净的？李氏皇族中又有几个是干净的？他们中抢人田产、霸人妻女的难道还少吗？我十四岁进宫，在大明宫里待了整整二十年，李氏皇族的人都是什么货色我比谁都清楚。表面上满口仁义道德，实际上一肚子男盗女娼。"

李鉴听了张氏的话，心里又变得异常烦乱，气愤地说："放肆！小心祸从口出。"

张氏愤怒地跟李鉴针锋相对："我今天就是要说个明白。你知道长宁公主敛了多少财吗？她为了钱什么事情都做得出来，李隆基怎么不把她给抓起来杀掉？她现在和她的丈夫依然活得有滋有味，为什么？因为长宁公主是李氏皇族的人，是李隆基的自己人。自己人只要不恋权，就是贪再多的东西人家都是拿自己家的，顶多也就是把钱交出来，训斥几句。韦氏、李裹儿、太平要是不争皇位的话，你觉得李隆基会为了她们贪财处死她们吗？可要是别人拿了那就是贼，就是窃国大盗，他就要把人往死里整。别人要是犯了和长宁一样的事，肯定连祖坟都给挖了。"张氏说话越说越激动，以至于到最后眼中饱含泪水。

李鉴被张氏说得瞠目结舌，脑袋嗡嗡直响，似乎天即将塌下来一样。李鉴神情慌乱的眼中溢满泪水，说："我只要娶了公主，圣上便会大赦天下，到时林妍儿也就得救了。"

张氏冷笑一声说："不错，你娶了公主，李隆基是会大赦天下，但是李隆基会让你喜欢的女人留在这个世上吗？李持盈会让林妍儿活着吗？我告诉你，李隆基把自己的妹妹嫁给你，可不是只想找个妹夫那么简单，他是想让你永远臣服于他，一辈子为他卖命，保卫他的江山稳固，好让他们李氏皇族继续高高在上，享受荣华富贵。"

李鉴坐在旁边神情呆滞，两眼无神，有气无力地说："那你说我该怎么做才能救林妍儿？"

"你应该带兵杀进大明宫，然后杀了李隆基。你想任用贤能也好，交给李氏皇族也罢，但是，绝没有人敢阻拦你救林妍儿。你带着林妍儿想去哪里就去哪里，谁敢拦你？"

"这就是你给我出的主意？"

"难道你还有其他办法？"

"你知道这样做会害死多少人吗？"

"江山可不就是用白骨堆成的吗？难道你想看着林妍……"

"你不要说了，快走吧！"

"怎么？你不敢？"

"你出去，我不想看到你，快出去！"李鉴指着门口。

"早知如此，在你做左晓卫中郎将的时候就应该让韦氏杀了你，你这个没用的东西。"张氏气得浑身颤抖，气愤地离开了李鉴的府邸。

张氏走后，李鉴低头叹息说："你怎么不早杀了我呢？否则我也就不会有这么多的烦恼了。"

李鉴失魂落魄地回到卧房，他的脑袋里不断地回想张氏刚才说的话。他想到，要是张氏说的话是对的，那么他以前所做的一切事情都是为了什么呢？跟随他征战沙场，动辄几万士兵死的死、残的残，这些人又都是为了什么呢？他很想有个一人能跟他解释一下这一切都是为了什么，他活着又是为了什么。

李鉴又想起，自林妍儿事发后他所听到的关于林妍儿的种种传闻，使得他忽然间感到很孤独、很憋闷，浑身冰冷，胸口间像是有个东西压着，让他几乎喘不过气来。李鉴不停地问自己：难道是自己什么地方做错了？可究竟错在哪里呢？自己又是从什么时候开始错的？

但是他却始终找不出答案，脑袋里千头万绪，剪不断理还乱。在这样反反复复地自我拷问之下，李鉴的精神承受着巨大的煎熬。他用手掌拍着脑袋想静下来，可是他的思绪却已经失去了控制，根本停不下来。紧接着，胸口又是一阵阵撕裂的疼痛，他又捶打着胸脯，想缓解疼痛所带来的痛苦，脸上的汗珠顺着脸颊不断地往下掉。李鉴无法忍受这样的痛苦，突然间一股鲜血从嘴里喷涌而出，随之整个人像是垮掉了一样滚到了地上。李鉴没有喊叫，他默默地用手擦去血迹，艰难地爬上床，眼睛死死地盯着前方，试图去寻找答案。

大理寺对林妍儿案件的审讯在有条不紊地进行着，并不断取得新的进展。林妍儿毫无保留地将自己在洛阳所做的事情向崔琬坦白，案子所涉及的人员都被林妍儿招了出来。崔琬也根据林妍儿的陈述，将漏网之鱼绳之以法。

在大理寺的监牢里，林妍儿仍然在想着李鉴，有时候她的脑海里会跳出一个问题，那就是自己会不会连累到李鉴？当然这是她的臆想而已。理智和事实告诉她，她的事情李鉴根本没有参与，自然也就无法牵扯到李鉴身上。况且负责审理她案子的是崔琬，这个人的行事风格她很欣赏。

随着案情逐渐扩大，林妍儿也对自己所做的事情感到深深地自责和羞愧。因为崔琬的调查审问，根本没有超出她所知道的范畴，更没有一件是冤枉她的。有时候崔琬对她的指控会有些错误或者不实，但只要她一提出，崔琬会立刻重新调查。最后，总能让她诚心诚意地接受。

但这也让她开始意识到自己跟李鉴是再也不能在一起了，他们现在完全是两个世界的人。她也在想，要李鉴在这个时候选择离开她的话，她会答应他。或许她应该主动提出离开他，因为做错事的人是她自己，跟李鉴没有任何关系。可是，这个念头刚蹦出来的那刻，她立刻就将其极力抹平。因为她不敢这样去想，她无法想象要是没有李鉴，自己活着是否还有意义。想着想着，眼泪便不由自主地掉下来，打湿了衣襟。她很想李鉴在这个时候来看她，而且李鉴确实是很长时间都没来看她了。她也很想知道李鉴现在过得怎么样，是不是为她承受了很大的压力。如果李鉴对自己的事情无能为力的话，他希望李鉴能就此放手，正如崔琬所说世道变了，她应该受到惩罚。当她这样想的时候，心里渐渐变得平和，她倒是希望李鉴不要来，只要李鉴过得好就行。但是，一想到不能和李鉴在一起，她还是忍不住落泪。

这时，林妍儿忽然看见牢房外面出现了很多黑衣人，林妍儿吓得惊慌失措。其中一个人黑衣人将牢房的门给打开了，林妍儿刚想大声呼喊，但是很快被一个黑衣人堵上了嘴。林妍儿极力挣扎，那个黑衣人将脸上的黑巾取了下来。林妍儿瞪大眼睛，说："大姐，是你？"

张氏将食指放在林妍儿嘴唇上，说："小点儿声，是我们。我们救你出去。"

林妍儿惊魂未定，说："大姐你们干什么？你们这是在送死。不要管我，你们快走。"

"你说的这叫什么话？我们是好姐妹，怎么能看着你死呢？"其他人也在劝说林妍儿跟她们走。

"你们走吧，我是一个有罪的人，我不值得你们冒险。"

"有什么值得不值得的，快别说这些。"

"不，我不能跟你们走。这里很危险，你们快走吧，我会没事的。"

"你能有什么办法？李隆基已经把你的事情张榜公布给了天下人，现在大唐上下男女老少都知道你的事情。"

林妍儿听了以后犹如五雷轰顶，哭着说："他为什么要这样做？这让我以后还怎么见人？"

"你现在还想着出去？李隆基这样做的目的是铁了心要杀你。"

"李鉴说他会救我出去的，他说他会救我出去的，他真的说过这样的话，他不会骗我的。"

"李鉴现在跟李隆基的妹妹李持盈在一起，人家要做驸马了。我怀疑这是李隆基和李鉴之间的阴谋，目的就是要杀死你，让你永远无法干涉他们。"

"李鉴怎么能这样？他还说要救我出去。他骗我，他为什么要骗我？"林妍儿在说话的时候泪流不止。

"不要再想什么李鉴了，现在应该想想自己才是，跟我们走吧！"

林妍儿抹掉眼泪说："我知道我是不可能和他在一起了，可我是一个犯了错的人就应该受到惩罚，你们不要管我了，我会连累你们的，你们快走。"

"我们都是犯过错的人。对我们来说横竖都是一死，可是趁着现在还活着的时候就不放弃，要为活着而努力。活下来我们就重新来过，再也不要跟他们为伍，好吗？"其他人也都跟着张氏劝林妍儿。林妍儿听了张氏的话后点点头，跟着她们出了牢房。

可是，她们走出牢房没多久，便被一个喝了酒上厕所回来的侍卫给发现了。侍卫看见黑衣人下意识地大叫道："有刺客，有刺客。"张氏拿出飞镖扎向了侍卫的喉咙，但喊叫声已经惊动了负责看守林妍儿的万骑军将领李仙凫。李仙凫立刻召集人马抄起刀刃冲了出去，把她们团团围住。李仙凫大声说："大胆狂徒，竟然敢挟持朝廷要犯，简直是吃了熊心豹子胆，还不快束手就擒。"

"你们识相的话赶紧让开,小心取你狗命。"

"好大的口气。来人,将这伙狂徒拿下,解救林姑娘。"李仙凫一声令下,手底下的侍卫提着刀都冲了上去。张氏摸出几支飞镖扔了出去,将冲上来的侍卫撂倒了几个。张氏挥刀带着其他人试图冲出重围。

李仙凫原本想着无论是谁,在他们皇家侍卫眼里都是些小毛贼,可打了半天,他们的人竟然没捞到半点便宜,反而是死伤了一大片。李仙凫再也站不住了,因为林妍儿是李隆基亲自交代保护的对象,不容有任何闪失。所以他又调集了一些人马前来支援,他也亲自带着十几位精壮的侍卫去抢林妍儿。李仙凫的上阵提起了万骑军侍卫的士气。

八侍女虽然拼死力战,但毕竟人数太少,面对眼前数倍于她们且训练有素的万骑军侍卫渐渐体力有所不支。很快,林妍儿就被李仙凫给抢到了手中。李仙凫把林妍儿抢到手里以后开始放松了下来,结果在和张氏打斗的时候注意力不集中,被张氏在手臂上砍了一刀。

李仙凫捂着受伤的胳膊大叫道:"不留活口,全部处死。"

林妍儿被控制到手里以后,这些万骑军侍卫们也就再也没有什么顾忌了。他们蜂拥而上,挥刀猛砍。林妍儿在李仙凫面前痛哭流涕地说:"李将军,求求你放过她们吧。她们是无辜的。都是我的错,跟她们没有任何关系,求求你放过她们吧!"

李仙凫说:"在下失职,让林姑娘受惊了,在下深感愧疚。"接着,李仙凫对抓林妍儿的侍卫说:"扶林姑娘下去休息。"

林妍儿在被带走的时候,仍然不断地向李仙凫哭诉求情。与此同时,她也眼睁睁看着张氏她们一个个惨死在侍卫的刀下。

万骑军侍卫们把张氏等人全部杀死后,李仙凫来到她们的尸体面前,掀开其中一个脸上的黑巾,顿时不由得打了个冷战。然后,他慌忙地将其他尸体面部的黑巾挨个摘下,嘴里喃喃自语:"怎么会是她们?怎么可能会是她们!"等到他摘掉最后一个人脸上的黑巾以后大叫道:"来人啊。"

贴身侍卫赶紧跑过来,李仙凫把两个亲近人叫到跟前,跟他们交代了几句后说:"记住,一定要快。"两个侍卫点了点头,一个人跑去向李隆基汇报情况,另一个人跑去向崔琬报告。

最后的探视

那两个侍卫走后,李仙凫高声说:"今天晚上的事情一定要烂在心里,谁要是敢说出去本将军决不轻饶。听明白没有?"侍卫们齐声应允后,李仙凫说:"把这些尸体抬到屋里去,摆整齐。"

崔琬接到情况后火急火燎地跑到李仙凫的身旁,看见李仙凫的胳膊上缠着绷带,问道:"什么情况?"

"尸体都在里边放着呢,我带你进去看。"

"怎么会是她们?"李仙凫带着崔琬来到尸体跟前,崔琬看了以后也很吃惊。

"我也感到奇怪,真是活见鬼了。"

"当年剿灭韦氏的时候不是说韦氏的近侍都处死了吗?怎么突然间又跑了出来?"

"我也不知道。"

"剿灭韦氏不就是你们万骑军做的吗?你怎么会不知道?"

"这事都过去这么长时间了,而且当时兵荒马乱谁知道她们是怎么溜走的。"

"那她们是怎么进入大理寺的?"

"可能是翻墙吧!"

"我说李将军,你这一问三不知究竟能干些什么?一群人闯进来你都不知道怎么进来的。你们还是皇家侍卫,说出去都不怕丢人吗?"

"这些人是谁？她们可不是一般人，是韦氏的贴身侍女，本事大着呢！韦氏当道的时候，在大明宫她们让谁三更死谁能熬得过五更？幸亏是我们在这里看守，要是你们大理寺的差役，人家早都带着林妍儿跑出长安城了。我还被她们砍了一刀呢，你看这伤！"李仙凫脸红脖子粗地为自己辩解。

"你们要是稍微提高一下警惕，能发生这样的事吗？"

"这平时都相安无事，谁知道今晚撞见鬼了。对了，我还想问你呢，你调查林妍儿这么长时间，难道就没查出林妍儿与这伙人有勾结吗？"

"我这不是正在查吗？"崔琬被问了个正着，口齿凌乱地说。

"现在知道查了，早干什么去了？这些人可都是韦氏余孽，是朝廷要犯。这么大的事情你没查出来，也不知道崔大人整天都在忙活些什么！"李仙凫步步紧逼，对崔琬追问不放。

"那你怎么不知道留个活口，全都给杀了？"崔琬也顿时面红耳赤地反驳道。

"这是圣上交代的，谁要是敢劫狱救林妍儿格杀勿论，就地处死。"李仙凫理直气壮地说。

"你把人都杀了，这查起来可就没那么简单了。要是这背后还有韦氏的人，可是会出大麻烦的。圣上若是怪罪下来，你和我都吃不了兜着走。"

"里边不是还有一个人吗？崔大人赶快去查。"李仙凫听了崔琬的话后也是头皮发麻，对崔琬说。

"对，我现在就去查。对了，这件事你向圣上汇报了没有？"

"已经派人去了。"

"都这么晚了你着什么急？不能等明天再说吗？"

"圣上说了，林妍儿这边一出现什么风吹草动要马上向他汇报。再说，圣上每天批阅奏章到很晚才睡的。"

崔琬转身去提审林妍儿。

林妍儿被带回到牢房，趴在床铺上失声痛哭。她知道自己这下算是彻底完了。但是相比自己的境遇来说，她更无法接受的是姐妹为了救自己而惨死，因为她根本就没有想到她们会来救自己。她觉得她们不应该为了自己而冒险牺牲，更没必要用这种方式来报答她。张氏她们惨死在皇家侍卫刀下的场景不断地在她脑海里闪现，让她更是伤心地难以自制。

此时她又想到，要是崔琬追查下去的话，一定会查到李鉴的头上，因为正是她让李鉴在剿灭韦氏的时候放了她们一条生路。崔琬要是追查下去，李鉴一定会背上私放朝廷要犯的重罪，这样一来她将会连累到李鉴。但是，当她想到张氏说李鉴现在和李隆基的妹妹李持盈在一起的时候，心里是五味杂陈、悲痛欲绝。

这时，照顾她的侍女走进来说："林姑娘，崔大人传你上堂。"林妍儿擦干眼泪，跟着侍女走出了牢房。

在公堂上，崔琬问道："刚才劫狱企图救你出去的是些什么人？"林妍儿没有说话。

崔琬说："她们可是朝廷要犯，你最好如实招来。否则罪加一等。"林妍儿在想，事已至此我已经不可能出去了，也不可能和李鉴在一起了。当初李鉴是为了她才冒险救的她们，无论如何都不能连累李鉴。因此，她决定在涉及这件事的问题上咬紧牙关，不吐一字。

在崔琬接下来的审讯过程中，不管崔琬怎么审问，林妍儿始终一言不发。崔琬急得满头大汗，无奈之下只好结束了今晚的审讯。

林妍儿被带下去以后，崔琬想李仙凫今晚已经把这件事情告诉李隆基了，那么他也应该去见李隆基做个汇报，因为毕竟这是他手里的案子。况且这件事已经牵扯到了未被缉拿归案的朝廷钦犯，以及后续会不会还有韦氏余孽的出现等种种可能性，都要向李隆基当面陈述。

李仙凫派出的侍卫来到大明宫，向李隆基报告了情况。李隆基说："你是说韦氏的近侍劫狱，企图掳走林妍儿？"

"回陛下，是的。"

"她们见到林妍儿了？"

"是的，陛下。"

李隆基大声斥责说："你们这帮饭桶，让一群女人冲进了朝廷的重要官署，又险些劫走朝廷要犯。你们作为朕的皇家侍卫，就是这么做事情的吗？整天躺在大理寺里睡大觉，跟放羊一样，觉得没人管就趁机吃喝玩乐是吧？一群没用的东西，朕的脸都让你们给丢完了！"

侍卫吓得面如土色，跪地求饶："属下无能，望陛下恕罪，陛下恕罪。"

"你去告诉李仙凫，这件事暂且先放下，等林妍儿案子了结以后让他亲自滚到朕的面前来好好解释。要是再出一丁点岔子，就让他直接提头来见朕。听明白没有？"

"是陛下，属下明白，属下一定将陛下的话原原本本转告给李将军。"

"滚下去。"

"是陛下，属下告退。"

侍卫连滚带爬地走了，李隆基开始想这几个侍女的事情。李隆基想，当时剿灭韦氏的时候这些韦氏的近侍为什么能够安然脱身？难道是有韦氏余孽存在吗？

李隆基对这两个问题开始进行深入的思考，他想林妍儿是太平公主安插在韦氏身边的耳目，这件事是确定无疑的。其他八个人在脱身之后却冒死营救林妍儿，这说明她们的逃脱一定是林妍儿从中帮忙。这些人救林妍儿的原因或许仅仅是出于意气之盛，因为以韦氏的为人，根本不可能出现在她死了以后还有人继续替她卖命这样荒诞的事情。这也就是说并不存在韦氏余孽的问题，如此一来问题就变简单了。

李隆基又想，就算是林妍儿想救这些人，但是仅凭她一个弱女子的力量就能够将这些人救出来吗？因为这几个韦氏身边的贴身侍女在大明宫里无人不知，怎么能轻易逃出来？谁有能力救她们出来？谁又会帮林妍儿做这件事情？李鉴，肯定是李鉴！以林妍儿和李鉴的关系，只有李鉴才会做这件事情。而且李鉴也参与了剿灭韦氏的行动，李鉴一定是答应了林妍儿的请求，在剿灭韦氏的过程中浑水摸鱼，趁机将她们放了。

想到这里李隆基十分气愤，因为韦氏是他的死敌，韦氏的党羽自然也就是他的死敌。李鉴伙同林妍儿私放他的死敌，这明显是不把他放在眼里，想和他对着干。虽然她们对自己已经够不上任何威胁了，可是如果有一天这些人突然间冒出来伺机报复，岂不是让他很难堪。这是他万万不能忍受的事情。

李隆基思索了一阵，又觉得在这件事情上先不要过多追究，因为他只想知道在处死林妍儿以后李鉴的反应，这才是他目前最关心的事情，而且李鉴也已经在接触李持盈，这是他希望看到的结果。但是，他觉得有必要在这件事情上给李鉴一个警告，让李鉴知道跟他作对是没有好下场的。而李鉴要在这件事情上给他一个满意的说法，以表明他的忠诚。

于是，李隆基对高力士说："你派人去李鉴府里一趟，告诉李鉴，就说大理寺发生了一些事情，让他去查看一下。"

高力士说："是，陛下。"

高力士派人来到李鉴的府邸，将李隆基的话传给了李鉴。李鉴骑上马向大理寺奔去。

侍卫将李隆基的话传给李仙凫以后，李仙凫吓得面无血色，身上直冒冷汗。崔琬看着李仙凫慌乱的表情说："行了，事都已经出了，亡羊补牢才是当务之急，我们去周围查看一下，看看这些人到底是怎么进来的，免得再出岔子。"

李仙凫急忙答道："是，崔大人说得是，一切听崔大人安排。"

李仙凫和崔琬带着人查看大理寺的安防情况，并加强防卫措施。他们来到大理寺外面的一面围墙处，在墙角的里侧有一个棵大树，树上挂着绳索。李仙凫捡起绳索对崔琬说："你看看，我就说她们肯定是翻墙进来的，你看这墙上还有脚印呢，把墙上装饰的瓦片都踢翻了。"

"这还用得着说吗？不翻墙，难道是大摇大摆走正门进来的？"李仙凫被崔琬讥讽得无言以对。崔琬边仔细地查看着周围的情况，边奚落李仙凫说："我说你们这帮人都是怎么当差的，八个女人翻墙进来竟然连一点反应都没有，还让人家跑到了牢房里把人劫了出来。你还是万骑军的将领，这点能力如何保卫圣上？"李仙凫被崔琬嘲讽得羞愧难堪，恨不得找个地缝儿钻进去。

崔琬查看完情况说："她们一定是将绳索挂在了树上，拽着绳子然后爬墙进来的。她们也肯定有人在这树上待过，看清了里面的地形。这帮人胆子真是太大了！"

李仙凫赶紧接上话茬说："这伙人是韦氏身边的人，个个身手不凡，胆子能不大吗？"

"我知道是韦氏的人。那就是说你们技不如人了？你们还是皇家侍卫，这身虎豹皮衣倒是穿得挺威风，只可惜没把人吓住。"

李仙凫气得头脑发晕，说："要不是我请兄弟们小酌了几杯，她们还能这样放肆……"

崔琬指着李仙凫说:"好你个李仙凫,竟然敢在我的大理寺衙门喝酒,而且还是在当差的时候。"

李仙凫见说漏了嘴,慌忙向崔琬解释说:"崔大人,你听我说,我手下的一个兄弟生了个儿子,这不是高兴嘛,理解理解。"

"你兄弟生儿子你就请人喝酒?你把我这大理寺衙门当成什么地方,酒馆、青楼、寻欢作乐的地方吗?我告诉你李仙凫,这件事情我跟你没完,我要禀报圣上严肃处理。你把你们万骑军的脸爱怎么丢就怎么丢,我不管,但是我这大理寺衙门的威名不能让你们给毁了。"

"崔大人,大家同朝为官,都是为圣上分忧,通融通融!"

"通融个屁,就你还能替圣上分忧?"

这时,万骑军的侍卫走到李仙凫身旁说:"骠骑大将军李鉴来了,请二位过去。"崔琬和李仙凫听了以后心中大为疑惑,边走边聊着李鉴。

"说曹操曹操到,霍去病还真的来了。"

"你说他来干什么?"

"接你班来了。"

"人家是骠骑大将军,怎么会干看管犯人的事情,我在这里都觉得委屈。"

"委屈倒是做出点事来啊。李鉴一定是圣上派来视察情况的。"

李仙凫有点疑惑地说:"你说这跟兵部有什么关系?他来干什么呢?"

崔琬知道李鉴和林妍儿关系非同寻常,就想着李鉴可能是因为这个情况而来的。他曾想调查李鉴,但李隆基却让他私下问话。这样做对他来说虽然有违原则,但却只能接受。因为他本人也觉得李鉴为人正直,无论是在朝中还是在军中口碑都很好,不会有什么问题。虽然上次李鉴在他面前为林妍儿求情让他很愤慨,但他觉得这也仅仅是一时动情所致,不能说明什么。况且从那以后李鉴也没做过任何企图为林妍儿开罪的事情。因此,为了维护李鉴的声誉,他不想把李鉴和林妍儿之间的事情告诉李仙凫,就继续戳李仙凫的脊梁骨,说:"我告诉你他来干什么。"

"那你倒是快说。"

"你们万骑军兵部管不着,李鉴也就管不着。但是兵部左侍郎刘江玉可是你的上司，你别说人家现在到兵部任职去了，就山高路远了。我想你也知道刘江玉在万骑军中还是保留着职位呢。李鉴要是回去把今天的事告诉刘江玉，依刘江玉的脾气你看到时会怎么收拾你。"

"崔大人你怎么哪壶不开提哪壶啊！"李仙凫心情又变得紧张起来。

"谁让你自己不争气，干出这些挨板子的事。"

"好，崔大人我听你的，我向你保证以后再也不犯这样的错误了。"

"知错能改善莫大焉。以后用点心吧！"

李仙凫又有点疑惑："你说这个林妍儿是个什么来头？你这边大理寺，我这边万骑军，现在兵部的人也来了，而且还是兵部尚书，我都有点佩服这个林妍儿了。"

"瞧你这点出息。我管她什么人，她在我眼里就是个疑犯，我就要法办她。"

李仙凫竖起大拇指说："您崔大人执法如山，谁敢在你面前造次。"

"少拍马屁。"

他们来到厅堂，看到李鉴后李仙凫上前说："拜见大将军。"

李鉴说："李将军客气了。"

崔琬说："大将军来了。"

李鉴说："崔大人好。"

崔琬说："大将军深夜到访有何贵干？"

李鉴说："圣上说大理寺出了点事情，让我过来看看。"

崔琬说："原来如此，大将军这边请。"

崔琬、李仙凫陪着李鉴来到放置张氏等人尸体的房间，李鉴站在她们的尸体跟前久久不语。崔琬小声问李仙凫："大将军的脸色怎么那么难看，连一点血色都没有。"

"你知道为什么吗？"

"为什么？"

"被吓住了。"

"被吓住了？"

"在大明宫里做过事情的人谁不怕她们？大将军当年也是在大明宫里做过

事情的。虽然时间不是很长，但应该历历在目。"

"有那么夸张吗？"

"你是没在大明宫里待过，一言难尽啊！"

"行得端走得直，到哪里都不怕。怕说明心里有鬼。"

"我服你崔大人，你真爷们儿。你不到大明宫当差真是浪费人才了。"

这时李鉴转过身说："林妍儿现在何处？"

李仙凫说："林姑娘现在在牢房休息。"

李鉴说："带我去见她。"

崔琬、李仙凫陪着李鉴走进牢房，李鉴回头说："二位在外面等候，我进去就行了，不必跟随。"崔琬、李仙凫点点头。

李鉴来到林妍儿跟前，林妍儿看见李鉴后却立刻转过身流着眼泪说："你来干什么？"

李鉴问道："你没事吧？"

林妍儿冷冷地说："一个坐牢的人能有什么事？"

李鉴说："你没事就好。"

林妍儿说："你走吧，以后都不要来了，祝你幸福。"

李鉴说："打扰了。"说完便转身离开了。李鉴走后林妍儿埋头痛哭不止。

李鉴出了监牢，对崔琬、李仙凫说："二位辛苦了，在下告辞。"

崔琬、李仙凫说："大将军，慢走。"

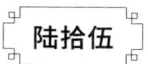

李　鉴

　　李鉴走后，李仙凫感到疑惑地问道："他来怎么什么也没问就走了？"

　　崔琬也感到些许诧异，但是他不想跟李仙凫再为李鉴的事情进行讨论，便没说什么。

　　李鉴出了大理寺刚跨上马背鲜血就从嘴里喷了出来，胸口的疼痛让李鉴难以忍受，导致身子不稳从马上摔了下来。李鉴用手捂着几乎快要撕裂开的胸口，豆大的汗珠从额头上往下掉。李鉴倒在地上缓了一口气，等到疼痛稍作缓解他才从地上爬起来，艰难地爬上马背回到了府邸。

　　第二天，李隆基在朝会结束后想着李鉴应该会为韦氏近侍的事情来见他，给他一个说法，但是左等右等就是没见李鉴来。李隆基渐渐地心生怒火，觉得李鉴有意在和他对抗。

　　李隆基在静静地琢磨这件事时想到了崔琬，他刚想着要传崔琬时高力士说："陛下，大理寺卿崔琬觐见。"

　　李隆基说："快传。"

　　崔琬进来后，说："臣拜见陛下。"

　　李隆基说："爱卿，免礼。"

　　崔琬说："谢陛下。"

　　李隆基说："爱卿，林妍儿的案子审理得怎么样了？"

　　崔琬说："回陛下，臣今天前来就是想说林妍儿的案子。昨夜有一伙儿人潜入……"

李隆基说:"这件事情朕已经知道了,不用说了。朕是问关于林妍儿贪污的事情。"

崔琬说:"案情已经逐渐明朗了,但涉及斜封官的案子尚未理清,具体情况就是那些人通过林妍儿的门路取得官职,欺压百姓,危害一方。林妍儿需要指认这些人,臣已经派人到河南道拿人了,不久便会有结果。"

李隆基说:"这个以后慢慢审。林妍儿的案子到此为止,结案吧!"

崔琬惊讶地望着李隆基说:"回陛下,林妍儿虽是主犯,但在其他案情上也是重要的人证。若是结案的话,后边的案子就不好审了。"

李隆基说:"有什么不好审的,该抓就抓,该判就判。先把林妍儿的案子结了,判处林妍儿斩立决。"

崔琬说:"陛下,审案子讲求公正严明,案子还没有审理清楚不能结案,更不能宣判。否则何以使律法教天下人信服?"

李隆基不耐烦地说:"林妍儿的这个案子你到底是结还是不结?"

崔琬说:"臣恕难从命,望陛下明鉴。"

李隆基缓和语气说:"这样吧,爱卿把林妍儿和其案卷移交给刑部,由刑部来处理这件案子,你不用管了。"

崔琬深感震惊地说:"陛下,这件案子是臣一手办的,还没审理清楚怎么能交给刑部呢?"

李隆基说:"爱卿,这段时间审案很辛苦,应该好好休息休息才是,收尾的事情交给刑部去做。"

崔琬跪下来说:"陛下,臣尽心尽力侦办此案,绝无一点私心。您再给臣一点时间,臣一定将这件案子查个水落石出,不负圣上法纪严明之决心。"

李隆基说:"即刻移交,不得有误,退下。"

崔琬再三请求说:"陛下,您这样做不是在抹杀臣的尊严吗?你让臣以后再审理案子还怎么让人信服呢?"

李隆基高喊道:"来人啊!"

崔琬的倾诉并没有使李隆基转变心意,反而让李隆基更加不满。两个侍卫来到崔琬的身后,李隆基手一挥,侍卫将崔琬拖了出去。

大理寺将林妍儿和案卷移交给刑部以后,刑部很快对林妍儿进行了判决。

在宣判那天，李隆基将李鉴召进宫说："大将军，林妍儿的案子已经大白于天下，影响甚广。此次审理证据确凿，已无可辩驳。朕虽有不忍之心，怎奈民愤难平，朕也无能为力。朕念及你和林妍儿私交甚笃，大将军又是重情重义之人，你就送她最后一程吧！"

李鉴说："微臣谢陛下之恩。"

李隆基看着李鉴形容枯槁的样子，走到李鉴的身边说："大将军怎么如此憔悴？是不是病了？"

李鉴低下头说："微臣没事，多谢陛下关爱。"

李隆基说："大将军乃国之栋梁，要保重身体，切莫悲伤。"

李鉴说："微臣谨遵圣谕。"

李隆基说："这就好，下去吧！"

李鉴说："微臣告退。"

李鉴走后，李隆基气得拍案而起，唾骂道："还是那么不识抬举。"

李鉴走到大明宫的建福门，来到正在那里等候的李持盈身边说："在下拜见公主。"

李持盈说："大将军不必多礼。找我有什么事吗？"

李鉴说："回公主，在下有一句话想跟公主明说，还望公主准许。"

李持盈笑着低下头说："大将军何出此言？有什么话就说吧！"

李鉴说："公主，我以后都不会再见你了。"

李持盈震惊地问道："大将军为什么不会再见我？"

李鉴说："在下有负公主厚望，还望公主恕罪。"

李持盈眼中含着泪水，说："你什么意思？为什么突然间要跟我说这样的话？"

李鉴说："我只想告诉公主我内心所想，没有为什么。"

李持盈哭着大声说："李鉴你告诉我为什么？"

李鉴说："请公主见谅，在下告辞，望公主保重。"

李持盈羞愤交加地在李鉴的脸上打了一巴掌，流着眼泪跑进了大明宫。

李鉴在两个刑部官员的陪同下来到刑部大牢。负责宣判的官员拿着判令对着林妍儿念道："钦犯林妍儿，在洛阳期间霸占民宅，良心丧尽，哄抬市价，鱼肉百姓，卖官鬻爵，败坏朝纲，种种恶行致使民怨沸腾，纲常法纪破坏殆尽。经朝廷调查，所犯之事证据确凿，事实清楚，其本人也对所犯之事供认不讳，并无异议。为维护律法之威严，平息百姓之愤慨，现判处林妍儿斩立决，以儆效尤。"

刑部的官员宣读完毕收起判令，问林妍儿道："犯人林妍儿还有什么话说？"

林妍儿说："我无话可说。"

宣判的官员说："圣上念及你是对大唐有功之人，故而特准免除大辟之刑，赐你御酒，留有全尸。"

林妍儿说："民女谢陛下圣恩。"

刑部的官员对李鉴说："大将军还有什么要吩咐的？"

李鉴说："这里交给我，你们都出去吧！"

宣判的官员向周围的差役挥了一下手，一位提着食盒的差役把食盒里的一盘菜蔬、一壶酒、一只小酒杯放在桌子上，刑部的官员及差役们都离开了。

李鉴扶起林妍儿，让她在桌子旁边坐下来。李鉴也坐下来，他拿起桌子上的酒壶，往一只小酒杯里斟酒。林妍儿看着那从酒壶中缓缓落下的酒水眼泪便掉了下来。此时，牢房里死一般的寂静。酒水撞击酒杯发出的声音就像是奏起的哀乐一样在牢房里回荡。温热而又耀眼的阳光从狭小的窗口照射进来，并没有给这里的环境带来任何改变。反而，在阳光的衬托下，整间牢房变得更加冰冷和黑暗。

李鉴斟满酒杯后，用手端起至与鼻梁平行的位置望着杯中的酒，回想起自己在成长过程中所遭受的欺负、侮辱和谩骂；回想起为了获得战功舍生入死与敌人作战，多次险些命丧沙场的险恶场景；回想起与林妍儿相处在一起时那段短暂却又欢乐的时光；回想起在朝廷的权势斗争中，心中所积聚起的那份迷茫和内心所承受的煎熬；回想起作为统帅，带着数十万大唐将士征战疆场，大破敌军所带来的胜利喜悦；但当他回想起数万将士身首异处、战死边疆的凄惨场面时，眼泪顺着脸颊悄悄地往下掉。

林妍儿默默地看着李鉴脸上的表情，感到异常悲痛，她很想活下去，可她知道自己今天肯定是在劫难逃。因此她做好了赴死的准备，但她怎么也没想到在她赴死前还能见到李鉴。因为她根本无法面对他,所以也就想不出李鉴会来的理由,虽然她很想见到他。此刻,当她面对李鉴时,她实在无法承受内心的痛苦,只好低下了头,瞬间泣不成声,她只得用微弱的声音说:"你不要这样,把酒杯给我,你走吧!"就在这个时候,只见李鉴把酒杯放到自己的嘴边,将酒一饮而尽。喝完杯中酒后,李鉴虚弱的身体便从长凳上掉了下去,落到了地面上。林妍儿惊骇万分地俯下身将李鉴抱在怀中,并抓住李鉴拿着酒杯的手,失声高喊道:"你这是干什么!"紧接着,林妍儿大声呼喊道:"来人,快来人啊!"

李鉴有气无力地说:"别喊了,没人能听见的。"

林妍儿抓着李鉴的手哭着说:"你为什么要这么做?"

李鉴躺在林妍儿的怀里流着眼泪,缓慢地说:"我忠于大唐,忠于圣上,也忠于你。我也没做过什么错事,我也没有伤害过任何人。但为什么此时此刻我却是这世上罪孽最为深重的人?我很想活下去,可活着却是如此痛苦,我为什么活得这么痛苦!为什么我会活得这么痛苦啊!"他在说话的时候毒性开始发作。

李鉴的精神早都已经崩溃,大口大口的鲜血从嘴里喷涌而出。李鉴用最后的气力咬着牙说:"以这种方式去死我感到很可耻,可是我已经没有机会重新选择了,我好累,我真的好累……"说着,李鉴惨叫一声,口里喷出一大摊血水。渐渐的,他的手臂滑落了下去,闭上了眼睛。

林妍儿趴在李鉴尸体上号啕大哭,直到哭得实在是没有力气了才渐渐平静下来,但这时她已经神志不清了,嘴里喃喃自语地说:"你为什么要这样做?如果是因为我的话,我会死不瞑目的。"当她说到"死"时,才终于想起今天这毒酒是给她准备的。

于是林妍儿慌忙拿起酒壶往嘴里倒,一口气喝光了整壶酒才罢手。然后抱着李鉴的尸体,静静地死去。

行刑的时间是午时三刻,正好是吃中午饭的时间,监牢外所有人都等得饥肠辘辘了。其中,一个留着小胡子的官员抬头见太阳都有点往西边方向跑了,便不耐烦地说:"大将军怎么这么长时间还不出来?"

另一个官员手里拿着佛珠,不停地拨弄着佛珠上的珠子说:"少安毋躁,再等等吧！"

小胡子官员抱怨说："不就是结交的异性兄妹嘛，有多少话要说！"

拿佛珠的官员笑了笑说："异性兄妹也是兄妹，生离死别总是一件令人心碎的事情，要理解。"

"自打我进刑部办了上百件案子，还没见过这么慢的。"

"是吗？我这可是第一次。"

"我看出来了，一看你就没经验。这早办完早吃饭，早交差。耗在这不是熬人吗？"

"今天就要交差？"

"对，来之前我们的尚书大人不是交代说办完差就跟他说，尚书大人可能还要禀报圣上呢！"

拿佛珠的官员一听急了，边往牢房门口走边抱怨说："你怎么不早说！赶紧叫大将军。"

"你不是说等等吗？"

"还等什么，你不看看这是什么情况，说不定现在圣上正等着回信呢！一看你就是做监斩的料，只能干这些粗活。"

那两个人跑到牢房的大门处，不断地敲门喊李鉴。小胡子官员说："怎么叫了半天都没人应个声。"

"来人，撞门。"

"这样不好吧？大将军可在里面呢！"

"圣上重要还是大将军重要？你想让圣上等到什么时候？再说，这药是我下的，已经过了这么长时间，就是十头牛也早都毒死了。撞门！"

几个差役把门撞开，那两个官员带着人走进去看见李鉴也躺在地上，上前仔细一看，李鉴的嘴里居然还有血迹，这让在场的所有人都目瞪口呆。两个官员跑上前，把林妍儿的尸体拉到一边。拿佛珠的官员颤颤巍巍地伸出手，放在李鉴的脖子上一摸，发现尸体都已经凉了。他吓得跟丢了魂一样，对小胡子官员说："大将军死了。"两人吓得浑身颤抖，眼泪都掉了下来，小胡子官员大叫道："快去禀报刑部尚书大人，就说大将军死了。"

陆拾陆

英雄落幕

兵部尚书李日知很快来到刑部大牢，当他看见李鉴的尸体时也是惊慌不已。他来到那两个官员面前，在每人的屁股上踹了一脚，训斥道："你们这两个蠢货怎么做事情的？"那两个官员战战兢兢地跪倒在李日知面前，支支吾吾地连话都说不出口。李日知询问了李鉴死的经过，并查看了李鉴的尸体后，快速离开了。

李日知火速赶到大明宫，见到李隆基后都没来得及行君臣之礼，而是扑跪在李隆基的文案旁说："陛下，大将军李鉴死了。"

李隆基听了以后大为震惊地站起来，从文案旁走到李日知身边说："你再说一遍？"

李日知流着眼泪说："回陛下，大将军李鉴死了。"

李隆基声严色厉地问道："怎么死的？"

李日知战战兢兢地说："服毒。"

李鉴顿时恼羞成怒，大叫说："好你个李鉴！"

高力士使眼色给李日知让他离开，李日知赶紧退了出去。

李隆基声嘶力竭地说："没人能反抗朕的权威！"但是李隆基很快就冷静了下来，因为他明白李鉴突然间死亡必然会引起朝堂和世人的热议，他当前需要做的就是尽可能消除李鉴的死所带来的负面影响。因此，他细心地思量了片刻，很快就有了应对的办法。

李隆基余怒未消地自言自语道："李鉴你个不识好歹的家伙，朕是一而再再而三地给你机会，你却给朕来个以死相抗。好，你做得好。那朕就让你在战场上浴血奋战得来的荣耀都化为乌有，让你因为这个女人而身败名裂。"说完，李隆基对高力士喊道："高力士，拟旨。"

高力士说："是，陛下。"高力士走到文案旁摊开纸拿起笔。

李隆基说："骠骑大将军李鉴，在洛阳期间明知奸人林妍儿贪赃枉法、败坏朝纲却充耳不闻、视而不见，不仅不向朝廷举报，反而暗中支持其恶行，助纣为虐。李鉴因贪恋其美色，竟写下'生与之同寝，死与之同葬'的无知誓言，在林妍儿案发后又为之奔走呼号，妄图干扰朝廷调查，为之脱罪。林妍儿终获判决之日又甘愿为其殉情。其所作所为使朕为之心痛，三军将士为之失望。现今布告天下，咸使闻之，望天下士人引以为戒，明辨是非，切勿重蹈覆辙，贻误终生。"

高力士拟好诏书后交给李隆基。李隆基将高力士草拟的诏书拿到手中略微看了一下，又补充说："马上昭告天下，并给三军将领人手一份，把李鉴和林妍儿的尸体放在一起，让人去吊唁。"

告示发出后举国哗然。李隆基故意将李鉴和林妍儿的尸体放在一起供人吊唁。高镇、杨启贤、余成千、王震宇等一些将领趴在李鉴的尸体前放声痛哭。高镇说："大将军，你为了这样一个女人而抛弃我们这些誓死追随你的人，你好糊涂啊！"

高镇忍不住内心的悲伤，站起来抽出刀指着林妍儿的尸体对底下的人说："我们不能让这个女人和大将军放在一起，这是对大将军的侮辱，我们要将她碎尸万段。"

高镇的言语正好道出了底下将领的心声，他们纷纷抽出刀，跟着高镇涌向林妍儿的尸体。

刘江玉看到李鉴的尸体时刹那间泪流满面，悲痛异常。他无法接受这个曾经与自己并肩作战的军事天才在风华正茂之年匆然离去。他一直认为李鉴是上天赐予李唐的一颗将星，可现在他才发现上天弄人，李鉴其实是一颗流星，他只把自己最美好的一面闪现出来便悄然陨落，以至于人根本猜不透他到底为何而来、又为何而去。突然间，刘江玉觉得自己像是坠入了无底深渊，是叫天天不应叫地地不灵，内心充满了恐惧感。接着头脑发晕，眼前一黑，站立不稳。幸好在他身边有余成千在，及时扶住了他。余成千问道："刘将军你怎么了？"

刘江玉在余成千的搀扶下神色恍惚地说："大将军是被逼死的，大将军是被逼死的。"

高镇问刘江玉道："刘将军，大将军是被谁逼死的？"

刘江玉说："大将军是被逼死的，大将军是被逼死的，天妒英才啊！"然后，他疯癫似的跑了出去，边跑边喊："天妒英才啊！"

高镇指着林妍儿尸体说："大将军一定是被这个女人给逼死的，一定是这个女人逼死的大将军，我们要将她千刀万剐。"

负责看守李鉴和林妍儿尸体的万骑军将领陈玄礼说："诸位将军你们不要动怒，快把刀收起来，往后退。"

高镇说："陈玄礼你让开，我不能让这个女人玷污了大将军的清白。"

陈玄礼说："我奉圣上之命在此看守，你们任何人都不得接近，否则休怪我手下无情。"接着陈玄礼抽出刀，随后他身后的万骑军将士也都抽出刀与高镇等人对峙。

高镇说："陈玄礼，给老子滚开。"

陈玄礼说："高将军请节哀！大将军已走，我们都感到很难过，但……"

高镇此时已经失去了理智，大叫道："陈玄礼，你是滚还是不滚？"

陈玄礼大声说："高将军，我是奉圣上之命在此看守，你要是敢跟我动手，你就是欺君犯上，你想清楚了。"

高镇见状说："那我们去见圣上，请他不要将这个女人和大将军放在一起。我们去见圣上。"

高镇等人走后，陈玄礼立刻对着身后一个侍卫的耳边言语了几句，这个侍卫立刻快马加鞭地跑向大明宫，把这里发生的情况向李隆基汇报。

当高镇等人来到大明宫的建福门时，高力士早都已经在那里等候。他拦住高镇等人说："大将军执迷不悟，不辨黑白，非要与奸人林妍儿为伍，并与之殉情。圣上念及大将军为大唐立下战功，才允许大将军与林妍儿合葬。请诸位将军理解圣上的一片苦心。此时，圣上也为大将军之故万分悲痛，诸位将军就不要再给圣上增添烦扰了，诸位请回吧！"

府兵将领听了高力士的话后流着泪高喊道:"大将军你好糊涂啊!你好糊涂啊!"然后便怀着沉痛和愤懑的心情离开了。

高力士将府兵将领离开的事情告诉李隆基,但是李隆基此刻却为刘江玉所说的话异常恼怒。李隆基破口大骂道:"刘江玉你这个混蛋,朕视你为股肱之臣,你却公然跟朕唱反调,是可忍孰不可忍。高力士,拟旨。"

高力士说:"是,陛下。"

李隆基说:"兵部左侍郎刘江玉,玩忽职守,以权谋私,打压同僚。为维护朝廷法纪,降职其为广州司马,永世不得再踏进长安。即刻启程,不得延误。"

刘江玉接到李隆基贬谪的旨意后,把家中老母亲交给族人照料,便乘着马车带着妻小出了长安城往广州方向走去。在马车里,刘江玉的妻子陈氏哭着说:"你为李隆基做了那么多事,李隆基为什么要这样对你?"

刘江玉说:"因为我冒犯了他的权威,让他觉得我在反对他,所以他要赶我走。"

陈氏说:"你从他任潞州别驾起就一直追随着他,就因为你一句话他就要贬黜你,难道他就一点不念及旧情吗?"

刘江玉说:"我不需要他念及什么旧情,我所做的事情是为了大唐,并不是为了他。在他任潞州别驾的时候,我把他视为大唐未来的希望,我认为他会成为有史以来最为贤明的君王,来领导大唐摆脱困境,走向强盛。事实证明他可以做到这一点。可他变了,他变得骄傲自大,不可一世。他和历史上的那些帝王都一样,在他的眼中只有他自己和他的皇位。想当初,在李氏皇族中我是满怀信心地选择了他,但现在来看他太令我失望了。我只不过是从一堆烂苹果里面选择了一个不太烂的,而就是这个不太烂的现在也正在一点点地烂掉。我承认以他的才能,他会建立起一个无比强盛的李唐王朝,但是他也会亲手毁了它,把它推向万劫不复的深渊。一个听不进人劝、一心只想抱着自己权势的人,根本长久不了。"

陈氏气愤地说:"李隆基令你失望?李唐王朝本来就是李家的,他愿意怎么做是人家自己的家事,别人谁能管得着呢?你看看你自己,昨天还是高居庙堂,现在却成了蛮荒小吏。李隆基以后连长安都不让你回,这就是说他要你死在那里。我就不明白,李鉴为什么要为了那个女人而殉情呢?有什么值得他这样做的?"

刘江玉想起李鉴,长长地叹了一口气说:"这个人世间已经不值得大将军再活下去,他太累了,他需要休息,所以他选择了离开。"

陈氏说:"说的这叫什么话。说真的,我看不起李鉴。李鉴要是娶了公主,他的前途不可限量,他就是西汉的卫青,他甚至比卫青还风光。他只要咳嗽一声,李唐的军队都要抖三抖。以李鉴领兵打仗的才华,他日后的声望会超过李牧、王翦以及他的曾祖父李靖。可现在倒好,他却真成了霍去病。人家霍去病是得了疾病病死的,而他呢,陪着一个女贪污犯殉情了。霍去病死了,汉武帝和后世都仍然敬仰他。可李鉴死了,天下人骂他是贪财好色之徒,谁又能记得他打过什么仗、为大唐做过什么事呢?而你呢,却还要为他鸣不平,为他叫屈。要是我的话,我还真想踹他两脚呢。要不是他,我们能落到这步田地吗?我看李隆基之所以这样对你,就是你跟李鉴学坏的结果。"

刘江玉斥责说:"把嘴闭上!举世混浊我独清,众人皆醉我独醒。我一向认为你是个知书达理的人,可现在怎么变得这么不明事理?"

陈氏大声说:"我不想明事理。你在做事之前有没有为我想过,有没有为两个孩子想过?孩子还这么小,你说我们到了蛮荒之地以后的日子该怎么过?我们要是食不果腹,谁来接济我们?染疾患病上哪里去求医问药?我听人说,岭南遍地蛇虫,到处毒瘴,更要命的是那里还是流放囚犯的地方,什么样的囚徒都有,或许我们还没走到广州就已经死在了路上。你说你怎么这么没良心,到底有没有为我和孩子想过?"说完,陈氏抱着两个孩子流泪不止。两个小孩看到母亲哭了,也跟着哭了起来。

刘江玉看着年幼的孩子也忍不住流下了眼泪,他擦掉眼泪说:"我知道我对不起你和孩子,但是我决不会回长安。这样吧,我给李隆基上一个陈情表文,求他让你们母子留在长安,我一个人去广州。我想李隆基会答应的,并且你们母子还会受到朝廷供养,毕竟我为大唐做了那么多事情。"

陈氏抹着眼泪说:"你休想离开我们,就是死我们也要死在一起。"

刘江玉叹息一声,抱着妻子和孩子放声痛哭。疾驰的马车在夕阳的映衬下,渐渐地向南奔去。

李鉴的死极大地震惊了李唐朝野，但是按照李隆基给李鉴的定性，李鉴已经由原来举国上下顶礼膜拜的三军统帅转眼间变成了贪财好色之徒。这也引起了民间百姓强烈的愤慨。人们怎么也没想到，李鉴这个拥有"唐之霍去病"威名的英雄人物原来是这号货色。百姓们指着街上贴出来的告示痛骂李鉴有才无德，败了开国元勋李靖的名声，坏了李家的门风。

　　李持盈在闻听李鉴的死讯后痛哭流涕地说："你居然为了这样一个女人去殉情也不肯跟我在一起。我真蠢！"万念俱灰之下，李持盈出家做了道士。

　　李隆基想尽一切办法都没能改变李持盈的心，只好为她修建了一座道观，以表示对妹妹的亏欠之情。

　　高镇、王震宇、杨启贤、余成千等李鉴旧部，在李鉴死后失去了根基，内心惶恐不安，纷纷上表向李隆基表示效忠。李隆基借李鉴之死开始大规模整肃军纪，将高镇等人全部放黜到边疆去戍边。

陆拾柒

开元盛世

开元十年（722）九月，李隆基同意了宰相张说的建议，改府兵制为募兵制，招募年轻力壮的青年担任宿卫，免除他们的租调劳役，给予他们优待，不到十天就招募精兵十三万。从此兵农分开，兵成为一种职业。这对于严格训练、提高兵员军事素质有很大的帮助，从而大大地提高了军队的战斗力。

募兵分三种，镇守京师长安的称长从宿卫，后改为彍骑。戍守边疆的称健儿，又称长从兵或长征健儿。地方称团结兵。李隆基还颁布了《练兵昭》，命令西北的军镇扩充军队，加强训练。同时，任命王毛仲为内外闲厩使，全力负责军用马匹的供应，这使短缺的马匹及时得到了补充，提高了战斗力。另外，为彻底解决军粮的问题，李隆基又命令扩充屯田的范围，在西北和黄河以北地区大力发展屯田，增加粮食的产量。

在做好充分的准备后，李唐逐步用兵收复失地，长城以北的回纥等族也自动取消了独立的割据称号，重新归附李唐，安北都护府也恢复了，李唐重新行使对长城以北地区的管辖权。

西域地区政权的恢复经历了两个阶段，第一阶段是收复碎叶镇，第二阶段是恢复丝绸之路。李唐的威望在西域重新建立起来。自此，一个无比庞大的李唐帝国屹立于亚洲的东方。

自李隆基登基以后，经过十年的励精图治，李唐王朝的社会经济得到迅速发展，使得天下大治，国家繁荣昌盛，百姓安居乐业，李唐王朝进入全盛时期。因当时的年号为"开元"，史称"开元盛世"。

开元盛世期间，政治清明，政局稳定。李隆基先后起用姚崇、宋璟、张说、张九龄等人为相。这些人各有所长并且尽忠职守，使得朝政充满朝气。特别是李隆基采纳张九龄的建议，根据"宰相必起于州部，猛将必发于卒伍"的原则，制定了官吏的迁调制度。选取京官中有能力之士，将其外调为都督刺史，以训练他们的处事才能及培养他们的行政经验。同时又选取都督刺史中有作为者，将其升为京官。这样内外互调，增进了中央与地方的沟通、了解和信任。李隆基也对科举制度进行改革，限制了进士科及第的人数，以减少冗员的出现，提高官吏整体的素质。

经济繁荣、政治安宁为社会经济的发展创造了极为有利的条件。开元时期，土地开辟甚多，耕地面积达到一千四百四十八万三千八百六十二顷。

据杜佑《通典》记载："米斗至十三文，青齐谷斗至五文。自后天下无贵物，两京米斗不至二十文，面三十二文，绢一匹二百一十文。东至宋（今河南商丘南），西至岐州（近陕西凤翔），夹路列店肆待客，酒馔丰溢。每店皆有驴赁客乘，倏忽数十里，谓之驿驴。南诣荆襄（今湖北江陵、襄阳），北至太原、范阳（今北京），西至蜀川（近四川成都）、凉府（即凉州，今甘肃威武），皆有店肆，以供商旅，远适数千里，不持寸刃。"粮食布帛产量丰富，道路畅通，物价低廉，行旅安全，商业繁荣。杜甫的诗云："忆昔开元全盛日，小邑犹藏万家室。稻米流脂粟米白，公私仓廪鞠丰实。"

提倡节俭。李隆基在登上大位之初甚为节俭，并规定三品以下的大臣以及内宫后妃以下者，不得佩戴金玉制作的饰物，并且遣散宫女以节省开支。他又下令全国各地均不得开采珠玉及制造锦绣，一改武则天以来后宫的奢靡之风。他还命令宇文蓉清查全国的逃亡人口及籍外田地，共查得八十多万户，大幅增加了税收及兵力的来源。因为这些措施，唐朝的财政变得丰裕。

疆域广袤。所辖疆域，南至罗伏州（今越南河静）、北至玄阙州（今俄罗斯安加拉河流域）、西至安西州（今乌兹贝克斯坦布哈拉）、东至哥勿州（今吉林通化），国土面积达一千两百五十一万平方公里。全国共有居民七百八十六万一千二百三十六户（最多时达到千万户），比唐初户数增加了一倍以上，最鼎盛时期人口达到六千万左右。

文化昌盛。在这一时期出现了一大批著名的诗人，诸如高适、岑参、王维、李白、杜甫，其他如音乐、绘画、雕刻、塑造等艺术也取得了前所未有的成就。弘文殿聚集群书多至二十余万卷，是全国藏书最富的中心图书馆。

政治清明，经济繁荣，文化昌盛，疆域广袤，国富力强，处于全盛时期的李唐王朝是当时世界上最为强盛的国家。

后　记

在繁荣昌盛的李唐王朝背后，深刻的社会及政治危机也在发展着。土地兼并激烈，大量农民逃亡，均田制和租庸制度都濒于崩溃。社会的贫富差距悬殊，已出现"富者田连阡陌，贫者无立锥之地"的危险局面。李隆基本人又好大喜功，他在位期间连年用兵，征伐不断，李唐的军队没有一天不打仗，"边亭流血成海水，武皇开边意未已"。

李唐王朝为了维护广大的疆域，从东北到西北和南方设立了平卢、范阳、河东、朔方、陇右、河西、安西四镇、伊西北庭、剑南等9个节度使和1个岭南五府经略使，以统一指挥战守军事。

募兵制虽然解决了由于府兵制而造成的百姓负担过重、士兵大量逃亡的弊端，可是募兵建立的常备军所带来的危机也在慢慢酝酿中。这些士兵由朝廷招募而来，长期服役，军器衣粮均由朝廷供给，由专门将领统御，改变了府兵制下将不专兵、兵不识将的现象。但这样一来，这样的军队很容易成为藩镇将领的私人武装，给那些与中央朝廷离心离德的藩镇权臣树立个人威望、把持军权、与朝廷分庭抗礼、伺机叛乱提供了可乘之机。

募兵制的实行，正好为那些节度使拥兵自重提供了方便。这些每以数州为一镇的节度使不但管理军事，而且因兼领按察使、安抚使、支度使等职，监管辖区内的行政、财政、人民户口、土地等大权，这使得原来的一方之长的州刺史变成了节度使的部署。据《新唐书·志第四十兵》言："既有其土地，又有其人民，又有甲兵，又有其财赋。"节度使因长期雄踞一方，拥兵自重，已成尾大不掉之势，成为李唐王朝的隐忧。那些招募来的职业军人受到地方节度使的收买笼络，同手下将领形成一损俱损、一荣俱荣的团伙关系。由于有些节度使也担任地方长官，这也就使得军队和地方盘根错节、军政混乱。到了开元末期，这些边疆节度使名为李唐边臣，实为藩镇割据。

特别是进入天宝年间，地方上普遍设立节度使制度，节度使的权力越来越大。天宝元年（公元742年），边军的数量不断增加，达到四十九万人，占全国总兵数的百分之八十五以上，其中又主要集中在东北和西北边境，仅安禄山所掌握的范阳三镇的军队数量就达到了十五万人。

与边军相比，镇守京师长安的彍骑，原本以骁勇见长，素质较高。可是到了天宝年间，彍骑多招募市井无赖为兵，军中腐败丛生，战斗力低下，平时毫无打仗作战的准备，打起仗来不堪一击，且仅有八万人。地方团结兵缺少财政支持，装备差，数量又少，唯有边军军力强大。"猛将之兵，皆聚于西北，中国无武备"。

盛世下的李唐王朝危机四伏。